विप्रदास

शरत्चंद्र चट्टोपाध्याय का कथा साहित्य

कमला	परिणीता
काशीनाथ	बिराज बहू
गृहदाह	ब्राह्मण की बेटी
चंद्रनाथ	मझली दीदी
चरित्रहीन	विजया
दत्ता	विप्रदास
देना–पावना	शेष परिचय
देवदास	शेष प्रश्न
देहाती समाज	श्रीकांत
पथ के दावेदार	पंडित जी

विप्रदास

(उपन्यास)

शरत्चन्द्र चट्टोपाध्याय

भारतीय ग्रंथ निकेतन
2713, कूचा चेलान, दरियागंज
नई दिल्ली-110002

ISBN : 978–81–89211–27–1

प्रकाशक : भारतीय ग्रंथ निकेतन,
2713, कूचा चेलान, दरियागंज,
नई दिल्ली–110002

प्रकाशन वर्ष : 2010

मूल्य : 180.00

मुद्रक : विकास कंप्यूटर एण्ड प्रिंटर्स
दिल्ली–110032

VIPRADAS (Novel) : Sharat Chandra Chattopadhyaya

विप्रदास

बलरामपुर गाँव की रथशाला में किसानों की एक सभा हुई। पास की रेलवे लाइन की कुलियों की गैंग ने रविवार की छिट्टी होने के कारण सभा में सम्मिलित होकर उसकी शोभा बढ़ाई और कलकत्ते से आए हुए कई सुप्रसिद्ध वक्ताओं ने वर्तमान युग की विषमता और वैमनस्यता के विरुद्ध उग्र भाषण दिए। कई प्रस्ताव पास हुए और अंत में बंदे मातरम् के नारों के साथ जुलूस बनाकर गाँव का चक्कर लगाया गया और उस दिन का कार्यक्रम संपन्न हो गया।

बलरामपुर गाँव छोटे-बड़े अनेक ताल्लुकेदारों और धन-संपन्न गृहस्थों की बस्ती है। मुसलमान किसानों की बस्ती गाँव के एक छोर पर है। उसी के पास बाग्दियों और दुले लोगों के भी कई मकान हैं। गंगा की एक धारा ने वर्षों पहले सूखकर यहाँ एक लंबी झील बना दी है, उन लोगों के घर इसी झील के किनारे पर बने हैं।

यज्ञेश्वर मुखोपाध्याय इस गाँव के सबसे बड़े आदमी हैं। उनकी जमींदारी, ताल्लुके और व्यापार आदि के धन–ऐश्वर्य को अपार कहना अत्युक्ति न होगा। जिस समय यह जुलूस लाल कपड़ों पर लिखे हुए भाँति-भाँति के नारों के साथ उच्च स्वर से किसान-मजदूरों की जय जयकार करता हुआ उनके भव्य प्रासाद के सामने वाले मार्ग से निकल रहा था उस समय ऊपर वाले बरामदे में खड़ा एक नवयुवक बड़े शांत भाव से नीचे का दृश्य देख रहा था।

सहसा उसकी दृष्टि पड़ते ही जनता का उत्तेजना और जोश भरा शोर एकदम शांत हो गया।

आगे-आगे चलने वाले नेताओं में से दो-तीन ने चकित होकर इधर-उधर देखते हुए अन्य अनेक लोगों की नजरों के साथ-साथ ऊपर की ओर नजर उठाकर देखा तो वह नौजवान खम्भे की ओट में हो गया।

उन नेताओं ने पूछा–"कौन है?"

कई आदमियों ने फुस-फुसाहट भरी आवाज में कहा–"विप्रदास बाबू।"

''कौन है विप्रदास? क्या गाँव के जमींदार।'' किसी ने पूछा?

"हाँ।"

नेता लोग शहर के निवासी हैं। किसी को कुछ समझते ही नहीं हैं। अपमानित स्वर में बोले–"ओह, यही।"

और फिर तुरंत ही उन्होंने हाथ उठाकर चिल्लाते हुए नारा लगाया–"बोलो, भारत माता की जय?–बोलो किसान–मजदूरों की जय?–बंदे मातरम्।"

लेकिन इससे कोई विशेष लाभ नहीं हुआ। बहुत से आदमी तो चुप रहे। या उन्होंने मन ही मन नारा लगाया। जिन दो चार आदमियों ने खुलकर नारा लगाया भी तो उनकी दबी हुई आवाज ऊँची नहीं उठ सकी। वह आवाज विप्रदास के बरामदे को पार करके उनके कानों तक पहुँची या नहीं, कहा नहीं जा सकता।

नेताओं ने स्वयं को अपमानित समझकर खीजकर कहा–"इस साधारण जमींदार का इतना डर? यही तो हमारे दुश्मन हैं, जो निरंतर हमारा लहू चूस रहे हैं। हमारा वास्तविक आक्रमण तो इन्हीं के विरुद्ध है।"

लेकिन इस उग्र और उत्तेजित भाषण का सिलसिला में विघ्न पड़ जाने से साहस ही टूट गया। उनके तरकश में जितने भी तीखे तीर थे उनका प्रयोग कर पाने में बाधा पड़ गए। किसी ने भीड़ में से कहा–"यह उनके बड़े भाई हैं।"

"किनके?"

एक युवक, जिसकी उम्र लगभग पच्चीस--छब्बीस वर्ष की थी और जो झंडा लिए सबसे आगे–आगे चल रहा था, मुँह फेर कर खड़ा हो गया। और बोला। "अपने ही बड़े भाई हैं।"

लेकिन आज का यह सम्मेलन, इसी युवक के परिश्रम, दौड़ भाग और पैसे से सफल हो पाया था।

"अच्छा, यह आपके बड़े भाई हैं!····तो आप भी यहाँ के जमींदार हैं?"

युवक का सिर लज्जा से झुक गया।

2

छोटे भाई को अपनी बैठक में बुलाकर विप्रदास ने कहा–"कल का कार्यक्रम बुरा नहीं रहा। बहुत कुछ आश्चर्यजनक था। नारे में अच्छे चुने गए थे। उनमें कठोरता थी यह तो मानना ही पड़ेगा।"

द्विजदास चुपचाप खड़ा सुनता रहा।

विप्रदास ने पूछा–"जुलूस को विशेष रूप से मेरे ही लिए, मेरी आँखों के सामने से ले जाया गया था? मैं भयभीत हो जाऊँ, क्या इसलिए?"

द्विजदास ने शांत स्वर में उत्तर दिया–"केवल आप के लिए नहीं। जुलूस तो किसी भी मार्ग से क्यों न जाए। जिन्हें डरना है, वे तो डरेंगे ही भैया?"

विप्रदास हँस पड़ा। उसकी इस हँसी में आशा भरी थी। उसने कहा–"तुम्हारे भैया इस प्रकार के व्यक्ति नहीं हैं यह बात तुम्हारे जुलूस में शामिल बहुत से लोग जानते थे। वरना उनकी जय–ध्वनि अपने कानों से सुनने के लिए मुझे बरामदे से बाहर

आने की आवश्यकता न होती। वह तो मकान के भीतर से ही सुनाई दे जाती। मैं तुम्हारे तरह तरह के झंडों और लंबे-चौड़े भाषणों से घबराता नहीं हूँ। मैं अच्छी तरह जानता हूँ कि लगाए हुए नकली दाँतों से दूसरों के ऊपर दाँत पीसे भर जा सकते हैं, उनसे काटने का काम नहीं लिया जा सकता।"

कल किस लिए बहुत से लोगों की आवाज गले में फंसकर रह गई थी, वह कारण छिपा नहीं रहा था। और इसीलिए द्विजदास मन ही मन बहुत ही लज्जित भी हुआ था। वह स्वभाव से बहुत ही शांत प्रकृति का व्यक्ति है। बड़े भाई का अत्यधिक सम्मान करने के कारण शायद और किसी सिलसिले में वह चुप भी रह जाता, लेकिन जिस बात को लेकर उस पर उन्होंने आक्षेप किया, उसे सह पाना कठिन था। फिर भी दबी हुई आवाज में बोला–''भैया, लगाए हुए नकली दाँतों से कितना काम चलता है, हम उसे जानते हैं। लेकिन आप लोग ही नहीं जानते कि संसार में ऐसे लोग भी हैं जिनके दाँत असली हैं। जब काटने का समय आयेगा, तब उन लोगों की कमी नहीं रहेगी।''

उत्तर आशा के विपरीत था। विप्रदास ने आश्चर्य से उसके मुँह की ओर देखते हुए कहा–"अच्छा?"

द्विजदास उत्तर में कुछ कहने ही जा रहा था कि डर के कारण रुक गया। यह डर विप्रदास का नहीं, माँ का था।

सहसा दरवाजे के बाहर से माँ की आवाज सुनाई दी–''तुम लोग हर समय दरवाजे पर पर्दा क्यों लटकाए रखते हो? नेम-धरम के साथ घर में पाँव रखना कठिन हो गया है। घर-द्वार सब विलायती फैशन की चीजों से भर गया है।

द्विजदास ने जल्दी से पर्दा एक ओर हटा दिया।

विप्रदास तख्त पर से उठकर खड़े हो गए।

एक स्त्री कमरे में आई। उम्र चालीस से ऊपर है, लेकिन सौंदर्य की सीमा नहीं। चेहरे पर वैधव्य की पीड़ा की छाया है, यह देखते ही मालूम हो जाता है। छोटे बेटे की ओर पीठ फेरकर बड़े बेटे से उन्होंने कहा–''अरे विपिन, सुना है इस महीने एकादशी के मामले में पंचांग में बड़ी गड़बड़ी है। ऐसा तो कभी हुआ नहीं।''

विप्रदास ने कहा–"ऐसा तो होना नहीं चाहिए माँ।"

''तू तनिक स्मृतिरत्न महाशय को बुलवा लेना। देखें वे क्या कहते हैं।''

विप्रदास ने कुछ हँसकर कहा–''अच्छा बुलवाता हूँ लेकिन उनकी राय से क्या होगा माँ। तुम्हारे कानों में जब यह सूचना एक बार पड़ चुकी है तो इन दिनों में तुम किसी भी दिन जल ग्रहण तो करोगी नहीं। यह मैं जानता हूँ।''

माँ ने हँसकर कहा–"यों ही उपवास करने का क्या किसी को चाव होता है? लेकिन और मार्ग है ही क्या? इसे करने में पुण्य नहीं है। और न करने पर सदैव नरक

भोगना पड़ता है। सुना है बहू कह रही थी कि समाचार पत्र में लिखा है कि कोई बहुत बड़े पंडित कलकत्ते में भागवत् की बहुत ही सुंदर व्याख्या कर रहे हैं। तनिक पता तो लगा कि क्या वे इस झोंपड़ी को भी पवित्र कर सकेंगे?"

"तुम्हारी आज्ञा है तो पता कर दूँगा माँ।"

''क्यों, मेरी आज्ञा की क्या आवश्यकता है तुम लोगों का सुनने को मन नहीं होता? कब कथा हुई थी, मालूम है?''

विप्रदास ने हंसते हुए कुछ डर कर कहा–''अभी तीन महीने भी तो नहीं हुए हुए हैं माँ।''

माँ ने आश्चर्य से कहा–''केवल तीन महीने? लेकिन तीन महीने क्या कम होते हैं? जो कुछ भी हो भैया–लेकिन इस बार न कराने से काम नहीं चलेगा। मेरी दोनों भाभियों ने पत्र लिखे हैं। कैलाश मानसरोवर के दर्शन के लिए मैं इस बार जरूर जाऊँगी।''

विप्रदास ने हाथ जोड़कर कहा–''दुहाई है माँ, यह आज्ञा मत दो हम में से अगर एक भी तुम्हारे साथ नहीं जायेगा तो मैं तुम्हें भाभियों के संरक्षण में तिब्बत नहीं भेज सकूँगा। मैं हर प्रकार की हानि बर्दाश्त कर सकता हूँ। लेकिन मैं माँ को नहीं छोड़ सकता।''

माँ की आँखें भर आईं। बोली–''डर मत। कैलाश यात्रा में मृत्यु नहीं होगी। ऐसा पुण्य तेरी माँ ने नहीं किया है। मैं फिर लौट आऊँगी। तू तो मेरे साथ जा नहीं सकेगा विपिन, तेरे ऊपर ही इतने बड़े परिवार का सारा भार है। और जो मेरे पीछे खड़ा है इसके साथ तो मैं बैकुंठ जाने के लिए भी तैयार नहीं हूँ। ब्राह्मण का बेटा होकर गायत्री को तो पहले ही समाप्त कर चुका है। सुना है, कलकत्ते में खाने-पीने में भी विचार नहीं करता। इस पर सुना है कल इसने क्या किया?''

विप्रदास ने भोले व्यक्ति की तरह कहा, ''और क्या किया इसने? नहीं, मैंने तो कुछ नहीं सुना।''

माँ ने कहा–''मेरी आँखों को धोखा देगा। इतनी बुद्धि इस लड़के में नहीं है। लेकिन इसकी कुछ रोकथाम कर। यह हमारा ही खाएगा–पहनेगा और हमारे ही रुपये से कलकत्ता से आदमी बुलाकर हमारी ही प्रजा को बिगाड़ने की कोशिश करेगा। तू इसका कलकत्ते का खर्च बंद कर दे।''

विप्रदास ने हैरानी से कहा–''यह क्या कहती हो माँ। पढ़ाई का खर्च बंद कर दूँ? यह पढ़ेगा नहीं?''

माँ ने पूछा–''क्या जरूरत है? मेरे ससुर की पाठशाला के लड़कों की टोली ने आकर जब यह कहा कि विदेशी पढ़ाई-लिखाई से देश का सत्यानाश हो रहा है, तब तू बैंत लेकर उन्हें मारने दौड़ा था। और अब जब तेरा छोटा भाई ठीक उन्हीं बातों को कह रहा था तो क्या कोई इसका विरोध नहीं करेगा? कैसा विचार है यह तेरा?

विप्रदास ने हंसकर कहा–"इसका कारण है माँ स्कूल में बच्चों की पढ़ाई न होना मैं बर्दाश्त नहीं कर सकता। लेकिन द्विजु की तरह एम. ए. पास करने वाले की अंग्रेजी शिक्षा के प्रति अपशब्द कहना मुझे बुरा नहीं लगता।"

माँ बोली, "लेकिन मेरे ही रुपए से मेरी ही प्रजा को भड़काना? यह कैसी बात होगी?"

द्विजदास अब तक चुप था। उसने किसी भी बात का उत्तर नहीं दिया था। लेकिन अब उसने कहा–"कल के जुलूस के सिलसिले में मैंने तुम्हारी जमींदारी का एक भी पैसा खर्च नहीं किया है।"

कमरे में आने के बाद से माँ ने एक बार भी पीछे की ओर नहीं देखा था। इस बार भी नहीं देखा। विप्रदास से ही पूछा–"तो नालायक से पूछ तो सही कि रुपया कहाँ से मिला? क्या कहीं नौकरी कर रहा है?"

ठीक उसी समय पर्दे के बाहर धीरे से चूड़ियों की खनखनाहट सुनाई दी। विप्रदास ने ध्यान देकर सुना, फिर बोला–"यही तो इसका उत्तर है माँ। अगर तुम्हारे घर की बहू रुपए देती है तो कौन मना कर सकता है तुम्हीं बताओ?"

माँ को याद आ गई बोली–"हाँ, यही बात है। यह काम उस सती का ही है। बड़े बाप की बेटी है, और बाप की जमींदारी से हर साल उसे एक हजार रुपए मिलते हैं। यह बात तो मैं भूल ही गई थी। बहू अपने योग्य देवर को रुपए दे रही है।"

फिर कुछ शांत होकर बोलीं–"तेरे विवाह के लिए जब समधी खुद आए थे, मैंने उसी समय मालिक से कहा था कि राय परिवार की कन्या को घर में लाने की जरूरत नहीं। उन्हीं के घराने के अनाथ राय ने ही तो विलायत में मेम से विवाह किया था। वह जो चाहे सो कर सकते हैं। संसार में उसके लिए कुछ भी असंभव नहीं है।"

विप्रदास हँसकर चुप रह गया। वह जानता था कि सती के भाग्य में यह ताना लिखा है। उसके मैके के घराने में किसी अनाथ-राय ने बंगाली मेम से विवाह किया था, माँ यह बात भूल नहीं सकी है।

सभी को चुप देखकर उन्होंने फिर कहा, "अच्छा जाने दो। बाबा कैलाशनाथ इस बार याद कर रहे हैं। उनके दर्शन कर आऊं फिर इसका इंतजाम करूँगी।"

इतना कहकर वह कमरे से निकल गईं।

विप्रदास ने पूछा, "क्यों द्विज तू माँ के साथ जा सकेगा? कब जब उनके दिल में यह बात जम चुकी है तो उन्हें रोका जा सकता है, इसकी मुझे आशा नहीं है।"

द्विजदास ने तत्काल 'न' कहते हुए कहा, "आपको मालूम तो है कि देवी-देवताओं में मेरी श्रद्धा नहीं है। इसके अतिरिक्त माँ मेरे साथ स्वर्ग में भी जाने के लिए तैयार नहीं हैं, यह तो आप उन्हीं के मुँह से सुन चुके हैं।"

विप्रदास झल्ला कर बोला, "हाँ सुन लिया है पंडित जी लेकिन तू जाएगा या नहीं, यह बता।"

''मेरे पास अभी कहीं जाने के लिए समय नहीं है'' इतना कहकर दूसरे प्रश्न को सुनने से पहले ही द्विजदास कमरे से निकल गया।

विप्रदास ने लंबी साँस छोड़ते हुए कहा–''तो यह बात है, देश का काम ऐसा है कि माँ की आज्ञा भी नहीं मानी जा सकती।''

यहाँ पर माँ का थोड़ा परिचय दे देना आवश्यक है। यह विप्रदास की सौतेली माँ है। उसकी माँ की मृत्यु के साल भर बाद ही यज्ञेश्वर दयामयी को ब्याह कर अपने घर पर ले आये थे। दयामयी ने ही उसका लालन-पालन किया था। वह जन्मदात्री माँ नहीं है। यह बात विप्रदास काफी बड़ी उम्र हो जाने तक भी नहीं जान पाया था।

3

इस घर में केवल भाभी ही द्विजदास का सबसे अधिक आदर करती थी। उसके सभी तरह के बाहरी खर्च के रुपए भी उन्हीं के बक्स में से आते थे। सती केवल रिश्ते में ही बड़ी नहीं थी, उम्र में भी कई महीने बड़ी थी। इसीलिए अक्सर वह उसका नाम लेकर ही पुकारती थी। इस बात की शिकायत द्विजदास ने बचपन में कितनी बार माँ से की है, इसकी कोई गिनती नहीं है।

केवल ग्यारह वर्ष की उम्र में सती का बहू के रूप में इस घर में प्रवेश होने के कारण, उसके आदर की सीमा नहीं थी। सास हँसकर कहती–''ऐसी बात है? लेकिन बहू यह तो तुम्हारा अन्याय है। देवर का नाम लेकर बुलाना।''

सती कहती–''अन्याय कैसा? मैं उससे उम्र में अधिक बड़ी जो हूँ।''

"अधिक बड़ी ? कितनी बड़ी?"

"मैं वैशाख में पैदा हुई थी, और वह भादौ में।"

माँ हँसकर कहती–''हाँ भादौ में ही तो–मैं तो भूल ही गई थी। इस पर भी अगर वह शिकायत करने आया तो मैं उसके कान मल दूँगी।''

माँ की कचहरी से हारकर द्विजू जब अप्रसन्न होकर चला जाता तो सास बहू को गोद में समेट कर बड़े प्यार से कहती–''यह ना-समझ लड़का है, इसीलिए नहीं समझता। देवर कहने से बहुत खुश होता है। कभी-कभी यही कहकर बुला लिया करो। समझ गई बहू?''

सती ने सहमत होते हुए सिर हिलाकर उत्तर दिया–''अच्छा माँ, कभी-कभी यह कह-कर पुकार लिया करूँगी।''

उस समय वह बालिका थी और आज इतने बड़े घर की गृहणी है। सास तो विधवा हो जाने के बाद से जप-तप में धर्म-कर्म में लगी रहती हैं। लेकिन उनका उस दिन का उपदेश सती के लिए बड़े काम का सिद्ध हुआ। जैसे आज।

पिछले परिच्छेद में वर्णन की गई घटना के बाद लगभग पंद्रह-सोलह दिन बीत गए हैं। सवेरे सती ने अपने देवर के कमरे में प्रवेश करते हुए पुकारा-"देवर जी!"

द्विजदास ने हाथ उठाकर रोकते हुए कहा-"बस करो भाभी, ज्यादा चापलूसी की जरूरत नहीं-मैं करूँगा।"

"क्या करोगे, पूछूँ ?"

"तुम जो आज्ञा दोगी वही। लेकिन यह भैया का बहुत बड़ा अन्याय है।"

"कैसा अन्याय ? बताओ तो सही।"

द्विजदास ने पूर्ववत क्रुद्ध स्वर में कहा-"मैं जानता हूँ। अभी भैया के कमरे के सामने से होकर आ रहा हूँ। भीतर माँ और वह थे। माँ का और तुम्हारा गुप्त कार्यक्रम मेरे कानों तक पहुँच गया। भैया में इतना साहस नहीं कि मुझसे कहें। इसलिए स्वार्थ साधन के लिए तुम्हारी सहायता ली गई है। बताइए तो सही, कितना बड़ा अन्याय है?"

सती ने हँसकर कहा-"अन्याय तो नहीं है देवर! वह अच्छी तरह जानते हैं कि उनके कहते ही टका-सा उत्तर मिल जाएगा कि मुझे मरने की भी फुर्सत नहीं है। लेकिन भाभी की आज्ञा होने पर क्या मजाल है कि द्विजू मना कर दे।"

द्विजदास गर्दन हिलाकर बोला-"मैं यही दुविधा में पड़ जाता हूँ। इसलिए उन्हें बल मिल जाता है। लेकिन करना क्या होगा?"

सती ने कहा-"माँ कैलाश-दर्शन के लिए जायेंगी। और तुम्हें उनके साथ जाना होगा।"

थोड़ी देर चुप रहने के बाद द्विजदास ने कहा-"दो-तीन महीने से कम नहीं लगेंगे। काम की कितनी हानि होगी, यह भी सोचा है?"

इसे स्वीकार करके सती ने कहा-"हानि तो कुछ होगी ही। लेकिन नया स्थान भी तो देख आओगे इसलिए इसे सोलह आने हानि नहीं कहा जा सकता। प्यारे देवर, अब इनकार मत करना।"

द्विजदास ने कहा-"जब तुम आज्ञा दे रही हो तो मना नहीं करूँगा। साथ चला जाऊँगा। लेकिन माँ ने उस दिन भैया से मेरा कलकत्ते का खर्च बंद कर देने के लिए कहा था।"

सती ने हँसकर कहा-"देवर यह तो गुस्से की बात है। लेकिन आज्ञा देने के लिए माँ के अतिरिक्त और कोई है नहीं, इस बात को भूलने से काम नहीं चलेगा।"

द्विजदास ने कहा, "भूला नहीं हूँ भाभी। लेकिन उस दिन से मैंने क्या प्रतिज्ञा की है, मालूम है? मैं अकेला हूँ। विवाह करने का अवसर मुझे मिलेगा नहीं, संयोग भी नहीं आयेगा। इसलिए खर्च बहुत मामूली-सा है। जरूरत होगी तो लड़के पढ़ाकर पेट पाल लूँगा। लेकिन इनकी रियासत से कभी एक पैसा नहीं लूँगा।"

सती ने फिर हँसकर कहा–''माँगने की जरूरत ही नहीं पड़ेगी देवर। स्वयं आकर उपस्थित हो जाएगा। मान लो नहीं भी होता है, फिर भी तुम्हें लड़कों को पढ़ाने की जरूरत नहीं पड़ेगी। कम से कम मेरे जिंदा रहते तो नहीं, वह जिम्मेदारी मेरी है।''

द्विजदास को पहले ही यह विश्वास था। पलभर के लिए पलकें आँसुओं से भर गईं। लेकिन उस भावना को जल्दी से दबाकर उसने पूछा–''कब यात्रा का निश्चय किया है उन्होंने ? कभी भी क्यों न जायें, मुझे तो साथ जाना ही पड़ेगा। लेकिन माँ ने उस दिन साफ-साफ कह दिया था कि मुझ जैसे पापी के साथ तो वे स्वर्ग में भी जाना नहीं चाहेंगी। इसी को भाग्य की विडम्बना कहते हैं न?''

सती ने इस उलाहने का उत्तर नहीं दिया। वह मौन खड़ी रही।

द्विजदास ने कहा–''कुछ भी हो भाभी, तुम्हारी आज्ञा की अवहेलना नहीं करूँगा। कह देना उनसे वे निश्चिंत रहें।''

सती ने हँसकर कहा–वे तो मुझे भेजकर ही निश्चिंत हो गए हैं। कमरे से निकलते ही तुम्हारे भैया की आवाज कान में पड़ी थी। वह ऊँची आवाज में माँ से कह रहे थे–''आप निश्चिंत होकर यात्रा की तैयारियाँ कीजिए। जिसे दूत बनाया गया है। उसके सामने विरोध चलेगा नहीं। तुम देख लेना सिर झुकाकर स्वीकार कर लेगा।''

द्विजदास ने यह सुना तो क्रुद्ध हो उठा। पलभर चुप रहकर बोला–''अस्वीकार नहीं कर सकूँगा, यह समझकर अगर उन लोगों ने यह तरकीब निकाली हो कि स्त्रियों की इस बेकार की योजना को पूरा करने का साधन मुझे ही करना पड़ेगा तो मेरी ओर से भैया से कह देना कि उन लोगों को शर्म आनी चाहिए।''

सती ने कहा–''कहने से कोई काम नहीं होगा देवर। जमींदार बनकर जो प्रजा का लहू चूसते हैं, उनकी यही नीति होती है। अपना स्वार्थ सिद्ध करते हुए उन्हें शर्म नहीं आती। धन-संपत्ति के आधे के मालिक होने पर भी जब तुम्हें इसकी रियासत से रुपए लेते हुए हिचक होती है, तब मुझे एक ओर जहाँ दुख होता है, वहीं दूसरी ओर मन खुशी से भर उठता है। मैंने तुम्हारा नाम लेकर माँ को विश्वास दिलाया है कि उनके जाने में कोई बाधा नहीं पड़ेगी, तुम साथ जाओगे यात्रा से सकुशल लौट आओ देकर, जितनी भी हानि होगी, उसकी भरपाई मैं कर दूँगी।''

द्विजदास ने तख्त पर से उठकर भाभी के पाँव छुए और फिर अपने स्थान पर आ बैठा।

सती ने कहा–''अब तक तो दूसरों की सिफारिश करने में ही समय बीता था, अब मेरा भी एक अनुरोध है।''

द्विजदास ने हँसकर कहा–''तुम्हारा अपना? लेकिन भाभी, यह मुझसे होगा नहीं।''

सती ने हँसकर कहा–''कोई आश्चर्य की बात नहीं है देवर, डर लगता है कि कहीं अस्वीकार न कर दो।''

"अच्छा कहकर देख लो न।"

सती ने कहा–"मेरे एक मलेच्छ चाचा जो सगे नहीं, पिताजी के चचेरे भाई हैं। वह विलायत गये थे। अगर यह खबर उस समय यहाँ पहुँच गई होती तो मेरा इस घर में प्रवेश न हो पाता। शायद यह बात तुमने माँ के मुँह से सुनी होगी?"

"अनेक बार यहाँ तक कि अगर प्रतिदिन एक बार का हिसाब लगाया जाए तो इन पंद्रह–सोलह वर्षों में कम से कम पाँच–छ: हजार बार?"

सती ने कहा–"मेरा भी यही अनुमान है। चाचा मुंबई में रहते हैं उनकी एक बेटी कहीं पढ़ती है। अगले वर्ष पढ़ने के लिए विलायत जाएगी। तुम्हें जाकर उसे लाना होगा।"

"बम्बई से?"

"हाँ। उसने लिखा है कि वह अकेली यहाँ आ सकती है लेकिन इतनी दूर अकेली आने के लिए कहने का साहस मुझे नहीं होता।"

"उसे यहाँ पहुँचा देने के लिए वहाँ कोई नहीं है?"

"नहीं, चाचा को फुर्सत नहीं मिल सकती।"

द्विजदास तत्काल तैयार न हो सका। कुछ सोचने लगा।

सती ने कहा–"जब मेरा विवाह हुआ था तब वह सात आठ वर्ष की बच्ची थी। उसके बाद बस एक बार ही भेंट हुई थी कलकत्ते में। उस समय वह मैट्रिक पास करके आई.ए. में पढ़ रही थी। उस बात को तो कई वर्ष बीत गए। मैं उसे बहुत प्यार करती हूँ। देवर, अगर थोड़ा सा कष्ट उठाकर उसे यहाँ ले आते वह बुलाने के लिए मुझे अक्सर पत्र लिखती रहती थी लेकिन अवसर ही नहीं मिलता था।"

"लेकिन इसी बीच अवसर कैसे मिल गया? क्या माँ राजी हो गईं?" द्विजदास ने पूछा।

इस प्रश्न का उत्तर तत्काल न दे पाने के कारण सती के चेहरे पर घबराहट फैल गई। कुछ रुककर बोली–"माँ से कह तो दिया है लेकिन अभी उन्होंने अपनी स्वीकृति नहीं दी है। लेकिन अपनी तीर्थ यात्रा में ऐसी फँसी हैं कि विश्वास है इन्कार नहीं करेंगी। इसके अलावा जब वह यहाँ नहीं रहेंगी तो वह आसानी से दो–तीन महीने मेरे पास रह सकेगी।"

द्विजदास ने मन ही मन जान लिया कि आज्ञा न मिलने पर भी इस अवसर पर वह अपनी प्रवासी बहिन को एक बार अपने पास बुलाना चाहती है। उसने पूछा–"तुम्हारे चाचा ब्रह्म समाजी हैं क्या?"

सती ने उत्तर दिया–"नहीं। लेकिन हिंदू समाज फिर भी उन्हें अपनाने के लिए तैयार है।"

"बहुत सौ की यही दशा है।" द्विजू मन ही जन में अप्रसन्न होकर

बोला–''मुझे जाने में कोई हिचक नहीं है भाभी। लेकिन मेरी राय है कि माँ के यहाँ होते हुए तुम उसे यहाँ मत बुलाओ। माँ को जानती तो हो। हो सकता है कि खान-पान और छुआछूत लेकर ऐसा झंझट खड़ा कर दें कि बहिन के कारण तुम्हें लज्जित होना पड़े। अच्छा यही होगा कि हम लोगों के चले जाने के बाद ही उसे बुलाने की व्यवस्था करो। सभी तरह से यही अच्छा रहेगा।"

सती भी जानती थी कि यही राय उचित है। लेकिन जब उसने स्वयं पत्र लिखकर आने की प्रार्थना की है तो उसे अनिश्चित भविष्य की आशा दिलाकर इस समय न आने के लिए कैसे पत्र लिखे। यह बात उसकी समझ में नहीं आई इससे संकोच और क्लेश क्या कम होता है?

कहने लगी–''अपनी बहिन होने के नाते ही नहीं कर रही हूँ–देवर, उस बार उसे महीने भर कलकत्ते में अपने पास रखकर अच्छी तरह जान गई हूँ कि रूप-गुण में ऐसी लड़की पृथ्वी पर मिलना दुर्लभ है। बाहर से उसका चरित्र कैसा ही क्यों न दिखाई दे। लेकिन अगर माँ दो दिन भी उसे अपने पास रख कर देख लेंगी तो लड़कियों के बारे में उनके विचार ही बदल जाते। वह कभी भी उसका अपमान न कर पातीं।''

द्विजदास ने कहा–''लेकिन माँ को दो दिन ही वो दिखाना कठिन है भाभी। वह तो देखना ही नहीं चाहेंगी।''

सती ने कहा–"लेकिन उसकी सुंदरता पर तो उनकी नजरें पड़ेंगी ही? आँखें मूँद कर तो माँ उसे अस्वीकार नहीं कर सकेंगी। यह भी तो एक प्रकार का परिचय ही है।"

द्विजदास चुप रहा।

सती ने कहा–''मेरा दृढ़ विश्वास है कि इस संसार में वंदना की कोई भी उपेक्षा नहीं कर सकता। माँ भी नहीं कर सकतीं।''

द्विजदास ने चकित होकर कहा–''वंदना नाम तो सुना हुआ सा लगाता है भाभी। संभव है कहीं देखा है। साहस तो, समाचार पत्र में एक फोटो भी है शायद–।''

बात अभी समाप्त नहीं हुई थी कि महरी धम-धम करती कमरे में आ गई। बोली, "बहू तुम यहाँ हो? तुम्हारे एक चाचा अपनी बेटी के साथ मुंबई से आए हैं। बाहर कोई नहीं है, बड़े बाबू भी नहीं हैं। मैनेजर बाबू ने उन्हें नीचे वाले कमरे में बैठा दिया है।''

घटना अप्रत्याशित थी।

"अरे, यह क्या कह रही है।'' कहती हुई सती तूफान की गति से कमरे से निकल गई।

द्विजदास भी पीछे चला गया।

4

अधेड़ आयु के एक व्यक्ति पूरी साहबी पोशाक में कुर्सी पर बैठे थे और बीस-इक्कीस वर्ष की एक लड़की उनकी बगल में ही खड़ी दीवार पर टंगे जगदात्री देवी के एक सुंदर चित्र को बड़े ध्यान से देख रही थी। उसकी वेश-भूषा भले ही सोलहों आने मेमों जैसी न हो लेकिन वह बंगाली लड़की भी दिखाई नहीं देती थी। विशेष रूप से शरीर का सफेदी लिए बहुत ही गोरा रंग, बदन की सुडौल बनावट और चेहरे का सौंदर्य। अभी-अभी सती देवर से गर्व से जो कह रही थी उसका सौंदर्य तो सास की नजरों में पड़ेगा ही, वास्तव में सच था। बहिन की सुंदरता पर गर्व किया जा सकता था।

कमरे में आकर सती ने प्रणाम करके कहा–''मंझले चाचा, बहुत दिन बाद बेटी के यहाँ आये?''

वह उठे और सती के सिर पर हाथ रखकर हँसते हुए बोले, "बेटी चाचा को बुलाया ही कब था, जो नहीं आया? कभी आने के लिए कहा भी है? जब खुद आ गया तो कह रही हो, चाचा का आना अब हुआ है।"

फिर उन्होंने द्विजदास को देखकर पूछा–''यह कौन है।''

सती ने पीछे की ओर देखकर कहा–''यह मेरे देवर द्विजू हैं।''

द्विजदास ने दूर से ही नमस्कार किया।

बड़ी बहिन को प्रणाम करके वंदना हँसकर बोली–''हाँ तो वह आप ही हैं, जिनके उत्पाद से जमींदारी से हाथ धोने की नौबत आ गई है। ये ही कुटुंब और शोच की परवाह न करने वाले बड़े सुराजी हैं?''

''मैंने ऐसी बात तुझे कब लिखी?''

''क्यों, उसी दिन तो–इसी बीच भूल भी गईं?''

सती ने सिर हिलाकर कहा–, ''ये बातें मैंने नहीं लिखी हैं, तुझे याद नहीं है।"

इतनी देर तक द्विजदास एक प्रकार की हिचक के कारण लजाया हुआ सा खड़ा रहा। अपरिचित युवती के सामने क्या करना और क्या कहना उचित होता है, वह कुछ भी समझ नहीं पा रहा था। इससे पहले अवसर कभी आया भी नहीं था। जरूरत नहीं पड़ी थी। लेकिन नवागता युवती थी चकित कर देने वाली स्वच्छंदता से उसे जैसे एक नई शिक्षा मिल गई। उसकी अकारण और अशोभन जड़ता पल भर में दूर हो गई। उसे एक स्वच्छ आनंद का स्वाद मिला। लड़कियों को भी शिक्षा और स्वाधीनता की आवश्यकता है, इसे वह सदा ही स्वीकार करता था। माँ तथा बड़े भैया से बहस छिड़ जाने पर वह यही दलील दिया करता था कि नारी के होने के कारण ही वह पुरुष है शिक्षा और स्वतंत्रता पर उनका भी पूरा अधिकार है। उन्हें मूर्ख बनाकर घरों में बंद रखना अन्याय है।

लेकिन आज इस अतिथि तरुणी के आकस्मिक परिचय से उसने पलभर ही में पहली बार यह अनुभव किया कि इन साधारण अधिकारों के तर्क के अतिरिक्त सबसे बड़ी बात यह है कि पुरुष के अत्यंत महत्त्वपूर्ण प्रयोजन के लिए भी नारी के लिए शिक्षा और स्वाधीनता आवश्यक है। उसे इन चीजों से वंचित करके पुरुष स्वयं को कहाँ तक वंचित कर रहा है–इस सत्य को उसने इससे पहले इतने स्पष्ट रूप में कभी नहीं देखा था।

उसने तरुणी को पुकार कर हँसते हुए कहा–"बात तो आपकी ही ठीक है। काफी भूल गई हैं। लेकिन इसके लिए विवाद करने से कोई लाभ नहीं।"

इतना कहकर उसने बनावटी गंभीरता से कहा–"भाभी, तुम्हारी शक्ति ही मेरी शक्ति है। फिर तुम्हारे पत्र में ही इस तरह की बातें?–ठीक है, तुम लोग मुझे छोड़ दो मैं भी अपने कुछ अधिकारों को छोड़ रहा हूँ। तुम्हारी जमींदारी हमेशा बनी रहे। एक बार खुलकर आज्ञा दे दें। आज ही वकील को बुलाकर सारी लिखा-पढ़ी कराए देता हूँ। यही साक्षी रहें। देखना, मैं कर सकता हूँ या नहीं।"

साहब ने कहा–"तेरे देवर बड़े स्वराजी हैं सती।"

"हाँ बड़े स्वराजी हैं।"

"तेरे कहने से ही लिख पढ़कर जमींदारी का भाग भी त्याग देना चाहते हैं?"

सती ने सिर हिलाकर कहा–"यह बड़ी आसानी से ऐसा कर सकते हैं। इनके लिए कुछ भी कठिन नहीं है।"

वंदना ने पूछा–"क्या आप सच कह रहे हैं? हमेशा के लिए सर्वस्व त्याग सकते हैं?"

द्विजदास पलभर उसके चेहरे की ओर देखता रहा, फिर बोला–"वास्तव में त्याग सकता हूँ। उसके लिए मेरे मन में रत्ती भर भी लोभ नहीं है। देश के पच्चानवे प्रतिशत लोगों को एक समय भी भरपेट खाना नहीं मिलता। सुबह से शाम तक मेहनत करने पर भी नहीं।–और बिना हाथ पैर हिलाए ही मेरे लिए मेवे और पकवानों की कमी नहीं है। पाप का यह दाना मुझे अच्छा नहीं लगता। गले में जैसे अटक जाना चाहता है। मेरी ऐसी रियासत का चला जाना ही अच्छा है। फिर देश के अन्य लोगों के समान ही कमा खाकर जीवन बिताऊँगा। मिल जाए अच्छी बात है। ना मिले तो उन्हीं के साथ भूखे रहकर मर जाने पर किसी दिन स्वर्ग में भी जा सकूँगा। लेकिन इस रास्ते पर चलने से उसकी आशा बिल्कुल नहीं है।"

वंदना बड़े ध्यान से सुन रही थी। बात समाप्त हो जाने पर भी नहीं बोली।

सती की व्याकुलता जैसे दूर हो गई। जैसे देवर के लिए इसके अतिरिक्त कहने के लिए कुछ शेष ही नहीं था।

सहसा उसे कोई बात याद आ गई। बोली, "भाषण फिर देना देवर, उसके लिए

अवसर मिल जाएगा। शायद अभी तक मंझले चाचा ने हाथ-मुँह भी नहीं धोया है। वंदना, चल ऊपर चलकर कपड़े बदल डाल।''

साहब ने पूछा-''दामाद तो दिखाई नहीं दे रहे?''

सती ने कहा-''वह सवेरे एक जरूरी काम से बाहर गए हैं। लौटने में शायद देर हो जाएगी।''

वंदना ने पूछा। ''मंझली दीदी, तुम्हारी सास तो दिखाई दे नहीं रहीं। घर में ही हैं न?''

सती ने कहा-''अभी तक तो हैं। लेकिन जल्दी ही कैलाश-मान सरोवर की तीर्थ यात्रा करने जा रही हैं। सुबह को पूजा-पाठ में लगी रहती हैं। थोड़ी देर बाद देख सकोगी।''

वंदना ने पूछा-''क्या अक्सर धरम-करम में लगी रहती हैं?''

सती ने कहा-"हाँ।"

''ऐसा सुना है कि विधवा हो जाने के बाद से घर-द्वार का काम बिल्कुल नहीं देखतीं। क्या यह सच है?''

''सच ही तो है। सब कुछ मुझे ही देखना भालना पड़ता है।''

वंदना ने उत्सुक होकर पूछा-''मंझली दीदी, यह तुम्हारी सौतेली सास है न?''

सती ने कहा-''आँखों से तो देखा नहीं। बहिन, शायद लोग झूठ कहते हैं।''

द्विजदास ने उत्तर देते हुए कहा-''झूठ ही कहते हैं। क्योंकि सौतेली सास का अर्थ होता है, बड़े भैया की सौतेली माँ। झूठी बात है। सौतेली माँ है मेरी। बड़े भैया की नहीं।''

''इस बात को छोड़ो। नहाने-धोने से समय पाकर इस विषय में बातचीत होगी। चलिए, ऊपर चलें।'' सती ने कहा।

''अच्छा, मैं जाकर देखता हूँ भाभी। अब देर मत करो, इन्हें ले आओ।" इतना कहकर द्विजदास तैयारी की देखभाल करने जा रहा था कि सहसा माँ को देखकर रुक गया।

संभव है सूचना पाकर ही दयामयी पूजी छोड़कर चली आई थीं। उम्र अधिक न होने के कारण विधवा होने के बाद भी वह अक्सर पराए मर्दों के समाने नहीं आती थीं। आड़ में रहकर ही बातचीत करती थीं। लेकिन आज एकदम कमरे के बीचों-बीच आ खड़ी हुईं। घूँघट माथे तक खींचा हुआ था। लेकिन चेहरा पूरा दिखाई दे रहा था।

''माँ जी, यह मेरे मंझले चाचा हैं-और यह है मेरी बहिन वन्दना।'' कहते हुए सती ने पास पहुँचकर सहसा सास को प्रणाम किया। इस प्रकार अकारण प्रणाम करने की रीति नहीं है। कोई करता ही नहीं है। इस पर दयामयी को शायद मन ही मन कुछ

आश्चर्य हुआ हो। लेकिन उन्होंने बड़े प्रेम से सती की ठोड़ी छू कर उंगलियों के किनारों को चूम कर आशीर्वाद दिया। लेकिन वन्दना पर नजर पड़ते ही उनकी नजरों में रूखापन झलक उठा।

दीदी की देखा-देखी उसने भी पास आकर प्रणाम किया। लेकिन उन्होंने छुआ नहीं। संभव है छूने से बचने के लिए ही एक कदम पीछे हटकर धीरे से बोलीं, ''जीती रहो।''

फिर साहब की ओर मुड़कर बोली, "नमस्कार समधी जी। पुत्र वधू के अच्छे भाग्य तो आपने अचानक दर्शन दिए।"

सती के चाचा ने प्रत्युत्तर में नमस्कार करके कहा–"अनेक कारणों से फुर्सत ही नहीं मिलती समधिन जी। लेकिन बिना कहे-सुने अचानक आ जाने के लिए क्षमा कीजिए। अब जब आऊँगा, समय पर सूचना देकर ही आऊँगा।"

दयामयी ने इन बातों का उत्तर न देकर कहा–"अभी पूजा-पाठ से फुर्सत नहीं मिली समधी जी। फिर भैंट होगी।–बहू, इन लोगों को ऊपर ले जाओ। देखना खाने-पीने का कष्ट न होने पाए विपिन आ जाए तो जरा मेरे पास भेज देना।"

इतना कहकर किसी ओर देखे बिना ही वह कमरे से बाहर निकल गईं।

देखने में तो औपचारिक सौजन्य में कोई विशेष भूल नहीं हुई। लेकिन मन ही मन सभी ने अनुभव किया कि चाँदनी के बीचों-बीच काले बादल का एक टुकड़ा स्वच्छ आकाश के एक छोर से दूसरे छोर की ओर चला गया।

5

जब वन्दना स्नान करके बैठक में आई तो देखा, पिताजी पहले से ही तैयार बैठे हैं।

वह एक मूल्यवान आराम कुर्सी पर बैठे, चश्मा लगाए अखबार पढ़ रहे थे। बगल वाली छोटी मेज पर बहुत से अखबार पड़े थे और पास ही खड़ा द्विजदास उन्हें तारीख के हिसाब से लगा रहा था।

रेल के सफर और काम की अधिकता के कारण उन्हें कई दिन से अखबार देखने का कोई मौका नहीं मिला था। बेटी को कमरे में आते देख आँख उठाकर बोले–"बेटी, मैंने नौ बजे वाली ट्रेन से कलकत्ता जाने का निश्चय किया है। अगर तुम्हारा मन कुछ दिन दीदी के यहाँ रहने का हो तो लौटते समय तुम्हें यहाँ छोड़कर सीधा बम्बई चला जाऊँगा। ठीक है न?"

"आपको कलकत्ते में कितने दिन लगेंगे पिताजी?"

"पाँच-सात दिन-एक सप्ताह-इससे अधिक नहीं।"

"लेकिन इसके बाद मुझे बम्बई कौन पहुँचाएगा?"

"इसका प्रबंध तो आसानी से हो सकता है।"

इतना कहकर वह कुछ सोचकर बोले–"ठीक है–इच्छा हो तो इतने दिन तुम सती के पास रहो। जाते समय तुम्हें साथ ले जाऊँगा। ठीक रहेगा न?"

पल भर चुप रहकर वन्दना बोली..."अच्छा, मंझली दीदी से पूछ लूं।"

द्विजदास ने कहा···"भाभी रसोई घर में गई हैं। देर भी हो सकती है।"

फिर हाथ का पुलिन्दा दिखाते हुए बोला, ''आपको दूँ?''

"नहीं, मैं अखबार नहीं पढ़ती।"

"अखबार नहीं पढ़ती?"

"नहीं। अखबार पढ़ने का धैर्य मुझमें नहीं है। शाम को पिताजी से कहानियाँ सुनती हूँ। मेरी भूख उसी से मिट जाती है।"

"आश्चर्य की बात है। मेरा विचार था कि आप बहुत ज्यादा पढ़ती हैं।"

वन्दना ने कहा···"मेरे बारे में कुछ भी जाने बिना इस प्रकार क्यों सोचते हैं? यह तो घोर अन्याय है।"

द्विजू लज्जित हो उठा।

वन्दना ने हँसकर कहा···"आप लोगों में से किसने कितना देश का उद्धार किया है। और उससे अंग्रेजों की आँखें कितनी लाल हो गईं, इसमें मेरी बिल्कुल दिलचस्पी नहीं है। उधर देखिए न, पिताजी तो अखबार में एकदम घुल गए हैं···बाहरी बातों का ध्यान ही नहीं है।"

संभव है साहब के कानों में बिटिया का 'पिताजी' शब्द ही पहुँचा था। लेकिन आँखें उठाने का समय नहीं मिला। बोले···"जरा शांति रखो....बोलता हूँ। बस इसी का तो उत्तर मैं खोज रहा था।"

बेटी ने सिर हिलाकर मुस्कराते हुए कहा···"तुम खोज-खोजकर दिन भर पढ़ो पिताजी, मुझे बिल्कुल जल्दी नहीं है।"

फिर द्विजदास की ओर देखकर बोली, "मंझली दीदी से पता चला है कि आपकी बहुत बड़ी लायब्रेरी है। वहीं चलिए। देखूँ आपके संग्रह में कितने ग्रंथ हैं।"

"चलिए न।"

लायब्रेरी दूसरी मंजिल पर थी। जीना काफी चौड़ा था।

द्विजदास सीढ़ियाँ चढ़ते हुए बोला···"लायब्रेरी काफी बड़ी है। लेकिन मेरी नहीं, भैया की है। मैं तो केवल कौन सी पुस्तक कहाँ प्रकाशित हुई है, इसका पता लगाता हूँ। और आज्ञा के अनुसार खरीद लाता हूँ।"

"लेकिन आप पढ़ते तो हैं?"

"बस, नहीं के बराबर पढ़ता हूँ। जिनकी लायब्रेरी होती है वे स्वयं ही पढ़ते हैं। उनमें पढ़ने की जितनी आश्चर्यजनक शक्ति है उतनी ही अद्‌भुत स्मरण शक्ति है उनकी।"

"कौन, बड़े भैया?"

"हाँ, विश्व विद्यालय की उन्होंने कोई विशेष डिग्री-विग्री नहीं पाई है। यह सच है। लेकिन इतना भव्य पांडित्य कदाचित इस देश के इने-गिने लोगों में ही हो। संभव है न भी हो। वह आपके बहनोई हैं, क्या आपने उन्हें कभी देखा नहीं है?"

"नहीं। देखने में कैसे हैं वह?"

"एकदम मुझसे उलटे····जैसे दिन और रात। मेरा रंग काला है, उनका रंग सोने जैसा है। उनकी शारीरिक शक्ति का इस इलाके में कोई जवाब नहीं है। लाठी, तलवार और बंदूक चलाने में इस ओर उनकी जोड़ का कोई भी नहीं है। केवल अकेली माँ को छोड़कर उनके मुँह की ओर देख कर बातें करने का साहस कोई नहीं कर पाता।"

वन्दना ने हंसकर कहा–"क्या मंझली दीदी भी नहीं।"

द्विजदास ने कहा····"नहीं, आपकी मंझली दीदी भी नहीं।"

"बहुत ही क्रोधी स्वभाव के हैं क्या?"

"नहीं ऐसे नहीं हैं। अंग्रेजी में ऐरिस्टोक्रेट नाम का जो एक शब्द है। शायद किसी जन्म में भैया उन्हीं के राजा थे। कम से कम मेरा तो यही विचार है।"

"क्रोधी हैं या नहीं, आपने कभी पूछा है?"

"उन्हें किसी प्रकार क्रोध करने का समय ही कहाँ मिलता है।"

"आप भैया के बड़े भक्त हैं न?"

द्विजदास चुप रहा। कुछ देर बाद बोला–"इस का उत्तर देना कभी संभव हुआ तो आपको अवश्य दूँगा।"

वन्दना ने विस्मय से कहा–"इसका अर्थ क्या है?"

द्विजदास ने थोड़ा-सा हँसकर कहा–"अगर अर्थ बता दूँगा तो फिर दोबारा बताने की जरूरत नहीं पड़ेगी, आज रहने दें।"

शानदार लायब्रेरी है। अलमारियाँ, मेज कुर्सियाँ और दूसरी चीजें जितनी कीमती हैं, उन्हें उसी तरह अच्छे ढंग से सजाया भी गया है।

इतनी बड़ी लायब्रेरी और इतनी सुंदर व्यवस्था गाँव में देखकर वन्दना को बड़ा आश्चर्य हुआ। लायब्रेरियों की बम्बई में कमी नहीं है। लेकिन गाँव में रहते हुए किसी व्यक्ति का केवल अपने ही लिए इतना बड़ा संग्रह वास्तव में आश्चर्य की बात है।

उसने पूछा–"क्या जीजा जी सचमुच इतनी पुस्तकें पढ़ चुके हैं?"

द्विजदास ने कहा–"पढ़ चुके हैं और पढ़ते भी रहते हैं। अलमारियाँ बंद नहीं हैं। किसी भी पुस्तक को खोलकर देखिए, उनके पढ़ने का चिह्न आपको दिखाई दे जाएगा।"

"इतना समय उन्हें मिलता कब है? क्या रात-दिन बस यही काम करते रहते हैं?"

द्विज ने सिर हिलाकर कहा–"नहीं। कम से कम मुझे मालूम नहीं। इसके अतिरिक्त हमारी रियासत उतनी बड़ी न होते हुए थी बहुत छोटी भी नहीं है। उसमें कहाँ क्या है और क्या हो कर रहा है, सभी कुछ भैया की आँखों के सामने है। यह आज की बात नहीं है। पिताजी के जमाने से ही यही व्यवस्था चली आ रही है। समय कैसे मिलता है। इसका भेद तो मुझे भी अच्छी तरह मालूम नहीं है। आप ही की तरह मुझे भी कुछ कम आश्चर्य नहीं है। लेकिन सोचा करता हूँ कि संसार में कुछ ऐसे लोग भी पैदा होते हैं जिनकी गिनती मामूली लोगों में नहीं की जा सकती। भैया उसी प्रकार के आदमी हैं। उन्हें शायद हमारी तरह कष्ट उठाकर पढ़ने की आवश्यकता नहीं पड़ती। छपे हुए अक्षर आँखों के भीतर जाकर दिमाग में घुस जाते हैं। लेकिन भैया की बातें अभी रहने दें। उन्हें कभी अपनी आँखों से आपने देखा नहीं। मेरे मुँह से की गई आलोचना बढ़ा-चढ़ाकर मानी जा सकती है।"

"लेकिन सुनने में मुझे बहुत ही अच्छा लग रहा है।"

"लेकिन अच्छा लगना ही तो सब कुछ नहीं है। संसार में हमारे जैसे और भी तो बहुत से मामूली आदमी हैं। अगर एक विशिष्ट व्यक्ति ही सारा स्थान घेर कर बैठ जाता है तो हम कहाँ जायें? हमारा मुँह भगवान ने केवल दूसरों का यश गान करने के लिए ही तो नहीं बनाया है?"

वन्दना में हँसकर कहा–"मतलब यह है कि अब बड़े भैया का यशगान छोड़कर छोटे भैया का थोड़ा-सा यशगान करना चाहते हैं–यही बात है न?"

द्विजू हँसकर बोला–"चाहता अवश्य हूँ। लेकिन अवसर कहाँ मिलता है? जो परिचित हैं वे तो सुनेंगे नहीं। अपरचितों के सामने ही थोड़ा-सा गुनगुनाया जा सकता हैं। लेकिन साहस नहीं होता। भय लगता है। आदत न होने के कारण अपनी बड़ाई अपने ही मुख से शायद धारा प्रवाह नहीं निकल सकेगी।"

वन्दना ने कहा–"काश रुक भी नहीं सकती प्रयत्न तो कीजिए। मेरा विचार है, मनुष्य इस विद्या में बहुत निपुण है। अब देर मत कीजिए। शुरू कर दीजिए।"

द्विजू ने सिर हिलाकर कहा–"नहीं, यह मुझसे नहीं हो सकेगा। इससे तो यही अच्छा होगा कि आप एकांत में बैठकर दो-चार पुस्तकें देखें। मैं भाभी को भेज रहा हूँ।"

इतना कहकर द्विजदास जाने लगा तो वन्दना ने जल्दी से कहा–"वाह खूब रही, मुझे अकेली छोड़कर मत जाना। मैं किताबें बहुत पढ़ चुकी हूँ, इसकी और जरूरत नहीं है। आप कोई कहानी सुनाइए मैं सुनूंगी।"

"कौन-सी कहानी है?"

"अपनी स्वयं की।"

"तो थोड़ा धीरज रखिए। मैं अभी नीचे जाकर बहुत अच्छी वक्ता को भेज देता हूँ।"

वन्दना ने कहा–"मंझली दीदी को ही भेजेंगे न? उनकी जरूरत नहीं हैं। उन्हें जो कुछ भी बोलना था अपने पत्रों में समाप्त कर चुकी है। वे जो कुछ लिखती थीं सच था या नहीं, अब तो यही सुनने की इच्छा है।"

द्विजदास ने कहा–"सच नहीं था। कम से कम बारह आने झूठ था। हाँ, क्या आप जल्दी ही विलायत जा रही हैं?"

वन्दना जान गई, यह आदमी अपने संबंध में बातचीत करना नहीं चाहता। और हठ करने की धृष्टता दिखाना उचित नहीं होगा। बोली–"पिताजी की यही इच्छा है। स्कूल की पढ़ाई वहीं समाप्त करने को कहते हैं। आप भी चलिए न?"

द्विजदास ने कहा–"मुझे इनकार नहीं है, लेकिन रुपए कहाँ से आयेंगे? वहाँ लड़कों को पढ़ाने से काम नहीं चल सकता और इतना बड़ा बोझ भाभी पर डालना नहीं चाहता। यह बेकार की आशा है।"

यह सुनकर वन्दना हँसकर बोली, "द्विजू बाबू ये बातें आपने अप्रसन्नता से कहीं हैं। नहीं तो आप लोगों के पास जितना धन है उससे केवल आप अकेले ही नहीं, चाहें तो गाँव के आधे आदमियों को साथ ले जा सकते हैं। मैं प्रबंध किए देती हूँ। आप जाने के लिए तैयार रहें।"

द्विजू ने कहा–"यह प्रबंध होने का नहीं है। रुपए तो बहुत हैं लेकिन वे सब बड़े भैया के हैं, मेरे नहीं हैं। मैं उनकी कृपा पर हूँ यह कहना अत्युक्ति नहीं होगा।"

वन्दना ने हँसने की चेष्टा करते हुए कहा–"अत्युक्ति क्या है और कौन-सी है, यह मैं भी जानती हूँ। लेकिन यह भी क्रोध की बात है। मंझली दीदी के पत्र में एक बार पढ़ा था कि जो धन आपने स्वयं नहीं कमाया उसे आप ग्रहण करना नहीं चाहते। क्या यह बात सच नहीं है?"

द्विजदास ने कहा–"अगर सच है भी तो यह अपने-अपने विचार की बात है, क्रोध की नहीं। लेकिन केवल यही कारण नहीं है?"

"और क्या कारण है, ज़रा सुनू तो?"

द्विजदास चुप रहा।

वन्दना पलभर उसके चेहरे की ओर देखकर धीरे-धीरे बोली–"मुझे स्वभावतः इतना कौतूहल नहीं है और मेरा यह आग्रह भी विचित्र है–मैं यह जानती हूँ। लेकिन जानने से ही तो संसार के सारे काम पूरे नहीं हो जाते–अभाव मुँह फाड़े खड़े रहते हैं। आपके विषय में इतना सुन चुकी हूँ कि जब आप पहले पहल कमरे में आये तो मुझे आपके अपरिचित होने का आभास ही नहीं हुआ। आपको इतनी आसानी से पहचान लिया जैसे अनेक बार देखा हो। मंझली दीदी से आप यह बातें कह सकते हैं और मुझ से नहीं? भले ही कुछ न सही, लेकिन उनकी तरह मैं भी तो एक आत्मीय ही हूँ।"

ये बातें सुनकर द्विजू चुप रह गया। और सारा मामला सहसा याद आ जाने से उसके संकोच और आश्चर्य की सीमा नहीं रही। किसी नितांत अपरिचित कुंवारी युवती से इस तरह एकांत में बात-चीत करने का यह पहला ही अवसर था।

दीवार पर लगी घड़ी में एक घंटे से भी अधिक समय बीत गया। इस बीच अगर किसी ने उन्हें नीचे खोजा होगा तो इस कमरे में होने पर क्या उत्तर देगा, यह उसकी समझ में नहीं आया। संभव है भैया घर लौट आए हों। माँ की पूजा भी समाप्त हो गई हो।–सहसा उसका समूचा तन-मन बेचैन होकर पलभर में ही सीढ़ी की ओर दौड़ा चला गया। लेकिन कुछ भी कहने-करने में असमर्थ होकर पूर्ववत चुप बैठा रहा।

"बताया क्यों नहीं? बोलिए न।"

द्विजू चैतन्य होकर बोला–"अगर बताऊँगा तो सबसे पहले आप को ही बताऊँगा। आज तक भाभी को भी नहीं बताया है।"

"इसका हिसाब वह स्वयं लगायेगी। मैं तो बिना सुने–!"

"बताना ठीक नहीं है", द्विजू के मन में ऐसी कोई शंका नहीं थी। फिर भी उसमें आग्रह की उपेक्षा करने की शक्ति भी नहीं थी।

किंकर्तव्यविमूढ़ के समान एक मिनट तक देखता रहा। फिर बोला–"वास्तव में बात यह है कि पिताजी मुझे कुछ भी नहीं दे गए हैं।"

वन्दना हैरान होकर बोली–"नहीं, यह बात झूठ है। ऐसा नहीं हो सकता।"

उत्तर में द्विजू ने सिर हिलाकर कहा–"अवश्य हो सकता है।"

"लेकिन इसका कारण क्या है?"

"शायद पिताजी की ऐसी धारणा बन गई थी कि मुझे देने पर उनकी संपत्ति नष्ट हो जायेगी।"

"इस धारणा का कोई ठोस कारण भी था?"

"अवश्य था। एक बार मुझ बचाने में उनके ढेर सारे रुपए बर्बाद हो गए थे।"

वन्दना को याद आ गया। एक बार सती ने अपने पत्र में इस प्रकार का एक संकेत किया था। उसने पूछा–"क्या पिताजी वसीयत लिख गए हैं।"

द्विजदास ने कहा, "यह बात तो केवल भैया ही जानते हैं। वे बताते ही नहीं हैं।"

लंबी सांस छोड़ते हुए वन्दना बोली–"फिर भी संतोष की बात है। मैं तो सोच रही थी कि वह सचमुच ही वसीयतनामा लिखकर आपको वंचित तो नहीं कर गए।"

द्विजदास ने कहा–"उनकी तो इच्छा थी। लेकिन लगता है भैया ने ही ऐसा नहीं होने दिया।"

"आश्चर्य है कि भैया ने नहीं होने दिया।"

द्विजू ने हँसकर कहा–"भैया को जान लेने के बाद आश्चर्य नहीं होगा। शाम हो गई थी। अभी तक नौकर कमरे में बत्ती नहीं जला गया था। मैं पास वाले कमरे में एक किताब खोज रहा था। सहसा पिताजी की आवाज सुनाई दी। भैया ने कहा–"नहीं।" पिताजी हठ करने लगे–"नहीं क्यों विप्रदास? मैं अपने बाप-दादा की संपत्ति नष्ट नहीं होने दूँगा। बैकुंठ में रहने पर भी मुझे चैन नहीं मिलेगा।" फिर भी भैया ने उत्तर दिया–"नहीं यह कभी नहीं हो सकता।" पिताजी ने कहा–"फिर भी मैं सब कुछ तुम्हारे हाथों में ही सौंपे जाता हूँ।" इसके बाद पिताजी दो-तीन वर्ष जीवित रहे। लेकिन मुझे ठीक-ठीक मालूम है कि उन्होंने अपना विचार नहीं बदला था।

वन्दना ने मधुर स्वर में पूछा–"क्या इस बात को कोई दूसरा नहीं जानता?"

"कोई भी नहीं। छिपकर सुन लेने के कारण केवल मैं जानता हूँ।"

बहुत देर तक चुप रहने के बाद वन्दना ने अस्फुट स्वर में कहा–"वास्तव में ही आपके भैया असाधारण व्यक्ति हैं।"

द्विजदास ने शांत भाव से कहा–"हाँ। अच्छा अब मैं नीचे जाता हूँ। मुझे बहुत देर हो गई है। आपको जब तक बुलाया न जाए, तब तक यहीं बैठकर पढ़िए।"

वन्दना ने हँसकर कहा–"इस समय पुस्तक पढ़ने को जी नहीं चाह रहा। चलिए, मैं भी चलती हूँ। अधिक नहीं तो आठ-दस दिन तो इस घर में रहूँगी ही। पुस्तकें पढ़ने के लिए बहुत समय मिल जाएगा।"

द्विजदास जाने के लिए तैयार हो गया था, लेकिन ठहर कर उसने पूछा–"आप पिताजी के साथ कलकत्ता नहीं जायेंगी।"

"नहीं। उनके लौट आने पर बम्बई जाऊँगी।"

द्विजदास ने कहा–"नहीं। उनके लौट आने पर भी आप यहाँ कुछ दिन तक और रहें।"

वन्दना ने कहा–"पहले तो ऐसी ही इच्छा थी। लेकिन अब देखती हूँ कि इसमें बड़ी कठिनाई है। मुझे बम्बई पहुँचा देने वाला कोई है नहीं। अगर आप सहमत हों तो मैं आपकी बात मान सकती हूँ।"

"लेकिन तब तक तो मैं यहाँ रहूँगा नहीं। इसी सोमवार को माँ के साथ कैलाश की तीर्थ यात्रा करने चला जाऊँगा।"

वन्दना की आँखें आनंद और उत्साह से चमक उठीं–"कैलाश? आप कैलाश जायेंगे? सुना है वह बहुत ही आश्चर्यजनक स्थान है। आप लोगों के साथ और कौन-कौन लोग जा रहे हैं?"

"अच्छी तरह मालूम नहीं। शायद और कोई नहीं जा रहा।"

"मुझे भी साथ ले चलिएगा?"

द्विजदास ने कोई उत्तर नहीं दिया।

वन्दना के अभिमान को जैसे चोट सी लगी। खुलकर हँसने की चेष्टा करती हुई बोली–"शायद इसीलिए मुझे यहाँ रुकने और रहने की बढ़िया राय दे रहे हैं।"

उसकी ओर देखते हुए द्विजू ने शांत भाव से कहा–"सचमुच इसीलिए राय दी है। भाभी ने इतनी सारी बातें तो लिख दीं। केवल यही नहीं लिखा कि हमारा यह परिवार कितना कट्टर सनातनी है। आपको इसके आचार-विचार की कठोरता की कोई झलक क्या किसी पत्र में नहीं मिली?"

वन्दना ने सिर हिलाकर कहा–"नहीं।"

"नहीं? आश्चर्य है।" द्विजदास ने कहा। फिर जरा रुकरकर बोला–"केवल मुझे छोड़कर इस घर में आपका छुआ पानी तक पीने वाला कोई नहीं है।"

"बड़े भैया?"

"नहीं।"

"मंझली दीदी?"

"नहीं, वह भी नहीं। हो सकता है हम लोगों के चले जाने के बाद आप यहाँ दो दिन रह भी पायेंगी। लेकिन माँ के रहते हुए तो एक दिन भी आपका इस घर में रहना नहीं हो सकेगा।"

वन्दना उदास होकर बोली–"सच कह रहे हैं?"

"सच ही कह रहा हूँ।"

ठीस उसी समय जीने से सती के बुलाने की आवाज सुनाई दी–"देवर, वन्दना क्या कर रहे हो तुम दोनों?"

"आ रहा हूँ भाभी," कहकर द्विजदास जल्दी से जाने के लिए तैयार हो गया।

वन्दना ने कहा–"इन बातों का तो मुझे पता ही नहीं था। धन्यवाद।"

6

नीचे आकर वन्दना ने देखा, पिता बड़े प्रसन्न मन से भोजन करने बैठे हैं। उसी बैठक खाने में ही एक छोटी-सी मेज पर चाँदी की थाली में भोजन परोस दिया गया है। पास ही सुडौल और विशाल शरीर का एक सुंदर व्यक्ति खड़ा है। उसके शरीर की शक्ति पूर्ण गठन और अत्यंत गोरा रंग देखते ही वन्दना समझ गई कि यही विप्रदास है। सती भी उसके साथ ही आई थी लेकिन वह अंदर नहीं आई। दरवाजे की आड़ में प्रणाम का संकेत करते हुए बोली–"हाँ यही तो हैं।"

बंगाली कन्या को यह सिखाने की बात नहीं है। इससे पहले जिस प्रकार भूमि पर लेटकर उसने माँ को प्रणाम किया था, उसी प्रकार बड़े बहनोई को करती, लेकिन उसका मन जैसे सहसा ही विद्रोह कर उठा। इनकी असाधारण विद्या और बुद्धि का विवरण द्विजदास के मुख से सुनने पर शायद इस प्रचलित शिष्टाचार का उल्लंघन

करने की बात उसके मन में न आती। लेकिन इसी परिचय ने उसे कठोर बना दिया। बड़ी बहिन की मर्यादा का विचार करके उसने हाथ उठाकर नमस्कार किया। फिर पिता से बोली, "आप अकेले ही भोजन करने बैठ गए। मुझे क्यों नहीं बुलवा लिया?"

साहब ने सिर ऊपर उठाकर कहा–"मेरी ट्रेन का टाइम जो हो गया है बिटिया। लेकिन तुम्हें तो कोई जल्दी है नहीं। मेरे चले जाने के बाद तुम लोग इत्मीनान से भोजन कर लोगी।"

आड़ में से सिर हिलाकर सती ने इसका अनुमोदन किया।

वन्दना सती को संबोधित करके बोली–"मंझली दीदी, चाँदी के इतने कीमती बर्तनों को क्यों बर्बाद किया; पिता जी को तो एल्युमीनियम या चीनी मिट्टी के बर्तनों में भोजन परोस देने से ही काम चल सकता था।"

साहब का भोजन समाप्त हुआ। वह अत्यंत सरल प्रकृति के व्यक्ति हैं। उन्होंने बेटी की बात का रत्तीभर भी अर्थ नहीं समझा। वे इस तरह लज्जित और परेशान दिखाई देने लगे जैसे उन्हीं का अपराध हो। बोले, हाँ, ठीक बात तो यही है। इस ओर तो मेरा ध्यान ही नहीं गया।–कहाँ गई सती? मुझे तो डिश में ही खाना देना चाहिए था।

विप्रदास का चेहरा क्रोध से कठोर और गंभीर हो उठा। उसका इतना बड़ा अपमान करने का साहस आज तक किसी ने नहीं किया था, जिस तरह इस नवागत आत्मीय की कन्या ने किया था। बर्तनों के बर्बाद होने की चिंता केवल बहाना है। वास्तव में तो यह उसके आचार निष्ठ परिवार पर एक निर्लज्ज और करारा व्यंग्य है। और बहुत संभव है किसी ने उसी को निशाना बनाकर यह चाल चली हो। लेकिन यह चाल चली किसने? विप्रदास समझ नहीं पाया। लेकिन कोई भी क्यों ने चले, इस भले मानस बूढ़े आदमी को माध्यम बनाने की नीचता देखकर उसकी घृणा की सीमा नहीं रही।

लेकिन इस मनोभाव को दबाकर जरा-सा हँसकर उसने कहा–"क्या तुमने अपनी दीदी से नहीं सुना कि यह सनातनी हिंदू का मकान है। यहाँ एल्युमीनियम या चीनी मिट्टी की चीजें नहीं आ सकतीं।"

वन्दना ने कहा–"लेकिन कीमती बर्तन तो नष्ट हो गए न?"

साहब ने दु:खी होकर कहा–"लेकिन सुना है कि घी लगाकर जरा-सा सेंक देने से ही–।"

इस बात पर विप्रदास ने ध्यान नहीं दिया। जिस प्रकार कह रहा था उसी प्रकार वन्दना की ओर देखते हुए बोला, "इस घर में चाँदी के बर्तनों की कमी नहीं है। वे किसी विशेष काम में भी नहीं आते। तुम्हारे पिता रिश्ते में गुरुजन हैं। इस घर के अत्यंत सम्माननीय अतिथि हैं, चाँदी के बर्तनों का कितना ही अधिक मूल्य क्यों न

हो। उनके मान के सामने तो नितान्त तुच्छ है। तुम लोगों के आने के उपलक्ष में अगर कुछ बर्तन नष्ट हो भी जाते हैं तो हो जायें।"

इतना कहने के बाद थोड़ा सा हँस कर बोले–"तुम्हारी दीदी की तरह अगर तुम्हारा विवाह भी किसी सनातनी हिंदू परिवार में हो तो पिताजी के आने पर मिट्टी की थाली में भोजन देना। उसे फेंक देने में हिचक भी नहीं होगी। क्या ठीक बात है न वन्दना?"

"अच्छा, ऐसी बात है तो मैं पिताजी के लिए सोने के बर्तन बनवाकर रख लूँगी।"

विप्रदास ने हँसकर उत्तर दिया–"यह तुमसे नहीं होगा। जो ऐसा कर सकता है वह पिता के संबंध में ऐसी बातें मुँह पर ला ही नहीं सकता। यहाँ तक कि दूसरे का अपमान करने के लिए भी नहीं। तुम अपने पिता को जितना प्रेम करती हो शायद उससे भी अधिक कोई एक व्यक्ति अपने चाचा को करता है।"

यह बात सुनकर साहब के मन का बोझ ही नहीं उतर गया बल्कि उनका हृदय आनंद से भर गया। बोले–"बेटा, तुम्हारी यह बात बिल्कुल सच है। भैया की जब अचानक मृत्यु हो गई थी तब यह बहुत ही छोटी थी। मैं परदेश में नौकरी करता था। बार-बार घर आना संभव नहीं था और आने पर भी समाज के अनुशासन के कारण अकेले ही रहना पड़ता था। लेकिन मौका पाते ही सती मेरे पास आ जाती थी।"

वन्दना ने जल्दी से रोककर कहा–"इन बातों को रहने दो पिताजी।"

"नहीं-नहीं, मुझे सारी बातें याद हैं, वे झूठ नहीं हैं। एक दिन मेरे साथ एक ही थाली में भोजन करने बैठ गई। उसकी माँ तो यह देखकर····।"

"आप क्या कहते रहते हैं पिताजी। कुछ समझ में नहीं आता। कब मंझली दीदी तुम्हारे पारे पास····तुम्हें कुछ भी याद नहीं है।"

साहब ने प्रतिवाद किया–"वा?! याद नहीं है? इसी बात को लेकर कोई गड़बड़ न हो इसीलिए तुम्हारी माँ ने उस दिन किस तरह डरते हुए····।"

वन्दना ने कहा–"पिताजी आज तुम्हें किसी तरह भी गाड़ी नहीं मिल सकती। कितने बजे होंगे?"

साहब ने जल्दी से घड़ी निकाली। देखकर इत्मीनान की सांस लेकर बोले–"तू तो इसी तरह डरा देती है कि घबरा जाना पड़ता है। अभी बहुत देर है–बड़ी आसानी से गाड़ी मिल जाएगी।"

विप्रदास ने हंसकर समर्थन करते हुए कहा–"हाँ गाड़ी आने में अभी बहुत देर है। आप निश्चिंत होकर भोजन करें। मैं स्वयं चलकर गाड़ी में बैठा आऊँगा।"

इतना कहकर वह कमरे से बाहर निकल गया।

दरवाजे की आड़ में खड़ी सती के पास जाकर वन्दना ने धीरे से पूछा–"मंझली दीदी, पिताजी ने क्या कह डाला सुना है?"

सती ने सिर हिलाकर कहा–"हाँ।"

वन्दना ने कहा–"तुम्हारी सास के कानों में पड़ जाने पर तुम्हें कष्ट उठाना पड़ सकता है। ठीक है न मंझली दीदी?"

सती ने कहा–"तो होने दो। इस बात को अभी रहने दो, चाचा सुन लेंगे।"

"लेकिन तुम्हारे पति?–वह भी तो अपने कानों से सब कुछ सुन गए हैं। इस अपराध की क्षमा शायद उनके पास भी नहीं है।"

सती ने हँसकर कहा–"अगर सचमुच अपराध हुआ ही है तो मैं क्षमा क्यों मागूँगी? इसका निर्णय मैं उन्हीं पर छोड़कर निश्चिन्त हो गई हूँ। अगर यहाँ रही तो अपनी आँखों से ही देख लोगी–चाचाजी बताइए आपके लिए क्या लाऊँ?"

साहब ने कहा...."बहुत है, बहुत है बेटी। मेरा भोजन हो गया। अब और कुछ नहीं चाहिए...।" इतना कहकर वह उठ खड़े हुए।

धीरे-धीरे स्टेशन जाने का समय हो आया। नीचे बरामदे में मोटर खड़ी थी। बिस्तर, बैग आदि एक दूसरी मोटर में रखवा दिए। पास ही खड़े होकर साहब विप्रदास की बातें कर रहे थे। इसी समय वन्दना कपड़े पहनकर तैयार होकर उनके पास पहुँच गई और बोली, "पिताजी मैं भी तुम्हारे साथ जाऊँगी।"

पिताजी ने हैरान होकर कहा...."इस धूप में स्टेशन जाने से क्या लाभ बिटिया?"

वन्दना ने कहा–"केवल स्टेशन तक ही नहीं, कलकत्ते तक चलूँगी। और वहाँ से जब तक बम्बई जाओगे, मैं भी तुम्हारे साथ चलूँगी।"

विप्रदास ने आश्चर्य चकित होकर कहा–"क्या कह रही हो? मैं तो यह समझता था कि तुम कुछ दिन यहाँ रहोगी।"

वन्दना ने उत्तर में केवल 'ना' कहा।

"लेकिन तुमने अभी तक भोजन भी नहीं किया?"

"नहीं, जरूरत नहीं, कलकत्ता पहुँचकर भोजन कर लूँगी।"

"तुम जा रही हो, तुम्हारी मंझली दीदी को मालूम है न?"

वन्दना ने कहा–"अभी तो मालूम नहीं है। लेकिन मेरे चले जाने के बाद तो उन्हें मालूम हो ही जाएगा।"

विप्रदास ने कहा–"तुम्हारे बिना खाए इस तरह चले जाने से उसे बहुत दुख होगा।"

वन्दना ने कहा–"किस बात का दुख? मुझे कुछ निमंत्रण भेज कर तो बुलवाया नहीं गया था जो मेरे चले जाने से उनका भोजन बर्बाद हो जाएगा। वह ना समझ नहीं हैं समझ लेंगी," यह कहकर बात यहीं समाप्त करके वह जल्दी से गाड़ी में जा बैठी।

साहब ने मन ही मन समझ लिया कि जरूर कोई बात हुई है। नहीं तो अचानक ही बिना किसी कारण के कुछ कर बैठने वाली लड़की वन्दना है नहीं। उन्होंने बस इतना ही कहा–"मैं तो समझता था कि यह कुछ दिन सती के पास ही रहेगी। लेकिन जब गाड़ी में आकर बैठ गई तो उतरेगी नहीं।"

विप्रदास ने कुछ नहीं कहा। चुपचाप गाड़ी मे जा बैठे।

गाड़ी चल पड़ी।

अचानक ऊपर की ओर नजर जाते ही वन्दना ने देखा, दुमंजिले के लायब्रेरी वाले कमरे की खिड़की की सलाख थामे द्विजदास स्तब्ध खड़ा है। आँखे मिलते ही उसने हाथ जोड़कर प्रणाम किया।

7

गाँव से चलकर जब साहब स्टेशन पहुँचे तो मालूम हुआ कि किसी आकस्मिक दुर्घटना के कारण आज गाड़ी बहुत देर से आयेगी। शायद एक घंटे से अधिक देर लगेगी। परिचित स्टेशन मास्टर के अचानक बीमार हो जाने के कारण कल से उनके स्थान पर एक मदरासी काम कर रहा था। वह भी ठीक तरह से कुछ नहीं बता सका। उसने केवल अनुमान से ही बाताया था कि देर एक घंटे की भी हो सकती है और दो घंटे की भी।

विप्रदास ने साहब की ओर देखकर कहा–"कलकत्ता पहुँचते-पहुँचते रात हो जायेगी। आज गए बिना क्या काम नहीं चलेगा?"

"क्यों नहीं चलेगा। मुझे तो····।"

वन्दना बीच में ही बोल उठी–"नहीं पिताजी, ऐसा नहीं हो सकता। एक बार घर से आकर वापस नहीं जाया जा सकता।"

विप्रदास ने विनम्र स्वर में कहा–"वापस क्यों नहीं जाया जा सकता वन्दना? तुम भोजन किए बिना ही चली आई हो। सारा दिन उपवास करके ही बिता देना चाहती हो क्या?"

वन्दना ने सिर हिलाकर कहा–"मुझे भूख नहीं है। वापस जाने पर मुझसे खाया नहीं जा सकेगा।"

साहब मन ही मन दुखी हो उठे। बोले, "इसकी शिक्षा-दीक्षा ही दूसरे ढंग से हुई है। एक बार हठ कर लेने पर इसे डिगाया नहीं जा सकता।"

स्टेशन बड़ा न होने पर भी वहाँ एक छोटा-सा वेटिंग रूम था। उसमें पहुँचने पर दिखाई दिया कि कम आयु के एक बंगाली साहब और उनकी पत्नी ने पहले से ही वेटिंग रूम पर कब्जा कर रखा है। साहब शायद बैरिस्टर हैं या डाक्टर–या विलायत पास प्रोफेसर भी हो सकते हैं। इस इलाके में कहाँ से आए हैं, यह भी एक

रहस्य की बात है। आराम कुर्सी के दोनों सिरों पर दोनों पैरों को फैलाकर अधसोयी स्थिति में लेटे हुए हैं। अचानक लोगों के आ जाने पर उन्होंने केवल आँखें भर खोलीं–इससे अधिक शिष्टता प्रदर्शित करने के लिए तैयार नहीं हुए। लेकिन महिला कुर्सी छोड़कर जल्दी से उठ खड़ी हुई। वह शायद अभी तक मेम साहिबा नहीं बन पाई थी। केवल ऊँची एड़ी वाले जूते ओर पोशाक की तड़क-भड़क देखकर लगता था कि इस दिशा में चेष्टा में कमी नहीं होने पाई है।

कमरे में एक आराम कुर्सी और भी थी। वन्दना ने उस पर पिता को बैठा दिया और स्वयं एक बैंच पर जा बैठी और विप्रदास को बड़े आदर से बुलाकर बोली···''बहनोई जी आप बेकार क्यों खड़े हैं। मेरे पास ही आ बैठिए। लकड़ी में दोष नहीं होता। आपकी जात नहीं चली जाएगी।"

य़ह सुनकर वन्दना के पिता थोड़ा-सा हंसकर बोले···"क्या विप्रदास छुआछूत, आचार-विचार बहुत मानते हैं?"

विप्रदास ने भी हँसकर कहा···"आचार विचार तो हैं। किंतु क्या होने से अधिक होता है। यह बिना जाने इस प्रश्न का उत्तर कैसे दूँ?"

वृद्ध ने कहा···"अभी जो वन्दना ने कहा। वही ले लो।"

विप्रदास ने कहा.."वन्दना तो बिना भोजन किए बहुत गुस्से में है। स्त्रियाँ क्रोध में जो कुछ कहती हैं, उन पर बहस नहीं करनी चाहिए।"

वन्दना ने कहा···"मैं गुस्से में नहीं हूँ। मुझे रत्तीभर गुस्सा नहीं आया।"

विप्रदास ने कहा···"हो···और बहुत ज्यादा गुस्सा हो। वरना तुम आज कलकत्ता न जाकर घर वापस चली जाती। इसके अलावा तुम्हें स्वयं ही याद आ जाती कि अभी-अभी हम एक गाड़ी में आए हैं। जात जानी थी इसलिए वह पहले ही चली गई। बैंच पर बैठने की बात तुम्हारा बहाना ही है केवल।"

वन्दना ने कहा···"बहाना है तो होने दीजिए। लेकिन सच बताइए मुखोपाध्याय महाशय, हम लोगों को छूने-छाने के कारण आपको वापस जाकर नहाना तो नहीं पड़ेगा?"

"चलिए न, घर चलकर अपनी आँखों से ही देख लेना।"

"नहीं। आप जानते हैं, माँ को प्रणाम करने गई तो वह छू जाने के भय से पीछे हट गईं थीं।" इतना कहते हुए उसका चेहरा क्रोध और लज्जा से लाल पड़ गया।

विप्रदास ने यह देखा। उत्तर में शांत भाव से बोला···"बात झूठ नहीं है। लेकिन सच भी नहीं है। इसका मुख्य कारण तुम उनके पास रहे बिना नहीं समझ पाओगी। लेकिन इसकी तो आशा ही नहीं है।"

"हाँ, नहीं है।"

इस कठोर अस्वीकृति का कारण इतनी देर के बाद विप्रदास के सामने स्पष्ट हो गया। उसकी आकुलता की सीमा नहीं रही। आकुलता के कई कारण थे। विमाता

के बारे में बात आंशिक रूप से सच ही है। वह स्वयं भी जैसे इससे कुछ संबंधित है। लेकिन समझने का न तो अवसर है और न समय। दूसरी ओर शांत मन से समझने की मनोवृत्ति भी इस समय नहीं है। इसलिए चुप रहने के अतिरिक्त और कोई मार्ग नहीं था। विप्रदास एकदम चुप रहा।

पैरों को नीचा करके साहब ने जंभाई भरते हुए पूछा···"आप ही जमींदार विप्रदास बाबू है न ?"

"हाँ, मैं ही हूँ।"

"मैंने आपका नाम सुना है। पास वाले गाँव में मेरी पत्नी की ननिहाल है। जब बंगाल में आया ही हुआ हूँ तो इनकी इच्छा हुई कि एक बार नानी से भेंट हो जाए। इसलिए चला आया। मैं पंजाब में प्रेक्टिस कर रहा हूँ।"

विप्रदास ने देखा उस व्यक्ति की आयु उसकी आयु जितनी ही होगी। एक-आध साल का घट-बढ़ हो सकता है, इससे अधिक नहीं।

साहब कहने लगे–"कल ही आपके बारे में बातें हो रही थीं। लोग यह कह रहे थे कि बहुत ही भयंकर, यानी बहुत बड़े जमींदार हैं। हाँ, दो-चार ब्राह्मण-पंडितों ने कट्टर हिंदू होने के कारण आपकी बहुत प्रशंसा की। अब देख रहा हूँ कि बात झूठ नहीं है।

अपरिचित की इस आलोचना से वन्दना और उसके पिता दोनों को ही आश्चर्य हुआ। लेकिन विप्रदास ने कोई उत्तर नहीं दिया। शायद वह इतना उदास था कि ये बातें उसके कानों तक पहुँच ही नहीं पाईं।

वह फिर कहने लगे–"मैं अपने भाषणों में अक्सर कहा करता हूँ कि रियल (वास्तविक) और सॉलिड (ठोस) शिक्षा होनी चाहिए। धोखाधड़ी, ठगी नहीं। आपको एक बार यूरोप घूम आना चाहिए। वहाँ की जलवायु, वहाँ की फ्री एअर (मुफ्त वायु) में सांस लिए बिना हृदय में फ्रीडम (स्वतंत्रता) नहीं आती। कुसंस्कारों से मन मुक्त नहीं हो सकता। मैं पूरे पाँच वर्ष तक उस देश में रहा हूँ।"

वन्दना के पिता अंतिम बात से प्रसन्न होकर बोले, "यह बात सच है।"

प्रोत्साहन पाकर वह जोश में आकर बोले, "इस डेमोक्रेसी के युग में सभी समान हैं। किसी से कोई छोटा नहीं, सभी को अपने अधिकार की एसर्ट (यांग) करना चाहिए। कांसी केस (परिणाम) कुछ भी क्यों न हो। मेरे पास रुपए होते तो मैं आपकी रियासत की सारी प्रजा को अपने खर्चे से यूरोप की यात्रा करा लाता। अपने राइट (अधिकार) किसे कहते हैं, इस बात को तब वे स्वयं ही समझ जाते।"

शायद ये बातें वन्दना को बहुत बुरी लगीं। उसने धीरे से कहा···"बहनोई जी, अपनी प्रजा पर अत्याचार करते हैं, यह आपको किसने बताया। आशा करती हूँ कि आपके ममिया ससुर पर तो केई अत्याचार हुआ नहीं होगा।"

"अच्छा, शायद यह आपके बहनोई हैं। थैंक्स···नहीं, उन्होंने तो कोई शिकायत नहीं की।"

फिर अपनी पत्नी की ओर देखकर हँसते हुए बोले, "अगर तुम्हारी बहिनें इस तरह की होतीं। शायद आप विलायत हो आई हैं? नहीं गई हैं? जायें अवश्य जायें। फ्रीडम, साहस और शक्ति किसे कहते हैं, उस देश की युवतियाँ क्या हैं, एक बार अपनी आँखों से देख आयें। मैंने नेक्स टाइम इन्हें भी ले जाने का निश्चय किया है।"

किसी के कुछ बोलने से पहले ही स्टेशन के एवजी वाले स्टेशन मास्टर ने गर्दन उठाकर कहा, ट्रेन डिस्टेन्ट सिंगल पार कर चुकी है।

सब लोग जल्दी से प्लेट फार्म पर आ गए।

जब ट्रेन प्लेट फार्म पर रुकी तो देखा, छुट्टियो के कारण यात्रियों की अपार भीड़ है। जरा-सी जगह पाना भी कठिन है। फर्स्ट और सेकेंड का केवल एक-एक डिब्बा है। सेकेंड क्लास पर पूरा कब्जा करके रेलवे के अंग्रेज सर्वेन्ट्रां का एक दल किसी खेल के लिए कलकत्ता जा रहा है। उन्हीं में से कई लोग जगह की कमी के कारण फर्स्ट क्लास में जा घुसे हैं। शराब और विषय-वासना में चूर होने के कारण उनका चेहरा जितना भयानक दिखाई दे रहा था, व्यवहार भी उतना ही उद्दंड था। सभी ने डिब्बे के दरवाजों का रोककर जोरों से चिल्लाकर कहा···"गो, जाओ, जाओ··· जगह नहीं है।"

स्टेशन मास्टर आया, गार्ड आया। लेकिन उन लोगों ने किसी की बात पर ध्यान नहीं दिया।

साहब ने कहा···"क्या करना चाहिए?"

वन्दना ने डरते हुए कहा···"चलिए, आज घर लौट चलें।"

विप्रदास ने कहा···"नहीं।"

"नहीं, तो फिर?···नहीं तो रात की ट्रने से···।"

नए साहब ने कहा···"इसके अतिरिक्त और रास्ता ही क्या है। तकलीफ होगी, होने दो।"

विप्रदास ने सिर हिलाकर कहा···"नहीं डिब्बे में चार-पाँच आदमी हैं। चार-पाँच के लिए और स्थान होना चाहिए।"

वन्दना के पिता दुखी होकर बोले-"चाहिए तो। मैं भी यही समझता हूँ। लेकिन ये सब तो नशे में धुत हैं।"

विप्रदास का समूचा शरीर लोहे के समान कड़ा हो गया। बोला···"शोक उनका है, हमारा नहीं चलिए मैं भी साथ चलूँगा।"

और दूसरे ही पल डिब्बे के हैंडल को धकेल कर दरवाजा अंदर की ओर धकेल दिया फिर वन्दना का हाथ पकड़कर घसीटते हुए नए साहब को पुकारकर

कहा, "राइट एसर्ट (अधिकार की माँग) करना चाहते हैं तो पत्नी को लेकर चढ़ आइए। अत्याचारी जमींदार के साथ रहते हुए भय की बात नहीं है।"

शराबी अंग्रेजों ने पलभर उस आदमी की ओर देखा और फिर चुपचाप उधर वाली सीट पर जा बैठे।

8

बगल वाले डिब्बे के सभी अंग्रेज यात्री शोर-गुल सुनकर प्लेट-फार्म पर आ खड़े हुए। उन्होंने एक साथ रुखी आवाज में पूछा...."व्हाटस मैटर?"

वे लोग अपने साथियों के लिए बहादुरी दिखाने को तैयार थे।

विप्रदास ने बगल में खड़े गार्ड को बुलाकर कहा...."बहुत संभव हैं, ये सभी लोग फर्स्ट क्लास के यात्री नहीं हैं। इन्हें हटा देना आपकी ड्यूटी है।"

वह बेचारा भी साहब था। लेकिन बहुत ही काला साहब। इस लिए डयूटी कुछ भी क्यों न हो, इधर-उधर झांकने लगा। बहुत से लोग तमाशा देख रहे थे। एवजी वाला मदरासी स्टेशन मास्टर भी वहीं था। विप्रदास ने हाथ के इशारे से उसे पास बुलाकर पाँच रुपए का नोट देकर कहा-"मेरा नाम मेरे नौकर से पूछ लेना। अपने ऊपर वालों को एक टेलीग्राम भेज दो कि शराबी फिरंगियों का यह दल फर्स्ट क्लास में जबर्दस्ती घुस गया है। उतरता नहीं है। और यह सूचना भी दे देना कि गार्ड खड़ा-खड़ा तमाशा देख रहा है। उसने किसी प्रकार की सहायता नहीं की।"

गार्ड समझ गया कि मेरे ऊपर संकट आने वाला है। साहस करके कुछ पास जाकर बोला-"डोन्ट यू सी, दे आर विग पीपल्स....तुम लोग रेलवे के नौकर हो। रेलवे के फ्री पास से जा रहे हो....बी केयर फुल।"

शराबियों के लिए यह बात उपेक्षा के योग्य नहीं थी। इसलिए वे उतरकर बगल वाले डिब्बे में चले गए। पर खुशी से नहीं। दबी आवाज में वे जो कुछ कह गए उसे सुनकर आदमी शांत नहीं रह सकता था।

जो कुछ हो पंजाब के बैरिस्टर साहब गार्ड को धन्यवाद देते हुए बोले...."आप न होते तो शायद हमारा जाना ठीक न हो पाता।"

"नहीं, नहीं, यह तो मेरी ड्यूटी है।"

ट्रेन के छूटने की घंटी बजी। विप्रदास ने उतरने की तैयारी करते हुए कहा...."शायद अब मुझे साथ जाने की जरूरत नहीं है। वे अब कुछ नहीं करेंगे।"

बैरिस्टर साहब बोले...."अब कुछ नहीं होगा। नौकरी का भय जो है।"

लेकिन वन्दना दरवाजा रोककर खड़ी हो गई...."नहीं यह नहीं हो सकता। नौकरी का भय ही काफी गारंटी नहीं है। आपके साथ चलना ही पड़ेगा।"

विप्रदास ने हँसकर कहा..."पुरुष होती तो जान पाती कि इससे बढ़कर संसार में दूसरी कोई गारंटी नहीं होती। लेकिन मैं तो कुछ खाकर भी नहीं आया।"

"खाकर तो मैं भी नहीं आई।"

"वह तो तुम्हारी इच्छा थी। थोड़ी देर के बाद होटल वाला बड़ा स्टेशन आयेगा। इच्छा हो तो वहाँ खा लेना।"

वन्दना ने कहा–"नहीं ऐसी इच्छा नहीं है। मैं तो उपवास कर सकती हूँ।"

विप्रदास ने कहा, "उपवास करने में किसी पक्ष को लाभ नहीं होगा···मैं उतरूँ?······बैरिस्टर साहब, आप तो साथ हैं हीं। जरा ध्यान रखियेगा। अगर जरूरत पड़े तो...!"

वन्दना ने कहा····"खतरे की जंजीर खींच करके ट्रेन रोक लेंगे। यह तो मैं भी कर सकती हूँ।"

इतना कहकर खिड़की से मुँह निकालकर घर के नौकरों से बोली, "तुम लोग जाकर माँ से कह देना कि यह हमारे साथ जा रहे हैं, कल या परसों लौट आयेंगे।"

ट्रेन चल पड़ी।

वन्दना पास आकर बैठ गई। बोली····"अच्छा मुखोपाध्याय जी, आप भी कम जिद्दी नहीं हैं?"

'क्यों?'

"आपने हम लोगों को बलपूर्वक ट्रेन में चढ़ा दिया। लेकिन वे लोग तो शराब में धुत थे। अगर न उतरते और मारपीट शुरू कर देते तो?"

विप्रदास ने कहा····"तो उनकी नौकरी चली जाती।"

वन्दना ने कहा..."लेकिन हमारा क्या जाता? शरीर की हड्डी पसलियां तो नौकरी से किसी भी तरह कम नहीं हैं।"

विप्रदास और वन्दना दोनों हँस पड़े। बैस्टिर की पत्नी ने थोड़ा-सा हँसकर मुँह फेर लिया। उसके पति पंजाब के नए बैरिस्टर का चेहरा गंभीर हो गया।

वन्दना के पिता ने अब तक इस ओर विशेष ध्यान नहीं दिया था। बात का अंतिम भाग कानों मे जाते ही संभलकर बैठते हुए बोले····"नहीं, नहीं, मजाक की बात नहीं है ट्रेनों में इस प्रकार की घटनाएँ होने के समाचार अखबारों में प्रकाशित होते रहते हैं। इसीलिए तो जोर-जबर्दस्ती की मेरी तनिक भी इच्छा नहीं थी। रात की ट्रेन से जाने पर सभी प्रकार की आसानी रहती।"

वन्दना ने कहा····"अगर रात की ट्रेन में भी शराबी होते तो?"

पिता ने कहा····"ऐसा क्या सचमुच ही होता है रे। तब तो भले आदमियों को यात्रा बंद कर देनी पड़ेगी। यह कहकर वह सिगार जलाने लगे।"

वन्दना ने धीरे से कहा–मुखोपाध्याय जी, भले आदमी की व्याख्या के बारे में पिताजी से तर्क मत कीजिएगा।"

विप्रदास ने हँसकर सिर हिलाते हुए कहा–"अच्छा मैं समझ गया।"

"अच्छा मुखोपाध्याय जी, बचपन में कभी कलकत्ता के किले के मैदान में क्या शोरों से मार पीटती है? सच बताइएगा।"

"नहीं ऐसा सौभाग्य तो कभी प्राप्त नहीं हुआ।"

वन्दना ने कहा–"लोग कहते हैं कि गाँव वालों के लिए आप आतंक हैं। सुना है घर के लोग भी आप से उतना ही डरते हैं जितना शेर से। क्या यह सच है?"

"लेकिन तुमने यह किससे सुना?"

वन्दना धीरे से बोली–"मंझली दीदी से।"

"क्या कहती है वह?"

"कहती है डर के मारे खून पानी हो जाता है।"

"कैसा पानी? शराबी साहबों को देखकर जैसे हमारा होता है उसी तरह न?"

वन्दना हँस पड़ी। सिर हिलाकर बोली–"हाँ, बहुत कुछ उसी तरह।"

विप्रदास ने कहा–"इसकी आवश्यकता है। नहीं तो स्त्रियों को वश में नहीं रखा जा सकता। तुम्हारा विवाह हो जाने पर भाई साहब को यह विद्या सिखा दूँगा।"

वन्दना ने कहा–"सिखा देना लेकिन सभी विद्याएँ सभी पर नहीं चलतीं, यह भी याद रखना। मंझली दीदी हमेशा की भली हैं। मैं होती तो सभी को मुझसे डरकर रहना पड़ता।"

विप्रदास ने कहा...."यानी तुम्हारे डर से घर के सभी लोगों का खून पानी हो जाता। कोई अचम्भे की बात नहीं है। क्योंकि पलभर में ही जो आदर्श उपस्थित कर आई हो, उससे तो बात पर भरोसा करने को मन नहीं होता। कम से कम माँ तो आसानी से नहीं भूल सकेंगी।"

वन्दना मन ही मन जरा अप्रसन्न होकर बोली–"मालूम है आपकी माँ ने क्या किया? जब मैं प्रणाम करने गई तो वह पीछे हट गईं।"

विप्रदास ने बिल्कुल आश्चर्य प्रगट नहीं किया। बोले...."मेरी माँ को बस इतना ही तुम देख सकीं और कुछ देखने का अवसर नहीं मिला। मिलता तो देखती। इसके लिए नाराज होकर बिना खाए चले आने से बढ़कर और कोई दूसरी भूल नहीं है।"

"मनुष्य को आत्म सम्मान की धारणा कहाँ से मिली? स्कूल, कालेज की मोटी-मोटी पुस्तक पढ़कर ही तो? लेकिन माँ तो अंग्रेजी नहीं जानती। उन्होंने पुस्कें भी नहीं पढ़ी हैं। उनके ज्ञान से तुम्हारे विचार कैसे मेल खा सकते हैं।"

वन्दना ने कहा...."लेकिन मैं तो अपने विचारों के अनुसार ही चल सकती हूँ।"

विप्रदास...."चलने में अक्सर गलती हो जाया करती है। जैसे तुमने आज की है। विदेशी पुस्तकों से जो कुछ सीखा है, उसी को पूर्ण रूप से सच मानने के कारण ही उस तरह चली आईं। वरना न आतीं। अकारण ही गुरुजनों का अनादर करने में हिचकिचाहट होती। आत्म मर्यादा और आत्माभिमान में अंतर जानतीं।"

वन्दना अंतर भले ही न समझे, लेकिन इतना ज़रूर समझ गई कि उसके आज के व्यवहार से विप्रदास के हृदय को चोट पहुँची है। अपने कारण नहीं, माँ के अनादर के कारण।

वन्दना ने पूछा "क्या आप भी माँ जैसे ही अंध विश्वासी हिंदू हैं?"

विप्रदास ने कहा..."हाँ।"

"इसी तरह छुआछूत का विचार करके चलते हैं।"

"हाँ, चलता तो हूँ।"

"प्रणाम करने के लिए जाने पर उन्हीं की तरह पीछे हट जाते हैं?"

"हट जाता हूँ। समय-असमय का विचार करना पड़ता है। अपनी मंझली दीदी से ही पूछ लेना। परिवार के नियमों को मानकर उन्हें भी चलना पड़ता है।"

वन्दना ने कहा..."यानी शेर से भयभीत हुए बिना कोई भी नहीं रह सकता।"

विप्रदास से हँसकर कहा...."नहीं रह सकता। जिस तरह दिन की गाड़ी में शेर के डर से लोगों को रात की गाड़ी से जाना पड़ता है? यह जीवन कर्म का प्राकृतिक नियम है।"

वन्दना ने कहा...."दीदी नारी हैं। सहज ही दुर्बल है। उन पर सभी नियम लगाए जा सकते हैं। लेकिन सुना है द्विजू बाबू भी तो परिवार के नियमों को मानकर नहीं चलते। इस संबंध में शेर साहब की क्या राय है?"

वन्दना ने चुभने के लिए ही प्रश्न किया था। और उसके चुभने की आशा ही उसने की थी। लेकिन विप्रदास के चेहरे पर उसका कोई चिह्न दिखाई नहीं दिया। उसी प्रकार हँसकर कहा...."इस घूढ़ तत्वों को अधिकारी व्यक्ति के अतिरिक्त दूसरों के सामने प्रगट करने का निषेध है लेकिन समय आने पर वह भी नियमों का पालन करेगा। क्योंकि वह जानता है कि शेर खून और माँस में पक्षपात नहीं करता।"

पलभर के लिए वन्दना का मुँह सूख गया। इसके बाद वह क्या पूछे, यह उसकी समझ में नहीं आया।

यह परिवर्तन विप्रदास की नजरों से छिपा नहीं रहा।

तभी पिता ने कहा...."बिटिया, मुझे थोड़ा-सा जल तो देना।"

वन्दना ने उठकर सुराही में से जल दिया और फिर बैठ गई। द्विजदास की चर्चा करने में उसे डर लगा। दूसरा प्रसंग छेड़ती हुई बोली, "मंझली दीदी को अपनी सास के लिए नहीं, बल्कि अगर मेरे खाकर न आने के कारण दुःख हुआ है तो मुझे भी दुख होगा। मैं यही सोच रही हूँ।"

विप्रदास ने कहा–"तुम्हारी मंझली दीदी को दुख होगा, वह बात महत्त्वपूर्ण हो गई। और मेरी माँ लज्जित होगी, दुखी होंगी यह बात तुच्छ हो गई। इसका अर्थ यह है कि आदमी वास्तविक बात जान लेने पर कैसी उलटी बातें सोचने लगता है।"

वन्दना ने कहा—"इसे उल्टी बात सोचना क्यों कहते हैं। यह तो स्वाभाविक है।"

विप्रदास चुप रहा।

वन्दना उसके चेहरे पर छा जाने वाली उदासी को देखने लगी।

ट्रेन से बाहर अंधेरा बढ़ता चला जा रहा था। कुछ भी दिखाई नहीं दे रहा था। फिर भी वन्दना चुपचाप बैठी खिड़की के बाहर देखती रही वैसे तो और दिन गाड़ी इस समय हावड़ा पहुँच जाती है, लेकिन आज दो-तीन घंटे देर से पहुँचेगी।

वन्दना ने मुँह फेरकर देखा—विप्रदास जी गाँव में से एक छोटी सी नोट बुक निकालकर कुछ लिख रहा है।

"अच्छा मुखोपाध्याय जी, एक बात बतायेंगे?" वन्दना ने पूछा।

"कौन सी बात?"

"आप कह रहे थे कि हमारा आत्म सम्मान बोध केवल स्कूल-कालेज की पुस्तकों में पढ़ी हुई धारणा है। लेकिन आपकी मां ने तो स्कूल-कालेज में पढ़ा नहीं है। उन्होंने यह धारणा कहाँ सीखी है?"

विप्रदास आश्चर्य चकित हुआ, लेकिन कुछ बोला नहीं।

वन्दना ने कहा····"उनके संबंध में जो कौतूहल पैदा हुआ है उसे मन से दूर नहीं कर पा रही हूँ। वह गुरुजन हैं, मैं मना नहीं करती। लेकिन क्या संसार में यही सबसे बड़ी बात है?"

विप्रदास ने कोई उत्तर नहीं दिया।

वन्दना बोलती गई····"आज हम उनके घर में बिना बुलाए मेहमान थे, यह तो मेरी पुस्तकों में पढ़ी शिक्षा नहीं है। फिर बात भी तो कुछ नहीं है। केवल उम्र में छोटी होने के कारण ही क्या आप लोग मेरा अपमान और तिरस्कार करेंगे?"

वन्दना ने कहा····"फिर भी मैं उनसे क्षमा माँग रही हूँ। जिससे मेरे व्यवहार के लिए दीदी को दुख न हो।"

फिर जरा रुककर बोली····"मेरे माता-पिता विलायत गए थे इसलिए उनके साहब मेम होने के अतिरिक्त उन्हें वह और कुछ समझ सकती। सुना है इसके कारण आज भी मंझली दीदी के तिरस्कार की समाप्ति नहीं हुई है। उनके विचार से मेरा विचार नहीं मिलेगा। फिर भी उनसे कह दीजिएगा कि मैं जो कुछ भी होऊँ, तिरस्कार की पात्र नहीं हूँ। दीदी की सास के कहने पर भी नहीं, यह कहते-कहते उसकी आँखों के कोनों में जल दिखाई देने लगा।

विप्रदास ने कहा····"लेकिन उन्होंने तो तुम्हारा अपमान किया नहीं।"

वन्दना ने तीखे स्वर में कहा····"जरूर किया है।"

विप्रदास ने तत्काल उत्तर नहीं दिया। पलभर चुप रहकर बोला, "नहीं, माँ ने तुम्हारा अपमान नहीं किया। लेकिन यह बात उनके अतिरिक्त और कोई समझा भी नहीं सकेगा। तर्क करके भी नहीं। यह बात तो उन्हीं से समझनी होगी।"

वन्दना खिड़की के बारह देखती रही।

विप्रदास ने कहा...."एक दिन पिताजी से माँ का झगड़ा हो गया। था। बात छोटी-सी थी। लेकिन हो गई बहुत बड़ी। तुम्हें सारी बातें तो बताई नहीं जा सकतीं लेकिन उस दिन जान पाया था कि लिखना-पढ़ना न जानने वाली इस माँ का आत्म-मर्यादा बोध कितना गहरा है।"

सहसा वन्दना ने मुँह फेरकर देखा। विप्रदास का चेहरा असीम मातृ गर्व से चमक उठा। लेकिन वह कुछ बोली नहीं। खिड़की से बाहर ही देखती रही।

विप्रदास बोलता गया—"बहुत दिनों के बाद किसी बात के सिलसिले में मैंने इसी बात को माँ से पूछा था...."माँ, इतना आत्म-मर्यादा बोध तुमने कहाँ से पाया।" वन्दना ने बिना मुँह फेरे ही कहा...."वह क्या बोलीं?"

विप्रदास ने कहा...."शायद तुम्हें पता हो कि मैं माँ का सगा बेटा नहीं हूँ। उनकी दो संतानें हैं....द्विजू और कल्याणी...माँ ने कहा...."तुम तीनों को जिन्होंने एक ही बिछौने पर पालन-पोषण का भार दिया था उन्होंने ही मुझे यह विद्या प्रदान की थी। किसी दूसरे ने नहीं। उसी दिन से जानता हूँ। माँ के इस गहरे आत्म-सम्मान बोध ने एक दिन के लिए भी किसी को यह जानने नहीं दिया कि वह मेरी सगी माँ नहीं सौतली माँ हैं। इसका अर्थ समझ सकती हो?"

पलभर चुप रहकर वह फिर कहने लगा...."प्रणाम के उत्तर में किसने हाथ कितना ऊँचा उठाया, कितना पीछे हटकर खड़ा हो गया। नमस्कार के प्रति नमस्कार में किसने कितना सिर झुकाया, इस बात को लेकर मर्यादा की लड़ाई सभी देशों में है। अहंकार के नशे की आभा तुम्हारी पढ़ने की किताबों के हर पृष्ठ पर मिलेगी। माँ न होकर दूसरे के बेटे की माँ बनकर जिस दिन माँ ने हमारे विशाल परिवार में प्रवेश किया उसी दिन आश्रित, आत्मीय परिजनों के बांट की विष की थैली जैसे झलक उठी थी। लेकिन जिस चीज से उन्होंने सारे विष को अमृत बना दिया वह घर की मालकिन का अभिमान नहीं था, वह गृहिणीपन का भय नहीं था, वह थी माँ की मर्यादा। वह इतनी ऊँची है कि आज तक उसे कोई लांघ नहीं सका। लेकिन यह तत्व है केवल हमारे ही देश में। विदेशियों को इसका पता नहीं। वे अखबारों में प्रकाशित समाचार पढ़कर उन्हें दासी कहते हैं, अंतः पुर की जंजीरों में जकड़ी बांदी कहते हैं। शायद उन्हें बाहर से ऐसा ही दिखाई देता है। मैं उन्हें दोष नहीं देता। लेकिन घर की दास-दासी की सेवा के नीचे अगर अन्नपूर्णा की राजेश्वरी मूर्ति उन्हें दिखाई नहीं देती तो क्या तुम्हें भी दिखाई नहीं देती?"

वन्दना एक टक विप्रदास के मुँह की ओर देखती रही।

अचानक बैरिस्टर साहब ऊँची आवाज में बोल उठे गाड़ी ने इतनी देर बाद हावड़ा प्लेट फार्म में 'इन' किया है।

शायद वन्दना के पिता अलसा गए थे। आश्चर्य से देखकर बोले–"दुर्दशा से मुक्ति मिली?"

वन्दना ने धीमी आवाज में कहा–"मुझे कलकत्ते में उतरना बिल्कुल भी अच्छा नहीं लग रहा है। मुखोपाध्याय जी। जी चाहता है आपकी माँ के पास लौट जाऊँ। जाकर कहूँ "माँ, मैंने अच्छा नहीं किया, मुझे क्षमा कर दो।"

विप्रदास हँस पड़ा। बोला कुछ नहीं।

स्टेशन पर उतरकर उसने पूछा–"कहाँ जायेंगे आप?"

राय साहब ने कहा–"मैं तो हमेशा ग्रेंड होटल में ही ठहरा करता हूँ। उन्हें तार भी दे दिया है। वहीं जाऊँगा।"

विप्रदास के सामने ग्रेंड होटल की बात से वन्दना को शर्म-सी महसूस हुई।

गाड़ी लेट हो जाने के कारण पंजाब के बैरिस्टर साहब अत्यधिक क्रोध प्रगट करते हुए बार-बार कहने लगे कि उन्हें बंगाल-नागपुर लाइन से जाना पड़ेगा। इसलिए वेटिंग रूम के अतिरिक्त और कोई चारा नहीं है।"

विप्रदास चुपचाप खड़ा था। राय साहब कुछ शर्मिन्दा होकर बोले–"लेकिन विप्रदास तुम–तुम भी शायद हमारे साथ–!"

"ग्रेंड होटल में?" कहकर विप्रदास हँस पड़ा। बोला, "मेरी चिंता न करें। बहू बाजार में द्विज का एक घर है। अक्सर आना पड़ता है नौकर आदि सभी हैं–अच्छा, आज वहीं क्यों न चला जाए?"

वन्दना प्रसन्न होकर बोली–"चलिए सभी लोग वहीं चलें।"

उसके सिर से जैसे एक बहुत बड़ा बोझ उतर गया। खुशी के कारण उसने अन्य दोनों सह यात्रियों से भी चलने का अनुरोध किया।

सभी मोटर में जा बैठे।

9

सवेरे उठकर वन्दना ने देखा कि इस घर के बारे में उसका विचार सही नहीं था। उसने समझा था कि पुरुषों के रहने का घर है। शायद घर के कोने-कोने में कूड़ा-करकट, सीढ़ियों पर थूक, पान की पीक के निशान, टूटी-फूटी चीजें, मैले बिछौने, कमरों में धूल और मकड़ी के जाले–इसी प्रकार अस्त-व्यवस्तता का दृश्य देखने को मिलेगा।

पिछली रात मद्धिम रोशनी और थोड़े से समय में कुछ देखने का अवसर ही नहीं मिला था। लेकिन आज घर की सफाई देखकर सचमुच ही उसे अचम्भा हुआ कि घर काफी बड़ा है। बहुत से कमरे और बरामदे हैं सभी सफाई से चमक रहे हैं।

द्वार पर बाहर एक विधवा खड़ी है। जो देखने में भले घर की महिला जैसी दिखाई देती है। गले में आंचल डालकर प्रणाम करते ही वन्दना संकोच से लजा उठी।

उसने कहा–"दीदी, आपके लिए ही खड़ी हूँ चलिए, गुसलखाना दिखा दूँ। मैं इस घर की दासी हूँ।"

वन्दना ने पूछा–"पिताजी उठ गए?"

"नहीं, कल देर से सोए थे, शायद उठने में देर लगेगी।"

"और दो जने हमारे साथ आये थे?"

"नहीं, वे भी नहीं उठे हैं।"

"तुम्हारे बड़े बाबू? क्या वह भी सो रहे हैं?"

दासी ने हँसकर कहा–"नहीं। वह तो गंगा स्नान, पूजा-पाठ समाप्त करके कचहरी के कमरे में बैठे हैं। उन्हें खबर दे दूँ क्या?"

वन्दना ने कहा–"नहीं, उसकी जरूरत नहीं है।"

गुसलखाना थोड़ी दूर पर था। एक बरामदे को पार करके जाना पड़ता था।

वन्दना ने जाते हुए कहा–"तुम्हारे यहाँ बाथरूम क्या सोने के कमरे के पास नहीं हो सकता?"

दासी ने कहा–"नहीं। क्योंकि बीच-बीच में माँ काली के दर्शन के लिए कलकत्ता आने पर इसी घर में ठहरती हैं। इसलिए ऐसा हो नहीं सकता?"

वन्दना ने मन ही मन कहा, यहाँ भी वही प्रबल-प्रतापी माँ आचार-अनाचार पर कठोर अनुशासन। वह वापस जाकर कपड़े ले आई। बोली–"अगर यहाँ दो-चार दिन रहना पड़ा तो तुम्हें क्या कहकर पुकारूँगी? शायद तुम्हारे अतिरिक्त यहाँ और कोई दासी नहीं है?"

वह बोली–"है, लेकिन वह काम में लगी रहती है। उसे ऊपर आने के लिए समय ही नहीं मिलता। जिस चीज की जरूरत हो मुझे ही आज्ञा दे दे। दीदी मेरा नाम अन्नदा है। गाँव की हूँ। शायद बहुत कुछ दोष त्रुटि हों।"

उसके विनम्र शब्दों से वन्दना ने मन ही मन प्रसन्न होकर पूछा, "तुम्हारा घर कहाँ है अन्नदा और कौन-कौन है तुम्हारा?"

अन्दा ने कहा–"इन्हीं के गाँव–बलरामपुर में ही मेरा घर है। एक बेटा है, उसे इन्हीं लोगों ने लिखा-पढ़ाकर नौकरी दे दी है। बहू के साथ वह घर पर ही रहता है। अच्छी तरह है दीदी?"

वन्दना ने उत्सुकता से पूछा–"तब तुम नौकरी क्यों करती हो? बहू-बेटे के साथ घर पर ही क्यों नहीं रहतीं?"

अन्नदा ने कहा–"इच्छा तो होती है दीदी, लेकिन होता नहीं। दुख के दिनों में बाबू लोगों को वचन दिया था कि अगर मेरा बेटा आदमी बन गया तो दूसरों के बेटों

को आदमी बनाने का भार अपने ऊपर ले लूँगी। उस बोझ को सिर से नहीं उतार सकी हूँ। गाँव के बहुत से लड़के यहाँ रहकर पढ़ते हैं। मेरे सिवाय उनकी देखभाल करने वाला कोई है नहीं।"

"क्या वे इसी घर में रहते हैं?"

"हाँ, इसी घर में रहकर कालेज में पढ़ते हैं। लेकिन आपको देर होती जा रही है। मैं बाहर ही हूँ। पुकारते ही आ जाऊँगी।"

वन्दना ने गुसलखाने में जाकर देखा, भीतर सब प्रकार का प्रबंध है। लगे हुए तीन कमरे हैं। स्पर्श दोष बचाने के लिए आदमी के दिमाग में जितने प्रकार के विचार आ सकते हैं, उनकी कोई कमी नहीं की गई। वह समझ गई कि यह सब माँ के लिए है। पत्थर का फर्श, पत्थर की ही जल चौकी, एक ओर ताँबे के तीन बड़े-बड़े हँडें हैं शायद गंगाजल रखने के लिए रोजाना मांजने के कारण चमक रहे हैं। वह कब आई थीं, और फिर कब आयेंगी, इसे कोई नहीं जानता। फिर भी स्तीभर भी उपेक्षा देखने को नहीं मिलती। ठीक ऐसी व्यवस्था है जैसे वहीं रह रही हैं। यह सब आदेश और शासन से ही नहीं होता इससे भी कोई बड़ी वस्तु नियंत्रित कर रही है? इसका अनुभव वन्दना ने चारों ओर नजर डालते ही कर लिया और यह माँ नाम की नारी इस परिवार में है हर एक की दृष्टि में कितनी ऊँची है। इस बात को वह चुपचाप खड़ी मन ही मन बहुत देर तक सोचती रही। कहानी और निबंध की पुस्तकों में भारतीय नारी जाति के अनेक दुखों की कहानियाँ उसने पढ़ी हैं, उनकी हीनता से नारी होने के नाते उसे मानसिक कष्ट हुआ है–यह असत्य भी नहीं है। इस घर में अकेले खड़े होकर उन सबको सच मान लेने के होने में उसे झिझक हुई।"

बाहर निकल आने पर अन्नदा ने हँसकर कहा···"दीदी बहुत देर हो गई। लगभग दो घंटे। वे सभी लोग खाने के कमरे में इंतजार कर रहे हैं। चलो न?"

"तुम्हारे बड़े बाबू कचहरी घर से आये?"

"हाँ नीचे ही हैं वह भी।"

"संभव है हमारे साथ तो खायेंगे नहीं?"

अन्नदा ने हँसकर कहा–"खायेंगे भी तो दोपहर ही के बाद। लेकिन आज तो वह भी नहीं। एकादशी है। शायद साँझ के बाद कुछ फल-मूल खायें।"

वन्दना न जाने कैसे समझ गई थी कि इस घर में यह स्त्री दासी नहीं है। बोली-"वे तो ब्राह्मण घर की विधवा नहीं है। एकादशी को क्यों करेंगे? कल ट्रेन में एकादशी न सही, दसवीं का उपवास तो इसी प्रकार हो गया।"

अन्नदा ने कहा–"होने दो, उपवास से उन्हें कष्ट नहीं होता। मैं कहती हूँ कि पिछले जन्म में तपस्या करके विपिन ने इस जन्म में उपवास सिद्धि का वर पा लिया है। उनका खाना देखकर चुप हो जाना पड़ता है।

नीचे आकर वन्दना ने देखा कि चाय, डबल रोटी, अंडे आदि से मेज सजी है। और पिता तथा अपनी पत्नी के साथ पंजाब के बैरिस्टर भूख से बैचेन हो रहे हैं। उनका धैर्य अपनी अंतिम मंजिल पर पहुँच गया है।

जल्दी से अखबार फेंककर शिकायत करते हुए साहब ने कहा–"इतनी देर बिटिया, अब तो देखता हूँ, सवेरे कोई काम हो नहीं सकेगा।"

विप्रदास अधिक दूर नहीं बैठा था। वन्दना ने पूछा–"मुखोपाध्याय जी, आप खायेंगे नहीं?"

विप्रदास बात जान गया। हँसकर बोला–"चाय मैं पीता नहीं, खाता हूँ। दाल-भात उसका समय यह नहीं है। मेरे लिए चिंता मत करो, तुम बैठो।"

इसका उत्तर वन्दना ने नहीं दिया। पिता और दोनों अतिथियों को संकेत करके कहा–"मुझसे अपराध हो गया है। पहला भोजन चाहिए था। मेरा खाने को मन नहीं है। अब आप लोग देर न करें। शुरू करें। मैं आप लोगों के लिए चाय बनाती हूँ।"

इतना कहकर जल्दी से काम में जुट गई।

सभी चिंता में पड़ गए। नौकर एक ओर खड़ा था, वह सहम गया। पिता ने बेचैन होकर पूछा, "बेटी, बीमार तो नहीं हो गई?"

बैरिस्टर साहब की समझ में नहीं आया कि क्या कहें?

वन्दना ने चाय बनाते हुए कहा–"नहीं पिताजी तबियत खराब नहीं है, बस खाने की इच्छा नहीं हो रही।"

"तो जरूरत क्या है। कल रात को देर से खाया भोजन शायद हजम नहीं हुआ। इसके अलावा दिन में भूख के समय भोजन जो नहीं किया था।"

"यही हो सकता है। दोपहर को मुखोपाध्याय जी के साथ बैठकर दाल-भात खाऊँगी। इस घर में शायद उसे हज्म कर सकूँगी।"

अन्य किसी ने इस बात पर ध्यान न दिया। लेकिन विप्रदास के चेहरे पर पलभर के लिए जैसे काली छाया आई और चली गई।

न जाने क्या सोचकर अचानक नौकर बोल उठा–"आज तो एकादशी है। साँझ को दो-चार फल-मूल के सिवा वह तो और कुछ खाते नहीं।"

वन्दना अभी-अभी इसी बात को सुन आई थी। फिर भी आश्चर्य का भाव बनाकर बोली–"केवल फल-मूल अच्छा हल्का भोजन है। यही शायद सबसे अच्छा रहेगा। ठीक है मुखोपाध्याय जी?"

विप्रदास ने हँसकर सिर हिलाया था। लेकिन कोई निस्संकोच भाव से उनका मजाक उड़ा सकता है। आज पहली बार इस बात को जानकर वह मन ही मन चुप रह गए। और उनके चेहरे की ओर देखकर शायद वन्दना ने भी इस बात का अनुभव कर लिया।

काम से छुट्टी पाकर जब वन्दना पिता के साथ घर लौटी तो दोपहरी ढल चुकी थी। बैरिस्टर साहब पत्नी के साथ म्यूजियम, चिड़िया घर, किले का मैदान, विक्टोरिया, मेमोरियल आदि कलकत्ते के प्रमुख दर्शनीय स्थानों को देखकर तब तक लौटे नहीं थे। रात की ट्रेन से उनका जाने का विचार है। लेकिन कार्यक्रम बदल करके अभी जाना रोक दिया है।

कपड़े बदलने के लिए राय साहब अपने कमरे में चले गए। अपने कमरे के सामने वन्दना की भेंट अन्नदा से हो गई। वह हँसकर शिकायत के स्वर में बोली–"दीदी सारा दिन तो उपवास में ही बीत गया, आपके लिए फल–मूल मँगा रखा है। जल्दी से हाथ–मुँह धो डालो। तब तक मैं ठीक–ठाक कर दूँ। ठीक है न?"

"किंतु बड़े बाबू–मुखोपाध्याय जी? कहाँ हैं वह?"

अन्नदा ने कहा–"उनकी चिंता न करें दीदी, उनके लिए तो यह रोज़ाना की बात है। न खाना उनका नियम है।

"लेकिन वह हैं कहाँ?"

"दक्षिणेश्वर काली के दर्शन करने गए हैं। अभी आ जायेंगे।"

वन्दना ने कहा–"उन्हें भी आ जाने दो, यही ठीक रहेगा। लेकिन और सब लोग? उनके लिए क्या प्रबंध हुआ है? चलो तो अन्नदा, तुम्हारा रसोई घर तो देख लूँ।"

अन्नदा ने कहा–"चलिए उन लोगों के खाने का प्रबंध इस समय रसोई घर में नहीं हुआ है। दीदी। होटल में हुआ है। खाना वहीं से आयेगा।"

वन्दना भौचक्की–सी रह गई–"यह क्या बात है? यह राय तुम लोगों को किसने दी?"

"बड़े बाबू स्वयं आज्ञा दे गए हैं।"

"किंतु यह अखाद्य–कुखाद्य ये लोग खायेंगे कहाँ? क्या इसी घर में? तुम्हारी माँ सनुेगी तो क्या कहेंगी?"

लज्जित होकर अन्नदा बोली–"नहीं। उनके कानों तक बात नहीं पहुँचेगी। नीचे के कमरे में प्रबंध कर दिया है। होटल वाला सभी बर्तन ले आयेगा, किसी प्रकार का कष्ट नहीं होगा।"

वन्दना ने कहा–"आज्ञा तो दे गए। लेकिन आज्ञा का पालन किसने किया?"

"मैनेजर बाबू ने।"

"उनके पास मुझे जरा पहुँचा सकती हो?"

"कौन–सी बड़ी बात है यह दीदी। चलिए पहुँचा दूँ?"

"चलो।"

मुखोपाध्याय परिवार का कलकत्ते में बड़ा व्यवसाय है निचले तल्ले के चार

कमरों में आफिस है। मुनीम, गुमाश्ते, मुँशी, प्यादे, मैनेजर आदि व्यापार संबंधी काम करते हैं।

वन्दना के पहुँचते ही सब उठकर खड़े हो गए। उम्र और कद के अनुसार मैनेजर को उसने आसानी से पहचान लिया। और बाहर बुलाकर पूछा–"होटल में आर्डर क्या आप स्वयं देकर आए थे।"

मैनेजर के सिर हिलाकर स्वीकार करने पर वन्दना ने कहा–"जाकर उन्हें मना कर आइए।"

मैनेजर को आश्चर्य हुआ। टालते हुए बोला–"बड़े बाबू के वापस आने तक......।"

वन्दना ने कहा, "तब मना करने के लिए शायद समय नहीं रहेगा। मुखोपाध्याय जी नाराज होंगे वो मुझ पर होंगे। आप डरिए मत। जाइये देर मत कीजिए।"

इतना कहकर उत्तर की प्रतीक्षा लिए बिना ही वह लौटने लगी।

मैनेजर सोचने लगा...."क्या यह बुरा न होगा, विप्रदास के आदेश की अवहेलना करना असम्भव कहा जा सकता है। लेकिन इस अपरिचित लड़की के निस्संकोच भाव से सोच-समझकर दिए गए आदेश का पालन न करना लगभग उतना ही असंभव है। वह कुछ देर तक सोचता रहा। फिर बोला, "तो जाकर मना कर आऊँ? कुछ एडवांस दे दिया था।"

"आप जाइए, देर मत कीजिए," इतना कहकर वह लौट पड़ी।

साँझ के बाद लौट कर विप्रदास ने सारी बात सुनी। प्रसन्न हुए या अप्रसन्न एकाएक समझ में नहीं आया। रसोई घर में पहुँच कर देखा प्रबंध लगभग पूरा हो चला है। वन्दना एक छोटे स्टूल पर बैठी रसोइए से उलझी हुई है।

विप्रदास को देखकर उठ खड़ी हुई और दिखावटी विनय के स्वर में बोली–"गुस्से में कहीं मैंनेजर बाबू को नौकरी से अलग तो नहीं कर आए मुखोपाध्याय जी?"

विप्रदास ने कहा–"मुखोपाध्याय जी बदमिजाज हैं, यह सूचना तुम्हें किससे मिली?"

वन्दना ने कहा–"कहावत है न, बाघ की गंध कोस भर दूर से ही आने लगती है।"

विप्रदास हँसकर बोला, "लेकिन अतिथियों के लिए क्या होगा? उन सभी को रात में डिनर की आदत है। इसका प्रबंध कैसे होगा?"

वन्दना ने कहा–"जिनका डिनर के बिना काम चल ही नहीं सकता, उन्हें नौकर के साथ होटल में भेज दें। बिल का पैमेन्ट मैं कर दूँगी।"

"खेल नहीं है वन्दना, ऐसा करना शायद ठीक नहीं हुआ"

"क्या उन सारी चीजों को ढोकर इस घर में लाना ठीक होता? बताइए तो, अगर माँ सुन लेती तो क्या कहतीं?"

विप्रदास ने इस बात पर विचार नहीं किया। लेकिन कुछ तय नहीं कर पाया। बोला–"उन्हें पता ही नहीं चलता।"

वन्दना सिर हिलाकर बोली, "अवश्य पता चल जाता। मैं पत्र लिख देती।"

"क्यों?"

"क्यों? जो कभी किया नहीं, उसी को दो दिन के लिए आए बाहरी आदमियों के लिए क्यों करने जायेंगे? ऐसा कभी नहीं होगा।"

यह सुनकर विप्रदास को प्रसन्नता ही नहीं हुई आश्चर्य भी हुआ। थोड़ी देर चुप रह कर बोला–"लेकिन तुमने तो कल से कुछ भी नहीं खाया है वन्दना। क्रोध क्या ठंडा नहीं होगा?"

इस बार उनका कंठ स्वर कुछ स्नेह मिश्रित-सा लगा।

वन्दना ने कोमल स्वर में उत्तर दिया–"अप्रसन्न क्यों कर दिया था। लेकिन सुनिए, आपके खाने के लिए फल-मूल सब मँगा लिया गया है। तब तक संध्या प्रार्थना से निबट लें। मैं जाकर तैयार कर दूंगी। अगर कोई ओर करेगा तो मैं आज भी नहीं खाऊँगी। बताए देती हूँ।"

"अच्छा आओ" कहकर वह ऊपर चला गया।

लगभग घंटे भर बाद वन्दना फल-मूल मिठाई की सफेद पत्थर की थाली लेकर विप्रदास के कमरे में पहुँची। अन्नदा के हाथों में पानी का गिलास था। उसने पानी से धोकर आसन ठीक कर दिया।

विप्रदास ने वन्दना की ओर आश्चर्य से देखकर पूछा–"क्या तुमने स्नान अभी-अभी किया है?"

"आप भोजन कीजिए," कह कर उसने थाली सामने रख दी।

10

आसन पर बैठकर विप्रदास ने फिर वही प्रश्न किया–"क्या सचमुच ही दोबारा स्नान करके आई हो? बीमार पड़ जाओगी।"

"पड़ने दो। लेकिन मेरे हाथ से न खाने का बहाना मैं आपको खोजने नहीं दूँगी। मेरी यही प्रतिज्ञा है। स्पष्ट कहिए–तुम्हारा छुआ भोजन नहीं खाऊँगा। तुम मलेच्छ घर की कन्या हो।"

विप्रदास ने हँसकर कहा–"दुरात्मा को बहाने बनाने की कमी नहीं होती। क्या यह तुमने पढ़ा नहीं है?"

वन्दना ने कहा–"पढ़ा है लेकिन आप दुरात्मा नहीं हैं। भयानक भी नहीं हैं। हमारी ही तरह दोष-गुण युक्त मनुष्य हैं। वरना सचमुच ही आज उन बेचारों का डिनर खत्म करने न जाती।"

"लेकिन वास्तविक कारण क्या है?"

"आपको वास्तविक कारण ही बताया है। आपके परिवार में ये चीजें नहीं चलतीं। न घर में और न यहाँ। आप ऐसा काम किस लिए करेंगे?"

"लेकिन जानती हो, वे सभी विलायत हो आये हैं, उसी प्रकार के खाने की आदत है उन्हें।"

वन्दना ने कहा–"आदत कुछ भी हो। फिर वे बंगाली हैं। बंगाली अतिथि डिनर न मिलने के कारण मर गया, इस बात का कहीं कोई उदाहरण नहीं है। इसलिए बहाना नहीं चलेगा।"

विप्रदास से कहा–"लेकिन काम की बात क्या है, सुनूं तो?"

वन्दना ने कहा–"मुझे यह ठीक-ठीक मालूम नहीं। लेकिन आप मुँह से जो कुछ कहते हैं शायद उस सब को मानते नहीं हैं। वरना माँ से छिपाकर यह प्रबंध करने को कभी भी तैयार न होते। लोग अकारण ही आप से इतना डरते हैं, जिससे डरना चाहिए वह आप नहीं, आप की माँ हैं।"

यह सुनकर विप्रदास को बिल्कुल गुस्सा नहीं आया। बल्कि हँसकर बोला–"तुमने दोनों को ही पहचान लिया है। लेकिन प्रबंध माँ से छिपाकर किया जा रहा है, यह सूचना तुम्हें कैसे प्राप्त हुई?"

वन्दना ने नाम नहीं बताया। बोली–"मैंने पूछ कर मालूम कर लिया था। यह दुर्घटना इतनी भीषण होती कि मंझली दीदी मुझे कभी भी क्षमा न करतीं। हमेशा कोसती रहतीं। और कहतीं···· वन्दना के कारण ही ऐसा हुआ इसीलिए मैं आपको ऐसा काम कभी नहीं करने दूँगी।"

विप्रदास ने कहा–"तुम निकटतम आत्मीय संबंधियों में सबसे बड़ी हो। यह बात तुम्हारे योग्य ही है। लेकिन लुका-छिपाकर तुम्हारे हाथों का बनायाा हुआ खाना खाया जा सकता है या नहीं, यह तुमने उस व्यक्ति से पूछा था?····पूछ आओ जाकर, तब तक मैं प्रतीक्षा करता हूँ" इतना कहकर उस थाली को तनिक खिसका दी।

पहले तो वन्दना का मुँह लज्जा से लाल हो गया। फिर संभल कर बोली–"नहीं, यह बात मैं उससे पूछने नहीं जा सकूँगी। आपको खाने की जरूरत नहीं।"

विप्रदास ने कहा–"लेकिन कठिनाई की बात तो यह है कि अपने घर में तुम्हें मैं उपवास भी तो नहीं करने दे सकता।" इतना कहकर वह खाने के लिए तैयार हो गया।

वन्दना ने पलभर चुप रह कर पूछा–"लेकिन इसके बाद क्या करोगे?"

"घर लौटकर गोबर खाकर प्रायश्चित कर लूँगा।" इतना कहकर वह हँस पड़ा। लेकिन यह हँसी सच है या व्यंग्य, वन्दना निश्चित रूप से समझ न पाई, वह चुप ही रही।

विप्रदास ने कहा...."माँ से समझौता हो जायेगा। लेकिन तुम्हारी बहिन के दंड से बच जाऊँगा, यह उससे भी बड़ी बात है।"

इतना कहकर फिर हँसते हुए बोला..."क्या विश्वास नहीं हुआ अच्छा, पहले विवाह हो जाए तब मुखोपाध्याय जी की बात समझ सकोगी।"

इतना कहकर थाली को साफ करके उठ गया।

डिनर तो रद्द हो गया, लेकिन दूसरे प्रकार के स्वादिष्ट भोजनों की कमी नहीं थी। इसलिए तृप्ति के विचार से कोई भूल नहीं हुई काम समाप्त हो जाने के बाद वन्दना बिछौने पर लेट कर सोचने लगी–उसके प्रति विप्रदास का आचरण अप्रत्याशित भी नहीं है। शायद अनुचित भी नहीं। और अपने आदमी होकर भी जिन कारणों से अब तक घनिष्ठता और परिचय नहीं था। वह भी इतनी प्राचीन कहानी है कि नए सिरे से आघात अनुभव करना केवल ज्यादती ही नहीं हँसी की बात भी है।

प्रणाम करने के लिए जाने पर विप्रदास की माँ छूने से बचने के लिए हट गई थी, उसी के विरोध स्वरूप वन्दना बिना खाए ही गुस्से में चली आई थी। अशिक्षित महिला के उद्धत धर्माचार से उसे धक्का न लगा हो, ऐसी बात नहीं। लेकिन इस मूर्खता को भी एक दिन भूल जाना आसान है। लेकिन विप्रदास ने जो कुछ किया उसके प्रत्युत्तर में क्या करना चाहिए, वन्दना यह निश्चय नहीं कर पाई। उसके हाथ का फल-मूल-मिठाई उसने खाई है। लेकिन अपनी इच्छा से नहीं, विवशता से। कहाँ बलरामपुर की अनहोनी। यहाँ भी न हो जाए इस भय से। मानो पागल के हाथों से छुटकारा पाने के लिए। लेकिन इस अनाचार से विप्रदास को चोट पहुँची है। घर लौटकर वह प्रायश्चित करेगा। यह बात न जाने क्यों निश्चित समझकर वन्दना को नींद नहीं आई। लेकिन यह भी बहुत बार सोचा कि मामला इतना गंभीर क्यों है? उनके चलने का मार्ग एक तो है नहीं। संसार में दोनों के लिए काफी स्थान है। अगर एकदिन अचानक संघर्ष हो ही जाता है तो हो जाए। इस प्रश्न का सामना करने की प्रेरणा उसे इस जीवन में कौन दे रहा है।

उसने अपने आपको शांत करने की बहुत चेष्टा की फिर भी उसकी मौन अवज्ञा को किसी प्रकार भी मन से दूर नहीं कर पाई।

सोचते-सोचते वह सो गई। लेकिन अस्वस्थ और बाधा ग्रस्त नींद सहसा ही टूट गई।

अभी सवेरा नहीं हुआ था। नींद पूरी न होने के कारण आँखें भारी थीं। आँखों में नींद भरी हुई थी। लेकिन बिस्तर पर लेटी न रह सकी। बाहर बरामदे में रेलिंग के

सहारे खड़ी होकर देखा बीतती रात का अंधेरा और अधिक सघन हो गया है। दूर वाली बड़ी सड़क पर कभी-कभी गाड़ियों की आवाज सुनाई दे जाती है। लोगों के चलने फिरने में अभी बहुत देर है। सारा घर बिल्कुल खामोश पड़ा है।

सहसा उसने देखा, एक तल्ले पर माँ के पूजा घर में दीपक जल रहा है। और उसकी नन्हीं सी रोशनी बंद खिड़की के सुराख से निकल कर सामने वाले खम्बे पर पड़ रही है। एक बार सोचा, शायद नौकर दीपक बुझाना भूल गए हैं। लेकिन दूसरे ही पल याद आया। शायद विप्रदास है--पूजा कर रहे हैं।

अपने कौतूहल पर वह काबू नहीं पा सकी। सोचा, अचानक भेंट हो जाने पर लज्जा छिपाने को स्थान नहीं मिलेगा। रात में कमरा छोड़कर नीचे आने का कोई कारण नहीं बताया जा सकता। लेकिन वह अपनी उत्सुकता को रोक नहीं पाई।

वन्दना ने पुस्तकों के ध्यान अ विषय में पढ़ा है, चित्रों में देखा है। लेकिन इससे पहले आँखों से कभी नहीं देखा। रात के एकांत अंधकार में वही दृश्य उसे आज दिखाई दिया। विप्रदास की दोनों आँखें बंद हैं। उसका बलिष्ठ दीर्घ बदन आसन पर है। दीपक का प्रकाश उसके मुँह और माथे पर पड़ रहा है। कोई विशेष बात नहीं शायद और किसी समय देखने पर वन्दना को हँसी आ जाती। लेकिन नींद से भरी आँखों को इस दृश्य ने मुग्ध कर लिया।

इस प्रकार वह कितनी देर तक खड़ी रही उसे इसका ध्यान नहीं रहा। लेकिन जब सहसा चेतना लौटी तो देखा आकाश का पूर्वी छोर साफ हो गया है। उसने सोचा, कहीं नौकर-चाकरों से यहाँ सामना न हो जाए वह रुकी नहीं। धीरे-धीरे ऊपर जाकर अपने कमरे में जा लेटी। गहरी नींद आने में उसे कुछ भी देर नहीं लगी।

कुछ देर बाद द्वार पर थपकियाँ देकर अन्नदा ने बुलाया-"दीदी, काफी दिन चढ़ आया।"

उसने जल्दी से द्वार खोला और बाहर आ गई। सचमुच दिन चढ़ आया था। लज्जित होकर पूछा "शायद वे लोग आज भी प्रतीक्षा कर रहे हैं? जरा सवेरे मुझे क्यों नहीं जगा दिया? नहाने के बाद एक घंटे से पहले तो तैयार नहीं हो पाऊँगी अन्नदा।"

उसके विस्मय भरे चेहरे की ओर देखकर अनन्दा हँस पड़ी, बोली-"भय की कोई बात नहीं है दीदी। आज वे लोग धीरज नहीं रख सके। आप जब तक चाहें नहायें। कोई बाधा नहीं डालेगा।"

वन्दना ने सुना तो जैसे छुट्टी पा गई। उसने हँसकर कहा, "तुम लोगों की बहुत सी बातें मुझें पसंद नहीं हैं, यह ठीक है। लेकिन इस बात को पसंद करती हूँ। सभी लोग घड़ी की सुईं के अनुसार नहीं खाते, यह बहुत बड़ी बात है।"

अन्नदा ने पूछा, "क्या आपको सवेरे भूख नहीं लगती दीदी?"

वन्दना ने कहा-"कभी नहीं। लेकिन बचपन से ही रोजाना खाती आ रही हूँ। अच्छा चलूँ, अब देर नही करूँगी।" कहकर चली गई।

दो घंटे के बाद विप्रदास से नीचे भेंट हुई। वह कचहरी घर से काम निपटा कर आ रहे थे।

वन्दना ने कहा–"नमस्कार।"

"चाय पी ली न?"

"हाँ।"

"वे लोग सब्र नहीं कर सके। लेकिन तुम लोगों ने ही–,"

वन्दना ने बात काट कर बोली –"उनके लिए मैंने शिकायत नहीं की है मुखोपाध्याय जी?"

विप्रदास ने हँस कर कहा–"स्वभाव प्रशंसा के योग्य है। इसे अस्वीकार नहीं करूँगा। लेकिन दोनों बहनों में प्यार सूर्य और चंद्रमा जितना है। सुना है जल्दी ही विलायत जा रही हो। शिक्षा पूरी करके आ जाओ तो तनिक सूचना दे देना एक बार जाकर मूर्ति के दर्शन कर आऊँगा।"

वन्दना सुन कर हँस पड़ी।

विप्रदास ने कहा–"सुना है उस देश में दिन के बारह बजे तक सोना पड़ता है। साधना कठिन है लेकिन कष्ट उठाकर तुम्हें अभ्यास करना ही होगा। क्यों साधना तो तुम्हारी इसी देश में पूरी हो चुकी है।"

इस बार भी वन्दना हँस पड़ी और फिर चुप होकर विप्रदास के चेहरे की ओर देखती रही। एकदम सीधी-सादी सरल आकृति, हम सब के समान हँसना-बोलना, स्नेह भाव दिखाना। लेकिन पिछली रात के सन्नाटे में सूने कमरे में यह शांत-मौन मूर्ति कितनी रहस्यमयी दिखाई दे रही थी। दिन में इस बात की याद आते ही उसके आश्चर्य की सीमा नहीं रही। "वे लोग कहाँ हैं मुखोपाध्याय जी? कोई भी तो दिखाई नहीं दे रहा।"

विप्रदास ने कहा–"इसका मतलब है, वे लोग अभी लौटे नहीं। यानी ससुर जी और रूपतनिक बैरिस्टर साहब तीनों गए हैं हावड़ा स्टेशन–सीटें रिजर्व कराने।" वन्दना ने आश्चर्य से पूछा–"बैरिस्टर साहब तो साप्तहिक सीट बुक करा सकते हैं, लेकिन पिताजी क्यों कराने जायेंगे? उनकी छुट्टियाँ समाप्त होने में तो अभी आठ-दस दिन की देर है। इसके अलावा मुझसे कहे बिना ही"

विप्रदास ने कहा–"कहने के लिए समय ही नहीं मिला। शायद लौटकर बतायें। सवेरे ही बम्बई आफिस से एक अर्जेन्ट तार आया है। चेहरा देखकर संदेह नहीं रहा कि बिना गए काम नहीं चलेगा।"

"लेकिन मैं इतनी जल्दी क्यों जाने लगी?"

विप्रदास ने उसी की बात दोहराते हुए कहा–" अवश्य–जाओगी क्यों? यही तो मैं भी कह रहा हूँ।"

वन्दना की समझ में बात नहीं आ सकी। बस जिज्ञासु की तरह देखती रही।

विप्रदास ने कहा–"एक तार अपनी बहन को भेज दो न। देवर को साथ लेकर चली आयें। तुम लोगों की खूब पटेगी भी। मैं अतिथि सत्कार के झंझटों से बच जाऊँगा।"

वन्दना ने डरते हुए व्याकुल स्वर में पूछा–"क्या यह संभव है? माँ कभी भी सहमत नहीं होगी, मुझे तो वह देखना भी नहीं चाहती।"

विप्रदास ने कहा–"एक बार करके देख लो न? कहो तो तार का एक फार्म भेज दूँ–ठीक रहेगा न?"

उत्सुक नैनों से पलभर मौन रहकर अंत में न जाने क्या सोचकर वन्दना बोली–"रहने दीजिए। यह मुझसे नहीं होगा मुखोपाध्याय जी।"

"तो रहने दो।"

"न हो तो मैं पिताजी के साथ चली जाऊँ?"

"यह ठीक रहेगा," कहकर विप्रदास चला गया।

खाने की मेज पर पिताजी का तार पड़ा हुआ था। वन्दना ने खोलकर देखा। सचमुच बम्बई आफिस का तार है। बहुत ही आवश्यक है। देर नहीं की जा सकती।

कमरे में आकर वन्दना अपने बक्स को ठीक करने लगी।

अभी पिता लौटे नहीं थे। कई घंटे के बाद अन्नदा कमरे में आई। बोली···"आपके नाम का तार आया है। दीदी। यह लो।"

"मेरा तार?" वन्दना ने आश्चर्य ने कहा। तार हाथ में लेकर खोल कर देखा···बलराम पुर से माँ ने उसी को तार भेजा है। साग्रह अनुराध दिया है···वह किसी भी दशा में वापस न जाए। बहू जी द्विजू को साथ लेकर रात की ट्रेन से आ रही हैं।"

11

मंझली दीदी रात की ट्रेन से आ रही हैं साथ मे द्विजदास भी आ रहा है। वन्दना की प्रसन्नता की सीमा नहीं रही। दीदी की सुसराल में अपने आचरण से वह मन ही मन बहुत लज्जित थी। लेकिन उसे कैसे सुधारा जाये, कोई उपाय सूझ नहीं रहा था। आज बिल्कुल न चाहते हुए भी उसे पिता के साथ बम्बई लौट जाना पड़ता। अचानक ऐसे ढंग से इसका समाधान हो गया जिसका उसे पता भी नहीं था।

वन्दना ने तार के फार्म को कई बार उलट-पुलट कर देखा। पढ़कर अन्नदा को सुनाया और उस छोटे से फार्म को पिता के हाथों में देने के लिए उत्सुकता से प्रतिक्षा करने लगी। विप्रदास घर में नहीं हैं। पूछने पर पता चला कि कुछ देर पहले ही बाहर गए हैं। यह व्यवस्था उन्होंने ही की है। इसलिए उन्हें बताने की कोई बात नहीं। फिर भी एक बार तो कहना ही होगा। लेकिन कैसे कहेगी, यही सोचती-विचारती रही।

लेकिन उसे कुछ भी नहीं सूझा। प्रसन्नता प्रगट करने का आसान मार्ग जैसे कभी का बंद सा हो गया है।

अनेकों की दृष्टि में जमींदार वर्ग का यह कठोर और कट्टर सनातनी व्यक्ति आरंभ से ही उसे अच्छा नहीं लगा। अब वह काफी दुर्बोध है। फिर भी धीरे-धीरे उनके हृदय में एक परिवर्तन हो रहा था। वह देख रही थी कि इस व्यक्ति का आचरण सीमित है। बातें और व्यवहार भद्र है, मधुर है। फिर भी औरों से भिन्न है। यह बात उसके प्रत्येक व्यवहार से दिखाई देती है। सबके बीच रहकर भी वह सबसे दूर ही रहता है। आश्रित जन, नौकर-चाकर, कर्मचारी, सभी उस पर श्रद्धा रखते हैं। उसका आदर करते हैं। लेकिन सबसे बड़ी बात यह है कि वे सब उससे डरते हैं। उनके हृदय के भाव इस प्रकार हैं--बड़े बाबू अन्नदाता हैं। बड़े बाबू रक्षक हैं। बड़े बाबू सबके हैं लेकिन किसी के अपने नहीं हैं। पिता की मृत्यु की विपत्ति उन्हें बताई जा सकती है लेकिन पुत्र के विवाह-उत्सव में भोजन के लिए उन्हें निमंत्रण नहीं दिया जा सकता। इस घनिष्ठ संबंध की बात वे सोच भी नहीं सकते।

कल वन्दना रसोई घर की नौकरानी को सीधी और बुद्धू समझकर बातों-बातों में इसका कारण पूछ रही थी। लेकिन बहुत कुछ पूछने पर भी वह इतना ही मालूम कर सकी कि वह इसका कारण नहीं जानती। सभी डरते हैं इसलिए वह भी डरती है। अन्य लोगों से पूछने पर भी शायद यही उत्तर मिलता।

मुखोपाध्याय जी के परिवार में यह मान एक संक्रामक रोग है। उस दिन अचानक ही उस छोटी-सी घटना के अवसर पर विप्रदास का उग्र स्वभाव पल भर में प्रगट हो गया था। ट्रेन में उस दिन पास बैठकर हँसी की कितनी ही बातें हुईं। लेकिन आज यह नहीं जान पड़ता कि यही व्यक्ति इस घर का स्वामी है।

सहसा नीचे शोर-गुल सुनाई पड़ा। किसी ने दौड़ कर सूचना दी कि उसके पिता राय साहब स्टेशन से लंगड़े होकर लौटे हैं। वन्दना ने खिड़की से झांक कर देखा, पंजाब के बैरिस्टर और उनकी पत्नी कंधे पकड़ कर राय साहब को गाड़ी से उतार रहे हैं। उनके पैर में जूता और मौजा नहीं है। पैर पर दो-तीन भीगे रूमाल लिपटे हुए हैं।

प्लेट फार्म पर भीड़ की रेल-पेल में किसी ने उनके पैर पर लकड़ी का भारी संदूक गिरा दिया था। लोगों ने उन्हें सहारा देकर ऊपर लाकर बिछौने पर लिटा दिया। दरबान डॉक्टर को बुलाने दौड़ा गया। डॉक्टर ने अंदर पट्टी बाँधी, दवा दी और कहा-"कोई विशेष चोट नहीं है। लेकिन कुछ दिनों के लिए चलना-फिरना बंद करना होगा।"

अगले दिन साँझ के समय सती आ गई। वन्दना बड़े उत्साह से स्वागत करने जा रही थी, सहसा ठिठक गई। उसने देखा, मोटर से केवल मंझली दीदी हीं नहीं उतर

रहीं, साथ मे उनकी सास दयामयी भी है। आनंद की लहर थम सी गई। वन्दना भयभीत हो उठी। किसी प्रकार प्रणाम करके एकदम किनारे पर खड़ी होने जा रही थी कि दयामयी ने हँसकर पूछा–"अच्छी तो हो न बिटिया?"

वन्दना सिर हिलाकर बोली–"अच्छी हूँ। आप अचानक कैसे आ गईं?"

दयामयी ने कहा–"बताओ तो, न आती तो क्या करती? मेरी एक पगली बेटी रूठ कर बिना खाए-पिए ही चली आई उसे वापस घर ले जाए बिना चैन कैसे पड़ता।"

वन्दना ने लजाते हुए मुस्करा कर कहा–"आप कैसे समझीं कि–मैं नाराज होकर चली आई हूँ?"

दयामयी ने कहा–"पहले लड़के-लड़की वाली बनो। मेरी तरह उन्हें पाल-पोस कर बड़ा करो। तब स्वयं ही जान जाओगी कि बेटी के क्रोध की बात माँ कैसे जान जाती है।"

इन बातों को उन्होंने इतने मीठे स्वर में कहा कि वन्दना कोई उत्तर न दे सकी। सिर झुका कर उनके पैर छूकर प्रणाम किया। और फिर खड़ी होकर बोली, "पिताजी सख्त बीमार हैं माँ।"

"बीमार हैं? उन्हें क्या हुआ?"

"पैर में चोट लग जाने के कारण वह कल से बिछौने पर पड़े हुए हैं। उठ ही नहीं सकते।"

दयामयी घबराकर बोली–"इलाज में कोई भूल तो नहीं हुई? चलो जिस कमरे में तुम्हारे पिताजी हैं, मुझे वहीं ले चलो। पहले उन्हें देख आऊँ तब और कुछ होगा।"

इतना कहकर वह सती को साथ लेकर वन्दना के पीछे-पीछे ऊपर राय साहब के कमरे में चली गई, आज उनके पैर में कोई विशेष दर्द नहीं था। उन लोगों को देखकर बिस्तर पर बैठ गए। फिर नमस्कार किया।

दयामयी ने हाथ उठाकर नमस्कार का उत्तर दिया और मुस्कराती हुई बोली–"समधी जी का पैर किस तरह टूट गया? कहाँ घुस गए थे।"

सती और वन्दना ने दूसरी ओर मुँह फेर लिया। राय साहब सीधे-सादे आदमी थे। समझाने लगे कि कहीं घुसने के कारण नहीं, स्टेशन के प्लेट फार्म पर अचानक ही यह दुर्घटना हो गई।

दयामयी ने हँसकर कहा–"जो होना था हो गया। अब कुछ दिन बेटियों की देखभाल में घर में बंद पड़े रहिए। कहीं एक बिटिया आपको संभाल न सके, इसलिए एक और को ले आई हूँ। बारी-बारी आपकी सेवा सुश्रुषा किया करेंगी।"

राय साहब ने इस बात पर विश्वास कर लिया। उन्होंने इस कृपा और सहानुभूति के लिए बहुत धन्यवाद दिया।

"फिर भेंट होगी। अब जाकर हाथ पैर धो लूँ," इतना कहकर दयामयी अपने कमरे में चली गई।

द्विजदास और उसका भतीजा वासुदेव दूसरी मोटर से आये। मंझली दीदी के बेटे को वन्दना उस दिन देख नहीं पाई थी। वह पाठशाला में था। और उसकी छुट्टी होने से पहले ही वन्दना घर से चली आई थी दीदी को छोड़कर वासुदेव रह नहीं सकता। इसलिए साथ ही आया है और उन्हीं के साथ घर लौट जायेगा।

चाचा के परिचय करा देने पर वासुदेव ने नमस्कार किया। वन्दना के पैरों में जूते देखकर उसे बड़ा आश्चर्य हुआ। लेकिन वह बोला कुछ नहीं। आठ-नौ वर्ष का लड़का है लेकिन सब कुछ समझता है।

बड़े प्यार से छाती से लगाते हुए वन्दना ने पूछा-"मुझे पहचाना नहीं वासु?"

"मैंने पहचान लिया मौसी।"

"लेकिन उस समय तो तुम पाँच-छः वर्ष के थे। तुम्हें याद तो नहीं रहना चाहिए।"

"फिर भी मुझे याद है मौसी। तुम्हें देखते ही पहचान लिया। हमारे घर से तुम क्रोध करके चली आईं। पाठशाला से लौटने पर तुम्हें देखा ही नहीं।"

"क्रोध करके चले आने की बात तुमने किससे सुनी?"

"दादी से चाचा कह रहे थे।"

वन्दना ने द्विजदास की ओर देखकर पूछा-"क्रोध करने की बात आपको कैसे मालूम हुई?"

द्विजदास ने कहा-"केवल मैं ही नहीं, घर के सभी लोग जानते हैं। इसके अतिरिक्त आपने छिपाने का भी तो कोई विशेष प्रयत्न नहीं किया था।"

वन्दना ने कहा-"आप मेरे क्रोध करने की बात ही जानते हैं। उसका कारण भी मालूम है?"

द्विजदास बोला-"सभी को भले ही मालूम न हो। लेकिन मुझे मालूम है। राय साहब को अकेले मेज पर खाने के लिए बैठाया गया। इसीलिए।

वन्दना ने कहा-"अगर यही कारण है तो मेरा क्रोध करना क्या उचित मानते हैं।"

द्विजदास ने कहा-"उचित मानता हूँ। हालांकि इन लोगों के लिए भी कोई दूसरा मार्ग नहीं था।"

"क्या आप मेरे पिताजी के साथ बैठकर भोजन कर सकते हैं?"

"कर सकता हूँ। लेकिन भैया के मना करने पर नहीं।"

"लेकिन क्या आप समझते हैं कि आप को मना करने का अधिकार दादा को है?"

द्विजदास ने कहा–"यह उनकी बात है, मेरी नहीं । भैया की बात न मानना अनुचित है, यह जानता हूँ।"

वन्दना ने कहा–"जिसे कर्तव्य समझते हैं क्या उसे करने का साहस आप में है?"

पल भर चुप रहकर द्विजदास ने कहा–"देखिए साहस–वाहस की बात नहीं है। स्वभाव से में कायर भी नहीं हूँ। लेकिन भैया के मना करने पर मैं उनकी अवहेलना भी नहीं कर सकता। बचपन में पिता जी की कितनी–ही बातें मैंने नहीं सुनी। उनके लिए मुझे दंड न मिला हो सो बात नहीं। लेकिन मेरे भैया दूसरे स्वभाव के आदमी हैं। मैं उनका कभी अपमान नहीं कर सकता।"

"अपमान करने से क्या होता है?"

"क्या होता है, यह तो नहीं जानता। लेकिन हमारे परिवार में यह प्रश्न अब तक उठ नहीं पाया है।"

वन्दना ने कहा–"मंझली दीदी के पत्रों से जान पड़ता है कि देश के लिए आप बहुत कुछ करते रहे हैं। जो दादा की इच्छा के विरुद्ध है। फिर ऐसा क्यों करते हैं?"

द्विजदास ने कहा–"उनकी इच्छा के विरुद्ध हो सकता है। लेकिन वे मना नहीं करते। वरना नहीं कर सकता था।"

दो–तीन मिनट चुप रहकर वन्दना ने कहा–"दीदी के पत्र से आपके विषय में जो कुछ समझा था वह तो आप हैं नहीं। अब उन्हें साहस बंधा सकूँगी कि डर की कोई बात नहीं है। आपकी देश सेवा के कार्यों से मुखोपाध्याय परिवार की संपत्ति में किसी भी दिन कौड़ी का भी घाटा नहीं होगा। दीदी निश्चिंत रहें।"

द्विजदास ने हंसकर कहा–"दीदी का घाटा हो क्या आप यही चाहती हैं?"

वन्दना ने झल्लाकर कहा–"वाह, ऐसा क्यों चाहूँ? मैं तो यह चाहती हूँ कि उनका भय दूर हो जाए। वह निर्भय हो जायें।"

द्विजदास ने कहा–"आप चिंता न करें। वह निर्भय ही हैं। कम से कम भैया के बारे में यह बात मैं निसंकोच रूप से कह सकता हूँ कि भय नाम की किसी भी वस्तु को वह आज तक नहीं जानते। यह उनके स्वभाव के विरुद्ध है।"

वन्दना ने हँसकर कहा–"इसका तात्पर्य यह है कि भय वस्तु को आप लोगों ने घर में ही आपस में बाँट लिया है। और उनके हिस्से में बिल्कुल नहीं पड़ा है। यही न?"

द्विजदास ने यह बात सुनी तो हँसकर बोला–"बहुत कुछ है। लेकिन आपको वंचित नहीं होना पड़ेगा। जो थोड़ा–सा शेष है, उतना आप भी पायेंगी। तीन–चार दिन से आप उनके साथ हैं, क्या अभी तक पहचान नहीं पाईं?"

वन्दना ने कहा–"नहीं, आपसे उन्हें पहचानना सीखूंगी। इसी आशा में हूँ।"

द्विजदास ने कहा–"तो लीजिए पहला पाठ, इन जूतों को उतार दीजिए।"

तभी नौकार ने आकर कहा–"आप लोगों को माँ ऊपर बुला रही हैं।"

वन्दना ने चलते-चलते पूछा–"माँ अचानक कैसे आ गई?"

द्विजदास ने कहा–"पहली बात है कैलाश मामा के संबंध में मामियों की राय लेना। दूसरी आपको लौटा कर बलरामपुर ले जाना। देखिए कहीं 'ना' न कह बैठना।"

वन्दना ने कहा–"ठीक है ऐसा ही सही।"

द्विजदास ने कहा–"माँ के सामने आपको मिसराय नहीं कह सकूँगा। आप उम्र में मुझसे छोटी हैं। इसलिए नाम लेकर ही पुकारूँगा। क्रोध में आकर कहीं कोई दूसरा अभिनय न कर बैठना।"

वन्दना हँसकर बोली–"नहीं, क्रोध क्यों करूँगी। आप मेरा नाम लेकर ही बुलाएं। लेकिन मैं आपको क्या कहकर बुलाऊँगी?"

द्विजदास ने कहा–"मुझे द्विजू बाबू ही कहा करें। लेकिन भैया को मुखोपाध्याय जी कहना ठीक नहीं होगा। उन्हें सभी बड़े बाबू ही कहते हैं। आपको भैया कहना होगा। यह रहा दूसरा पाठ।"

"क्यो?"

द्विजदास ने कहा–"तर्क करके सीखा नहीं जा सकता। मान लेना पड़ता है। पाठ याद हो जाने पर इसका कारण बताऊँगा। इस समय नहीं।"

वन्दना–"लेकिन मुखोपाध्याय जी को इससे आश्चर्य जो होगा।"

द्विजदास ने कहा–"होने पर कोई हानि नहीं। लेकिन माँ और भाभी खुश होंगी। सचमुच इसकी जरूरत है।"

सीढ़ियों के एक ओर जूते खोलकर वन्दना दयामयी के कमरे में पहुँची। द्विजदास और वासुदेव भी उसके पीछे वहाँ पहुँच गए।

माँ बक्स खोलकर कुछ कर रही थी। पास ही खड़ी अन्नदा शायद खर्च का ब्यौरा दे रही थी। दयामयी ने सिर उठाकर देखा। और बिना किसी भूमिका के स्वाभाविक स्वर में पूछा–"तुमने स्नान करके कपड़े बदल लिए बेटी।"

"हाँ, माँ।"

"तो बिटिया, तनिक रसोई घर में चली जाओ। इतने लोगों की महाराज क्या व्यवस्था कर रहा है, नहीं जानती। मैं भी संध्या से निवृत्त होकर आई।"

वन्दना स्तब्ध होकर देखती रही। लेकिन दयामयी ने उधर देखा तक नहीं। कहने लगी–"द्विजू की तबियत ठीक नहीं है। सवेरे भी वह कुछ खाकर नहीं आया। देखना, उसका खाना जरा जल्दी हो जाए बिटिया।"

यह कहकर वह अन्नदा को साथ लेकर पूजा के कमरे की ओर चली गई। वन्दना के उत्तर की अपेक्षा भी नहीं की।

वन्दना ने द्विजदास से पूछा–"क्या रोग है?"

द्विजदास ने कहा–"साधारण बुखार सा है।"

"इस समय क्या खायेंगे?"

द्विजदास ने कहा–"साबूदाना और वार्ली के अतिरिक्त जो कुछ भी देंगी।"

वन्दना ने पूछा–"रसोई घर में जाऊँ तो कोई गोलमाल तो नहीं होगा?"

द्विजदास ने कहा–"नहीं होगा। शायद अन्नदा ने ऐसा कुछ कहा है। माँ उसका कहना कभी नहीं टालतीं। बहुत प्रेम करती हैं। शायद आपका मलेच्छ होने का कलंक दूर हो गया।"

कुछ देर चुप रहकर वन्दना ने कहा–"बड़े आश्चर्य की बात है।"

द्विजदास ने स्वीकार करते हुए कहा–"हाँ, इस बीच आपने क्या किया है, अन्नदा ने माँ से क्या कहा है, नहीं जानता। लेकिन आश्चर्य आपसे भी अधिक मुझे हुआ है। लेकिन अब देर न करें जाकर भोजन को प्रबंध कीजिए।"

इतना कहकर दोनों माँ के कमरे से बाहर चले गए।

12

कैलाश की तीर्थ यात्रा के रास्ते की कठिनाईयाँ सुनकर भाभियाँ ठिठक गईं। दयामयी ने भी कोई विशेष जोश दिखाई नहीं दिया। फिर भी कलकत्ते में उनके पाँच-छः दिन दक्षिणेश्वर, काली घाट और गंगा स्नान में ही बीत गए। काम के आदमी के हाथों में ही काम का उत्तरदायित्व आता है। इस घर का लगभग सारा बोझ वन्दना के सिर पर आ पड़ा। सती कुछ भी न करती है। सभी कामों में बहिन को ही आगे कर देती है। स्वयं सास के साथ घूमती फिरती है। जब भी कहीं बाहर जाना होता है। तो उसे बुलाकर कहती है–"वन्दना, हमारे साथ चलो न तुम्हारे साथ रहने से किसी से कोई बात पूछने की आवश्यकता नहीं होती।"

विप्रदास भी आजकल करते-करते घर नहीं जा सका। माँ हर बार रोकर कहतीं–"विपिन के चले जाने पर मुझे घर कौन ले जायेगा।"

उस दिन साँझ को विक्टोरिया मेमोरियल देखकर आई और विप्रदास को बुलवाकर उत्तेजित स्वर में कहने लगीं–"विपिन, तुम कुछ भी क्यों न कहो भाई, पढ़ी-लिखी लड़कियों की बात ही कुछ और है।"

विप्रदास जान गया कि यह वन्दना की बात है, पूछा–"क्या हुआ माँ।"

दयामयी ने कहा–"क्या हुआ? आज बड़े लड़के ललमुहे सर्जेन्ट ने आकर हमारी गाड़ी रोक दी। भाग्य से यह लड़की मेरे साथ थी। अंग्रेजी में बातें कहकर उसे समझा दिया और उसने हमारी गाड़ी तुरंत ही छोड़ दी। नहीं तो न जाने क्या होता!

शायद आसानी से न छोड़ता। थाने तक खींच ले जाता। कैसा हँगामा होता। तेरा नया पंजाबी ड्राइवर किसी योग्य नहीं है।"

विप्रदास ने हँसकर उत्तर दिया–"तुम लोगों ने क्या किया था? धक्का मार दिया था क्या?"

तभी वन्दना आकर खड़ी हो गई। दयामयी ने सिर हिलाकर प्रसन्नता भरे स्वर में कहा–"तुम्हारी बात ही विपिन से कह रही थी बिटिया। पढ़ी-लिखी लड़कियों की बात ही कुछ और होती है। अगर तुम साथ न होतीं तो आज हम सभी को कितनी विपत्ति में पड़ना पड़ता। लेकिन सारा दोष उस मेम का है। चलना जानती नहीं फिर भी अकड़ कर चलती हैं। जानती नहीं लेकिन दिखावा तो होगा ही।

विप्रदास ने हँसकर कहा–"पढ़ी-लिखी लड़कियों की बात ही ऐसी होती है माँ। मेम साहब अवश्य पढ़ना-लिखना जानती होगी।"

माँ और वन्दना, दोनों हँस पड़ीं। वन्दना ने कहा, "मुखोपाध्याय जी, यह दोष मेम साहब का है पढ़ने-लिखने का नहीं। मैं रसोई घर को तनिक देख आऊँ। कल द्विजू बाबू की रोटियाँ रसोइए ने कड़ी कर दी थीं। उन्हें खाने में कठिनाई हुई थी।"

इतना कहकर वह चली गई।

दयामयी पल भर बड़े स्नेह से उसी ओर देखती रहीं। फिर बोलीं–"सभी ओर नजर रहती है? केवल लिखना-पढ़ना ही नहीं जानती विपिन, ऐसा कोई काम नहीं जिसे यह लड़की न जानती हो। उसी तरह वाणी भी मीठी है। कोई भी काम उस पर सौंप कर निश्चिंत रहा जा सकता है। घर की किसी भी बात को देखने की आवश्यकता नहीं पड़ती।"

विप्रदास ने कहा–"मलेच्छ होने के कारण घृणा तो नहीं करती हो माँ?"

दयामयी ने कहा–"तेरी तो वही एक बात है। मलेच्छ क्यों होने जायेगी। उसकी माँ एक बार विलायत गई थी। इसलिए लोगों ने मेम साहब कहकर बदनाम कर दिया। वैसे तो वन्दना हम लोगों की तरह ही वंशाली परिवार की लड़की है। जूते पहनती है तो क्या हुआ परदेश में सभी पहनते हैं। लोगों के सामने बाहर निकलती है तो इसमें क्या दोष है? जैसे मेरी बहू हो। भैया मन न जाने कैसा होने लगता है।"

विप्रदास ने कहा–"मन के होने से काम कैसे चलेगा माँ? वन्दना यहाँ रहने नहीं आई है। दो दिन के बाद ही उसे जाना होगा।"

दयामयी ने कहा–"जायेगी तो सही लेकिन छोड़ने को मन नही चाहता। इच्छा होती है पकड़कर हमेशा के लिए रख लूँ।"

थोड़ी देर मौन रहकर विप्रदास ने कहा, "लेकिन ऐसा तो हो नहीं सकता माँ। परायी लड़की को इतना गले मत लगाओ। दो दिन के लिए आई है। रहे, यही अच्छा है।" कहकर कुछ अनमना सा बाहर निकल गया।

विप्रदास की बात दयामयी को अच्छी नहीं लगी। लेकिन वह पलभर की बात थी। बलरामपुर जाने का कोई नाम नहीं ले कहा था। सबके दिन इस तरह बीत रहे थे जैसे कोई उत्सव हो। हँसी-खुशी और सैर-सपाटे। हँसी-खुशी और दिल्लगी में दयामयी को कभी किसी के साथ इतना घुलते-मिलते इससे पहले कभी नहीं देखा था। उनके हृदय में कहीं जैसे आनंद की सरिता प्रवाहित हो रही थी। उनकी आयु और स्वाभाविक गंभीरता को जैसे यह धारा कहीं बहा ले जाना चाहती है। सती से संकेत में कुछ बातचीत होती है। जिसका अर्थ केवल साह बहू ही समझती हैं। या अन्नदा।

पंजाब के बैरिस्टर साहब सपत्नीक इतने दिन रहकर कल वापस घर चले गए। उन दोनों का ही नाम बसन्त है। इसे लेकर जाते समय व्यंग किया था। और वचन ले लिया था कि पंजाब वापस जाने से पहले फिर भेंट करनी पड़ेगी। कलकत्ता में या बलरामपूर में। राय साहब का पैर ठीक हो गया। वे अगले सप्ताह बम्बई चले जायेंगे। दयामयी ने कहकर कुछ दिनों के लिए और छुट्टियाँ स्वीकृत करा ली हैं। बम्बई के बजाय बलरामपुर जाकर बहिन के साथ कम से कम एक महीना वन्दना और रहेगी। इसकी निश्चित रूप से व्यवस्था हो गई है।

मुखोपाध्याय जी का मामला-मुकदमा हाईकोर्ट में लगा ही रहता है। एक बड़े मामले की तारीख निकट आ रही थी। इसलिए विप्रदास ने निश्चय किया कि घर जाकर उस तारीख के बाद सभी को साथ लेकर घर जायेंगे। तरह-तरह के कामों के कारण उन्हें हमेशा बाहर ही रहना पड़ता है।

आज रविवार था। दयामयी ने आकर हँसकर कहा, "एक मजे की बात सुनी है विपिन?"

द्विजदास अदालत के कागज देख रहे थे चौकी छोड़ कर उठ खड़े हुए। पूछा-"कौन-सी माँ?"

दयामयी ने कहा-"द्विजू की आज न जाने कौन-सी सभा है। पुलिस होने नहीं देगी, फिर भी वे करेंगे। मारपीट और सिर तक फूटने की बात सुनते ही डर के मारे मेरे तो प्राण निकलने लगते हैं।"

"क्या वह गया है?"

"नहीं। यह बात तो तुम्हें बताने आई हूँ। किसी की बात मानी नहीं। यहाँ तक कि अपनी भाभी की भी नहीं। अंत में वन्दना की बात माननी पड़ी।"

कितनी ही अच्छी खबर क्यों न हो, माँ की मर्यादा को ठेस लगी थी। विप्रदास को मन ही मन हैरानी हुई। लेकिन पूछा-"सच?"

दयामयी ने हँसकर उत्तर दिया-"यही तो होते देखा। न जाने उन्होंने निश्चय कर लिया था कि यहाँ उनमें से एक भी जूता नहीं पहनेगा। चाल-चलन में इस घर

के नियमों का उल्लघन नहीं करेगा। और इससे पहले एक दूसरे का अनुरोध मानकर चलना पड़ेगा। वन्दना ने उसके कमरे में जाकर बस इतना ही कहा–"द्विजू बाबू, याद है न? आप आज किसी भी दशा में जा नहीं सकते,"–द्विजू ने स्वीकार करते हुए कहा–"अच्छी बात है नहीं जाऊँगा।"–सुनकर मेरी चिंता दूर हो गई विपिन। क्या घर बैठेगा, न जाने क्या झगड़ा होगा। मालिक जिंदा नहीं है। उसके कारण किस तरह भयभीत रहना पड़ता है, बाता नहीं सकती।"

विप्रदास चुप रहा। माँ कहने लगी–"पहले उसे स्कूल कालेज जाना, लिखना-पढ़ना और परीक्षा पास करना था। अब इस झंझट से मुक्ति मिली। कोई काम न होने के कारण बाहर जाकर कौन-सा झंझट कब खड़ा कर दे, कोई नहीं कह सकता। सोचती हूँ इतने बड़े घराने के माथे पर वह अंत में कलंक न बन जाए।"

विप्रदास ने हँसकर सिर हिलाते हुए कहा–"नहीं, नहीं। इसका भय मत करो। द्विजू कलंक का कोई काम नहीं करेगा।"

माँ ने कहा–...."मान लो अगर अचानक जेल ही हो जाए? इसका भय गया नहीं है।"

विप्रदास ने कहा–"भय है, जानता हूँ। लेकिन जेल हो जाने से तो कोई कलंक नहीं है। कई कलंक तो दूसरे ही बुरे कामों में हैं। वैसा काम वह करेगा नहीं मान लो, कभी मुझे ही जेल हो जाए। हो भी सकती है। तो क्या मेरे लिए तुम लज्जित होगी? कहोगी विपिन मेरे परिवार का कलंक है।"

दयामयी को यह बात तीर सी लगी। इसमें कोई संकेत निहित तो नहीं है? जिस लड़के को छाती से लगाकर इतना बड़ा किया, वह अच्छी तरह जानती है कि वह सत्य के लिए, धर्म के लिए ऐसा कोई काम नहीं जो न कर सकता हो। अन्याय का विरोध करने में वह किसी भी विपत्ति किसी भी परिणाम की चिंता नहीं करता।

जब उसकी उम्र केवल अठारह वर्ष की थी, तभी एक मुस्लिम परिवार का पक्ष ले लिया उसने अकेले ऐसा काम किया था कि वह जीवित कैसे लौट आया, यह बात आज भी दयामयी के लिए एक पहेली बनी हुई है। वन्दना के मुख से उस दिन की ट्रेन की घटना सुन कर वह भय से एकदम मौन रह गई थीं। द्विजू के लिए उन्हें चिंता अवश्य है। लेकिन अपने इस बेटे के लिए उसके मन में अत्यधिक भय है।

विप्रदास ने पूछा–"क्यों माँ, कलंक की दुश्चिन्ता दूर हो गई? मुझे भी किसी दिन अचानक जेल हो सकती है।"

दयामयी ने एकदम व्याकुल होकर कहा–"लंबी उम्र पाओ बेटा, ऐसी अशुभ बातें भूलकर भी मुँह से मत निकाला करो। मेरे जीतेजी तुझे जेल होगी? तो इतने दिनों तक देवी-देवताओं को मनाया क्यों? इतना धन किसलिए है? सब कुछ बेच दूंगी। फिर भी ऐसा नहीं होने दूँगी विप्रदास।"

सुनकर विप्रदास ने उनकी पद-धूलि ली। उसे छाती से लगाकर दयामयी बोली–"द्विजू को जो होना हो सो हो। अगर तू मेरी आँखों से दूर हो गया तो गंगा में डूब कर प्राण दे दूँगी। यह मुझसे सहन नहीं होगा। समझ ले।" कहते हुए उनकी आँखों से कई बूंदे जल की टपक पड़ीं।

"माँ, इस समय क्या–?" कहते हुए वन्दना ने कमरे में प्रवेश किया।

दयामयी ने जल्दी से आँसू पौंछ लिए ओर वन्दना के चेहरे की ओर देखकर हँसते हुए बोलीं–"बेटे को बहुत दिनों से छाती से नहीं लगाया था। इसलिए जरा छाती से लगाने की इच्छा हो गई थी।"

वन्दना ने कहा–"लेकिन लड़का है बूढ़ा। यह मैं सबको बता दूँगी।"

दयामयी ने विरोध करते हुए कहा। "नहीं, यह शब्द मुँह पर भी मत लाना बेटी। अभी उस दिन की तो बात है, जब ब्याह कर आई थी। मेरी फुफेरी सास जीवित थीं। विपिन को मेरी गोद में डाल कर बोलीं–"यह लो अपने बड़े बेटे को। काम-काज में बहुत देर से इसे खाने को कुछ नहीं मिला है। पहले इसे खिलाकर सुलाओं, तब दूसरा काम होगा–उन्होंने शायद देखना चाहा था कि मैं ऐसा कर सकती हूँ या नहीं जानती, हो सका या नहीं।"–कहकर वह फिर हँस पड़ीं।

वन्दना ने पूछा–"तब आपने क्या किया था?"

दयामयी ने कहा–"घूंघट के भीतर से देखा सोने का एक जीता जागता खिलौना है। बड़ी-बड़ी आँखों से आश्चर्य से मेरी ओर देख रहा है। छाती से लगाकर दौड़ पड़ी। बहुत से नेत्र-चार होने को बाकी थे। सभी चिल्ला उठे। लेकिन मैंने अनसुनी कर दी। घर-द्वार कुछ जानती नहीं थी। वो महरी साथ दौड़ी आई थीं, उसने कमरा दिखा दिया। उसी से कहा–"ला तो मेरे बेटे का दूध का कटोरा। इसे दूध पिलाए बिना मैं एक कदम भी आगे नहीं चलूँगी।"–उस दिन गाँव-पड़ौस की स्त्रियों में से किसी ने कहा–"निर्लज्ज है।" किसी ने कितने ही तरह की बातें कहीं। लेकिन मैंने कोई चिंता नहीं की। मन ही मन कहा–कहने दो उन्हें। गोद में पाए को अब कोई छीन तो सकेगा नहीं। मेरे उसी बेटे को तुम बूढ़ा कहती हो?"

तीस वर्ष पहले की घटना याद आते ही आँसुओं और हँसी से भरा उनका मुखमंडल वन्दना को अपूर्व दिखाई दिया। बनावटी स्नेह का मर्म इस प्रकार समझने का सौभाग्य उसे और कभी नहीं मिला था। विस्मित नेत्रों से पलभर देखकर उसने स्वयं को संभाल लिया। और हँसकर बोली–'माँ, अपने बेटों में किसे अधिक प्यार करती हो?–सब सच बताना।"

दयामयी हँसकर बोली–असंभव सच भी तो कहना नहीं चाहिए बिटिया। शास्त्रों ने निषेध किया है।

वन्दना बाहर की लड़की है। अभी-अभी परिचय हुआ है। इसके सामने इन पुरानी बातों की चर्चा से विप्रदास को बेचैनी सी अनुभव हो रही थी। बोला–"बताने

पर भी तुम समझ नहीं सकोगी वन्दना। उनसे मिलाकर देखने पर तुम्हें माँ की बहुत सी बातें अनोखी लगेंगी। रहने दो इस चर्चा को।"

वन्दना को यह अच्छा नहीं लगा। बोली–"अंग्रेजी पुस्तकें आप ने भी तो कुछ कम नहीं पढ़ी हैं मुखोपाध्याय जी। तब आप ही कैसे समझ लेते हैं?"

विप्रदास ने कहा–"माँ की भाषा हम नहीं समझते वन्दना। ये सारी बातें तो इस माँ की पोथी में ही लिखी हुई हैं। उसकी भाषा अलग है। अक्षर अलग हैं। वह स्वयं ही समझती हैं और कोई नहीं। अच्छा माँ, तुम क्या कहने आई थीं? कहो न?"

वन्दना जान गई कि यह संकेत उसकी ओर है। बोली–"माँ, इस समय की रसोई की बात आप से पूछने आई थी। मैं जनती हूँ। आप भी तनिक जल्दी आ जाइए। फिर सब कुछ भूलकर बेटे को गोद में लेकर न बैठी रह जायें।"

कहकर विप्रदास पर ज़रा कटाक्ष करके चली गई।

उसके चले जाने के बाद दयामयी के चेहरे पर दुश्चितन की छाया दिखाई देने लगी। पलभर इधर-उधर करके बोलीं–"विपिन, तू तो बड़ा धार्मिक है माँ को कभी ठगना नहीं चाहिए। यह जानता है न बेटा?"

विप्रदास ने कहा–"भगवान के लिए तुम बात मत बनाओ माँ। जो कुछ पूछना चाहती हो पूछो न?"

दयामयी ने कहा–"तूने अचानक यह कैसे कहा कि तुझे भी जेल हो सकती है? मैंने कैलाश जाने का इरादा अभी तक छोड़ा नहीं है, लेकिन अब तो मैं एक दिन भी चल-फिर नहीं सकती।"

विप्रदास हँसकर बोला–"कैलाश भेजने के लिए मैं भी बेचैन नहीं हूँ। लेकिन अंत में इसका दोष मेरे सिर मत मंठना। यह तो केवल उदाहरण मात्र है। द्विजू की बात तुम्हें समझानी चाही थी कि केवल जेल जाने से ही किसी के परिवार में कलंक नहीं लग जाता।"

दयामयी ने सिर हिलाकर कहा–"इससे मैं भुलावे में नहीं आ सकती विपिन। बेकार की बातें करने वाला प्राणी नहीं है तू। या तो कुछ किया है, या कुछ करना चाहता है। सच-सच बता मुझे।"

विप्रदास ने कहा–"सच ही बता रहा हूँ। मैंने कुछ भी नहीं किया है माँ।–लेकिन आदमी के दिमाग में कितने प्रकार की बातें चक्कर काटती रहती हैं, इसे क्या ठीक-ठीक बताया जा सकता है?"

दयामयी ने पूर्ववत सिर हिलाकर कहा–"नहीं, यह नहीं। नहीं तो आजकल तुझे देखते ही मेरा मन न जाने कैसा होने लगता है। तुझे पाल-पोस कर बड़ा किया है। मेरे जीते जी इतनी बड़ी नमक हरामी करेगा बेटा?"

कहते-कहते उनकी आँखों में आँसू भर आए।

विप्रदास दुविधा में पड़कर बोला–"आमंगल का विचार करके अगर तुम डरती हो तो इसके लिए मैं क्या कर सकता हूँ? तुम तो जानती हो कि तुम्हारी राय लिए बिना मैंने कभी कोई काम नहीं किया।"

दयामयी ने कहा–"नहीं किया, यह सच है। लेकिन कल द्विजू को बुलाकर काम-काज संभालने के लिए क्यों कहा?"

"बड़ा हो गया है। मेरी सहायता नहीं करेगा?"

दयामयी ने अप्रसन्न होकर कहा–"वह किस योग्य है? मुझे भुलावा मत दे विपिन। तू आज इतना थक गया है कि तुझे उससे सहायता लेने की आवश्यकता पड़ गई? साफ-साफ बता, तेरे मन में क्या है?"

विप्रदास ने कहा–"माँ, तुम्हीं तो अभी-अभी द्विजदास के भविष्य के बारे में सोचने को कह रही थीं।"

लेकिन इसी की झलक मिली दयामयी की बाद वाली बात से। कहने लगीं–"हमारा यह घराना कर्म-धर्म का है। यहाँ अनाचार नहीं चल सकता। हमारे वंश के नियमों की कढ़ाई के साथ तेरा विवाह किया गया था। सत्रह वर्ष की उम्र में। वह भी तेरी सलाह लेकर नहीं, हमारी इच्छा थी, इसलिए। लेकिन द्विजू कहता है कि वह विवाह नहीं करेगा। उसने एम. ए. पास कर लिया है अच्छा-बुरा समझने की अब उसमें बुद्धि आ गई है। उस पर किसी का दबाव नहीं चल सकता। वह अगर गृहस्थ नहीं बनता तो उस पर मुझे भरोसा नहीं। मेरे ससुर की संपत्ति में वह दखल न देने पाये।"

विप्रदास ने पूछा–"द्विजू ने कब कहा है कि विवाह नहीं करेगा?"

"अक्सर कहा करता है–कहा करता है विवाह करने के लिए और भी बहुत से लोग हैं, वे करें। वह तो केवल देश के लिए काम करेगा। तुम लोग समझते हो मैं यहाँ आकर रात दिन घूमती-फिरतीं हूँ बड़े सुख में हूँ। लेकिन मैं सुखी नहीं हूँ। उस पर तूने आज जेल का उदाहरण दे दिया। मानों मुझे समझाने के लिए तेरे पास और कोई उदाहरण था ही नहीं। लेकिन एक दिन मुझे सब कुछ मालूम हो जायेगा विपिन।"

विप्रदास ने कहा–"उसकी भाभी से आदेश देने के लिए कहो न माँ।"

"उसकी बात वह सुनेगा नहीं।"

"अवश्य सुनेगा माँ। समय आने पर सुनेगा", विप्रदास ने कहा। फिर तनिक हँसकर बोला–"ओर अगर मुझे आज्ञा दो तो मैं उसके लिए लड़की भी खोज सकता हूँ।"

तभी वन्दना कमरे में आ गई। शिकायत भरे स्वर में बोली–"आप आई नहीं माँ? मैं इतनी देर से बैठी हूँ।"

"चल बिटिया, आती हूँ।"

विप्रदास बोला–"हमारे अक्षय बाबू की वह लड़की तुम्हें याद है न माँ? अब वह सयानी हो गई है। लड़की में जितना रूप है उतने ही गुण भी हैं। घराने में हमारी बराबरी के हैं। कहो तो जाकर देख आऊँ। बातचीत कर आऊँ? द्विजू को बुरी नहीं लगेगी, ऐसा मेरा विश्वास है?"

"नहीं, नहीं, अभी रहने दो न" कहकर दयामयी ने एक पल वन्दना के मुख की ओर देखकर कहा–"सती की इच्छा नहीं है। नहीं विपिन, बहू से पूछे बिना कुछ करने की जरूरत नहीं है।"

शांत नैनों से दोनों की ओर देख कर वन्दना ने कहा–"इसमें क्या दोष है माँ? यहीं कलकत्ते में ही तो है। चलो न दीदी को साथ लेकर हम लोग देख आयें।"

विप्रदास बोला–"यह अच्छा प्रस्ताव है माँ। अक्षय बाबू धर्म-निष्ठ ब्राह्मण हैं। संस्कृत के अध्यापक हैं। लड़की को स्कूल-कालेज में तो नहीं पढ़ाया, लेकिन घर पर बहुत कुछ पढ़ाया-सिखाया है। उनके यहाँ एक दिन मेरा निमंत्रण था। उस दिन मैंने लड़की से बहुत-सी बातें पूछी थीं। जान पड़ा कि पिता ने बड़ी साफ सेजो में त्रेयी नाम रखा था, असार्थक सिद्ध नहीं हुआ है, जाओ न माँ, एकबार उसे देख आओ। तुम्हारी बड़ी बहू कम से कम मन ही मन तो लजायेगी कि उसके अतिरिक्त संसार में और भी रूपवती लड़कियाँ हैं।"

माँ ने हँसना चाहा। लेकिन हँसी नहीं आई। मुँह से बात भी नहीं निकली।

वन्दना ने फिर अनुरोध किया–"चलिए न माँ, हम लोग चल कर एक बार मैत्रेयी को देख आयें। अधिक दूर भी तो नहीं है।"

दयामयी ने देखा, वन्दना के चेहरे पर अब वह सुंदरता नहीं है। मानो छाया ने ढक लिया है। अब इतनी देर के बाद उन्हें उत्तर मिला। बोलीं–"नहीं बिटिया, अधिक दूर तो नहीं है–जानती हूँ। लेकिन मेरे पास इतना समय भी नहीं है। चलो, हम चलें इस समय क्या बनेगा, देखें।"

कहकर उसका हाथ थाम कर कमरे से बाहर चली गईं।

13

संध्या-प्रार्थना से छिट्टी पाकर विप्रदास अभी-अभी अपनी लायब्रेरी वाले कमरे में आकर बैठा ही था। सवेरे की डाक से जो दस्तावेज घर से आये थे उन्हें देखना आवश्यक था।

तभी माँ ने अंदर आकर कहा–"क्यों रे विपिन, तू कितनी बढ़ा-चढ़ाकर बातें करने लगा है बेटा?"

विप्रदास कुर्सी पर से उठ खड़ा हो गया–"किस विषय में माँ?"

"हम लोग अक्षय बाबू की लड़की मैत्रेयी को देख आईं।"

"लड़की कैसी है?"

दयामयी तनिक इधर-उधर करके बोलीं–"नहीं बुरी नहीं कहती। अक्सर इस प्रकार की लड़कियाँ दिखाई नहीं देतीं, यह सच है। लेकिन इसी से मेरी बहू से उसकी बराबरी की? बहू की बात जाने दे। क्या रूप में वह वन्दना के सामने खड़ी हो सकती है?"

विप्रदास ने आश्चर्य से कहा–"तब शायद तुम लोग किसी और को देख आई हो। वह मैत्रेयी नहीं है।"

दयामयी ने हँसकर कहा–"नहीं, यह बात नहीं है। हमसे उसकी बहुत सी बातें हुईं। कितने आग्रह से उसने बहू आदि को खिलाया। उसके बाद लिखने-पढ़ने की कितनी ही बातें उसकी वन्दना से हुईं। और तू कहता है कि हम किसी और को देख आई हैं।"

विप्रदास ने कहा–"वन्दना ने स्कूल-कालेज में कितनी ही पुस्तकें पढ़कर कई परीक्षाएँ पास की हैं। और उसने केवल पिता के पास बैठकर सीखा है। मुझ में और द्विजू में भी तो यही अंतर है।"

सुनकर दयामयी की दोनों आँखें कौतूहल से नाच उठीं। बोली–"चुप रहो विपिन, चुप रहो। उस कमरे में बैठा द्विजू सुन लेगा तो लज्जा के मारे घर छोड़कर चला जायेगा।"

फिर तनिक रुककर बोलीं–"तेरी माँ अनपढ़ है तो क्या इतनी है कि कालेज में पढ़ी लड़की को ही चर्तुवर्ग समझ बैठेगी? बात ऐसी नहीं है रे। बल्कि छोटे-छोटे वाक्यों में मीठे स्वर में उसने वन्दना की सभी बातों का उत्तर दिया। गाड़ी में आते समय वन्दना ने उस लड़की की कितनी प्रशंसा की। लेकिन मैं कहती हूँ कि इतनी पढ़ी-लिखी लड़की की हमारे गृहस्थ-घर में क्या आवश्यकता है। बेटा जैसी मेरी एक बहू है उसी तरह की एक और होने से ही मेरा काम चल जायेगा। नहीं तो विद्या के गुण गान से वह मन ही मन गुरुजनों को तुच्छ समझेगी। यह नहीं हो सकता।"

विप्रदास जान गया कि तर्क का उत्तर माँ ठीक-ठीक नहीं दे पा रही हैं। हँसकर कहने लगा–"इसका भय मत करो माँ। जिन में विद्या कम होती है उन्हीं में घमंड अधिक होता है। अगर उसने पिता से सचमुच ही कुछ सीखा है तो देख लेना सभी के साथ नम्रता का व्यवहार करेगी।"

तर्क को माँ अस्वीकार न कर सकी। कहने लगी–"तेरी यह बात सच है, लेकिन पहले से कैसे जान लूँ बात? इसके सिवाय हमारे गाँव में विद्या की कमी-वेशी

की खोज-बीन करने कोई नहीं आता। लेकिन दुल्हन को देखने वाली सभी नाक भौं सिकोड़ कर कहेंगी-"क्या बुढ़िया की आँखें नहीं थी कि इतनी सुंदर बहू की बगल में ऐसी बहू को लाकर खड़ा कर दिया है। यह मुझसे सहा नहीं जायेगा भैया?"

पलभर चुप रह कर विप्रदास ने कहा-"लेकिन अक्षय बाबू को उत्तर तो देना ही होगा माँ। उस दिन उन्हें विश्वास दिला आया था कि मेरी माँ को शायद ना पसंद नहीं होगी।"

सुनकर दयामयी चिन्तित हो उठीं। फिर बोलीं-"यह न कहते तभी ठीक रहता विपिन। कुछ भी हो, बहू की क्या राय है। सुनूँ। उसके बाद उनसे कह दिया जायेगा।"

विप्रदास ने कहा-"अक्षर बाबू हमारे लिए एकदम पराये नहीं हैं। जब तक परिचय नहीं था, इसलिए यह बात खुली नहीं थी। आत्मीयता के लिए कुछ भी न कहता। लेकिन अपने एक बेटे का जब विवाह किया था, अपनी इच्छा से किया था। किसी दूसरों से पूछने नहीं गई थी। और अब इसी काम के लिए दूसरों की राय जानने-सुनने की क्या जरूरत आ पड़ी माँ?"

तर्क में हार कर दयामयी हँसकर बोली-"लेकिन अब बूढ़ी जो हो गई हूँ बेटा। और कितने दिनों तक जीवित रहूँगी, बताओ तो सही। लेकिन जिसके साथ हमेशा के लिए गृहस्थी चलानी होगी, उसकी राय न लेकर कैसे विवाह कर सकती हूँ? नहीं, नहीं, सोचने-विचारने के लिए हमें तू दो दिन का समय दे दे।"

कहकर वह बाहर चली गईं।

बाहर आकर दयामयी अपने कमरे की ओर न जाकर समधी के कमरे की ओर चल पड़ीं। इन्हीं कई दिनों की घनिष्ठता से वन्दना के पिता के सामने उनका संकोच बहुत कुछ दूर हो गया था। सुबह स्वयं आकर उनका हाल-चाल पूछ जाती थीं।

इधर संध्या बीत चुकी थी। संध्या करने बैठ गई तो जल्दी नहीं उठ सकेंगी। यह सोचकर उनके कमरे में चली गई और बोलीं-"क्या हाल है-?"

बात समाप्त नहीं हो पाई थी। कमरे के दूसरे किनारे पर एक सुंदर युवक वन्दना से धीरे-धीरे बातें कर रहा था सुंदर सहाबी पोशाक वाले इस अपरिचित आदमी के सामने अचानक आ जाने के कारण दयामयी लज्जा के कारण पीछे हटना ही चाहती थी कि राम दयाल बोल उठे-"कहाँ भागी जा रही हैं समधिन जी? यह तो अपना सुधीर है। इससे शर्माने की कौन-सी बात है? यह तो विप्रदास और द्विजदास के समान ही आपका बेटा है। मेरी बीमारी की खबर पाकर मद्रास देखने आया है। सुधीर, आप वन्दना की दीदी की सास हैं विप्रदास की माँ। प्रणाम करो इन्हें।"

प्रणाम करने का सुधीर को अभ्यास नहीं है। उस सहाबी पोशाक में प्रणाम करना भी कठिन है। उसने पास आकर सिर झुकाकर किसी प्रकार आज्ञा का पालन किया।

राय साहब की बेटी का संबंध इस लड़के से कैसे हुआ, यही समझाने के लिए राय साहब कहने लगे–"इसके पिता और मैं–हम दोनों एक ही साथ विलायत में पढ़ते थे। तभी से हम घनिष्ठ मित्र हैं। सुधीर स्वयं भी विलायत में उच्च शिक्षा प्राप्त करके मद्रास के शिक्षा विभाग में नौकर है। विवाह के बाद वह कुछ दिनों की छुट्टी लेकर वन्दना के साथ फिर विलायत जायेगा। वहाँ तबियत हुई तो वन्दना कालेज में भर्ती हो जायेगी। नहीं तो केवल घूम-घाम कर दोनों लौट आयेंगे। देखना सुधीर, तुम लोग इसी अगस्त-सितंबर में ही जाना निश्चत कर सको तो संभव है मैं भी तीन महीने की छुट्‌टी लेकर एक बार घूम आऊँगा। कैसा रहेगा बेटी? ठीक होगा न?"

वन्दना ने धीरे-धीरे कहा–"क्यों न होगा पिताजी तुम्हारे साथ रहने से तो ठीक रहेगा।"

राय साहब ने उत्साहित होकर कहा–"उससे एक आसानी और यह रहेगी कि तुम्हारे विवाह के बाद महीने भर का समय मिलेगा। किसी तरह की जल्दबाजी नहीं करनी पड़ेगी। समझ लिया न सुधीर आसानी को?"

सुधीर और वन्दना दोनों ने ही सिर हिलाकर सहमति प्रदर्शित की।

दयामयी इतनी देर के बाद जान सकीं कि यह लड़का राय साहब का भावी दामाद है। इसलिए इनका भी स्थानीय पुत्र है उनका हृदय अचानक आनंद से भर उठा। लेकिन वह विप्रदास की माँ हैं जो बलरामपुर के प्रसिद्ध मुखोपाध्याय हैं। घर की मालकिन हैं। पलभर में स्वयं को संभालकर उन्होंने लड़के से पूछा–"सुधीर, तुम्हारा मकान कहाँ है बेटा?"

सुधीर ने कहा–"इस समय तो बम्बई में है। लेकिन पिताजी से सुना है कि पहले दुर्गापुर में था। लेकिन अब वहाँ हमारा शायद कुछ भी नहीं रहा है।"

"कौन-सा दुर्गापुर सुधीर? जो वर्धमान जिले में है?"

सुधीर ने कहा–"हाँ, पिताजी से सुना तो यही है। कलकत्ते के पास कोई छोटा-सा गाँव है। अब शायद वह इलाका मलेरिया से नष्ट हो गया है।"

दयामयी ने आश्चर्य से पूछा–"तुम्हारे बाबा का नाम हरिहर वसु था?"

यह सुनकर राय साहब भी चकित रह गए। बोले–"आप उन लोगों को जानती हैं क्या?"

"हाँ, जानती हूँ। मेरी ननिहाल दुर्गापुर में है। बचपन में नानी ने ही मेरा लालन-पालन किया था इसलिए उस गाँव के लगभग सभी लोगों को जानती हूँ। उनका मकान हमारे मुहल्ले में ही था। लेकिन इस समय बात-चीत करने का समय नहीं है। मेरी सन्ध्या में देर होती जा रही है। लेकिन बिना कुछ खाए-पिए ही तुम चले मत जाना। अभी मैं सब कुछ करने के लिए बता रही हूँ?"

सुधीर ने हँसकर कहा–"वह तो हो चुका। विप्रदास बाबू ने पहले ही यह काम संपन्न कर दिया है।

"कर दिया है? अच्छा तो अब मैं चलूँ।" कहकर दयामयी चल दीं। उन्होंने न तो एक बार भी वन्दना की ओर देखा और न बात ही की।

अगले दिन सवेरे स्नान-संध्या करके विप्रदास नित्य के अभ्यास के अनुसार माँ की पद धूलि के लिए आज भी उनके कमरे में पहुँचा तो उसने बड़े आश्चर्य से देखा उनका सामान बाँधा जा रहा है।

"कहीं जा रही हो माँ?"

दयामयी ने कहा—"तू नहीं मिला। इसलिए दत्त महाशय से पूछ लिया। उन्होंने बताया कि साढ़े नौ बजे की गाड़ी से रवाना हो जाने पर मैं शाम से पहले ही घर पहुँच जाऊँगी। लेकिन परसों तेरे मुकदमें की तारीख है। तू तो साथ जा नहीं सकेगा। द्विजू से हमें पहुँचा देने के लिए कह दे।"

माँ की दोनों आँखें लाल और मुँह सुरख है। देखते ही विप्रदास जान गया कि सारी रात उन्हें गहरी चिंता में बितानी पड़ी है।

भयभीत विप्रदास ने पूछा—"अचानक क्या कोई आवश्यकता पड़ गई माँ?"

माँ ने कहा—"आई तो थी दो दिन के लिए। आठ-दस दिन हो गए। उधर ठाकुर जी की पूजा का क्या हो रहा है, मालूम नहीं। पाँच-छः गायों के ब्याने का समय हो गया है। देखूँ उनका क्या हुआ। कोई सूचना नहीं मिली है। वासू स्कूल नहीं जा रहा—अब देर नहीं कर सकती विपिन।"

दयामयी के लिए यह सारी बातें छोटी नहीं है। यह सच है। लेकिन असल कारण उन्होंने नहीं बताया। यह सोचकर विप्रदास ने कहा—"फिर क्या आज जाए बिना काम नहीं चलेगा?"

"नहीं भैया, तू मुझे रोक मत। द्विजू को साथ जाने के लिए कह दे। न हो तो और कोई हमें पहुँचा आयेगा।"

"ऐसा ही होगा माँ," कहकर विप्रदास पद धूलि माथे से लगाकर कमरे से बाहर निकल गया।

अपने कमरे में पहुँचकर उसने देखा सती बहुत व्यस्त है। पास ही बैठी अन्नदा मिठाई की हाँड़ी, फल-मूल और लड़के के लिए लोटे में दूध संभाल कर टोकरी में रख रही है।

सती घूँघट खींचकर उठ खड़ी हुई।

विप्रदास ने पूछा—"अन्नदा बहिन, क्या बात है?"

मैं तो कुछ जानती नहीं सवेरे माँ ने मुझे बुलाकर कहा कि बहू को खाने-पीने का कष्ट न हो। वह नौ बजे की गाड़ी से घर जायेगी।"

विप्रदास ने सती से कारण पूछा तो उसने भी सिर हिलाकर बताया कि उसे भी कुछ मालूम नहीं।

सुनकर विप्रदास चुप रह गया। अन्नदा को भले ही मालूम न हो, लेकिन बहू नहीं जानती? सारस की ऐसी कौन-सी बात है? पलभर चुप-चाप खड़ा रहकर वह नीचे चला गया। वह यही सोचकर परेशान हो गया कि ये सारी बातें माँ के स्वभाव के विरुद्ध हैं। क्या जाने कौन-सा गहरा दुख उनके इस बेतुके आचरण के भीतर छिपा रह गया जिसे उन्होंने किसी को नहीं बताया।

दयामयी तैयारी पूरी करके जबनी ले आई तब भी गाड़ी में बहुत देर थी। लेकिन आज उनसे देर बर्दाश्त नहीं हो पा रही थी। किसी तरह घर छोड़ने पर ही जैसे उन्हें शांति मिलेगी।

सामने मोटर तैयार खड़ी थी। दूसरी मोटर में सामान लादकर नौकर-चाकर जा बैठे हैं। हाथ में बैग लिए विप्रदास को आते देखकर उन्होंने भारी स्वर में पूछा–"द्विजू कहाँ गया?"

विप्रदास ने कहा–"वह नहीं जायेगा माँ, मैं ही तुम्हें पहुँचा दूँगा।"

"शायद जाने के लिए तैयार नहीं हुआ?"

विप्रदास ने विनम्रता से कहा–"उसके लिए ऐसी बात तुम्हें कहनी नहीं चाहिए माँ। तुम्हारी आज्ञा का पालन उसने कब नहीं किया, बताओ तो?"

"तो हुआ क्या? क्यों नहीं जायेगा?"

"माँ मैंने ही उसे जाने के लिए नहीं कहा," विप्रदास कुछ हँसकर बोला–"जिस लिए तुम इतनी बेचैन हो गई हो, तुम्हारे उन्हीं ठाकुर जी का, तुम्हारी उन्हीं गायों के झुंड का क्या हुआ, अपनी आँखों से देखूँगा इसीलिए साथ चल रहा हूँ, और कोई बात नहीं है।"

किसी दूसरे अवसर पर शायद दयामयी स्वयं भी हँसकर बेटे से बहुत-सी बातें करती, लेकन इस समय चुप रह गई।

अन्नदा वन्दना को बुलाने गई थी वह अभी-अभी नहाकर पिता के कमरे में जा रही थी। अन्नदा के बुलाने पर जल्दी से नीचे आ गई। और यह सब देखकर स्तब्ध रह गई।

दयामयी ने कहा–"आज घर जा रही हूँ वन्दना।"

"घर? वहाँ क्या हुआ है माँ?"

"कुछ भी तो नहीं हुआ। लेकिन दो दिन के लिए आई थी, दस-बारह दिन हो गए। अब घर छोड़कर रहा नहीं जाता। तुम्हारे पिताजी से भेंट नहीं हुई। वह सोकर जागे नहीं थे। समधी जी से मेरी ओर से क्षमा माँग लेना। द्विजू है, अन्नदा है। तुम भी देखना उन्हें किसी बात का कष्ट न होने पाये। चलो बहू, अब देर मत करो।"

इतना कहकर वह गाड़ी में जा बैठी।

सती पीछे खड़ी थी। पास आकर बहिन का हाथ पकड़कर रो पड़ी–"हम जा

रहे हैं बहिन।" इससे अधिक उसके मुँह से नहीं निकला। आँसू पौंछती हुई अपनी सास की बगल में जा बैठी।

वन्दना हत बुद्धि-सी मौन, पाषाण प्रतिभा की तरह खड़ी रही–"अचानक यह क्या हुआ?"

जब वासू ने आकर प्रणाम करते हुए उससे कहा–"मैं जा रहा हूँ मौसी– " तब उसे चेत हुआ कि अभी तक उसने किसी को भी प्रणाम नहीं किया।

जल्दी से वासू का मुख चुम कर उसने गाड़ी के दरवाजे के पास आकर हाथ बढ़ाकर दयामयी और मंझली दीदी की पद धूलि ली। सती ने चुप-चाप उसकी ठाढ़ी पकड़ी। माँ ने मन ही मन आशीर्वाद दिया। लेकिन क्या बोली, यह समझ में नहीं आया।

मोटर चल पड़ी।

अन्नदा ने कहा–"चलो दीदी ऊपर चलें।"

उसके स्नेह मिश्रित कंठ स्वर से वन्दना लज्जित हो गई। पलभर की विह्वलता को दृढ़ता से दूर करके बोली–"तुम चलो अन्नदा, मैं रसोई घर का काम संभाल कर आ रही हूँ।"

यह कहकर वह रसोई घर की ओर चल पड़ी।

कल संध्या को ही बातें हुई थीं कि राय साहब के बम्बई जाने के बाद सभी लोग एक साथ बलरामपुर जायेंगे। लेकिन आज उसकी चर्चा तक नहीं और भविष्य में किसी एक दिन का बुलावा भी नहीं।

घंटे भर बाद वन्दना चाय का सामान लेकर पिता के कमरे में गई तो वह बहुत ही दुखी होकर बोले–"समधिन जी बिना मिले चली गईं। सवेरे उठ ही नहीं सका बिटिया। छिः छिः–मेरे बारे में उन्होंने क्या सोचा होगा?"

वन्दना ने पूछा–"हम बम्बई कब जायेंगे, पिताजी?"

पिता ने कहा–"तुम्हारी बलरामपुर जाने की बात थी बिटिया। क्यों नहीं गईं?"

वन्दना ने कहा–"तुम्हें अकेला छोड़कर कैसे जाऊँ पिताजी। तुम तो आज तक अच्छे भी नहीं हो पाए।"

"चंगा तो हो गया हूँ बिटिया। समधिन जी को वचन दिया है। कि तुम जाओगी। न हो तो जाते हुए तुम्हें बलरामपुर उतारता जाऊँगा। कैसा रहेगा बिटिया?"

"नहीं, यह नहीं होगा पिताजी। इतनी दूर तुम्हें अकेले जाने नहीं दूँगी।"

वन्दना की बात सुनकर पिताजी ने प्रसन्न होकर कहा–"दूर पगली। भेंट होने पर समधिन जी कहेंगी कि बूढ़े बाप को बेटी आँखों से दूर नहीं करना चाहती। छिः छिः।"

"तुम इतने चाय पियो पिताजी, मैं अभी आती हूँ" इतना कहकर वन्दना वहाँ से चली गई।

14

साँझ डूब रही थी। वन्दना ने द्विजदास के कमरे के सामने खड़े होकर पूछा–"क्या मैं एक बार अंदर आ सकती हूँ द्विजू बाबू?"

अंदर से आवाज आई–"आ सकती हो। एक बार नहीं, सौ, हजार बार, असंख्या बार।"

वन्दना ने द्वारा की किवाड़ों को पूरा खोल कर कमरे में प्रवेश किया और कमरे की सारी बत्तियाँ जलाकर खुले द्वार के सामने एक कुर्सी डालकर बैठ गई।

द्विजदास ने हाथ की पुस्तक एक ओर रख दी ओर सीधा बैठकर बोला–"क्या आज्ञा है?"

"क्या पढ़ रहे हो?"

"भूत की कहानीं।"

"अतिथि बड़ा है या भूत की कहानी?"

"भूत की कहानी।"

वन्दना झल्लाकर बोला–"हमेशा हँसी अच्छी नहीं होती। हम आपके घर में अतिथि हैं, क्या आप नहीं समझते?"

द्विजदास ने कहा–"तुम लोग बड़े भैया के घर में अतिथि हो, अच्छी तरह जानता हूँ। और मकान मालिक आज्ञा दे गए कि तुम लोगों को किसी बात का कष्ट न होने पाये। कष्ट आवश्यक होता, लेकिन इस भूत की कहानी में खो जाने के कारण कर्त्तव्य में थोड़ी-सी ढिलाई आ गई थी। इसलिए अतिथि से क्षमा माँगता हूँ।"

"जानते हो सारा दिन मुझे कितने कष्ट से बिताना पड़ा?"

"अवश्य जानता हूँ।"

"अवश्य जानते हैं? लेकिन दूर करने का कोई प्रसत्न भी किया है?"

द्विजदास ने कहा–"नहीं।–न करने का कारण पहले ही निवेदन कर चुका हूँ। दूसरा कारण है–दूर करना शक्ति के बाहर है।"

"क्यों ?"

"यह मुझे बताना नहीं चाहिए।

वन्दना ने पूछा–"माँ और मंझली दीदी अचानक घर क्यों चली गईं?"

"मंझली दीदी गईं प्रबल शक्तिशाली सास की आज्ञा से। वरना वह बिल्कुल निर्दोष हैं।"

"और माँ क्यों गईं?"

"माँ को ही मालूम है।"

"क्या आप नहीं जानते?"

द्विजदास ने कहा–"बिल्कुल नहीं जानता। यह कहना झूठ बोलना होगा। क्योंकि भाभी ने कुछ अनुमान लगाया था। और मैं भी उसे ठीक समझ रहा हूँ।"

वन्दना ने कहा–"वह अनुमान ही आपको मुझे बताना पड़ेगा।"

पलभर चुप रहकर द्विजदास ने कहा–"तब तो बड़ी कठिनाई में डाल दिया वन्दना। क्या इस बात को सुने बिना नहीं बनेगा?"

"नहीं, यह नहीं हो सकता। आपको बताना ही पड़ेगा।"

"अगर न सुनोगी तो क्या होगा?"

वन्दना ने कहा–"देखिए द्विजू बाबू हमने निश्चय किया था कि इस घर में मैं आपकी सभी बातें सुनूँगी। और आप भी मेरी बातें सुनेंगे। आप जानते हैं कि मैंने आपकी एक भी आज्ञा का उल्लंघन नहीं किया।"

कहते हुए उसकी आँखें भर आई थीं। दूसरी ओर मुँह घुमाकर उसने किसी प्रकार स्वयं को संयत किया।

दुखी होकर द्विजदास ने कहा–"एकदम बेतुकी-सी बात है। इसीलिए मेरी कहने की इच्छा नहीं थी। माँ तुम्हीं पर नाराज होकर चली गई हैं। ठीक है। लेकिन तुम्हारा कुछ भी दोष नहीं है। सारा दोष माँ का ही है। भाभी का भी कुछ है। क्योंकि प्रत्यक्ष रूप से न सही, अप्रत्यक्ष रूप से वह इस षड्यंत्र में सम्मिलित हुई थीं। ऐसा मेरा संदेह है। लेकिन सबसे अधिक निर्दोष है बेचारा द्विजदास।"

वन्दना चिन्तित हो उठी–"कैसा षड्यंत्र है। बताइए न।"

द्विजदास ने कहा–"षड्यंत्र शब्द शायद उचित नहीं है। माँ ने मन ही मन हवाई किले बनाए थे। लेकिन हिसाब में गड़बड़ हो जाने के कारण जब भाग्य से शून्य ही हाथ लगा तो वह सारे संसार पर बिगड़ उठीं। अप्रसन्न कहना ठीक नहीं होगा। बहुत कुछ आशा टूटने से या चोट लग जाने से जो स्थिति होती है, वही।"

वन्दना चुपचाप देखती रही।

द्विजदास कहता गया–"तुम अच्छी तरह जानती हो कि एक दिन तुम्हारे प्रति उनकी जितनी बड़ी उपेक्षा थी उसी प्रकार एक दिन कितना गहरा स्नेह पैदा हो गया था। रूप, गुण, विद्या, कामकाज, सभी में एक भाभी को छोड़कर तुम माँ की नजरों में अद्वितीय हो गई थीं। तुम्हें मलेच्छ कह सके यह किसका साहस? उसी पल माँ कमर कसकर बहस करने बैठ जातीं कि इतनी निष्ठावान ब्राह्मण कन्या सारे भारत वर्ष को छान डालने पर भी नहीं मिलेगी," इतना कहकर द्विजदास अपने व्यंग के आनंद में मजाक करके हँसने लगा।

यह हँसी वन्दना को बुरी लगी। लेकिन फिर भी वह हँस पड़ी।

द्विजदास ने कहा–"वास्तव में यही तो सबके लिए भयानक बात हो गई।"

वंदना ने पूछा–"इतने खतरनाक होने का कारण?"

द्विजदास ने कहा–"मन लगाकर सुनो। दयामयी के दो बेटे हैं। एक बड़ा और एक छोटा। बड़े पर जितनी अगाध आशा और विश्वास है, छोटे से उसी प्रकार असीम संदेह और भय है। उनका विचार है कि निकम्मेपन में छोटे के बराबर संसार में और कोई नहीं है। लेकिन माँ है न। गर्भ में धारण करके सन्तान को सुगमता से तिलांजलि नहीं दे सकती। इसलिए मन ही मन उन्होंने पुत्र की भलाई का उपाय खोज निकाला। तुम्हारे कंधों पर उसे बैठाकर संसार के मरुस्थल को निश्चिंत होकर पार करा देंगी। लेकिन विधाता बान हैं। अचानक कल पता चला कि वह कंधा खाली नहीं है, और माँ दयामयी के सभी स्वप्न जालों को छिन्न-भिन्न करके कोई सुधीर चंद्र वहाँ पहले से ही बैठे हैं। किसका साहस है जो उन्हें हिलाए?" इतना कहकर उसने एकबार फिर अट्टहास से कमरे को भर दिया।

वन्दना कुछ देर चुप-चाप बैठी उसके मुख को देखती रही। फिर पूछा–"इस प्रकार की विकट हँसी से आपका क्या तात्पर्य है? माँ को नीचा देखना पड़ा है इससे क्या आपको मुक्ति मिल गई इससे आप इतने प्रसन्न हैं?"

द्विजदास ने मुस्कराते हुए कहा–"हालांकि इन दोनों में से एक भी कारण नहीं है। फिर भी यह स्वीकार करने में संकोच नहीं है कि अचानक पैर फिसलने से माँ धराशायी हो गई हैं। इससे दर्शन के शास्त्र के अनुसार थोड़े से आनंद रस का उपयोग किया है। लेकिन उनकी विशेष हानि नहीं होगी। अगर इससे उन्होंने कम से कम इतनी शिक्षा ग्रहण की हो कि संसार में बुद्धि नामक वस्तु केवल उन्हीं की संपत्ति नहीं है। उस पर और लोगों का अधिकार भी हो सकता है। क्योंकि मुझे न सही बड़े भैया को भी अगर माँ अपने षड्यंत्र का आभास दे देती तो और कुछ भले ही न होता। यह कर्म दंड तो उन्हें न मिलता। बड़े भैया और मैं दोनों ही जानते थे कि तुम दूसरे की वाग्दत्ता हो एक दूसरे के प्रेम बंधन में जकड़े हुए हो। इसलिए इस व्यवस्था में हेर-फेर होना संभव नहीं है। और उचित भी नहीं है।"

वन्दना ने पूछा–"आप लोगों ने कब और किससे सुना?"

द्विजदास ने कहा–"तुम्हारे पिताजी से। हमारे यहाँ आने के दिन ही राय साहब ने तुम्हारे प्रेम, वाग्दान और शीघ्र ही विवाह होने की मोहक चर्चा से हम दोनों भाईयों के चारों कानों में अमृत घोल दिया था। नहीं, नहीं, नाराज मत होना वन्दना। राय साहब सीधे-सादे आदमी हैं। प्रसन्नता के कारण इस शुभ समाचार को आत्मीय जनों से छिपाकर रखना उचित नहीं समझा।"

कुछ देर चुप रहकर वन्दना ने पूछा–"क्या इसीलिए मुखोपाध्याय जी ने मैत्रेयी को देखने के लिए हमें भेजा था?"

द्विजदास ने कहा–"यह तो मैं ठीक-ठीक नहीं जानता। क्योंकि बड़े भैया की मन की सारी बातें तो देवता भी नहीं जान पाते। मैं तो बस इतना ही जानता हूँ कि

उनके मन में मैत्रेयी सर्व गुण संपन्न कन्या है। बलरामपुर के धनी और महामानीय मुखोपाध्याय परिवार के लिए अयोग्य नहीं है।"

वन्दना पूछा–"मैत्रेयी देवी के बारे में आपका क्या विचार है?"

द्विजदास ने कहा–"इस घराने में यह प्रश्न अवैध है। मैं अन्य पुरुष हूँ। प्रथम और द्वितीय पुरुष अर्थात माँ और बड़े भैया जिस किसी भी लड़की के गले में मुझे बांध देंगे। उसी के गले में बड़ी प्रसन्नता से लटका रहूँगा। इस घर की यही सनातन परम्परा है। इसमें परिवर्तन नहीं हो सकता।"

उसके बोलने के ढंग पर वन्दना को हँसी आ गई। बोली, "और मान लीजिए मैत्रेयी के बदले आपको वन्दना के गले में बाँध दें तो?

माथे को ठोककर द्विजदास ने कहा–"हाय वन्दना, यह आशा बेकार है। दुष्ट राहू ने पूरे चंद्रमा को ग्रस लिया है। सुधीर चंद्र न जाने कहाँ से आ टपके और दाल-भात में मूसल चंद्र बनकर सारा गुड़ गोबर कर दिया। द्विजदास की स्वर्णपुरी आँखों के सामने जल कर राख हो गई। इस प्रसंग को बंद करो कल्याणी, अभागे का हृदय टूक-टूक हो जायेगा।"

उसकी नाटकीय उक्ति पर वन्दना एक बार फिर हँस पड़ी। बोली–"स्वर्णपुरी का सब कुछ तो जल नहीं गया था द्विजू बाबू। अशोक कानन तो बच ही गया था। हृदय टूट भी नहीं सकता।"

द्विजदास ने सिर हिलाकर कहा–"यह भरोसा बेकार है। श्री राम का भाग्य बलवान था। लेकिन मैं तो सर्व संपत्ति से हतभाग्य द्विजदास हूँ। मेरे जले भाग्य से सारी आशायें जल कर राख हो गई हैं। कुछ भी नहीं बचा है।"

"हो नहीं गई हैं।"

"कैसे नहीं हो गई हैं?"

वन्दना ने जोर देकर कहा–"जलकर तो कुछ भी राख नहीं हुआ है। द्विजदास हतभाग्य हैं, वन्दना नहीं है मेरे भाग्य को जला कर राख कर दे, इतनी सामर्थ्य सुधीर में नहीं है। संसार में किसी में नहीं है। न माँ में और न बड़े भैया में।"

उसकी शांत और दृढ़ आवाज से विस्मित द्विजदास मौन खड़ा उसे देखता रहा।

"चुप क्यों हो गए? मेरे मन की बात का पता क्या आपको नहीं चला था? आज यह बहाना करने की इच्छा हो रही है।"

"नहीं, बहाना नहीं करना चाहता वन्दना। सोचा तो था, यह स्वीकार करता हूँ। लेकिन संदेह भी अधिक था।"

वन्दना ने कहा–"आज उस संदेह को दूर हो जाना चाहिए।"

फिर पलभर उसके चेहरे की ओर देखते हुए बोली–"लेकिन मेरे मन में तो संदेह नहीं था। उस पहले दिन से ही नहीं। घर से अप्रसन्न होकर चली आई। अकेले

ऊपर वाले कमरे की खिड़की के सामने खड़े होकर हाथ उठाकर मुझे विदा किया। केवल एकबार का परिचय, फिर भी उसका अर्थ मेरे लिए क्या रत्तीभर भी अस्पष्ट था?"–"अब तो संदेह दूर हुआ?"

द्विजदास ने कहा–"शायद थोड़ा-सा और दबाव डालने से दूर हो जायेगा। लेकिन सोचता हूँ मेरा संदेह दूर करने का यह तरीका क्या जीवन भर रहेगा?"

वन्दना ने कहा–"पहले जीवन भर की व्यवस्था तो हो। लेकिन सब कुछ जानकर भी जो पिछलेपन का नाटक करे, उससे समझने के लिए मेरे सामने और कोई चारा नहीं है।"

"लेकिन वह मैं नहीं हूँ, माँ हैं। उन्हें कैसे समझाओगी?"

वन्दना ने कहा, "माँ स्वयं समझ जायेंगी। मुझे वह बेटी की तरह प्यार करती हैं। आज कितनी ही बेचैन होकर क्यों न चली जायें, जो कुछ जान कर गई हैं, वह सच नहीं है। अगर यह बात माँ को ही न समझा सकी तो मैं किस चीज की आशा कर सकती हूँ, बताइए। मुझे कोई चिंता नहीं है द्विजू बाबू। किसी न किसी दिन उन्हें सारी बातें समझाऊँगी ही," कहते-कहते अचानक उसका गला रूँध गया और दोनों आँखों में आँसू भर आए।

द्विजदास का सच और झूठ का संशय दूर होकर भी दूर नहीं हो रहा था। लेकिन इन आँसुओं और रूँधे स्वर से उसका संदेह दूर हो गया–यह केवल हँसी नहीं है। आश्चर्य और दुख से सिहर कर उसने कहा–"क्यों वन्दना तुम रो क्यों रही हो?"

वन्दना ने कहा–"नहीं।" और आँसू पौंछकर दूसरी ओर देखने लगी।

द्विजदास स्वयं भी बहुत देर तक चुप रहकर धीरे-धीरे बोला–"सुधीर ने तो कोई अपराध किया नहीं है वन्दना।"

वन्दना ने उसकी ओर मुँह फेरे बिना ही कहा–"अपराध का निर्णय किसलिए, बताओ न? क्या मैं उनके अपराध का बदला लेने बैठी हूँ।"

इसका कोई उत्तर द्विजदास नहीं दे सका। समझ गया कि प्रश्न बेकार ही किया। फिर कुछ देर चुप रहकर बोला–"लेकिन सुधीर तुम्हारे अपने समाज का है। और शिक्षा, संस्कार, आचरण आदि में मुखोपाध्याय परिवार से तुम्हारा मेल कहीं भी नहीं होगा, तो स्वयं इनके बंदीगृह में हमेशा के लिए क्यों जा रही हो। मेरे लिए वन्दना शायद आज नहीं समझोगी लेकिन एक दिन जब इस भूल का पता चलेगा तो पश्चाताप की सीमा नहीं रहेगी। तुमने मुझे कभी समझा है, नहीं जानता। लेकिन माँ, भाभी, बड़े भैया, हमारे ठाकुर जी, हमारी अतिथि शाला, हमारे आत्मीय स्वजन–मैं इन्हीं में से एक हूँ। तुम किसी भी दिन मुझे इनसे अलग नहीं पाओगी। क्या अधिक दिनों तक तुम इसे सह सकोगी?"

वन्दना ने कहा–"सहन न होने पर आदमी के मरने का समय तो हमेशा मुक्त रहता है। द्विजू बाबू, कोई भी बंदीगृह उसे रोक नहीं सकता। लेकिन आपने मुझे क्या

समझा है, नहीं मालूम। मैं अपनी सास, अपनी जिठानी, अपने ठाकुर जी, अतिथि शाला, अपने आत्मीय स्वजन समाज इनसे अलग करके अपने पति को एक दिन भी पाना नहीं चाहती। वह सब में घुल-मिल कर ही अपने बने रहें।"

द्विजदास ने आश्चर्य से कहा–"ये सारी धारणायें तो तुम लोगों की हैं नहीं। यह तुमने सीखा किससे वन्दना?"

वन्दना ने कहा–"मुझे तो किसी ने भी नहीं सिखाया। लेकिन माँ को, मुखोपाध्याय जी को देखकर ये बातें मेरे मन में स्वतः ही आ गई हैं। इस परिवार में सभी मामलों में सबसे बड़ी माँ हैं। उनके बाद मुखोपाध्याय जी, उनके बाद दीदी, और फिर आप यहाँ अन्नदा का भी विशेष स्थान है। अगर इस घर में कभी स्थान मिला तो इनसे नीचे ही मिलेगा। लेकिन वह मुझे बिल्कुल अनुचित नहीं लगेगा।'

यह सब सुनकर द्विजदास को जितना अच्छा लगा, उसका मन उतना ही व्यथा से भर गया लेकिन वन्दना के मन की बात को इस तरह जान लेना अन्याय है। इस प्रसंग का बंद होना आवश्यक है।

अपने आपको कठोर बना कर उसने कहा–"लेकिन माँ को हमारी नई बातों को बताने से कोई लाभ नहीं हैं। वह तुम्हें बेटी के समान स्नेह करती हैं, यह मैं जानता हूँ। इसीलिए उन्हें सोलहों आने आशा थी कि तुम इस घर की छोटी बहू बनोगी। तुम दोनों बहिनों के हाथों में अपने दोनों बेटों को सौंप कर वह कैलाश जायेंगी, अगर वापस न आ सकीं। उस दुर्गम पथ में ही अगर मृत्यु का बुलावा आ गया तो वह इस बात को मन में लेकर निश्चिंत होकर जा सकेंगी कि उन्होंने अपने विशाल परिवार के उत्तरदायित्व को हस्तांतरित करने मे कोई भूल नहीं की है। लेकिन अब यह नहीं हो सकता। उनके मत के अनुसार वाग्दान का अर्थ है संप्रदान। प्यार करके जिसे स्वीकार कर लिया है। वही तुम्हारा पति है। विवाह का मंत्र नहीं पढ़ा गया है। इसलिए उसे छोड़ भी सकती हो। लेकिन उस खाली आसन पर दयामयी का पुत्र नहीं बैठ सकता।"

यह सुनकर वन्दना का चेहरा पीला पड़ गया। पूछा–"द्विजू बाबू, क्या माँ यह सब कह गई हैं?"

द्विजदास ने कहा–"कम से कम कहना असंभव नहीं समझता वन्दना। भाभी ने कहा था कि माँ को बहुत जर्बदस्त चोट लगी है कि सुधीर हमारी जाति का नहीं है। तुम लोग जाति नहीं मानते। इतनी बड़ी खाई तो किसी प्रकार भी पाटी नहीं जा सकेगी।"

"क्या आप भी यही बात कहते हैं?"

"मैं तो पराया आदमी हूँ वन्दना, मेरे कहने से क्या होता है।"

राय साहब के भोजन का समय निकट आ रहा था। वन्दना उठ कर खड़ी हो गई। बाहर जाने से पहले बोली–"पिताजी की छुट्टियाँ समाप्त हो गईं। वह कल चले जायेंगे। क्या मैं भी उनके साथ चली जाऊँ द्विजू बाबू?"

द्विजदास ने कहा–"यह भी क्या मुझ से ही पूछोगी वन्दना? अगर जाती हो तो मुझे गलत मत समझ बैठना। तुम्हारे जाने के बाद तुम्हारी ओर से सारी बातें माँ को बता दूँगा। शर्माऊँगा नहीं। इसके बाद रह गई हमारी आज के संध्या समय की बात–।"

वन्दना उत्तर दिए बिना कमरे से चली गई।

15

जब वन्दना अपने कमरे में पहुँची तो उसे बहुत ही दुख अनुभव होने लगा। वह दीवानी हो गई थी जो एक लज्जाहीन भिखारिन की तरह अपने हृदय को खोल कर सारी आत्म मर्यादा को तिलांजली दे आई। लेकिन द्विजदास पुरुष होकर भी जैसा रहस्यमय था, वैसा ही बना रहा। उसके चेहरे के हाव-भाव में न तो आग्रह था, न हर्ष। उसने न तो आशा की और न धीरज बंधाया। बल्कि इसी के बहाने बार-बार यही कहता रहा कि वह पराया आदमी है। इस की इच्छा अनिच्छा इस परिवार के लिये अप्रासंगिक है। माँ का नाम लेकर बस इतना ही कहा कि वाग्दान का अर्थ है कन्यादान। निर्दोष सुधीर के खाली आसन पर दयामयी का पुत्र नहीं बैठेगा। लेकिन अपमान का पात्र इतने से भी नहीं भरा। उसकी आँखों में आँसू देख कर उसने अंत में दयार्द्र होरक बस इतना ही वचन दिया कि वह वन्दना की निर्लज्जता की कहानी माँ को सुना देगा।

लेकिन क्या बात यहीं समाप्त हो गई? द्विजदास की बात के उत्तर में स्वयं कहा था, इस परिवार में जहाँ भी कोई है वह सबसे छोटी होकर आना चाहती है इससे आगे उससे सोचा नहीं गया। कहीं मौन होकर बैठी सोचती रही कि वह वास्तव में बहुत छोटी हो गई है। इतनी छोटी कि आत्महत्या कर लेने पर भी इस हीनता का प्रायश्चित नहीं हो सकेगा।

किसी ने बाहर आकर सूचना दी कि राय साहब उसे बुला रहे हैं। वह उठ कर पिता के कमरे में चली गई। वहाँ बार-बार जिद करके किसी तरह उन्हें राजी कर लिया कि वे लोग कल ही बम्बई के लिए रवाना हो जायेंगे । हालांकि उन्होंने विप्रदास के वापस आ जाने के बाद रात की गाड़ी से जाने का निश्चय किया था। एकदम इस तरह चला जाना उचित नहीं होगा इसमें राय साहब को संशय नहीं था। छुट्टियाँ भी थीं। खुशी से रहा भी जा सकता था। फिर भी बेटी की बात उन्हें माननी पड़ी।

बिस्तर पर लेटे-लेटे वन्दना की आँखों से आंसुओं की धारा बहने लगी। उसके बाद न जाने कब उसे नींद आ गई।

सुबह उठकर उसने अपना और पिता का सामान बाँध डाला। फोन करके सीट रिजर्व करा लीं और बम्बई तार भेज दिया। शाम की गाड़ी थी। लेकिन देर किसी भी तरह बर्दाश्त नहीं हो पा रही थी।

उस समय नौ बजे थे। अन्नदा कमरे में आई तो अवाक रह गई–"यह क्या?"

वन्दना मैले कपड़ों की तह लगा कर एक बक्स में रख रही थी। बोली–"आज हम जायेंगे।"

"आज तो जाना नहीं है दीदी। जाना तो कल है।"

"नहीं, आज ही जायेंगे," कह कर बिना मुँह उठाए काम करने लगी।

अन्नदा पलभर चुप रह कर बोली, "आप उठिए। मैं संभाल कर रख देती हूँ। आपको कष्ट हो रहा है।"

"नहीं, कष्ट करने की आवश्यकता नहीं। तुम अपने काम पर जाओ,"–इस घर के सभी लोगों से उसे जैसे घृणा हो गई थी।

कारण मालूम न होने पर भी अन्नदा जान गई कि वह कुछ क्रोध में है। अचानक कल माँ घर चली गईं। आज वन्दना भी उसी तरह जाने के लिए तैयार है। लेकिन क्रोध के बदले क्रोध करना अन्नदा का स्वभाव नहीं है। वह जैसी ही सहनशील है वैसी ही सौम्य भी है। कुछ देर तक चुप खड़ी रह कर टूटे स्वर में बोली–"मुझसे भूल हो गई दीदी। आज समय पर उठ नहीं पाई।"

वन्दना ने सिर उठाकर कहा–''मैंने तो कारण पूछा नहीं अन्नदा आवश्यकता हो तो इसका उत्तर अपने मालिक को देना। द्विजू बाबू से कहो वह अपने कमरे में हैं।''

इतना कह कर वह फिर अपने काम में लग गई।

पिता की एकमात्र संतान होने के कारण वन्दना कुछ अधिक लाड़-प्यार में पली थी। इसलिए उसमें सहन शक्ति बिल्कुल नहीं थी। साथ ही कड़वी बातें कहने की कुशिक्षा भी उसे नहीं मिली थी और शायद जीवन में उसने इतनी कड़वी बात किसी को कही भी नहीं थी। इसलिए यह कह कर वह मन ही मन शर्मिंदा हो उठी।

तभी अन्नदा ने कोमल स्वर में कहा–"डॉक्टर लोग गए तो पौ फटने वाली थी। सोचा अब नहीं सोऊँगी। सोई भी नहीं। लेकिन दीवार के सहारे बैठते ही न जाने कैसे नींद आ गई, कब सवेरा हो गया, कुछ भी जान नहीं सकी। और मालिक बात कह रही है दीदी, लेकिन क्या आप मेरी मालकिन नहीं हैं। बताइए ऐसी गलती क्या मुझसे पहले कभी हुई है? उठिए, मैं संभाल कर रख दूँ।"

वन्दना के कानों में शायद अन्तिम बातें नहीं पहुँची थी। अन्नदा की ओर देखकर बोली–"डाक्टर लोग चले गए। इसका क्या अर्थ है?"

अन्नदा ने कहा–"कल रात द्विजू बाबू बीमार हो गया था। यहाँ आने के बाद ही उसकी तबियत खराब हो गई थी लेकिन उसने परवाह ही नहीं की। क़ल माँ आदि के घर जाने की बात सुनकर उसने मुझे बुलाकर कहा–"माँ को पता न चलने पाये। लेकिन बड़े भैया से कहकर मेरा जाना स्थगित कर दो अनु। बहुत ही कमजोरी महसूस हो रही है। मुझसे उठा तक नहीं जा रहा।"–"मैंने ही उसे पाला-पोसा है। वह सारी बातें मुझसे ही कहता है।"

वन्दना बोली–"यह क्या कहती हो? तबियत खराब है तो छिपाते क्यों हो?"

"हँसकर टाल देना उसका स्वभाव है। भले ही बात कितनी ही गंभीर क्यों न हो हँसकर टाल देता है। उसी तरह तनिक हँसकर बोला–"तुम इन लोगों को खाना तो करो। तब अपने आप अच्छा हो जाऊँगा।"–"माँ से उसकी पटती नहीं है। उनके साथ कहीं भी जाना नहीं चाहता। शायद उससे बचने का यही एक उपाय है। इसी लिए और कुछ नहीं कहा। बड़े भैया उन्हें साथ लेकर चले गए। इसके बाद सारा दिन उसने सोकर बिताया कुछ खाया नहीं। दोपहर को जाकर पूछा–"कैसे हो द्विजू?" बोला--"अच्छा हूँ।" लेकिन उसका चेहरा इस बात की साक्षी नहीं दे रहा था। मैंने डॉक्टर को बुलवाना चाहा लेकिन द्विजू ने किसी भी तरह बुलाने नहीं दिया। बोला–"भैया का पैसा बेकार क्यों खर्च करती हो। तुम्हारी फिजूल खर्जी सुनकर मालकिन नाराज होंगी–।"

सारे दिन उसने कुछ नहीं खाया। बिस्तर पर पड़ा रहा। शाम को जाकर पूछा–"द्विजू, तबियत अगर सचमुच खराब नहीं है तो सारे दिन बिस्तर पर पड़े-पड़े क्यों बिता रहे हो?" उसी तरह हँसकर बोला–"अनु, शास्त्र में लिखा है कि बिस्तर पर पड़े रहने से बढ़कर कोई पुण्य कार्य संसार में नहीं है इससे मुक्ति प्राप्त होती है। तनिक पारलोकिक कल्याण की चेष्टा कर रहा हूँ। तुम डरो मत।"

उसे सभी बातों में व्यंग समझता है। बातचीत में उससे पार पाना कठिन है। नाराज होकर चली आई। लेकिन मन का भय दूर नहीं हुआ। वह एक किताब लेकर पढ़ने लगा।

कुछ रुककर अन्नदा फिर कहने लगी–"उस समय शायद रात के बारह बजे थे। मेरे दरवाजे की किवाड़ों पर थपकी सुनाई दी। पूछा–"कौन है?" बाहर से उत्तर मिला–"मैं हूँ अनु। दरवाजा खोलो।"–द्विजू इतनी रात को क्यों बुला रहा है। जल्दी से द्वार खोल कर बाहर निकल गई। द्विजू, यह कैसी सूरत बन गई है। आँखें अंदर धंस गई हैं, गला बैठ गया है, शरीर थरथरा रहा है फिर भी हँसी।"–वह बोला, अनु तुमने कही मुझे पाल-पोस कर बड़ा किया है इसलिए तुम्हारी नींद नष्ट की है। अगर आँखें मूंदनी ही पड़ी तो तुम्हारी ही गोद में सिर रखकर मूंदूंगा।"–कहकर वह रो पड़ा और उसकी आँखों से आँसुओं की धारा बह निकली। जैसे उसका रोना थमना ही नहीं चाहता था। ऐसा अटूक था उसका आंतरिक भावावेश। स्वयं को संभालने में उसे बहुत देर लगी। तब उसके मुँह से आवाज निकली। छाती से लगा कर उसे कमरे में ले गई। उसे सूखी उल्टियाँ आ रही थीं, पेट में दर्द था। ऐसा मालूम होता था कि रात बीत नहीं पायेगी। पता नहीं कब दम निकल जायेगा। डॉक्टरों को सूचना दी। सभी आ गए। इंजेक्शन और दवा दी। गर्म पानी की गर्मी से सेकना शुरू हुआ। सारे नौकर जाग उठे। सवेरे के समय द्विजू सो गया। डॉक्टर बोले–"अब भय की बात नहीं। लेकिन रात

कैसे बीती दीदी–सोचने पर लगता है मैंने कोई बुरा सपना देखा था–यह सब कुछ हुआ ही नहीं था।" कहकर अन्नदा ने फिर आंचल से अपनी आँखें पौंछीं।

वन्दना ने धीरे-धीरे कहा–"मुझे कुछ भी पता नहीं चल पाया। मुझे जगाया क्यों नहीं?"

अन्नदा ने कहा–"सुबह उसी परेशानी में बीती। आपको कष्ट नहीं दिया। नहीं तो द्विजू ने ये कहा था–?"

वन्दना ने बात काट कर पूछा–"कैसे हैं अब द्विजू बाबू?"

अन्नदा बोली–"ठीक हैं। नींद में हैं। डॉक्टर लोग कह गए हैं कि शायद साँझ से पहले नींद नहीं टूटेगी। बड़े बाबू आ जायें तो भय दूर हो दीदी।"

"उस कमरे में आदमी तो हैं न?"

"हाँ दीदी, दो आदमी बैठे हैं।"

"अब डाक्टर फिर कब आयेंगे?"

शाम के पहले ही आयेंगे। कह गए हैं कि अब भय की कोई बात नहीं है।

वन्दना के लिए यही एक भरोसे की बात है। कि डाक्टर निडर कर गए हैं। इसके अतिरिक्त उसके लिए करने को और रखा ही क्या है?

द्विजदास की बीमारी का समाचार वन्दना ने आकर पिताजी को दिया। लेकिन अधिक नहीं बोली। उन्होंने इतना ही सुना और बेचैन होकर बोले–"मुझे तो कुछ भी मालूम नहीं हुआ। हमें नींद से जगाना किसी ने ठीक नहीं समझा। लेकिन यह ठीक नहीं हुआ।"

वन्दना चुप रही।

बहुत देर के बाद वह स्वयं ही बोले–"टिकट खरीदने के लिए आदमी भेजा है। सीट रिजर्व हो गई है। लेकिन देखता हूँ कि हमारे जाने में कुछ विघ्न पड़ रहा है।"

वन्दना ने कहा–"विघ्न क्यों होगा पिताजी, हम यहाँ रुक कर ही उन लोगों का कौन-सा उपकार कर सकेंगे?"

"नहीं, उपकार नहीं। लेकिन फिर भी–?"

"नहीं पिताजी, इसी तरह देर होती जा रही है। अब अपना विचार मत बदलिए," इतना कह कर वन्दना बाहर चली गई।

दोपहर के बाद अन्नदा वन्दना के कमरे में आकर फर्श पर बैठ गई। उसके जाने में अभी दो घंटे की देर थी। वन्दना ने पूछा–"अच्छे हैं न द्विजू बाबू?"

अन्नदा ने कहा–"अच्छे तो हैं। लेकिन सो रहे हैं।"

वन्दना ने कहा ··· "जाते समय किसी से भी हमारी भेंट न हो सकी। शायद तब तक द्विजू की नींद नहीं खुलेगी और बड़े बाबू जब घर पर पहुँचेंगे तब तक हम बहुत दूर पहुँच गए होंगे।"

अन्नदा हुँकारी भरती हुई बोली–"हाँ, बड़े भैया तो रात के नौ बजे के लगभग आयेंगे। वह आ जायें तो सभी को छुटकारा मिले। सभी का भय दूर हो जाए।"

लेकिन भय की कोई बात नहीं अन्नदा?

अन्नदा ने कहा–"नहीं, यह सच है, लेकिन बड़े भैया का घर में रहना ही दूसरी बात है दीदी। सब किसी की भी जिम्मेदारी नहीं। सब उनकी ही है। जैसी बुद्धि है वैसा ही विचार। वैसा ही साहस और वैसी ही गंभीरता। सभी ऐसा अनुभव करते हैं, मानो उन पर वगदाद की छाया है।

वही पहले दिन की बात है। मालकिन के बारे में यह भावना मानो उसकी नस-नस में समा गई है। दूसरा अवसर होता तो वन्दना ताना देने से बाज न आती। लेकिन इस समय चुप रह गई। अन्नदा कहने लगी–"और यह द्विजू–दोनों भाई जैसे संसार के दो छोर हैं।"

आश्चर्य से वन्दना ने पूछा–'क्यों?'

अन्नदा ने कहा–"और नहीं तो क्या दीदी। न है उत्तरदायित्व का बोध, न है झंझट, न है गंभीरता। द्विजू तो सर्दियों का बादल है। न तो उसमें बिजली है और न पानी। बस इधर--उधर उड़ता-फिरता है। मामला कितना ही पैचीदा क्यों न हो, हँस खेल कर समय काट ही लेता है। न गृहस्थ है न वैरागी। कितने कर्जदारों ने उससे 'चुकता पाया' लिखवा कर मुक्ति पा ली, इसका हिसाब नहीं।

वन्दना ने कहा–"मुखोपाध्याय जी नाराज नहीं होते?"

"होते हैं, खूब होते हैं। विशेष रूप से माँ। लेकिन उसका पता चलेगा कहाँ। कुछ दिनों के लिए इस तरह लापता हो जाता है कि भाभी रोना-पीटना शुरू कर देती हैं तब खोजकर उसे पकड़ लाते हैं। लेकिन इस प्रकार से तो सदा चल नहीं सकता दीदी। उसका विवाह होगा। बाल-बच्चे होंगे। अब ऐसा करने से दिवालिया हो जायेगा।"

वन्दना ने कहा–"तुम लोग यह बात उनसे कहते क्यों नहीं?"

अन्नदा ने कहा–"बहुत कुछ कहा सुना है। लेकिन वह सुनता ही कहाँ है।"–"कहता है, तुम लोग चिंता क्यों करते हो? अगर दिवालिया हुआ तो मैं होऊँगा। भाभी तो दिवालिया होंगी नहीं। तब सब मिलकर उनके कंधे पर सवार हो जायेंगे।"

वन्दना ने हँसकर पूछा–"मंझली दीदी क्या कहती हैं?"

अन्नदा ने कहा–"देवर के लिए उनके स्नेह की सीमा नहीं है। कहती हैं–"हम खायेंगे तो क्या द्विजू भूखा रहेगा? मेरी पाँच सौ रुपए महीने की आमदनी को तो कोई रोक नहीं सकेगा। गरीबी ढंग से हमारा काम उसी से चल जायेगा। बड़े बाबू अपने लाखों रुपए लेकर सुख से रहें। हम उनसे मांगने नहीं जायेंगे।"

यह सुनकर वन्दना को कितना अच्छा लगा, इसकी सीमा नहीं। जिसने कहा है वह उसी की बहिन है। लेकिन जिस समाज, जिस वातावरण में वह खड़ी हुई है।

वहाँ कोई ऐसी बात नहीं कहता। और न शायद सोच ही सकता है। कहने की कभी आवश्यकता पड़ती है या नहीं, यह किसे मालूम।

लेकिन अन्नदा जो कुछ कह रही थी, वह तो जैसे बहुत पुराने जमाने की कोई कहानी थी। वे एक ही परिवार में रहते हैं। केवल बाहरी आकार ही नहीं, भीतरी आकार भी वैसा ही है। अन्नदा यह केवल दासी ही नहीं है, द्विजदास की दीदी भी है। आज भी उसकी सारी बातें उसी के साथ होती हैं। इसी अन्नदा के पति कभी इसी परिवार का काम करते-करते स्वर्ग सिधार गए थे। उनका बेटा यहीं रह कर जीवन यापन कर रहा है। अन्नदा को काम की जरूरत नहीं है, फिर भी माया का बंधन नहीं तोड़ा जाता। इस धनी परिवार से ऐसे कितने ही परिवार पीढ़ियों से जुड़े हुए हैं।

दयामयी की शरारती संतान द्विजदास ने भी कल कहा था, उसकी माँ, बड़े भैया, भाभी, गृह देवता अतिथि शाला सभी को लेकर ही वह है। उनसे पृथक करके वन्दना उसे किसी दिन भी नहीं पायेगी। इसकी आशा नहीं है। उस समय वन्दना ने अस्वीकार नहीं किया था। लेकिन उसके वास्तविक अर्थ को वह आज ही समझ पाई है।

बात समाप्त नहीं हुई थी। बहुत कुछ जानने के लिए उसकी उत्सुकता बढ़ गई थी। लेकिन तभी बाधा पड़ गई। नौकरों ने आकर सूचना दी कि राय साहब बेचैन हो रहे हैं। छः बजे हैं। रवाना होने के लिए एक घंटे से अधिक समय नहीं रहा। वन्दना को तैयार होने के लिए उठना पड़ा।

ठीक समय पर राय साहब नीचे उतरे। उतरते हुए बेटी का नाम लेकर एक बार पुकारा। वन्दना के कानों में उनकी आवाज पहुँची। काम भले ही कितना अनुचित है। भले ही कितना ही इच्छा के विरुद्ध हो उसे जाना ही पड़ेगा। बार-बार हठ करके यह व्यवस्था उसने स्वयं ही कराई है। इसमें अब हेर-फेर नहीं हो सकता।

कमरे से बाहर निकली तो सबसे पहले उसके मन में यही बात आई कि भविष्य में जहाँ तक भी नजर जाती है, किसी भी बहाने से यह लौटने की आशा नहीं है। लेकिन उसके कितने ही सुखद सपनों से यह घर भरा रहा था, इसे वह कभी भुला नहीं पायेगी।

सीधे रास्ते को छोड़ कर द्विजदास के कमरे के बगल वाले बरामदे में घूम कर उतरते हुए उसने कमरे के भीतर एक नजर डाली। लेकिन जो खिड़की खुली हुई थी। उससे द्विजदास दिखाई नहीं दिया।

दत्तजी मोटर के पास खड़े हुए थे। राय साहब ने उन्हें बुलाकर नौकरों को देने के लिए बहुत से रुपए दिए और अचानक चले जाने के लिए दुख प्रकट करते हुए द्विजदास का समाचार शीघ्र ही भेजने के लिए प्रार्थना की।

गाड़ी में बैठने से पहले अन्नदा को एक ओर ले जाकर वन्दना ने कहा–"तुम द्विजू की बहन हो। तुमने उन्हें पाल-पोस कर बड़ा किया है। अनु दीदी, यह अँगूठी

उनकी बहू को पहनने के लिए दे देना..." यह कहकर उसने अंगूठी निकाल कर उसके हाथ में दी और पिता की बगल में जा बैठी।

मोटर चल पड़ी। वहाँ खड़े नौकरों और दत्त जी ने नमस्कार किया।

अचानक वन्दना ने आँखें ऊपर उठाईं। लेकिन आज वहाँ विदा करने के लिए द्विजदास नहीं था। आज वह बीमार है। नींद में बेहोश पड़ा है।

16

दयामयी के व्यवहार में वन्दना के प्रति जो आंतरिक लांछना और अपमान था सती के हृदय में जम गया था। लेकिन सास को कुछ कहना आसान नहीं था इसलिए उसने एक पत्र लिखकर बहिन को देने के लिए पति को अपने कमरे में बुलाया। दोपहर की ट्रेन से विप्रदास कलकत्ता जायेगा।

उसी समय दयामयी आ गईं। ऐसा तो वह कभी करती नहीं है। बेटा और बहू दोनों को आश्चर्य हुआ।

सती आंचल सिर पर खींच कर बाहर जाने लगी तो माँ ने रोक कर कहा–"नहीं बहू, जाना मत। तुम्हारी पीठ पीछे तुम्हारी बहिन की बुराई नहीं करूँगी। जरा ठहरो। इतनी दुखी होकर घर क्यों चली आई, यह विपिन को मालूम है।"

विप्रदास ने कहा–"अच्छी तरह मालूम नहीं माँ। लेकिन कहीं कुछ गड़बड़ हुई है, इतना ही अनुमान लगा पाया हूँ।"

माँ ने कहा–"गड़बड़ हुई नहीं लेकिन हो सकती थी। माँ दुर्गा ने मेरी रक्षा कर ली। कल समधी जी बम्बई चले जायेंगे। बात थी कि इसके बाद वन्दना यहाँ आकर कुछ दिन अपनी मंझली दीदी के पास रहेगी। लेकिन लड़की के मस्तिष्क में अगर थोड़ी-सी बुद्धि होगी तो यहाँ आना पसंद नहीं करेगी। पिता के साथ सीधी बम्बई चली जायेगी। अगर न जाना चाहे तो जाने के लिए कह देना। मन में दुख मत करो बहू। ऐसी बहिन को बनवास दिया जा सकता है.लेकिन घर में लाकर नहीं रखा जा सकता।"

विप्रदास चुपचाप खड़ा रहा। उसके आश्चर्य की सीमा नहीं रही।

दयामयी कहती गई–"मेरा दुर्भाग्य है कि उसे प्यार करने गई थी। समझा था वह भी हम लोगों में से ही एक है। उसके आचरण में कमियाँ हैं। सोचा था यह सब उसके स्कूल-कालेज में पढ़ने का परिणाम है, चंद्रमा के सामने उड़ते बादलों के समान हवा के लगने पर वह उड़ जायेगा। ठहरेगा नहीं। कुछ भी सही, सती की बहिन ही तो है। लेकिन उसने कायस्थ के घर से वर चुन लिया। किसे मालूम था विपिन, ब्राह्मण के घर में जन्म लेकर वे लोग इस सीमा तक गिर जायेंगे।"

विप्रदास ने कहा–"बात यही है। यह बात तो तुमने सुनी ही होगी कि वे लोग जाति-पाति को नहीं मानते।"

दयामयी ने कहा–"सुना तो था। लेकिन आँखों देखा नहीं था। शायद नानी की कहानी जैसी ही समझी थी, लेकिन आँखों से देखकर किसी पर किसी को इतना क्रोध आ सकता है, यह बिल्कुल नहीं जानती थी।"

इतना कहते-कहते वह घृणा से कांप उठीं। बोलीं–"चूल्हे में जाए। जो मन हो करे, कौन है मेरी वह? लेकिन अब मेरे घर में नहीं आ सकती।"

फिर विप्रदास को चुप देख कर बोली–"उत्तर क्यों नहीं दिया विपिन?"

"उत्तर तो तुमने माँगा नहीं था माँ। आदेश दिया था कि वन्दना यहाँ न आये। ऐसा ही होगा।"

दयामयी ने उसकी बात सुनी तो बोली–"क्या मैं अनुचित आज्ञा दे रही हूँ?"

"अनुचित क्यों नहीं मालूम होता माँ। वन्दना ने अनुचित कुछ भी नहीं किया। सामाजिक आचार-व्यवहार में हमसे उनका मेल नहीं खाता। वे जात-पात नहीं मानते। इस बात को जानते हुए भी तुमने उसे आने के लिए कहा था। प्यार भी किया था। शायद तुम्हें आशा थी। यही तो तुमने भूल की। इसलिए मन को चोट भी लगी है।"

दयामयी ने कहा–"संभव है सच हो। लेकिन उसके विवाह की बात सुन कर मुझे घृणा मालूम नहीं होती? कहता क्या है तू?"

विप्रदास ने मुस्कराते हुए कहा–"उसका अभी विवाह नहीं हुआ है। लेकिन हो जाने पर भी मुझे क्रोध करना उचित नहीं है माँ। बल्कि यह सोचकर श्रद्धा ही करूँगा कि उनका विश्वास अटल है। उन्होंने किसी को धोखा नहीं दिया। लेकिन कलकत्ते में अनेक लोगों को देखा है। जो जाति-भेद पर विश्वास नहीं करते, गालियाँ भी देते हैं। लेकिन काम के समय उनके खोजने पर भी दर्शन नहीं होते। सबसे अधिक मैं उन्हें ही श्रद्धा करता हूँ। अप्रसन्न मत हो माँ। तुम्हारा द्विजू ऐसा ही है?"

सुनकर दयामयी मन ही मन अप्रसन्न हुईं, ऐसी बात नहीं है। द्विजू के बारे में कहने लगी–"वह ऐसा ही चकमे बाज है। लेकिन अच्छा विपिन, अगर तू वन्दना से घृणा नहीं करता तो उसका छुआ हुआ कुछ भी क्यों नहीं खाता था? मैं उसे रसोई घर में भेज देती थी, इसलिए तू खाना छोड़कर मेरे कमरे में खाने लगा था। कोई दूसरा भले ही न समझे, लेकिन क्या तू यह सोचता है कि मैं नहीं जानती?"

विप्रदास ने कहा–"तुम नहीं जानोगी तो माँ क्यों हुई थीं? लेकिन मैं तो वास्तव में जात-पात को मानता हूँ माँ। मैं तो उसका छुआ खा नहीं सकता। जिस दिन नहीं मानूंगा। उसी दिन सबके सामने उसके हाथ का खाऊँगा। बिल्कुल नहीं छिपाऊँगा।"

दयामयी ने कहा–"तू नहीं समझा विपिन, कि किस तरह मैं उससे यह बात छिपाए फिरती थी। यहाँ वन्दना आये चाहे न आये, लेकिन वह इस बात को कभी

भी जान न पाये। उसे गहरी चोट लगेगी। तुम पर वह बहुत भरोसा करती है।"–उनके अंतिम शब्दों में स्नेह छलक उठा था।

विप्रदास ने हँस कर कहा–"वह मुझ पर विश्वास करती है, या नहीं, मैं नहीं जानता। लेकिन उसका छुआ हुआ नहीं खाता, वह इस बात को जानती है।"

"यह जानते हुए भी इतनी अभिमानी लड़की तुझ पर विश्वास करती है।"

"विश्वास करने की बात तो तुम ही लोग जानते हो माँ। लेकिन मैं जानता हूँ कि वह बहुत ही बुद्धिमती है। तुम्हारी सारी लुका-छिपी वहाँ बेकार हो गई।"

पलभर चुप रह कर दयामयी ने न जाने क्या सोचकर कहा–"शायद इसीलिए वह इतनी विनती करती रहती थी।"

"इसका मतलब?"

दयामयी ने कहा–"मैं विधवा हूँ। मेरा भात-भत्ते से ही काम चल जाता है। वह ऐसा कभी नहीं होने देगी। बाजार से तरह-तरह की नई तरकारियाँ मँगायेगी, अपने हाथों से उन्हें धोकर काटेगी और महाराजिन बुआ से बरबस बनवाकर ही छोड़ेगी। वह जानती थी कि जिसे सामने आकर रिश्वत नहीं दी जा सकी उसे दूसरों के हाथों से ही देनी चाहिए। क्यों, खाकर भी नहीं जान सका विपिन? इस तरह की रसोई तो महाराजिन के पुरखे भी बनाना नहीं जानते थे।'

हँसते हुए विप्रदास ने उत्तर दिया–"नहीं, माँ, इतना ध्यान नहीं दिया। बीच-बीच में संदेह तो होता था कि तुम्हारे अतिथियों के उस रसोई घर के विशाल आयोजन के कुछ टुकड़े शायद हमारे इस रसोई घर में आ पड़ते हैं। लेकिन यह भाग्यवश नहीं किसी व्यक्ति की इच्छा से है। यह प्रसन्नता की बात है। लेकिन अंतिम आज्ञा बता दो माँ। ट्रेन का समय हो गया। मुझे अभी दौड़ना पड़ेगा। उसे बुलाती हो या नहीं?"

दयामयी ने सती से पूछा–"तुम्हारी क्या राय है बहू?"

बचपन में सती सास के सामने पति से बोला करती थी, लेकिन अब नहीं बोलती। अक्सर कतरा कर चली जाती है, या चुप रह जाती है। लेकिन आज धीरे से बोली–"रहने दो माँ, अब उसे यहाँ लाने की कोई जरूरत नहीं है।"

उत्तर सुनकर सास प्रसन्न नहीं हो सकेगी। उसकी इच्छा दूसरी थी। लेकिन अपने मुँह से प्रगट नहीं कर सकती थी कहने लगी–"बड़े आदमी की बेटी क्या नाराज हो गई?"

"नाराज नहीं माँ। लेकिन हम जो कुछ करके चली आई हैं, उसके बाद अब उसे बुलाया नहीं जा सकता।"

"क्यों, बहू, अगर एक गलती हो भी गई तो क्या उसका सुधार नहीं हो सकता?"

"सुधार नहीं हो सकता, यह नहीं कहती लेकिन जरूरत ही क्या है? पहले भी उसने कई बार आने की इच्छा की थी, लेकिन कभी राजी नहीं हो सकी थी। अब भी सारी बाधाएँ वैसी की वैसी ही बनी हुई हैं। वह रसोई घर में घुसती थी इसलिए इन्होंने खाना छोड़ दिया था। उसे यहाँ लाने की आवश्यकता ही क्या है?"

विप्रदास ने कहा–"यह शिकायत उसकी है तुम्हारी नहीं।"–फिर हँसकर बोली–"फिर भी वन्दना मुझ पर बहुत विश्वास करती है। माँ स्वयं इसकी साक्षी हैं।"

सिर उठाकार सती ने देखा शायद भूल गई कि सास हैं। कहने लगी–"केवल माँ ही क्यों, मैं भी तो उसकी साक्षी हूँ। लड़कियाँ जब विश्वास करती हैं तब शिकायत नहीं किया करतीं। देवी-देवता भी कम कष्ट नहीं देते। फिर भी पूजा बंद नहीं करतीं। कहती हैं–"उन्होंने भलाई के लिए ही दुख दिया होगा।"

फिर उसने सास से कहा–"वन्दना ने तुम पर भी कम विश्वास नहीं किया है। माँ। तुम्हें कम प्यार नहीं किया है। तुम्हारा विचार है। तुम्हारे घर में भोजन का प्रबन्ध करती थी केवल उनके लिए? लेकिन बात ऐसी नहीं है। वह करती थी तुम दोनों के लिए। वह तुम दोनों को ही प्यार करती थी। तुमने भी उसे प्यार किया था। रसोई घर का भार सभी को खिलाने का काम सभी करती थी। लेकिन तुम्हारी उपेक्षा करके वह और सभी लोगों को पुलाव और गोश्त नहीं खिला सकती थी माँ। सभी को भात-भर्ता निगलना पड़ता था। लेकिन अब उसे लेकर खींचा तानी क्यों? हम लोगों ने जो चाहा था, उसकी आशा समाप्त हो गई वह अब नहीं लौटेगी।"

इतना कहकर वह जल्दी से बाहर निकल गई।

आश्चर्य से विप्रदास और दयामयी दोनों ही मौन खड़े रह गए। ऐसा आचरण सती के स्वभाव के लिए ऐसा मन होना है कि सोचा ही नहीं जा सकता कि वह अपने होश में है या नहीं।

विप्रदस ने पूछा–"क्या मामला है माँ?"

दयामयी ने कहा–"मुझे नहीं मालूम?"

"तुम लोगों ने वन्दना की चाह किस लिए की थी माँ? वैसी आशा की समाप्ति हो गई?"

मन ही मन दयामयी लज्जा से भर गई। लेकिन अपने संकल्प को किसी भी तरह प्रगट नहीं कर सकीं। बस बोलीं–"ये बातें आज नहीं किसी और दिन बताऊँगी।"

"अक्षय बाबू की कन्या के सम्बन्ध में क्या कुछ तै किया। उन्हें कोई उत्तर तो देना ही चाहिए।"

"मुझे कोई आपत्ति नहीं विपिन। तुम लोगों की सलाह हो तो ठीक है। द्विजू से भी पूछना, वह क्या कहता है," इतना कहकर वह भी बाहर चली गईं।

विप्रदास उधेड़-बुन में खड़ा रहा। बात जरा-सी स्पष्ट नहीं हुई थी। लेकिन स्पष्ट कर लेने के लिए समय भी नहीं था।

विप्रदास कलकत्ते पहुँचा तो देखा, मकान खाली है वन्दना और उसके पिता कुछ घंटे पहले ही वहाँ से चले गए हैं। उसे इस बात की बिल्कुल आशंका नहीं थी। ऐसी बात भी नहीं थी। लेकिन इतनी आशंका उसने की नहीं थी। अन्नदा को कुछ पता नहीं। वह केवल इतना ही जानती है कि राय साहब का जाने का उतना मन नहीं था। लेकिन लड़की ही जिद करके पिता को घसीट कर ले गई है। वन्दना पर कोई दबाव नहीं है। यहाँ रहने की जिम्मेदारी भी उसकी नहीं है। वह तो केवल मेहमान है। फिर भी वह भेंट किए बिना ही बीमार द्विजदास को अचेत छोड़ कर अकारण ही जल्दी से चली गई। सोचकर उन्हें दुख हुआ। क्रोध आने पर निर्दय और कठोर कहकर दंड देने की इच्छा होती है लेकिन प्रगट करना उनका स्वभाव नहीं है। यह विचार मन का मन में ही रह गया।

चार दिन बाद विप्रदास हाई कोर्ट से लौटा वो उसे भयानक बुखार था। शायद मलेरिया है या कुछ और। आँखें लाल हैं। सिर में बहुत दर्द है। अन्नदा के पास आने पर बोला–"अनु बहिन, बीमार तो मैं कभी नहीं होता। बहुत दिनों तक बीमारी को चकमा देता आया था, इस बार वह शायद ब्याज सहित वसूल करेगी, लगता है भुगतना पड़ेगा। आसानी से छुटकारा नहीं मिलेगा।"

अन्नदा उसकी हालत देखकर चिन्तित हो उठी। लेकिन निर्भीकता भरे स्वर में साहस देते हुए बोली–"नहीं भैया, तुम्हारा शरीर पुण्य का शरीर है। इस पर दैत्य-दानव का जोर नहीं चलेगा। तुम दो ही दिन में स्वस्थ हो जाओगे। डॉक्टर को बुलाऊँ। मुझसे तो लापरवाही हो नहीं सकती।"

"ऐसा ही करो बहिन," कह कर विप्रदास बिछौने पर लेट गया।

अन्नदा संकट में पड़ गई।

वासुदेव की बीमारी का समाचार पाकर द्विजदास कल घर चला गया है। दत्त शहर में नहीं है। मालिक के काम से घाटा गया है वह अकेली क्या करे? यह न समझ पाकर विप्रदास के पास आकर बोली, "विपिन भैया, एक बात कहूँ नाराज तो नहीं होगे?"

"मैंने तुम्हारी किसी बात का कभी बुरा माना है अनु बहिन?"

बगल में बैठी अन्नदा उसके सिर को हाथ से सहलाती हुई बोली–"प्राण देकर रोगी की सेवा कर सकती हूँ। कुछ जानती तो हूँ नहीं घर भी सूचना भेज नहीं सकती। लड़का बीमार है। उसे छोड़कर बहू कैसे आयेगी। लेकिन क्या वन्दना को सूचना नहीं भेजी जा सकती?"

हँसकर विप्रदास ने कहा–"बम्बई क्या आस-पास का मुहल्ला है बहिन, कि समाचार पाते ही वह देखने के लिए चली आयेगी। शायद उसके नमक-मिर्च लाते-लाते इधर चबैना ही समाप्त हो जायेगी। इसकी जरूरत नहीं है।

अन्नदा ने जीभ को दाँतों से काटकर कहा–"तुम्हारी बलैयाँ लूँ भैया, ऐसी बात मुँह पर नहीं लाई जाती। वन्दना दीदी कलकत्ते में ही हैं। अभी वह बम्बई नहीं गई हैं।"

"कलकत्ते में ही हैं?"

"हाँ, वाली गंज मे अपनी मौसी के घर हैं। मौसा पंजाब में बड़े डॉक्टर हैं। बेटी का विवाह करने घर आये हैं। हावड़ा स्टेशन पर उस दिन अचानक ही भेंट हो गई थी। वे गाड़ी से उतर रहे थे और ये लोग बम्बई जा रहे थे। मौसी ने जबर्दस्ती घर लौटाकर ले जाते हुए कहा–"जब अचानक मिल गई है तो बेटी की शादी होने तक किसी भी हालत में नहीं जाने दूँगी"–"केवल एक दिन उसके पिता को रोककर उन्होंने विदा कर दिया।"

विप्रदास ने पूछा–"क्या मौसी को जानती हो?"

"हाँ, अपनी बहू की सबसे बड़ी मौसी हैं। दूर रहती हैं। इसलिए मिलाप नहीं हो पाता लेकिन वे लोग बहुत ही भले आदमी हैं।"

"अनु बहिन, इतनी बातों का तुम्हें कैसे पता चला?"

"वे कल यहाँ द्विजू का समाचार जानने के लिए आई थीं, मैं दोपहर के समय ऊपर वाले बरामदे में बैठी नाती के लिए कथरी सी रही थी। देखा बाहर वाले आंगन में दो गाड़ियाँ खड़ी हैं। बहुत-सी स्त्रियाँ और पुरुष आये हैं। कौन हैं? झांक कर देखा अपनी वन्दना दीदी हैं। लेकिन वेशभूषा ऐसी बदल गई है कि एकाएक पहचान में नहीं आती। जैसे वह लड़की ही नहीं हैं, क्या करूँ? कहाँ बैठाऊँ परेशान हो गई। थोड़ी देर बाद दीदी ऊपर आई। सब का कुशल मंगल पूछा। मैंने बता दिया। उन्हीं के मुँह से सुना कि कम से कम एक महीना कलकत्ते में रहेगी। बोली–"वहाँ अच्छी तरह हूँ। थियेटर, सिनेमा, बागानवाड़ी जाने की सीमा नहीं। रोज नए नए प्रोग्राम बनते रहते हैं।"

पलभर चुप रहकर विप्रदास ने कहा–"अनु बहिन, उसे सूचना देने से होगा क्या? मैं स्वस्थ हो ही जाऊँगा। इतने दिनों तक तुम अकेली मेरी देखभाल कर पाओगी?"

अन्नदा ने जोर देकर कहा–"क्यों नहीं कर पाऊँगी भैया। लेकिन फिर भी सोचती हूँ कि सूचना दे देनी चाहिए। वरना बहू जी को शायद दुख होगा। कुछ भी क्यों न हो। फिर भी है तो बहिन ही।"

"पता मालूम है?"

"हमारा नौकर उन्हें पहुँचाने गया था। उसे मालूम है।"

कुछ देर चुप रह कर विप्रदास बोला–"अच्छा सूचित कर दो। लेकिन इतना ऐश–आराम छोड़कर क्या वह यहाँ आयेगी? विश्वास तो होता नहीं बहिन।"

"पूरी तरह तो मुझे भी विश्वास नहीं होता भैया। उसकी वेश–भूषा की बात ही याद आ जाती है, फिर समाचार तो भेजे ही देती हूँ।"

अनुत्सुक भाव से विप्रदास ने कहा–"अगर तुम्हारी यही इच्छा है तो सूचना भेज दो।"

17

हावड़ा स्टेशन पर जब अचानक ही बड़ी मौसी से भेंट हो गई तो बम्बई जाने से रोक कर वन्दना को घर लौटा लाने में मौसी को बिल्कुल कठिनाई नहीं हुई। वह अपनी बेटी के विवाह के सिलसिले में पति के कार्य स्थल उत्तर पश्चिमांचल से घर आ रही थी। मौसी की बात को मानने के अलावा एक और बात भी थी। जिसे यहाँ बताना आवश्यक है। वन्दना के इतने दिन परदेश में ही व्यतीत हुए हैं। उसकी शिक्षा–दीक्षा सभी वहीं की है। लेकिन वह जिस समाज की सदस्या है उस समाज का एक बड़ा भाग कलकत्ते में ही रहता है। उस समाज से उसका आज भी अधिक परिचय नहीं है। जो भी थोड़ा–सा परिचय है, वह केवल समाचार पत्र, मासिक पत्र और साधारण साहित्य, कहानी–उपन्यास के द्वारा। जिन लोगों का आए दिन कलकत्ता आना–जाना रहता है, उनकी जुबानी बहुत–सी बातें बीच–बीच में उसके कानों में पड़ती रहती हैं।

अनिता चटर्जी एम. ए., विनीत बनर्जी बी. ए., अनुसूया, चित्र लेखा, प्रियम्वदा आदि अनेक आडम्बर भरे नाम और विचित्र कहानियाँ–बीसवीं शताब्दी के नवीनतम विचारों तथा रोमांचक जीवन यात्राओं का विवरण–लेकिन इनका कितना अंश सही है और कितना बनावटी, दूर से सही–सही अनुमान लगा पाना उसके लिए कठिन था। इसीलिए अपने समाज का अतिरंजित, जटिल और नितांत फीका एक चित्र उसके मन में अंकित था। उसी चित्र को प्रत्यक्ष परिचय से स्पष्ट और सत्य बना लेने का अवसर मौसी की बेटी प्रकृति के विवाह के सिलसिले में जब मिला तो वन्दना उसकी उपेक्षा न कर सकी। आसानी से राजी होकर अपनी मौसी के वाली गंज वाले मकान में चली आई।

अपने समाज के बहुत से व्यक्तिओं से उसका परिचय हो गया। क्योंकि प्रकृति ने यहीं के स्कूल–कालेजों में पढ़कर बी. ए. पास किया है। अपने आने के बाद इस दल के बीच ही वन्दना के कितने ही दिन बीत गए। पिता बम्बई लौट गए। लेकिन सुधीर कलकत्ते में ही रहा। प्रकृति की सखी–सहेलियों की संख्या भी कम नहीं है।

निकट आए विवाह का आंनदोत्सव नित्य ही चलता रहा। उस दिन बेल-गाछिया के एक बगीचे में पिकनिक समाप्त कर के दल के साथ घर लौटने के रास्ते में वह द्विजदास का हाल-चाल जानने के लिए इस घर में आ गई थी। विप्रदास को सही सूचना अन्नदा ने दी थी।

समाज के लोगों का मौसी के घर में आना-जाना, खाना-पीना होता रहता। बात-चीत की भी कमी न रहती। आज भी बहुत से लोगों की चाय की दावत थी, मेहमान लोग आ पहुँचे हैं। ऊपर के कमरे में धूम-धाम के साथ चाय-पानी चल रहा है।

सहसा नौकर चौकन्ने हो गए। शो घर के कार का दरवाजा खोलने पर जो प्रौढ़ महिला उतरी उसकी साधारण वेशभूषा और सामान्य पहनावा देखकर सभी चकित और परेशान हो उठे। मोटर से महिला का कोई सामंजस्य नहीं है। अन्नदा बिना किनारी की सफेद धोती पहने हुए थी। शरीर पर वैसी ही एक सफेद मोटी चादर थी। पाँव नंगे थे। सिर पर के कपड़े ने आधे माथे को ढक रखा था। जैसे वह स्वयं ही लज्जा और संकोच से कुछ घबराई हुई हो। नौकर-बेयरों की सजी-संवरी अंगरखा, पगड़ी की भीड़ देखकर जानना कठिन है कि कौन कहाँ है। फिर भी सामने वाले बेयरे को बंगाली समझकर अन्नदा ने पूछा—"वन्दना दीदी घर में हैं?"

वह बंगाली ही था। बोला—"ऊपर चाय पी रही हैं। आप बैठिए।"

"नहीं मैं यहीं खड़ी हूँ। क्या तनिक सूचना दे सकोगे?"

"अवश्य। कहना क्या होगा?"

"जाकर कहना कि विप्रदास के घर से अन्नदा आई है।"

बेचारा चला गया।

वन्दना तुरंत नीचे आई और अन्नदा का हाथ पकड़ कर अंदर ले गई। ऐसा उसने कभी किया नहीं था। वह भूल गई कि सामाजिक स्तर के अनुसार यह विध वा उससे बहुत छोटी है। उस पर भी एक दासी है।

वन्दना की आँखों में अकारण ही जल भर आया बोली,—"अनु दीदी, मैंने यह नहीं सोचा था कि तुम मेरी सुध लेने आओगी। सोचा था तुम लोग तो मुझे भूल गए होंगे।"

"क्यों भूलूँ दीदी? भूली नहीं हूँ। बड़े बाबू ने आपके पास मुझे यह कहने के लिए भेजा है कि ..... !"

"नहीं अनु दीदी, अगर मुझे आप कहोगी तो नहीं बोलूँगी।"

अन्नदा ने आपत्ति नहीं की। केवल हँसकर बोली—"उन लोगों को पाला-पोसा है इसीलिए तुम कहकर बुलाती हूँ। नहीं तो उस घर की दासी ही तो हूँ।"

वन्दना ने कहा—"भले ही हो। लेकिन मुखोपाध्याय जी को तो कलकत्ता आए पाँच-छै दिन हो गए। क्या एक बार स्वयं नहीं आ सकते थे। उन्हें मालूम है कि मैं बम्बई नहीं गई?"

"हाँ, मालूम है। यह समाचार मैंने ही उन्हें दिया था। लेकिन जानती तो हो दीदी कि उन्हें कितना काम रहता है। बिल्कुल भी फुर्सत नहीं मिलती।"

यह सुनकर वन्दना को खुशी नहीं हुई। बोली–"काम तो सभी को रहता है अनु दीदी हम गए थे इसीलिए भद्रता के नाते उन्होंने तुम्हें भेजा है। वरना मेरी याद भी न आती। उनसे जाकर कह देना कि मेरी मौसी के पास उन जैसा ऐश्वर्य नहीं है। फिर भी मेरी सुध लेने अगर इस घर में एक बार भी पैर रख देते तो उनकी जाति न चली जाती और मर्यादा भी कम न हो जाती।"

इन सब उलाहनों का उत्तर देना अन्नदा का काम नहीं है। वह तो उस घर में वन्दना से चलने की प्रार्थना करने आई थी। लेकिन वन्दना में सुनने का धैर्य नहीं था। अन्नदा की अधूरी बातों के बीच ही बोल उठी–"नहीं अनु दीदी यह नहीं हो सकता। कहीं जाने के लिए मेरे पास समय नहीं है। परसों मेरी बहिन का विवाह है।"

"परसों?"

हाँ, "परसों।"

अन्नदा सोचने लगी कि इस अवसर पर बीमारी की सूचना देना उचित है या नहीं। लेकिन वन्दना जल्दी से पूछ बैठी–"तुम्हें यहाँ आने की आज्ञा किसने दी। छोटे बाबू ने तो दी नहीं होगी। शायद बड़े बाबू ने दी होगी। जाकर उनसे कह देना कि आज्ञाएँ देते-देते उनकी आदत बिगड़ गई है। मैं कर्जदार भी नहीं हूँ उनकी जमींदारी की प्रजा भी नहीं हूँ। उन्हें स्वयं आकर मुझसे आग्रह करना चाहिए था। मंझली दीदी अच्छी तो हैं न?"

"हाँ, अच्छी हैं।"

"और लोग?"

अन्नदा ने कहा–"गाँव से समाचार आया है कि लड़का बीमार है।"

"कौन बीमार है?–वासू–? उसे क्या हुआ है?"

"मुझे ठीक-ठीक मालूम नहीं।"

वन्दना चिन्तित होकर बोली–"लड़का बीमार है फिर भी मुखोपाध्याय जी स्वयं न जाकर यहाँ कैसे बैठे हैं? अदालत मुकदमे और रुपए पैसे के प्रति उनका आकर्षण इतना अधिक है अनु दीदी। उन्हें कुछ तो हित-अहित का ज्ञान होना चाहिए।"

अन्नदा ने कहा–"रुपए का मोह नहीं है दीदी। आज दो दिन से वह स्वयं खाट पकड़े हुए हैं। लड़के की बीमारी से वहाँ लोग परेशान होंगे। इसलिए खबर नहीं की जा सकती। लेकिन यहाँ तो पंत जी भी नहीं हैं। वह ढाका गए हैं। मैं मूर्ख औरत कुछ जानती-बूझती नहीं। डरती हूँ कि कहीं रोग न बढ़ जाए। विवाह हो जाने के बाद तनिक आ सकोगी दीदी?"

वन्दना ने आशंकित होकर पूछा–"डॉक्टर आए थे? वह क्या कहते हैं?"

"कहा है कि भय की कोई बात नहीं है। लेकिन साथ ही दूसरे डॉक्टर को बुलाने के लिए भी कह गए हैं," अन्नदा की आँखें छलक उठीं। वन्दना का हाथ थामकर बोली, "ये दो दिन किसी तरह बिता लूँगी, लेकिन विवाह हो जाने पर भी क्या आयोगी नहीं? हम लोगों से नाराज ही रहोगी? तुम लोगों का कहाँ क्या हो रहा है, यह मेरे जानने की बात नहीं है। जानती भी नहीं। लेकिन यह जरूर जानती हूँ कि भूल भले ही और किसी ने क्यों न की हो, लेकिन विपिन ने कभी नहीं की। उनसे अनजाने में भूल हो सकती है। लेकिन जान-बूझ कर कभी नहीं हो सकती।"

पलभर चुप रहकर वन्दना उठ खड़ी हुई। बोली–"चलो, मैं अभी चलती हूँ।"

"अभी चलतो हो?"

"हाँ, अभी नहीं तो फिर?"

"घर में कहकर नहीं आओगी? लोग चिन्तित होंगे तो?"

"कहने जाऊँगी तो देर हो जाएगी। तुम चलो अनु दीदी।"

कहकर प्रतीक्षा न कर के वह मोटर में जा बैठी। संकेत से बेयरे को बुलाकर कहा कि वह मौसी को बता दे कि वन्दना मंझली दीदी के घर गई है। वहाँ विप्रदास बीमार हैं।

जब वन्दना विप्रदास के कमरे में पहुँची तो दिन ढल चुका था लेकिन दीया-बत्ती का समय नहीं हुआ था। विप्रदास कई इकट्ठे तकियों को दीवार के सहारे टिकाए बिस्तर पर बैठा हुआ था। चेहरा देखकर ऐसा नहीं लगता था कि वह अधिक बीमार है।

वन्दना ने मन ही मन इत्मीनान की साँस लेकर कहा–"मुखोपाध्याय जी, प्रणाम स्वीकार कीजिए। मंझली दीदी यहाँ होतीं तो नाराज होतीं। कहतीं गुरुजनों की पद-धूली लेकर ही प्रणाम करना चाहिए लेकिन ऐसा करने में डर लगता है कि कहीं छू न जायें।"

विप्रदास थोड़ा हँसकर चुप बैठे रहे।

वन्दना ने कहा–"क्यों बुलावा भेजा है,–सेवा कराने के लिए? अनु दीदी कह रही थीं, दवा का समय हो गया है। लेकिन मामला क्या है? डॉक्टर की दवा क्यों? वैध की गोलियाँ कहाँ हैं? आपको डॉक्टर बुलाने की सलाह किसने दी?"

विप्रदास ने कहा–"हमारी भाषा में 'प्रगल्भ' नाम का एक शब्द है। उसका अर्थ जानती हो वन्दना?"

वन्दना ने कहा–"मालूम है जी, मालूम है। इन्सान होकर जो इन्सान को घृणा से नहीं छूते उन्हीं को कहते हैं। क्या उनसे बढ़कर भी और कोई प्रगल्भ इस संसार में है?"

विप्रदास ने कहा–"है। जिनमें झूठ-सच की परख करने का संतोष नहीं है। अकारण ही निर्दोष को डंक मार कर जो वाह-वाही चाहते हैं। उस दल की प्रधान मुखिया तुम स्वयं हो।"

"जरा बताइए तो, किस निर्दोष व्यक्ति को डंक मारा है। सुनूं तो?"

"बताने की आवश्यकता ही नहीं होगी वन्दना। समय आने पर तुम स्वयं ही जान जाओगी।"

"अच्छा। उसी दिन की प्रतीक्षा में रहूँगी।" कहकर वन्दना पलंग के पास कुर्सी खींचकर बैठ गई। फिर बोली "बताइए।"

"अच्छा हूँ। लेकिन ज्वर अभी भी है। लगता है रात को कुछ और बढ़ जाएगा।"

"फिर मुझे क्यों बुलवाया? मेरी क्या जरूरत है?"

"जरूरत मुझे नहीं अनु बहिन को है। वह डर गई है। उसी से पता चला कि परसों तुम्हारी बहिन का विवाह है। विवाह हो जाने पर एक दिन आ जाना। तुम्हारी मंझली दीदी ने कुछ कहा है। वह तुम्हें बता दूँगा।"

"क्या आज नहीं बता सकेंगे?"

"आज नहीं।"

दो-एक मिनट तक वन्दना मौन बैठी रही फिर बोली–"मुखोपाध्याय जी, आपका रोग भयंकर नहीं है। आप दो दिन में ही स्वस्थ हो जायेंगे। मैं जानती हूँ कि मेरी जरूरत नहीं है। फिर भी आपकी सेवा के लिए मैं यहाँ रहूँगी। वहाँ वापिस नहीं जाऊँगी। अपना बक्स ले आने के लिए आदमी भेज दिया है। आशा वे आपत्ति नहीं कर सकेंगे।"

विप्रदास ने हँसकर कहा–"किस बात की आपत्ति वन्दना? तुम्हारे रहने की? लेकिन बहिन का विवाह है न?"

"मेरा विवाह तो है नहीं। बहिन का विवाह है। मेरे न जाने पर बहिन का विवाह रुकेगा नहीं।"

"क्या सचमुच ही विवाह में नहीं जाओगी?"

"नहीं।"

"लेकिन इसी के लिए तो कलकत्ते में रुकी हो।"

वन्दना ने कहा–"बम्बई जा रही थी, स्टेशन से लौट आई। लेकिन केवल इसी के लिए नहीं। अपने समाज के किसी भी व्यक्ति को जानती–पहचानती नहीं हूँ लोगों के मुँह से उनकी कितनी ही बातें सुनती हूँ। कहानी-उपन्यासों में न जाने क्या-क्या पढ़ती हूँ। उनसे अपना मेल नहीं बैठा सकी लगता है जैसे समाज से बहिष्कृत हो मौसी ने बुलाया तो सोचा प्रकृति के विवाह के उपलक्ष्य में अचानक जो अवसर मिल गया है फिर नहीं मिलेगा। इसलिए वापस चली आई थी।

विप्रदास ने हँसकर कहा–"लेकिन अभी विवाह हुआ कहाँ है। अभी समाज के लोगों को पहचाने का अवसर कहाँ मिला?"

"पूरा अवसर नहीं मिला, यह सच है। लेकिन जितना मिला है मेरे लिए उतना ही बहुत है।"

"उनसे अपने साथ कितना मेल हुआ, बता सकती हो वन्दना?"

वन्दना ने हंसकर कहा–"आप स्वस्थ हो जायें तब विस्तार से बताऊँगी।"

नौकर दीया जला गया। वन्दना ने सिरहाने की खिड़की बंद करके दवा पिलाई। बोली–"अब बैठिए मत लेट जाइए।" इतना कहकर सिकुड़े बिस्तरे को झाड़कर तकिये को ठीक कर दिया।

विप्रदास के लेट जाने पर पैर से छाती तक चादर से ढक कर बोली–"स्वस्थ हो जाने पर स्वयं को पवित्र करने के लिए न जाने कितने गोबर और गंगा जल की आपको आवश्यकता पड़ेगी?"

विप्रदास ने दोनों हाथों को फैलाकर कहा–"इतना लेकिन आश्चर्य है कि तुम सेवा सुश्रुषा करना थोड़ा बहुत जानती हो। मैं देख रहा हूँ।"

"थोड़ा सा जानती हूँ। लेकिन नहीं मुखोपाध्याय जी, यह हो ही नहीं सकता। इस सिलसिले में आपकी तनिक और खबर लेनी पड़ेगी।"

"यानी?"

"यानी हमारी बुराई ही अगर करते हैं तो पूरी जानकारी प्राप्त करने के बाद ही करनी होगी। इस तरह आँखें मूँदकर मनमाना मैं नहीं बोलने दूँगी।"

विप्रदास ने परिहास की दबी हँसी हँसकर कहा–"यह हमारे, कौन हैं वन्दना? किसके विषय में और जानकारी प्राप्त करनी होगी? जिनके यहाँ से अभी-अभी आई हो, उनके विषय में?"

"मैं भाग आई हूँ, कौन कहता है?"

"मैं कहता हूँ।"

"आपको कैसे मालूम हुआ?"

"तुम्हारा मुँह देखकर।"

वन्दना पलभर उसके मुँह की ओर देखकर बोली–"एक दिन द्विजू बाबू ने कहा था कि भैया की आँखों से कुछ भी नहीं छिपता। यह बात कितनी सच है, मैंने तब विश्वास नहीं किया था। आपकी बीमारी मैं नहीं चाहती थी। लेकिन इस बीमारी ने वास्तव में ही मेरा उद्धार किया है। वास्तव में ही मैंने भागकर जान बचाई है। आप जितने दिन बीमार रहेंगे, मैं आपके पास ही रहूँगी। इसके बाद सीधी पिताजी के पास चली जाऊँगी। मौसी के घर अब नहीं जाऊँगी। दूर से जिन्हें देखने की प्रबल इच्छा थी, अब इतनी भी इच्छा नहीं रही कि एक दिन भी उनके यहाँ बिता आऊँ।"

विप्रदास चुपचाप देखता रहा।

वन्दना कहती गई–"वे साड़ियाँ, गाड़ियाँ ओर झूठे प्रेम क़ी गप्पें मारती हैं। कहाँ नैनीताल और कहाँ मसूरी के वे होटल। उनके चेहरे पर कैसे बेहूदे इशारे रहते हैं। सुनते-सुनते भाग जाने की इच्छा होती थी। आज इस घर में आकर ऐसा लग रहा है कि वे कई दिन जैसे निरंतर अस्त-व्यस्त और धूल-धक्कड़ की आंधियों में बीते हैं। वे जीवित कैसे रहती हैं मुखोपाध्याय जी?"

विप्रदास ने कहा–"यह रहस्य मैं कैसे जान सकता हूँ। शायद उसी प्रकार जिस प्रकार रेगिस्तान में कब्र बनी रहती है।"

वन्दना ने लंबी साँस लेकर कहा–"दुख भरा जीवन है। उनमें न तो धैर्य है और न किसी धर्म की परवाह। किसी पर विश्वास नहीं करतीं, केवल संदेह करती हैं।"

फिर थोड़ा रुककर बोली–"समाचार-पत्र पढ़ती हैं। वे जानती हैं कि संसार में कहाँ क्या हो रहा है। यह सब कुछ उन्हें मालूम है। लेकिन मैं तो समाचार-पत्र पढ़ती नहीं। सुनते-सुनते जब सिर में दर्द होने लगता था, तब वहाँ से हट जाने पर ही चैन पड़ता था। लेकिन वे नहीं थकती थीं। बकते-बकते वह जैसे पागल हो जाती थीं।"

"लेकिन वन्दना अगर तुम्हारे पिताजी साथ होते तो सुविधा होती। अखबारों की सारी खबरें उनसे पूछकर मालूम कर लेती। उनके होते हुए लज्जित न होना पड़ता।"

वन्दना ने हँसकर समर्थन करते हुए कहा–"हाँ पिताजी को यह बीमारी है। सारी खबरें पढ़े बिना उन्हें चैन नहीं मिलता। लेकिन हम लड़कियों को इन खबरों को पढ़ने की जरूरत ही क्या है, बताइए न? संसार में रात-दिन कहाँ क्या हो रहा है, यह जानकर क्या मिलेगा?"

"यह बात तो तुम्हारी मंझली दीदी के मुँह से शोभा देती है। तुम्हारे मुँह से नहीं," विप्रदास ने हँसकर कहा।

वन्दना बोली–"क्या वे मेरी मंझली दीदी से अधिक जानती हैं आप ऐसा समझते हैं? बिल्कुल नहीं गगरी आधी भरी होने के कारण ही अधिक छलकती है। उनके विषय में भले ही और कुछ न जान पाई होऊँ, लेकिन यह जान लिया है मुखोपाध्याय जी।"

"आखिर ज्ञान तो होना ही चाहिए।"

"नहीं, नहीं चाहिए। ज्ञान के ढोंग ने उनके मुख के शहद को कड़वा बना दिया है। मालूम है तुम्हें, मेरी मंझली दीदी की तरह सभी को प्यार करना वे नहीं जानती क्या वे मंझली दीदी की तरह श्रद्धा कर सकती हैं? नहीं कर सकती। कोई मित्र है? शायद कोई भी नहीं है। ऐसा है आपस में विद्वेष। उनको कमी भी क्या है। यह बात तो बाहरी आडम्बर से ही मालूम हो जाती है कि भीतर से वे कितनी खोखली हैं। वे उछल-कूद क्यों मचाती हैं? जबकि उनका अपना अस्तित्व ही भेद-भाव के घुन से जर्जरित हो गया है।"

विप्रदास ने हँसकर कहा–"बस करो वन्दना, इतना क्रोध क्यों? किसी ने रकम तो नहीं ठग ली है?"

"नहीं, ठग तो नहीं ली, उधार ली है।"

"कितनी?"

"अधिक नहीं, चार-पाँच सौ।"

"उसका नाम तो जानती हो न?"

"पहले याद था, लेकिन अब भूल गई," वन्दना ने हँसकर कहा–"फिर बोली–"छिः छिः इतनी थोड़ी-सी जान-पहचान में भी कोई किसी से रुपए माँग सकता है मैं तो यह सोच भी नहीं सकती। बोलने में जीभ नहीं रुकती शर्म की रेखा आँखों में दिखाई नहीं देती। जैसे यह उनके लिए रोजाना की बात हो। क्या यह संभव हो सकता है मुखोपाध्याय जी।"

विप्रदास का चेहरा गंभीर हो गया। थोड़ी देर चुप रहने के बाद बोला–"उन लोगों ने तुम्हारे मन को बहुत ही विषैला बना दिया है वन्दना। लेकिन सभी ऐसे नहीं हैं। मौसी जी का दल ही तुम्हारा दल नहीं है। जो बाहर रह गए हैं, उन्हें भी खोजने पर शायद किसी दिन पा लोगी।"

वन्दना ने कहा–"पा लूँगी तो शायद अच्छा ही होगा। तब अपनी इस धारणा में संशोधन कर लूँगी। लेकिन जिन्हें देखा है वे सभी शिक्षित हैं। सभी बड़े-बड़े अफसरों की संबंधी हैं। कहानियों और उपन्यासों की रंगीन भाषा में सज-संवर कर वे दूर से मेरी नज़र में कितनी आश्चर्य भरी दिखाई देती थी। मन में गर्व की सीमा नहीं थी। सोचती थी हमारे देश की लड़कियों के पिछड़े पन का कलंक अब दूर हो गया है। लेकिन मेरा यह भ्रम और मोह और दूर हो गया मुखोपाध्याय जी।"

विप्रदास ने हँसते हुए कहा–"किस बात का मोह वन्दना। उनकी संख्या तेजी से बढ़ रही है, यह असत्य नहीं है।"

वन्दना ने कहा, "नहीं, असत्य क्यों होगा। सत्य ही है। फिर भी मेरे लिए संतोष की बात यह है कि इनकी संख्या बहुत ही कम है। इनका किले के मैदान में मानुमेन्ट पर चढ़ कर शोर-गुल मचाना जितना बेकार है। उतना ही हास्यास्पद भी है।"

विप्रदास ने कहा–"एक प्रकार की यह तुम्हारी कट्टरता है।

अपना धर्म छोड़ने में भय है वन्दना, सावधान।"

वन्दना ने इस बात पर ध्यान नहीं दिया। कहती गई–"इस तुच्छ दल के बाहर है बंगाल का विशाल महिला समाज। आज भी मैंने उसे नहीं देखा। शायद बाहर रहकर देखा भी नहीं जा सकता ऐसा लगाता है कि हवा की तरह वे भी बंगालियों की साँस में धुली-मिली हैं। जानती हूँ इनमें छोटी-बड़ी है। बड़ी का उदाहरण है मेरी मंझली दीदी और उनकी सास। इस बार मेरा कलकत्ता आना सार्थक हुआ मुखोपाध्याय जी।–हँस क्यों रहे हैं।"

"रुपए का शोक इन्सान को किस प्रकार मुखर बना देता है, यही सोच रहा हूँ। मुझ में भी यह दोष है।"

"किन रुपयों का शोक? उन पाँच सौ का?"

"लगता तो यही है।"

वन्दना हँसकर बोली–"रुपए के लिए अब घबराहट नहीं है। आपकी सेवा करके परिश्रमिक में दूना वसूल करके रहूँगी। अगर आप नहीं देंगे तो माँ से वसूल कर लूँगी।"

तभी अन्नदा ने कमरे में आकर कहा–"आठ बज रहे हैं। विपिन के भोजन का समय हो गया।"

परेशान होकर वन्दना ने कहा–"चलो अनुबहिन, चल रही हूँ।–क्यों जाऊँ मुखोपाध्यायद जी?"

विप्रदास ने हँसकर कहा–"जाओ, लेकिन सेवा में कमी होने पर मजूदरी काट ली जाएगी।"

"कभी नहीं होगी," इतना कहकर वह बाहर निकल गई।

18

वन्दना ने पूछा–"भोजन तैयार है, ले आऊँ?"

विप्रदास ने हँसकर कहा–"तुम निरंतर मेरे प्राण लेने का प्रयत्न कर रही हो वन्दना। मैंने अभी तक संध्या –प्रार्थना नहीं की पहले उसका प्रबंध कर दो।"

"मैं स्वयं कर दूँ मुखोपाध्याय जी?"

"तो यहाँ और कौन है जो करेगा? मैं माँ के पूजाघर में नहीं जा सकता। शरीर में इतनी शक्ति ही नहीं है।–इसी कमरे में कर देना होगी। पहले मैं स्वयं देखूँगा कि कैसा प्रबंध करती हो। कोई कमी रहती है या नहीं। तब सोचूँगा कि भोजन तुम लाओगी या महाराज।"

सुनकर वन्दना फूली नहीं समाई। बोली–"मैं इस शर्त पर राजी हूँ। अगर परीक्षा में पास हो जाऊँ तो झूठा बहाना बनाकर फेल नहीं कर पायेंगे। वचन दीजिए।"

"वचन दिया। लेकिन मुझे अपने हाथों का बना भोजन खिलाने से तुम्हें क्या लाभ होगा?"

"यह मैं नहीं बताऊँगी," कहकर वन्दना तेजी से चली गई।

दस मिनट के भीतर ही वह नहाकर लौट आई। कमरे के जिस ओर खुली खिड़की के पास आकर पूरव की धूल पड़ रही थी, उसी स्थान को जल से अच्छी तरह धोकर अपने आँचल से पौंछ दिया। पूजाघर से आसन आदि लाकर सजा दिया।

धूपदानी लाकर धूप जला दी। फिर विप्रदास की धोती, अँगोछा और हाथ मुँह धोने के लिए बर्तन में पानी लाकर उसके पास रख दिया।

"आज फूल तोड़कर माला गूंथने का समय नहीं मिला। वरना गूंथ देती। कल यह भूल नहीं होगी। केवल आधा घंटा समय दे रही हूँ, इससे अधिक नहीं। इस समय नौ बजे हैं। ठीक साढे नौ बजे आऊँगी। इस समय के बीच आपको कोई व्यवधान नहीं देगा।" वन्दना ने कहा और द्वार बंद करके चली गई।

विप्रदास कुछ नहीं बोला, केवल देखता रहा।

आधे घंटे के बाद जब वन्दना लौट कर आई तो विप्रदास संध्या–प्रार्थना समाप्त करके एक आराम कुर्सी के सहारे बैठा हुआ था।

"पास या फेल, मुखोपाध्याय जी?"

"प्रथम श्रेणी में पास। मेरी माँ को भी पराजित कर दिया तुमने किस में साहस है जो तुम्हें मलेच्छ कहे। तुमने केवल मलेच्छों के स्कूल–कालेज में पढ़कर बी. ए. पास किया है।"

"तो अब भोजन लाऊँ?"

"ले आओ लेकिन उससे पहले इन्हें यथा स्थान रख आओ," यह कहकर विप्रदास ने कोश–कोशी आदि को दिया।

"यह मुझे बताना नहीं होगा महाशय जी, जानतीं हूँ।" कहकर वन्दना ने पूजा के बर्तन उठा लिए।

तभी कमरे के बाहर बरामदे में ऊँची एड़ी के जूतों की खट–खट की आवाज़ अचानक सुनाई दी। दूसरे ही पल अन्नदा ने द्वार से गर्दन बढ़ाकर कहा–"वन्दना दीदी तुम्हारी मौसी–।"

"इतने में ही मौसी और दो–तीन लड़कियाँ अंदर आ गईं।"

विप्रदास ने उठकार कहा–"आइए–बैठिए।"

मौसी बोलीं–"नीचे ही सूचना मिल गई थी। आप अच्छे तो हैं न विप्रदास बाबू?'

विप्रदास ने कहा–"हाँ, अच्छा हूँ।"

आगन्तुक लड़कियों ने वन्दना को देखा तो उन्हें बहुत आश्चर्य हुआ। पैरों में जूते नहीं हैं। बदन पर कुर्ता नहीं है। भीगे बालों से कंधे की साड़ी तर हो गई है। खुले बाल पीठ पर फैले हुए हैं। दोनों हाथों में पूजा की सामग्री है उसकी यह मूर्ति उनकी केवल पहले की अनदेखी और अपरिचित ही नहीं है। अचिन्तनीय भी है।

वन्दना बोली–"द्वार छोड़कर आप लोग जरा हट जाइए। मैं जाकर इन्हें रख आऊँ।"

एक लड़की बोल पड़ी–"छू जायेंगे?"

"हाँ," कहकर वन्दना चल दी।

फिर पलभर बाद उसी वेश में लौट आई और विप्रदास की कुर्सी से लगकर खड़ी हो गई।

मौसी ने कहा–"हमें बिना बताए ही तुम चली आईं। इसके लिए बहुत गुस्सा आया। लेकिन आज तुम्हारी बहिन का विवाह है, तुम्हें चलना पड़ेगा।"

दोनों लड़कियों ने कहा–"आपको पकड़ कर ले जाने के लिए ही हम आई हैं।"

वन्दना ने कहा–"नहीं मौसी जी, मेरा जाना नहीं हो सकेगा।"

"क्या कह रही हो वन्दना? जानती हो तुम्हारे न जाने पर प्रकृति को कितना दुख होगा?" आश्चर्य और दुख से बेचैन होकर मौसी ने कहा–"इसीलिए तुम्हारा बम्बई जाना नहीं हो सका। इसीलिए तुम्हारे पिता तुम्हें मेरे पास छोड़ गए थे। बताओ तो, वे सुनेंगे तो क्या कहेंगे?"

एक लड़की ने कहा–"इसके अलावा सुधीर बाबू–मिस्टर डाटा–बहुत ही अप्रसन्न हुए हैं। आपका चला आना उन्हें बिल्कुल ही अच्छा नहीं लगा।"

वन्दना उस लड़की की ओर देखने लगी। लेकिन उसने उत्तर दिया मौसी जी को। बोली–"मेरे न जाने में प्रकृति का विवाह रुकेगा नहीं। लेकिन मेरे चले जाने पर मुखोपाध्याय जी की सेवा-सुश्रुषा में कमी आ जाएगी। यहाँ उनकी देखभाल करने के लिए कोई नहीं है।"

"लेकिन अब तो यह ठीक हो गए हैं। तुम्हें जाने के लिए इन्हें कहना चाहिए," कहकर मौसी विप्रदास की ओर देखने लगी।

विप्रदास ने हँस कर कहा–"ठीक है। मुझे जाने के लिए कहना चाहिए। वन्दना को भी जाना चाहिए। न जाना अनुचित ही होगा।"

वन्दना ने सिर हिलाकर कहा–"नहीं। मैं नहीं समझती कि अनुचित होगा। आप जाने के लिए कह रहे हैं। अच्छी बात है मैं जाऊँगी। लेकिन रात को ही लौट आऊँगी। वहाँ रह नहीं सकूँगी।

"एक रात भी नहीं रूकोगी?"

"नहीं।"

"यही अच्छा होगा," कहकर मौसी मन ही मन अप्रसन्न होकर दल-बल सहित चली गई।

विप्रदास ने कहा–"देख लिया न। तुम्हारी मौसी नाराज होकर चली गई। अचानक यह लहर कैसे आ गई तुम्हें?"

वन्दना ने कहा–"यह जानती हूँ कि वह नाराज होकर गई हैं। लेकिन केवल लहर में आकर जाना चाह रही हूँ,ऐसी बात नहीं है। उनके सब कुछ से मुझे घृणा हो गई है। इसलिए अब वहाँ जाना नहीं चाहती।"

"यह तो तुम्हारा अत्याचार है वन्दना?"

"अत्याचार है या नहीं, यह कहना कठिन है मैं हमेशा अपने आपसे पुछती हूँ। लेकिन अच्छी तरह जानती हूँ कि उनके घर जाने पर मुझे न तो खुशी मिलती है और न शांति। एक बार बम्बई में कपड़े की मिल देखने गई थी। मुझे केवल वही बात याद आती है। उसकी कितनी मशीनें, कितने ही पहिए, इधर-उधर, आगे-पीछे बिना रुके घूम रहे थे। ज़रा-सी भी चूक हो जाने पर जैसे सिर से पैर तक मरोड़कर अपने अंदर खींचकर निगल जायेंगे। देखने में वे अच्छे नहीं लगते, ऐसा नहीं है। फिर भी लगता है कि बाहर जायें तो जान में जान आए।–लेकिन अब देर नहीं करूँगी। आपका भोजन ले आऊँ।"

कहकर जैसे ही बाहर निकलने को तैयार हुई दरवाजे के पास पैरों की गर्द और जूतों के निशान दिखाई दिए। रुककर खड़ी हो गई। बोली, "भोजन लाना अभी न हो सकेगा मुखोपाध्याय जी। तनिक धैर्य रखना होगा। नौकर से पहले यहाँ धुलवा लूँ।"

यह कहकर वह कमरे से बाहर जाने लगी–तो विप्रदास ने आश्चर्य से पूछा–"तुमने इतनी बातें किससे सीखी हैं वन्दना?"

सुनकर वन्दना को भी आश्चर्य हुआ। बोली–"किसने यह सब सिखाया, मुझे याद नहीं है मुखोपाध्याय जी।–शायद किसी ने भी नहीं सिखाया। मुझे स्वयं ही ऐसा लगता है कि ये सब आपकी सेवा के अभिन्न अंग हैं। नहीं करने से त्रुटि होगी।" कहकर वह चली गई।

साँझ को ठीक समय पर सज-धजकर वन्दना विप्रदास के कमरे के खुले दरवाजे के समाने खड़ी होकर बोली–"मुखोपाध्याय जी, मैं अब जा रही हूँ बहिन का विवाह देखने। मौसी ने नहीं छोड़ा इसलिए जाना पड़ रहा है।"

विप्रदास ने कहा–"तुम जल्दी ही इस अत्याचार का बदला ले सको, यही आशीर्वाद देता हूँ। तब मौसी को पंजाब से घसीटकर बम्बई ले जाना।"

"मौसी पर क्रोध नहीं है। लेकिन आपको जरूर घसीटकर ले जाऊँगी। डरिये मत। किराया हम देंगे। आपको नहीं देना पड़ेगा। लेकिन सारा प्रबंध करके जा रही हूँ। अन्याय होने पर आकर बहुत नाराज होऊँगी।"

"होगी क्यों नहीं। न होने पर सबको आश्चर्य होगा। सोचोगी तबियत अच्छी नहीं है। विवाह की दावत खाकर शायद बीमार पड़ गया हूँ।

वन्दना हँस पड़ी। सिर हिलाकर बोली–"मेरे गुणों का वर्णन रहने दीजिए। लेकिन आप संध्या करने के लिए नीचे मत जाइयेगा। अनु दीदी इसी कमरे में सब कुछ ला देंगी। उसके आधे घंटे बाद ही महाराजा भोजन दे जायेगा। एक घंटे बाद झंडू दवा देकर बत्ती बुझा कर द्वार बंद कर जायेगा। यह सबको समझाये जाती हूँ–समझ गए न?"

'हाँ समझ गया।'

'तो जाती हूँ।'

"जाओ। लेकिन बहुत अच्छी लग रही हो वन्दना, यह बात माननी ही पड़ेगी। बात यह है कि तुमने जो कपड़े पहने हैं, वे ही तुम्हारे असली कपड़े हैं। और जो पहने रहती हो वे नकली हैं।"

"यहा क्या कहते हैं। मुखोपाध्याय जी? वे लोग तो कहते है कि लड़कियों का जूता पहनना आपको बिल्कुल पसंद नहीं है।"

"वे लोग गलत कहते हैं? जिस तरह वे कहते है कि मैं तुम्हारे हाथ का खाना नहीं खा सकता।"

वन्दना ने आश्चर्य से कहा–"गलत क्यों है। मुखोपाध्याय जी, क्या आपको सचमुच ही मेरे हाथ का खाना खाने से इन्कार नहीं था?"

विप्रदास ने कहा .... "इन्कार था लेकिन अगर सच्चा इन्कार होता तो वह आज भी होता–दूर न हो जाता।"

वन्दना की समझ में बात नहीं आई। लेकिन विप्रदास की बात को झूठ समझना भी असंभव है। बोली–"एक दिन द्विजू बाबू ने कहा था कि भैया के मन की बात कोई भी नहीं जान सकता। जो बाह्य रूप है। लोग उसी को जान सकते हैं। लेकिन जो आन्तरिक है वह अंतर में ही छिपा रहता है। क्या यह सच है मुखोपाध्याय जी।"

उत्तर में विप्रदास थोड़ा-सा हँस पड़ा। फिर बोला–"वन्दना तुम्हें देर हुई जा रही है। अगर सचमुच ही इच्छा न हो तो मत रहना। चली आना।"

"आ ही जाऊँगी मुखोपाध्याय जी, वहाँ रह नहीं सकूँगी।" यह कह कर वन्दना अब देर न करके नीचे चली गई।

अगले दिन सवेरे भेंट होने पर विप्रदास ने पूछा–"बहिन का विवाह निर्विघ्न संपन्न हो गया न?"

"हाँ, हो गया–कुछ विघ्न नहीं पड़ा।"

"तुमने अपनी ही हठ बनाए रखी। मौसी की बात नहीं मानी? कितनी रात गए लौटी?"

"रात के तीन बजे थे। मौसी की बात मान नहीं सकी। रात को ही लौटना पड़ा।"

तनिक रुककर शायद वन्दना ने सोच लिया, कि बताना उचित है या नहीं। इसके बाद कहने लगीं–"मैं वहाँ कुछ घंटे ही रही। लेकिन काम बहुत कर आई, जो काम एक वर्ष में नहीं कर सकी, उसे पाँच-छः मिनट में ही समाप्त कर दिया। सुधीर से संबंध समाप्त कर आई हूँ।"

विप्रदास ने आश्चर्य से पूछा–"क्या कहा?"

"यही तो। लेकिन उसे मंझधार में छोड़कर नहीं आई हूँ। कल सवेरे जिस लड़की को देखा था, उसका नाम है हेम–हेमनलिनी राय। उसी के हाथों सुधीर को सौंप आई हूँ। मुझे फिर बम्बई के उसी कारखाने की याद आ जाती है। उसी प्रकार उनके यहाँ भी प्रेम का तानाबाना देखते-देखते मनुष्य का निर्माण हो जाता है। और उसी प्रकार टूट भी जाता है।"

विप्रदास ने उसी प्रकार आश्चर्य से कहा–"बात क्या हुई? सुधीर से अचानक संबंध समाप्त कर आने का अर्थ क्या है?"

वन्दना ने कहा–"समाप्त कर आने का अर्थ है समाप्त कर आना। लेकिन इसका अर्थ यह नहीं है। कि वहाँ अचानक मात्र की कोई वस्तु नहीं है। उनकी गति अत्यधिक तेज होने के कारण ही बाहर से अचानक होने का संदेह होता है। लेकिन वास्तव में ऐसा नहीं है। सुधीर ने मुझे बुलाकर कहा–"तुमसे बहुत बड़ी भूल हो गई है।"–"मैंने पूछा–क्या भूल हो गई सुधीर?" वह बोला–"किसी को सूचना दिए बिना अचानक उस घर को छोड़कर चले जाना निंदनीय काम है। विशेष रूप से जब विप्रदास के अलावा वहाँ कोई नहीं है।" मैंने कहा अन्नदा दीदी है।" सुधीर ने कहा–"लेकिन वह तो दासी के अतिरिक्त और कुछ भी नहीं है।" मैंने कहा–"उस परिवार के सभी लोग उन्हें बहिन कहते हैं।" यह सुनकर वह हेम नाम की लड़की जरा दबी हँसी हँसकर बोली–"सुना है बम्बई में इस प्रकार बुलाने की रीति है। लेकिन इससे नौकर नौकरानियों का घमंड बढ़ाने के अतिरिक्त और कुछ नहीं होता। वे स्वयं भी बड़े नहीं हो जाते।

सुधीर ने कहा–"तुमने इन लोगों से कहा है कि यहाँ नहीं रह सकोगी, रात को लौट जाओगी। लेकिन उस घर में तुम्हारा अकेला रहना हममें से काई भी पसंद नहीं करता। तुम्हारे पिताजी सुनेंगे तो क्या कहेंगे?" मैंने कहा–"पिताजी क्या कहेंगे, यह चिंता मेरी है तुम्हारी नहीं। लेकिन जो लोग पसंद नहीं करते क्या तुम भी उन्हीं लोगें में से हो?" हेम ने कहा–"जरूर हैं। सबको छोड़कर अलग तो हैं नहीं।"

उस लड़की के अभिप्राय को पूछे बिना उत्तर देने की इच्छा नहीं हुई। इसीलिए सुधीर से कहा–"तुम्हारी इस बात के उत्तर में मैं भी यह कह सकती थी कि अकारण छुट्टी लेकर तुम्हारा कलकत्ते में रहना मैं भी पसंद नहीं करती, लेकिन मैं यह कहूँगी नहीं।"–यह सुनकर हेम ने जो भद्दा इशारा किया वह असभ्य समाज में ही चलता है। यह मैं नहीं जानती थी। लेकिन अब मेरे पास समय नहीं है। गाड़ी तैयार है, मैं जा रही हूँ।

उस लड़की ने कहा–"जो अशोमन है, अनुचित है, उसकी आलोचना छोटे-बड़े सभी लोगों में चलती है।"–मैंने कहा–"आप लोगों की जितनी इच्छा हो आलोचना करें, आपत्ति नहीं। मैं जा रही हूँ।" यह सुनकर सुधीर अचानक कैसा हो गया–चेहरा

पीला पड़ गया। फिर स्वयं को संभालकर बोला–"अपनी मौसी जी को भी बताकर नहीं जाओगी?"–मैंने कहा–"उनको कह ही रखा है, विवाह हो जाने के बाद मैं चली जाऊँगी। कितनी ही रात क्यों न हो।"

सुधीर ने पूछा–"क्या कल तुमसे एक बार भेंट हो सकेगी?"

मैने कहा–"नहीं"

वह बोला–"परसों?"

मैंने कहा–"परसों भी नहीं।"

"उसके अगले दिन?"

"नहीं, उस दिन भी नहीं।"

"तुम्हें कब समय मिलेगा?"

"मुझे समय नहीं मिलेगा।"

"लेकिन मुझे एक जरूरी बात कहनी है।"

"शायद तुम्हारे लिए जरूरी हो। मेरे लिए नहीं है। मैं यह कहकर चल पड़ी। सुधीर में मेरे साथ बढ़ आने का साहस नहीं हुआ वहीं चुप-चाप खड़ा रहा। मैं आकर गाड़ी मैं बैठ गई।"

विप्रदास जरा हँसकर बोला–"क्या इसका अर्थ समाप्त कर देना है वन्दना? मामूली-सा झगड़ा है अगर संदेह हो तो भेंट होने पर अपनी मंझली दीदी से पूछ लेना।

वन्दना हँसी नहीं, गंभीर होकर बोली–"किसी से पूछने की आवश्यकता नहीं है मुखोपाध्याय जी। मैं जानती हूँ कि हमारा संबंध अब समाप्त हो चुका है। अब यह पलटेगा नहीं।"

उसके चेहरे को देखकर विप्रदास हतबुद्धि हो गया–"क्या कहती हो वन्दना, इतनी बड़ी चीज क्या इतनी मामूली बात से समाप्त हो सकती है। एक बार सुधीर के आघात का विचार कर देखो न?"

वन्दना ने कहा–"सोच देखा है मुखोपाध्याय जी। इस आघात को संभालने में सुधीर को अधिक दिन नहीं लगेंगे। मैं जानती हूँ हेम नाम की वह लड़की ही उसे मार्ग दिखा देगी। लेकिन मैं अपनी बात सोच रही थी। केवल गाड़ी में बैठकर ही सोचा है ऐसा नहीं। कल बिछौने पर लेट कर सारी रात सोचती ही रही। सारी रात सो नहीं पाई। बेचैनी तो जरूर महसूस करती रही लेकिन मुझे कष्ट बिल्कुल अनुभव नहीं हुआ।"

"जब क्रोध शांत हो जाएगा तब कष्ट होगा। तब फिर इसी सुधीर की प्रतीक्षा करोगी," कहकर विप्रदास हँस पड़ा।

लेकिन वन्दना इस हँसी में सम्मिलित नहीं हुई। शांत भाव से बोली, "क्रोध मुझे नहीं है। केवल यही दुख होता है कि आते समय कड़ी बात मुँह से क्यों नहीं

निकली, वैसे मैं उसे यह जता आई कि दोष उसका है। मैंने दुःखी होकर उससे विदा ली यह तो सच नहीं है। इसी मिथ्या आचरण के लिए ही केवल लज्जा अनुभव हो रही है मुखोपाध्याय जी, और किसी बात के लिए नहीं।"

अंतिम बात कहते-कहते वन्दना की आँखें गीली हो उठीं।

विप्रदास के मन का आश्चर्य कई गुना बढ़ गया। यह रहस्य इतनी देर के बाद उसकी समझ में आया। बोला-"क्या अब तुम सचमुच ही सुधीर को प्रेम नहीं करती हो?"

"नहीं करती।"

"अभी तक तो प्रेम करती थी। इतनी आसानी से प्रेम कैसे समाप्त हो गया?"

"इतनी आसानी से समाप्त हो गया-इसीलिए तो इतनी आसानी से इसका उत्तर आपको मिल गया नहीं तो आपसे झूठ बोलना पड़ता।"

यह कहकर वह कुछ देर चुपचाप देखती रही। फिर बोली-"आपने पूछा है कि मैंने किसी दिन सुधीर को सचमुच ही प्रेम किया है या नहीं? उस दिन सोचती थी कि सचमुच ही प्रेम करती हूँ। लेकिन उसके बाद ही एक और व्यक्ति दृष्टि में आ गया और सुधीर गायब हो गया। अब देखती हूँ कि वह व्यक्ति भी गायब हो चुका है। शायद आपको सुनकर घृणा होगी। सोचेंगे कि ऐसा चंचल मन ही कभी नहीं देखा। मैं लड़कियों की लज्जा से परिचित हूँ। कोई भी लड़की इस बात को स्वीकार करना नहीं चाहती जैसे यह बात उसके चरित्र को कलंकित कर देगी। शायद मैं भी किसी और के सामने स्वीकार नहीं कर पाती। लेकिन न जाने क्यों आपके सामने कोई भी बात कहते हुए मुझे लज्जा अनुभव नहीं होती।"

विप्रदास ने कोई उत्तर नहीं दिया।

वन्दना कहने लगी-"शायद मेरा स्वभाव है। शायद यह मेरी अवस्था का स्वधर्म है। अंतर सूना नहीं रहना चाहता। चारों ओर खोजती फिरती हैं, शायद यह सभी लड़कियों का स्वभाव है। लेकिन प्रेम का पात्र कौन, है, वह जीवन भर नहीं खोज पाती।" यह कहकर चुप होकर मन ही मन जैसे कुछ सोचने लगी। इसके बाद बोली-"शायद यह खाजने की वस्तु नहीं है। यह मृग तृष्णा है मुखोपाध्याय जी।"

विप्रदास पूर्ववत चुप रहा। वन्दना की लज्जा खुल गई थी। कहने लगी-"पिछले वर्ष सुधीर ही के साथ मेरा विवाह निश्चित हो गया था। केवल उसकी माँ की बीमारी के कारण नहीं हो सका। कल घर लौटकर सोच रही थी कि अगर उस समय विवाह हो जाता तो आज क्या मेरा मन उसे इसी प्रकार ठुकरा देता? कैसे मन को वश में रखती? धर्म-बुद्धि से? संस्कार से? लेकिन अगर मन वश में न रहता तब जिनके बीच ये कई दिन बिता आई हूँ क्या बिल्कुल उन्हीं के समान उस प्रकार षड्यंत्रों और लुका-छिपी से मन को भर कर सूखी हँसी हँसकर लोगों को भुलावा देती फिरती?

इसी प्रकार एक दूसरे को बादनाम करके। ईर्ष्या करके, द्वेष करके? लेकिन आप बोल क्यों नहीं रहे हैं मुखोपाध्याय जी?"

विप्रदास ने कहा–"तुम्हारे अन्तर में जो भी कण तूफान मचल रहा है उसी भयानक शक्ति के साथ मैं कैसे चल सकूँगा वन्दना? इसीलिए चुप हूँ।"

वन्दना ने कहा–"नहीं, ऐसा नहीं होगा। इस प्रकार कतरा कर मैं आपको निकलने नहीं दूँगी। उत्तर दीजिए न?"

"लेकिन बिना शांत हुए उत्तर देने से क्या लाभ? इस समय तुम्हारी दशा स्वाभाविक नहीं है। अतः तुम ठीक तरह से समझ नहीं पाओगी।"

"समझ क्यों नहीं पाऊँगी मुखोपाध्याय जी, मेरी बुद्धि तो कहीं चली नहीं गई है।"

"चली नहीं गई है लेकिन चकरा जरूर गई है। अभी रहने दो। साँझ के बाद सारे काम-धाम से छुट्टी पाकर जब मेरे पास आकर निश्चिन्त होकर बैठेगी, तब बताऊँगा। तब इसका उत्तर दे सकता हूँ।"

"तब तो यही ठीक है। इस समय तो मुझे भी फुर्सत नहीं है," कहकर वन्दना बाहर चली गई।

वास्तव में वन्दना के कामों की गिनती नहीं है अन्नदा सवेरे छुट्टी लेकर काली घाट गई है। आज उसके काम उसी के कंधे पर आ पड़े हैं। कितने नौकर-चाकर, कितने ही लड़के यहाँ रहकर स्कूल कालेज में पढ़ते हैं। उनकी कितनी ही प्रकार की जरूरतें हैं। अधिक काम होने के कारण उसे याद भी नहीं रहा कि वह सारी रात नहीं सोयी है, आज बहुत थकी हुई है।

साँझ के बाद विप्रदास का भोजन समाप्त हुआ। नीचे की सारी व्यवस्था करके वन्दना उसके बिस्तर के पास एक कुर्सी पर बैठ कर बोली–"क्या एक बात का सही सही उत्तर दे सकेंगे मुखोपाध्याय जी?"

विप्रदास ने कहा–"अक्सर उत्तर ही तो दिया करता हूँ। पूछो, क्या प्रश्न है?"

वन्दना ने कहा–"आप मंझली बहिन को क्या सचमुच ही प्रेम करते हैं? बचपन में आप लोगों का विवाह हुआ, बहुत दिनों की बात है। इसमें अभी कमी तो नहीं हुई है।"

विप्रदास चुप रह गया। ऐसी बात किसी के मन में आ सकती है। उसने कभी सोचा भी नहीं था। लेकिन अपने आपको संभालकर हँसते हुए बोला–"यह प्रश्न अपनी मंझली दीदी से ही पूछना।"

वन्दना ने कहा–"वह कैसे जानेंगी? सुना है आपके हृदय की बात कोई भी ठीक तरह नहीं जान सकता। नहीं बताना चाहते तो मत बताइए। मैं किसी तरह समझ लूँगी। और अगर बतायें तो आपको सच-सच ही बताना पड़ेगा?"

"तब सच ही बताऊँगा। लेकिन क्या तुम मुझ पर संदेह करती हो?"

"अवश्य। आप बहुत बड़े आदमी हैं। लेकिन फिर भी आदमी तो हैं हीं। लगता है जैसे कहीं एकदम अकेले हैं। आपका कोई भी साथी नहीं है। क्या यह बात सच नहीं है?"

विप्रदास ने इस प्रश्न का उत्तर ठीक-ठीक नहीं दिया। बोला–"पत्नी को प्रेम करना तो मेरा धर्म है वन्दना।

वन्दना ने कहा–"जहाँ तक धर्म फैला हुआ है वहाँ तक आप बड़े हैं। लेकिन क्या संसार में उससे भी बड़ा कुछ नहीं है?"

"दिखाई तो देता नहीं है वन्दना।"

वन्दना ने कहा–"मुझे दिखाई देता है मुखोपाध्याय जी? क्या बताऊँ?"

विप्रदास का चेहरा सहसा ही पीला पड़ गया। भरे-भरे गोरे चेहरे पर खून का नाम तक नहीं रहा। दोनों हाथों को सामने की ओर बढ़ाकर बोला–"नहीं एक बात भी नहीं वन्दना। तुम अपने कमरे में जाओ। कल हो, परसों हो, तुम्हारी आलोचना करने की बुद्धि जब लौट आयेगी तब इसका उत्तर दूँगा। तब शायद स्वयं ही जान जाओगी कि मौसी के घर में जिन लोगों ने तुम्हारी बुद्धि को छिपा दिया था, वे ही सब कुछ नहीं हैं। जिनके लिए धर्म सर्वोपरि है वे भी इसी संसार में रहते हैं। नहीं, नहीं। अब जाओ तर्क मत करो।''

वन्दना जान गई कि इस आज्ञा का उल्लंघन नहीं किया जा सकता। यह तो वही चीज है जिससे घर के सभी लोग डरते हैं।

वन्दना बिना बोले कमरे से निकल गई।

19

अगले दिन साँझ के समय वन्दना ने आकर कहा–"मुखोपाध्याय जी, मैं फिर जा रही हूँ मौसी के यहाँ अब की बार कुछ घंटों के लिए नहीं बल्कि तब तक के लिए, जब तक मौसी मुझे बम्बई भेजने का प्रबंध नहीं कर देतीं।"

"यानी?"

"पिताजी का जरूरी तार आया है। उनकी आज्ञा है कि कल सवेरे ही मौसी मुझे ले जाने के लिए गाड़ी भेजेंगी।"

विप्रदास ने कहा–"इस बात से लगता है कि तुम्हारी मौसी में बदला लेने का उत्साह भी है। और बुद्धि भी है। शायद यह उन्हीं के जवाबी तार का उत्तर है। जरा तार तो देखूँ?"

"नहीं, उसे मैं आपको नहीं दिखा सकती।"

विप्रदास पलभर चुप रहा। फिर थोड़ा हँस कर बोला–"भगवान किसी का घमंड सहन नहीं करते, यह उसी का उदाहरण है। इतने दिनों तक मेरा विचार था कि समेटा नहीं जा सकता। लेकिन देखता हूँ कि समेटा जा सकता है। कम से कम ऐसे आदमी भी हैं। तुम्हारी मौसी की बुद्धि में साजिश सूझी है। दो न, जरा पढ़ कर तो देखूँ, आरोप कितना गंभीर है।"

कहकर उसने हाथ बढ़ा दिया। अबकी बार वन्दना ने तार उसे दे दिया।

राय साहब का तार लंबा-चौड़ा है। तार को आदि से अंत तक पढ़कर उसे लौटा कर विप्रदास बोला–"कुछ भी सही, लेकिन तुम्हारे पिता ने अनुचित तो कुछ भी लिखा नहीं है। निस्वार्थ परोपकार से सभी को भय रहता है। बीमार आत्मीय की सेवा करने आना भी संसार में सरल काम नहीं है।"

वन्दना ने पूछा–"क्या आप मुझे मौसी के घर लौट जाने की सलाह देते हैं?"

"तुम्हारे पिता की आज्ञा तो यही है वन्दना। यह बलरामपुर के मुखोपाध्याय का परिवार तो है नहीं, यहाँ आदेश देने वाले तुम्हारे मालिक मुखोपाध्याय नही हैं, मौसी हैं। और उन्होंने आदेश दिया है दूसरे के मुँह से। इसलिए पालन करना ही होगा।"

वन्दना ने कहा–"आप तो यह कहेंगे ही। पिताजी को कुछ भी मालूम नहीं। फिर भी यह आज्ञा उचित हो या अनुचित माननी ही पड़ेगी। मौसी का घर कहाँ है, यह तो आपको मालूम ही है।"

विप्रदास ने कहा–"नहीं मालूम। लेकिन तुम्हारे मुँह से ही सुना है कि अच्छी जगह नहीं है। मैं अच्छा होता तो स्वयं जाकर तुम्हें बम्बई पहुँचा आता। लेकिन इतनी शक्ति है कहाँ?"

"क्या इस दशा में आपको छोड़कर चली जाऊँ? जिस मौसी को पहचानती भी नहीं, क्या उसी की जिद बनी रहेगी?"

"लेकिन उपाय क्या है?"

"उपाय यह है कि मैं जाऊँगी नहीं।"

"तब तो रहो। एक तार पिताजी को भेज दो। लेकिन जब मौसी ले जाने के लिए आयेगी तो उससे क्या कहोगी?"

वन्दना ने कहा–"केवल यही कहूँगी कि मैं नहीं जा सकती। इससे अधिक नहीं।"

विप्रदास ने कहा–"लेकिन मौसी इतने से ही चुप नहीं होगी। इस बार वह मेरे घर मेरी माँ के पास तार भेजेंगी।"

इसकी आशा वन्दना को नहीं थी, सुनकर चिन्तित हो उठी। बोली, "आप ठीक ही कह रहे हैं मुखोपाध्याय जी। शायद सब समाप्त हो गया है। अपनी करनी में मौसी ने कुछ भी बचा नहीं रखा है। लेकिन मालूम है क्यों?"

विप्रदास ने कहा–"जानना तो संभव नहीं है। लेकिन इतने से ही अनुमान लगाया जा सकता है कि वह व्यर्थ ही इतना प्रयत्न नहीं कर रहीं। और न केवल तुम्हारी भलाई के लिए कर रही हैं। उनके मन में शायद कोई बात है।"

वन्दना ने कहा–"जो है वह मैं जानती हूँ। उनका भतीजा बैरिस्टरी पास करके आया है। मौसी ने हमारी बात-चीत और परिचय करा दिया। उनका पक्का विश्वास है कि मेरे लिए वही योग्य वर है। क्योंकि मैं पिता की एक मात्र संतान हूँ। वह जो भी संपत्ति छोड़ जायेंगे उसकी आमदनी से कुछ न कुछ कमाने पर भी भतीजे का काम मजे में चल जायेगा।"

विप्रदास ने कहा–"भतीजे की भलाई की बात सोचना बुआ के लिए कोई दोष की बात नहीं है। देखने में लड़का कैसा है?"

"अच्छा है।"

"मेरे जैसा ही होगा?"

वन्दना ने हँसकर कहा–"यह तो आप गर्व की बात कर रहे हैं। आप मन ही मन अच्छी तरह जानते हैं कि इतना रूप संसार में कहीं भी नहीं है। इसकी बराबरी करने पर तो संसार की सभी लड़कियों को कुंवारी रहना पड़ेगा मुखोपाध्याय जी। केवल आपकी ओर ही देखकर उन्हें दिन बिताने पड़ेगे। फिर भी कह सकती हूँ कि अशोक देखने में अच्छा ही है। दूसरों के दोषों को देखते फिरना मुझे अच्छा नहीं लगता।"

"तो यह कहो कि पसंद आ गया है?"

"अगर आया भी है तो उस पसंद को कोई दोष नहीं मानेगा, इतना कह सकती हूँ।" यह कहकर वन्दना हँसकर उठ खड़ी हुई। बोली–"पाँच बज गए आपका वार्ली पीने का समय हो गया है। जाकर ले आऊँ। इस बीच अशोक के संबंध में जरा और सोच लीजिएगा।"

यह कहकर वह चली गई।

पाँच मिनट बाद जब वह लौटी तो उसके हाथों में चाँदी के कटोरे में वार्ली थी–बर्फ पर रख कर ठंडी की हुई–वार्ली में नीबू का रस निचोड़ कर बोली–"यह सब पी लेनी होगी। रखने से काम नहीं चलेगा। सेवा में कमी बताकर अगर कोई सफाई माँगेगा तो मैं नहीं दूँगी।"

विप्रदास ने कहा–"तुमने जीतने की विद्या सोलहों आने सीख ली है। देख रहा हूँ, किसी से भी हारना नहीं पड़ेगा।"

वन्दना ने कहा–"नहीं। कोई पूछेगा तो कहूँगी कि मुखोपाध्याप जी पर हाथ साफ करके पक्की हो गई हूँ।"

वार्ली समाप्त हो जाने पर जूठे बर्तनों को लेकर वन्दना जा रही थी कि सहसा उसने पलट कर पूछा–"मेरी एक बात का उत्तर देंगे मुखोपाध्याय जी?"

"किस बात का उत्तर?"

"बता सकते हैं, आपको संसार भर में सबसे अधिक प्यार कौन करता है?"

"बता सकता हूँ।"

"तो जरा उसका नाम बताइए।"

"उसका नाम है वन्दना देवी।"

सुनकर वन्दना तेजी से बाहर चली गई।

लगभग पंद्रह मिनट के बाद वह फिर लौट आई और खाट के पास एक कुर्सी खींचकर बैठ गई। विप्रदास ने हँसकर पूछा—"इस तरह क्यों भाग गई थीं बोलो?"

पहले तो वन्दना कोई उत्तर ही नहीं दे सकी। फिर धीरे-धीरे बोली—"अचानक उस बात को सहन नहीं कर सकी मुखोपाध्याय जी। सोचा, जैसे आपने मेरी कोई घृणित चोरी पकड़ ली हो।"

"शायद इसी लिए इस समय भी सिर उठा कर नहीं देख पा रही हो?"

"क्यों नहीं देख पाऊँगी?' कहकर वन्दना ने जल्दी से सिर उठाकर हँसने की कोशिश की। लेकिन लज्जा से उसका सारा चेहरा लाल पड़ गया। फिर संयत होकर बोली—"आपने इस बात को कैसे जान लिया?"

विप्रदास ने कहा—"यह प्रश्न बेकार है वन्दना। क्या मैं ऐसा हो गया हूँ कि इतना भी न समझ सकूँ? इसके अतिरिक्त अगर कभी संदेह था भी तो आज तुम्हारी ओर देखकर अब मुझे नहीं रहा।"

वन्दना ने फिर सिर झुका लिया।

विप्रदास ने कहा—"लेकिन यह नहीं हो सकता वन्दना। तुम्हें सिर उठाकर देखना ही होगा। शर्म के योग्य तुमने कोई काम नहीं किया है। तुम्हें मुझसे लजाने की कोई आवश्यकता भी नहीं है। देखो, सिर ऊपर उठाओ, और मेरी बात सुनो।"

यह वही आज्ञा है। वन्दना ने सिर उठाकर देखा। पलभर चुप रहकर बोली—"शायद आप मुझ पर अप्रसन्न हैं—है न मुखोपाध्याय जी?"

विप्रदास ने कहा—"बिल्कुल नहीं। यह क्या कोई अप्रसन्न होने की बात है। मुझे आशा है कि एक न एक दिन इस भूल को तुम स्वयं ही जान जाओगी और इसका प्रतिकार उसी दिन होगा।"

"अगर पकड़ में न आ सकी और अगर इसे कभी भूल ही नहीं मान सकी तो?"

"समझ जाओगी। इससे संसार में कितने अनर्थों का ज़न्म होता है, अगर यह नहीं समझ पाई तो मैं समझूंगा कि तुमने प्रेम किया हीं नहीं। सुधीर को प्रेम करने के समान यह भी तुम्हारी एक तरंग ही थी।—हृदय के भीतर किसी को खींच लाकर केवल अपने को भुलावा देना। इससे अधिक नहीं।"

वन्दना का चेहरा पलभर में ही सफेद पड़ गया। बहुत ही दुखी स्वर में बोली–"सुधीर से तुलना न करें मुखोपाध्याय जी। यह मुझसे बर्दाश्त नहीं होगा। लेकिन आपकी इस बात को मानती हूँ कि इससे संसार में अनर्थों का श्री गणेश होता है। यह अमंगल को खींच लाता है। लेकिन असत्य बोल कर नहीं। अगर असत्य होता तो क्या आपका इतना प्रेम पा सकती थी? मैंने क्या नहीं पाया?"

विप्रदास साँस रोके इन बातों को सुन रहा था। वन्दना का बोलना समाप्त होते ही उसने विस्मित होकर कहा–"क्यों नहीं पाया है वन्दना। तुमने बहुत कुछ पाया है। वरना तुम्हारे हाथों का खाना मैं कैसे खाता? किस बूते पर तुम्हारी रात-दिन की सेवा मैं स्वीकार करता? लेकिन क्या इसीलिए ग्लानि से मैं स्वयं भी अधर्म पर उतर आऊँ और तुम्हें भी खींच लाऊँ? जो लोग मुझे देखकर हमेशा विश्वास से सिर ऊँचा किए रहते हैं सब कुछ तोड़-फोड़ कर क्या उन्हें नीचा दिखा दूँ? यही कहना चाहती हो?"

वन्दना ने कहा–"तो आप भी स्वीकार कीजिए। कि आप जो कुछ त्याग नहीं सकते वह केवल आपका अभिमान ही है। सच-सच बताइए, उन लोगों की दृष्टि में इस तरह बड़े बने रहने की मोह को ही क्या आपने बड़ा समझ रखा है? वरना ग्लानि किस बात की मुखोपाध्याय जी? क्या उस बात की, जिसे हम अधर्म समझते हैं? मनुष्य की एक गढ़ी हुई व्यवस्था। मनुष्य ने जिसे बराबर स्वीकार किया है। बराबर तोड़ा है, उसी को? आप भले ही मानें, लेकिन मुझसे यह नहीं होगा।"

गंभीर होकर विप्रदास ने कहा–"तुम से चाहे न हो, लेकिन मुझसे होगा। और इसी से हमारा काम चल जाएगा। बहुत अंग्रेजी पुस्तकें पढ़ी हैं वन्दना। मौसी के घर में हुई बातें भी बहुत सुनी हैं। लगता है उन्हें भूलने में तुम्हें समय लगेगा।"

वन्दना ने कहा–"आप मेरी हँसी उड़ा रहे हैं, लेकिन मैंने बिल्कुल हँसी नहीं उड़ाई है मुखोपाध्याय जी, जो कुछ भी कहा है सब सच ही कहा है।"

"अब समझा? लेकिन यह पागलपन बुद्धि में घुसा किसने दिया?"

"आपने ही तो।"

"यहा कहती क्या हो? यह अधर्म बुद्धि क्या मैंने ही दी?"

"हाँ आपने ही दी है। शायद अनजाने, लेकिन आपके अतिरिक्त और दूसरा कोई नहीं है।"

विप्रदास आश्चर्य से चुपचाप देखता रह गया। वन्दना कहने लगी–"अधर्म कहकर जिसकी बुराई की, उसे तो मैं मानती नहीं। मैं जानती हूँ कि आप जिसे धर्म समझते हैं, वह केवल आपका संस्कार है। बहुत गहरा संस्कार है, फिर भी वह उससे बड़ा नहीं है।"

विप्रदास ने सिर हिलाकर स्वीकार किया, "शायद तुम्हारी यह बात सच है वन्दना। यह मेरा संस्कार है। बहुत गहरा संस्कार है। लेकिन मनुष्य का धर्म जब इस

संस्कार का रूप धारण कर लेता है वन्दना, तभी वह सत्य होता है तभी वह सरल होता है। जीवन के कर्तव्य में तब मुठभेड़ नहीं होती। उसको मानने के लिए अपने साथ ही संघर्ष करके परेशान नहीं होना पड़ता। तब हो जाती है शांति। अबाध जलधारा के समान वह सरलता से ही बहता रहता है। शायद उस दिन यही कहा था। यह विप्रदास का अत्यात्य धर्म। इसमें हेर-फेर नहीं हो सकता।"

"क्या इसमें कभी भी हेर-फेर नहीं होता मुखोपाध्याय जी?"

"समझता तो यही हूँ वन्दना। आज भी सोच नहीं सकता कि इस जीवन में इसका रूपांतर है।"

इतने समय में वन्दना की दोनों आँखें भर आईं। विप्रदास सावधानी से उसके हाथों को खींचकर बोला-"लेकिन उसके परिवर्तन की आवश्यकता ही क्या है तुम्हें प्रेम किया है। रहा तुम्हारा वह प्रेम जो मेरे हृदय में है। अब से वह मुझे दुख में धीरज देगा। दुर्बलता में बल देगा और जब अकेले बोझ नहीं ढोया जा सकेगा तब तुम्हें बुला लूँगा। आज से उसे भी तुम्हारे लिए रख छोड़ा है। तब आओगी न?"

बाँये हाथ से आँखें पौंछकर वन्दना बोली-"अवश्य आऊँगी, अगर आने की शक्ति रही। तब भी अगर रास्ता खुला रहा। वरना नहीं आ सकूँगी मुखोपाध्याय जी।"

बात सुनकर विप्रदास विस्मित होकर बोला-"आने का रास्ता अगर खला रहता है-हमेशा के लिए अगर वह बंद नहीं हो गया। तब जरूर आना। रूठकर मुँह मत फेर लेना।"

आँखों से आँसू पोंछकर वन्दना बोली-"मैं एक बात की भीख माँगती हूँ मुखोपाध्याय जी, किसी से मेरी बात मत कहिएगा।"

"नहीं, कहूँगा नहीं, मैं उन आदमियों में से नहीं हूँ। तुम तो अच्छी तरह जानती हो।"

"जानती तो हूँ।"

कुछ देर तक दोनों चुप रहे। विप्रदास ने कहा-"इस संसार में इतना अकेला हूँ, यह बात तुमने कैसे समझ ली वन्दना?"

वन्दना ने कहा-"नहीं मालूम कैसे समझ ली। आप लोगों के घर से क्रोध करके चली आई। आप साथ आए। ट्रेन के उन शराबी फिरंगियों की बात याद आती है। बात कोई विशेष नहीं। फिर भी लगता है कि जिन लोगों को हम चारों ओर देखते हैं आप उनमें से नहीं हैं। किसी भी बोझ को अकेले ही अपने कन्धों पर लेने में आप को कोई हिचक नहीं होती।-उस दिन द्विजू बाबू ने यही कहा था-सचमुच ही आप किसी से कोई प्रत्याशा नहीं रखते हैं। रात को बिस्तर पर लेटकर केवल आपकी ही बात याद आती रही-सो ही नहीं सकी। रात के अंतिम पहर में देखा, नीचे पूजा घर में दीपक जल रहा है। आप ध्यान में बैठे हुए हैं, एकटक देखते-देखते सवेरा हो गया। कहीं कोई नौकर-चाकर न देख ले, इस डर से अपने कमरे में भाग गई। आपके उस

दिन को फिर नहीं भुला सकी आज भी आँखें मूँदते ही वह मुझे दिखाई देने लगता है।"

विप्रदास ने कहा–"क्या मुझे तुमने पूजा करते हुए देखा था।?"

वन्दना ने कहा–"पूजा करते हुए तो आपकी माँ को भी देखा है। लेकिन यह वह नहीं है। वह कुछ और ही हैं। आप किस की पूजा करते हैं मुखोपाध्याय जी?"

विप्रदास ने पूर्ववत हँसते हुए कहा–"यह जानकर तुम क्या करोगी? तुम तो पूजा करोगी नहीं।"

"नहीं, करूँगी नहीं। फिर भी जानने का मन होता है।"

विप्रदास मौन रहा।

वन्दना कहने लगी–"मुझे उसी दिन ऐसा ज्ञात हुआ था कि आप सब के बीच रहते हुए भी सबसे अलग हैं। आप अकेले हैं–जिस ऊँचाई पर पहुँचने पर आपका साथी बना जा सकता है। उस ऊँचाई पर उनमें से कोई भी नहीं पहुँच सकता। एक बात और पूछूँ मुखोपाध्याय जी? "बतायेंगे न?"

"कौन-सी बात वन्दना?"

"स्त्रियों के प्रेम की शायद आपको आवश्यकता नहीं है?"

"इस प्रश्न का मतलब?"

"मतलब तो जानती नहीं, यों ही पूछ रही हूँ। शायद इसकी आपको इच्छा भी नहीं होती। यह आपके लिए एकदम तुच्छ बन गया है। सच है या नहीं।"

विप्रदास ने कोई उत्तर नहीं दिया बस वन्दना की ओर हँसते हुए देखता रहा।

अचानक नीचे आंगन में गाड़ी की आवाज़ सुनाई दी। और फिर सुनाई दी द्विजदास की आवाज़। दूसरे ही पल अन्नदा ने द्वार के पास आकर कहा–"द्विजू आया है।"

"क्या अकेला ही? और कोई साथ आया है?"

"नहीं, अकेला ही तो देख रही हूँ। और कोई नहीं दिखाई देता।"

वन्दना सुनकर बेचैन हो उठी। बोली–"चलूँ मुखोपाध्याय जी उनके लिए भोजन की व्यवस्था ठीक है या नहीं।"

इतना कहकर वह चली गई।

सुबह द्विजू ने आकर जब विप्रदास की चरण धूलि लेकर प्रणाम किया उस समय कमरे के एक कौने में बैठी वन्दना पूजा की सामग्री तैयार कर रही थी।

द्विजदास ने कहा–"इसी पंचमी को माँ पोखरे की प्रतिष्ठा करने जा रही हैं। बड़ी व्यवस्था की गई है भैया।"

"माँ के कार्यों की व्यवस्था बड़ी ही होती है द्विजू। इस में चिंता की कौन-सी बात है?" विप्रदास ने हँस कर कहा।

द्विजदास बोला–"वासू के स्वस्थ होने की मनौती की पूजा इस बार साथ ही

होगी। वह भी एक अश्वमेघ यज्ञ ही है पंडितों की विदाई की सूची तैयार हो रही है। आत्मीय स्वजन, अतिथि–अभ्यागतों की जो संक्षिप्त सूची भाभी के मुँह से सुनी है उससे संदेह होता है कि आपकी थैली में से वह कुछ बड़ा हाथ मारेगी। समय रहते चेत जाइए।"

वन्दना ने सिर नहीं उठाया। साँस को संभालने में असमर्थ होकर हँसकर लौट गई।

विप्रदास दुनियादार आदमी है।–विप्रदास कंजूस है, माँ के अतिरिक्त यह शिकायत और कोई भी अवसर मिलने पर करने में नहीं चूकता।

विप्रदास स्वयं इस हँसी में शामिल होकर बोला–"इस बार तेरा नम्बर है। इस बार खर्च तेरा होगा।"

"मेरा? मुझे कोई आपत्ति नहीं। लेकिन इससे प्रबंध में कुछ फेर करना पड़ेगा। विदा जिनकी होगी–वह पाठशाला का पंडित समुदाय नहीं। बल्कि पाठशाला का दरवाजा बंद करके जिन लोगों को धक्के देकर बाहर निकाल दिया–वे होंगे।"

उसी प्रकार विप्रदास हँसकर बोला–"पाठशाला पर तू अप्रसन्न क्यों है? लोगों के मुँह से दल निंदा ही सुनी है। स्वयं कभी आँखों से देखी नहीं। उनके दल का होने के कारण तेरे समय में उन्हें रोटी भी नहीं मिलेगी।''

द्विजदास ने और पास आकर एक बार फिर पद–धूलि ली फिर बोला–"ऐसा मत कहिए। आप दोनों ही दलों से बाहर हैं। लेकिन तीसरा दल कौन–सा है, मैं नहीं जानता। मैं तो केवल यही जानता हूँ कि मेरे भैया मेरे निर्णय से दूर नहीं हैं।"

विप्रदास ने बात टाल दी। पूछा–"मेरी बीमारी की खबर माँ ने तो नहीं सुनी?"

"नहीं बल्कि यह अच्छा होता कि सुन लेतीं। पोखरे की प्रतिष्ठा का हँगामा रुक जाता।"

"संबंधियों के आने का प्रबंध हुआ।"

"हो रहा है। भूत, वर्तमान, भविष्य, सभी युग के संबंधियों का लड़की सहित अक्षय बाबू को भी निमंत्रण भेजा गया है। माँ का विचार है कि इस विशाल आयोजन में मैत्रेयी की अग्नि परीक्षा हो जाएगी। उन्हें ले जाने का भार मुझे सौंपा गया है।"

"और किसी को भी ले जाने की बात माँ ने कही है?"

"हाँ, अनु बहिन को ले जाना होगा। कालेज के लड़कों में से अगर कोई जाना चाहता है, उन्हें भी–?"

"तेरी भाभी की तो कोई माँग नहीं है?"

"नहीं।"

तभी नीचे मोटर की आवाज सुनाई दी। हार्न परिचित आवाज के कान में पड़ते ही वन्दना खिड़की से गर्दन बढ़ाकर बोली–"मौसी जी की गाड़ी है। मैं जाकर देखती हूँ मुखोपाध्याय जी आप संध्या पूजा से निबट लें। देर हो रही है।"

"मैं भी जाऊँ हाथ-मुहँ धो लूँ। एक घंटे बाद आऊँगा।" कहकर द्विजदास भी चला गया।

विप्रदास की संध्या पूजा समाप्त हो गई। आज वन्दना खाने के लिए फल-मूल दे गई थी। मौसी के घर से जो लड़की उसे ले जाने के लिए आई है। वन्दना उसी के साथ व्यस्त है। उसी ने यह सूचना दी।

द्विजदास ठीक समय पर लौट आया। उसके हाथ में एक बहुत लंबी सूची थी। कलकत्ता से आधी चीजें खरीद कर गाड़ी में भर कर भेजनी होंगी।

दोनों भाई जब इसी काम में लगे हुए थे तभी बाहर से आवाज आई-"अंदर आ सकती हूँ मुखोपाध्याय जी? लेकिन मैं जूते पहने हुए हूँ।"

"जूते पहने ही चली आओ।" विप्रदास ने कहा।

वन्दना कमरे में आई तो उसी वेश में दिखाई दी, जिस वेश में वह पहले दिन बलराम पुर में दिखाई दी थी।

विप्रदास ने आश्चर्य से पूछा-"कहीं जा रही हो वन्दना।"

"हाँ, मौसी जी के घर।"

"वापस कब आओगी?"

"वापस आने की बात तो नहीं जानती मुखोपाध्याय जी।" कहकर उसने विप्रदास को प्रणाम किया। लेकिन और दिनों की तरह पैरों को हाथों से नहीं छुआ। सिर झुका कर केवल हाथों को माथे से लगाकर द्विजदास को भी प्रणाम किया और कमरे से चल पड़ी।

20

"वन्दना अचानक क्यों चली गई। क्या मेरा आ जाना ही इसका कारण है?" द्विजदास ने पूछा।

विप्रदास ने कहा-"उस के पिता ने तार भेजा है मौसी के घर रहने के लिए। तब तक जब तक कि उसका बम्बई जाना नहीं होता।"

"लेकिन यह मौसी अचानक कहाँ से टपक पड़ी? वन्दना ने मुझ से एक तरह से बात-चीत ही नहीं की। बराबर दूर-दूर ही रही और सवेरा होते ही देखता हूँ वह चली गई। हाँ, नमस्कार जरूर कर गई लेकिन वह भी मुँह फेर कर। मेरे विरुद्ध उन्हें क्या हो गया?"

विप्रदास ने इस प्रश्न का उत्तर टाल दिया और मौसी की कहानी संक्षेप में सुनाकर बोला-"मेरी बीमारी से डर कर इसी मौसी के घर से अनु बहिन सेवा करने के लिए उसे बुला लाई थी। बहुत से बाकी है। तुम लोगों को उसका कृतज्ञ होना चाहिए।"

द्विजदास ने कहा–"नहीं होना चाहिए, यह नहीं कहता। लेकिन आपकी सेवा कर पाना भी तो सौभाग्य की बात है। अगर उसका मूल्य वह भी समझ सकी है तो हमारी कृतज्ञता उसके यहाँ भी शेष है।"

विप्रदास हँसकर बोला–"घोर नराधम हो तुम।"

द्विजदास ने कहा–"नराधम हूँ लेकिन मूर्ख नहीं हूँ। मेरी बात जाने दीजिए। लेकिन सेवा करने की यह बात माँ के कानों तक पहुँच गई तो वह हमेशा के लिए हमारी माँ को खरीद लेगी। यह क्या कोई सामान्य संपत्ति है।"

"तो यह कहो कि इतने दिनों के बाद तू माँ को पहचान पाया है।"

द्विजदास ने कहा–"अगर पहचान पाया भी हूँ तो केवल आपके कारण। मैं माँ का कपूत हूँ। बुलांगार हूँ। उनके निकट मेरा यही परिचय रहने दें। इसे हिलाने-डुलाने की आवश्यकता नहीं है।"

"लेकिन क्यों? माँ तुम पर विश्वास कर सकती हैं, तुझे अच्छा समझ सकती हैं, क्या यह बात तू वास्तव में नहीं जानता? इस अप्रसन्नता से लाभ क्या है. बता तो?"

"यह नहीं जानता कि लाभ क्या है। लेकिन विशेष लाभ नहीं है। मुझे मिला है आपका स्नेह, भाभी का प्यार, यह मेरे लिए सात राजाओं के राजकोष के बराबर है। सात जन्मों में भी दोनों हाथों से लुटाकर समाप्त नहीं कर पाऊँगा।"

यह कहकर उसकी आँखें और चेहरा लज्जा से लाल हो उठा। हृदय के इन भावों को प्रगट करने में वह विमुख रहा है। सदा मौन रहते घूमना ही उसका स्वभाव है। पल भर में अपने आपको संभाल कर बोला–"लेकिन इन बातों पर तर्क करना बेकार है। जिस चीज की आवश्यकता है वह यह है कि मेरी नजर में वन्दना के जाते समय का हाव-भाव मुझे क्रोध में भरा लगा। इसका क्या कारण है?"

"शायद यह कारण है कि अब तू आ गया है, इसलिए उसकी आवश्यकता नहीं है। अब से मेरी सेवा सुश्रुषा का भार तेरे ऊपर रहा," इतना कहकर विप्रदास हँस पड़ा।

द्विजदास बोला–"आप हँसी कर रहे हैं। लेकिन मैं कहता हूँ कि अंग्रेजी पढ़ी-लिखी लड़कियाँ एक दिन इसी गर्व में मर जायेंगी। बीमारी में आपकी सेवा करने का दिन न आये। लेकिन आने पर प्रमाणित होने में देर नहीं लगेगी कि भैया की सेवा करने में मुझे हराना दस वन्दनाओं के लिए भी संभव नहीं है। इस बात को आप उसे बता दें।"

स्नेह पूर्ण हास्य से विप्रदास का चेहरा चमक उठा। बोला–"अच्छा कह दूँगा। लेकिन विश्वास करेगी या नहीं, बता नहीं सकता। लेकिन भैया के सामने इस परीक्षा की आवश्यकता नहीं है। आवश्यकता है एक व्यक्ति के सामने और वह हैं माँ तुम दोनों का समझौता होना आवश्यक है। समझा द्विजू?"

द्विजदास ने कहा–"नहीं भैया, नहीं समझा। लेकिन जब माँ है तब उनके

जीवित रहने पर एक दिन समझौता करना ही पड़ेगा। लेकिन अभी आवश्यकता क्यों पड़ गई, यही समझ में नहीं आ रहा है।"

यह कहकर वह कुछ देर चुप रहा। फिर बोला–"मेरे भाग्य में बिल्कुल उल्टा लिखा है। पिता ने जन्म दिया, लेकिन फूटी कौड़ी भी नहीं दे गए। माँ ने गर्भ धारण दिया लेकिन पालन किया अन्नदा बहिन ने। और सारे बोझों को ढोकर इंसान बनाया भाभी ने–दूसरे के घर में आकर पिता धर्म माता स्वर्गादिपि गरीयसी–"इस श्लोक को याद करके मन को कितना बहलाऊँ, आप ही बताइए।"

विप्रदास ने कहा–"माँ के मामले की पैरवी अब नहीं करूँगा। क्यों, यह एक दिन तू स्वयं ही समझ जायेगा। लेकिन पिताजी के संबंध में तेरा जो विचार है वह सही नहीं है। आधी संपत्ति का तू ही वास्तव में अधिकारी है?"

द्विजदास बोला–"हो सकता है सच हो। लेकिन पिताजी की मृत्यु के बाद दरवाजा बंद करके क्या आपने उनका वसीयत नामा जला दिया था?"

"तुझसे किसने कहा?"

"इतने दिनों तक जो मेरी सभी प्रकार से रक्षा करती आई है, यह उन्हीं से सुना है।"

"हो सकता है। लेकिन तेरी भाभी ने तो वह वसीयत नामा पढ़ा नहीं था। ऐसा भी तो हो सकता है कि सब वुछ पिताजी तुझे ही दे गए हों? और मैंने क्रोध में आकर उसे जला दिया हो। यह अनुचित तो है नहीं।"

खूब हँस लेने के बाद द्विजदास ने कहा–"भैया, आप तो कभी झूठ नहीं बोलते द्वापर में युधिष्ठर की झूठ को लेख बद्ध कर गए थे वेद व्यास। और कलयुग में आपके झूठ को लेख बद्ध करेगा द्विजदास। दोनों ही बराबर हो जायेंगे। जो कुछ भी हो, यह समझ में आ गया है कि विपत्ति में पड़ने पर सभी कुछ संभव होता है। अब मेरा पाप मत बढ़ाइए। अब से मुझे क्या करना होगा?"

"अपना व्यवसाय, संपत्ति सभी की देखभाल करनी होगी।"

"लेकिन क्यों? बताइए न। इतना बोझ किस लिए उठाऊँ? क्या अकेले आपसे नहीं हो रहा है। असंभव है। मैं निकम्मा अपदार्थ होता जा रहा हूँ। नहीं, नहीं हो रहा हूँ। फिर भी माँ पूछें तो बता दें कि पदार्थ बनने की मुझे बिल्कुल आवश्यकता नहीं है। अपदार्थ रह कर ही मैं अपने दिन बिता दूँगा। उन्हें चिंता नहीं करनी होगी। रुपए–पैसे, जमीन, जायदाद का बोझ मैं आपके रहते हुए नहीं ढोऊँगा। आखिर मैं क्या आपकी तरह सांसारिक बन जाऊंगा। लोग कहेंगे, उसकी नसों में खून नहीं बहता, केवल रुपए की धारा बहती है।"

लेकिन बोलते-बोलते उसने देखा कि विप्रदास उदास होकर न जाने क्या सोचने लगा है। उसकी बातों पर ध्यान नहीं है। अक्सर ऐसा होता नहीं है। यह विप्रदास का स्वभाव नहीं है।

द्विजदास ने आश्चर्य से कहा–"भैया, क्या आप सचमुच चाहते हैं कि मैं जमीन-जायदाद की देखभाल करूँ। अपने चिर दिन के स्वप्न देश सेवा को तिलांजलि दे दूँ?"

विप्रदास ने कहा–"तिलांजलि दे दे, ऐसी बात तो मैंने तुझ से कभी कही नहीं है द्विजू। जो तरा स्वप्न है, तेरा ही रहे। चिर दिन तक रहे। फिर भी कहता हूँ, गृहस्थी का बोझ संभाल ले।"

"लेकिन क्यों? बताइए न। बिना कारण जाने में किसी भी दशा में इस बात को नहीं मानूँगा?"

पलभर मौन रहकर विप्रदास ने कहा–"इसका कारण तो एकदम स्पष्ट है द्विजू। आज मैं हूँ, लेकिन ऐसा भी हो तो सकता है कि मैं न रहूँ।"

द्विजदास ने दृढ़ता से कहा–"नहीं, यह कभी नहीं हो सकता।

उसके विश्वास की दृढ़ता ने विप्रदास को प्रभावित किया। लेकिन हँसकर बोला–"संसार में सभी कुछ होता है। यहाँ तक कि असम्यवयी होता है। जो लोग इस बात को सोचते हुए डरते हैं वे स्वयं अपने आपको ही ठगते हैं, और दूसरा कारण यह भी है कि मैं बहुत थक गया हूँ। मुझे अवकाश की जरूरत है। फिर भी तू देगा नहीं क्या?"

"नहीं नहीं, दे सकूँगा भैया। उससे आसान है आपकी आज्ञा का पालन करना। बताइए, मुझे कब से क्या करना पड़ेगा?"

"आज ही से।"

"इतनी जल्दी?–अच्छा, ऐसा ही सही। आपकी बात टाल नहीं सकता", कहकर वह चल दिया।

विप्रदास ने कहा–"लेकिन भैया की बात सुनी? तुझे कहना नहीं पड़ेगा रे। मैं जानता हूँ तू मेरी बात टाल नहीं सकेगा।"

द्विजदास ने काम करना आरंभ कर दिया। वह आलसी है, अकर्मण्य है, उदासीन है–हमेशा से सभी लोगों को यही शिकायत रही थी। लेकिन भैया के आदेश से माँ की पोखर प्रतिष्ठा के विशाल अनुष्ठान को संपूर्ण करने की जिम्मेदारी जब अकेले उसी पर आ पड़ी तो इस बदनामी को दूर करने में उसे अधिक समय नहीं लगा। अनभ्यस्त होते हुए इस भारी बोझ को वह इतनी आसानी से ढो सकेगा, इसकी आशा विप्रदास ने नहीं की थी। लेकिन उसकी तत्परता और कार्य कुशलता से वह एक दम विस्मित हो उठा।

जो कुछ खरीद कर भेजना था उसे द्विजदास ने गाड़ी में भरकर भिजवा दिया। जो साथ ले जाना था उसे साथ रखा। आत्मीयस्वजनों को इकट्ठा कर यथा योग्य आदर के साथ रवाना कर दिया।

यहाँ के सारे कामों को समाप्त करके आज घर लौटने के दिन उसने भैया का अंतिम उपदेश लेने के लिए उनके कमरे में प्रवेश किया तो देखा वन्दना वहीं बैठी हुई है। उसके यहाँ आने के दिन से वह आई नहीं थी, कामों के झंझटों में द्विजदास उसकी बात भूल गया था। आज अचानक उसे देखकर मन ही मन उसे आश्चर्य हुआ। लेकिन इस भावना को प्रगट न करके केवल एक सामान्य नमस्कार का शिष्टाचार पालन करके बोला–'भैया, आज रात की ट्रेन से मैं घर जा रहा हूँ। मेरे साथ अक्षय बाबू, उनकी पत्नी और बेटी मैत्रेयी भी जा रही है। आपके कालेज के विद्यार्थी शायद कल-परसों जायेंगे। उन्हें किराया दिए जा रहा हूँ। क्या अनु बहिन को आप साथ लेते आयेंगे। लेकिन तीन-चार दिन से अधिक देर मत कीजिएगा।"

"क्या मुझे भी आना ही होगा?"

"हाँ, अगर न जाना चाहें तो एक जोड़ा खड़ाऊँ खरीद दीजिए। उन्हें ले जाकर भरत की तरह सिंहासन पर रख दूँगा।"

विप्रदास ने हँसकर कहा–"बड़ा शरारती हो गया है तू–लेकिन अक्षय बाबू कैसे जायेंगे? उनकी छुट्टियाँ तो हैं नहीं। काम पर नागा जो हो जाएगी।"

द्विजदास ने कहा–"सो तो होगी ही। लेकिन हानि नहीं होगी। उधर उससे भी बड़ा लाभ है–बड़े घर में बेटी देने का। धनवान दामाद भविष्य का बहुत बड़ा सहारा होता है–कालेज के वेतन से बहुत बड़ा।

विप्रदास ने अप्रसन्न होकर कहा–"तेरी बातें जितनी रूखी हैं, उतनी ही कड़वी भी हैं। व्यक्ति के सम्मान का विचार करके बातें करना नहीं जानता।"

द्विजदास ने कहा–"जानता हूँ या नहीं, भाभी से पूछ लेना। मैंने सौजन्य की व्यर्थ फिजूल खर्ची नहीं की है, यही मेरा अपराध है।"

विप्रदास सुन कर बिना हँसे न रह सका। बोला–"तेरी गवाही है केवल तेरी भाभी जैसे शराबी का गवाह कलवार।"

द्विजदास ने कहा–"होने दीजिए लेकिन आपकी बातें भी मधुमय नहीं हो रही हैं भैया। क्योंकि न तो मैं शराबी हूँ। और न भाभी कलवार हैं। वह शराब नहीं देती, वह देती हैं अमृत। और छिपाकर वह तेरे लोगों को देती हैं अन्न, जो अनेक बड़े लोग नहीं कर पाते।"

विप्रदास ने कहा–"उन्हें करने की आवश्यकता भी नहीं हैं। देवर को स्नेह से पशु बना डालने के सिवा बड़े आदमियों को और भी अनेक काम हैं।"

वन्दना सिर झुकाकर हँसने लगी।

यह देख कर द्विजदास ने कहा–"इस बात को लेकर अब तर्क नहीं करूँगा भैया। आपकी तो कोई भाभी है नहीं। बंगालियों के परिवार में भाभी का स्नेह कितनी मूल्यवान वस्तु है इसे आप बिल्कुल नहीं जानते। अंधे को रोशनी दिखाने से कोई लाभ नहीं।"

फिर तनिक हँसकर बोला–"वन्दना ओट में हँस रही है। लेकिन मौसी के घर की बजाय अगर कुछ दिन हमारे घर में बिता आती तो शायद मेरी बातें समझ पाती। लेकिन इस तर्क को भी रहने दीजिए। बताइए, आप घर कब आ रहे हैं?"

"मैं बहुत थका हुआ हूँ द्विजू। माँ को समझा कर बता नहीं सकेगा?"

द्विजदास ने विप्रदास का ऐसा निर्जीव और निस्प्रह कंठ स्वर कभी नहीं सुना था। हैरान होकर देखा–धीमी हँसी की रेखायें होठों पर अब भी हैं। लेकिन जैसे यह उसके भैया नहीं, कोई और है।

आश्चर्य और दुख से व्याकुल होकर उसने पूछा–"क्या आपकी बीमारी अभी तक अच्छी नहीं हुई है भैया?"

"नहीं, अच्छी तो हो गई।"

"अब भी माँ के अनुष्ठान में घर नहीं जा सकते, यह बात माँ को किस तरह समझा पाऊँगा? भयभीत होकर वह यहाँ चली आयेंगी उनका सारा आयोजन ही नष्ट हो जायेगा।"

पलभर सोचकर विप्रदास ने कहा–"मुझे गाँव आने के लिए तू अब भी कहता है?"

द्विजदास ने कहा–"आज, कल, परसों–जब भी ठीक हो सके। मुझे आज्ञा दीजिए। मैं स्वयं आकर आपको ले जाऊँगा।"

विप्रदास ने हँसकर कहा–"अच्छा ऐसा ही होगा। मैं स्वयं ही आ जाऊँगा तुझे आना नहीं पड़ेगा।"

वन्दना ने द्विजदास के चले जाने पर पूछा–"यह क्या हुआ मुखोपाध्याय जी, घर जाने में आपत्ति क्यों थी?"

विप्रदास ने कहा–"कारण तो तुमने अपने कानों से ही सुन लिया है।"

"सुन तो लिया है। लेकिन यह उत्तर दूसरों के लिए है, मेरे लिए नहीं। बताइए घर क्यों नहीं जाना चाहते? आपको बताना ही होगा।"

"मैं थका हुआ हूँ।"

"नहीं। थकावट पर सभी का दावा है, केवल मेरा ही नहीं है। आपका भी है। लेकिन यह दावा अगर सच होता तो सबसे पहले मैं समझ जाती। आप और लोगों की आँखों को धोखा दे सकते हैं। लेकिन मेरी आँखों को नहीं दे सकेंगे। जाते समय मंझली दीदी को पत्र लिख जाऊँगी कि अगर भविष्य में आप कभी बीमार पड़े तो मुझे बुला लें।"

"मंझली दीदी स्वयं बीमारी नहीं पकड़ पायेंगी। बीमारी तो तुम्हीं को पकड़ा देनी होगी। यह बात सुनकर वह खुश नहीं होगी।"

वन्दना ने कहा–"खुश नहीं होगी, यह सच है। लेकिन कृतज्ञ अवश्य होंगी। मेरी मंझली दीदी है। उस युवा की महिला उन्हें पति को खोजना-ढूँढ़ना नहीं पड़ा था।

भगवान ने आशीर्वाद की तरह मंजलि में भर दिया था। तब से उस स्वस्थ-शक्तिशाली पुरुष के साथ जीवन व्यतीत करती चली आ रही हैं। लेकिन उन्हें पता चलेगा कि अचानक एक दिन उसका मन भी टूट सकता है।"

विप्रदास चुप रहा। केवल थोड़ा-सा हँस दिया।

वन्दना ने पूछा–"आप हँसे क्यों?"

विप्रदास ने कहा–"हँसी स्वयं आती है वन्दना। पति खोजने-पसंद करने के अभियान में तुमने आज तक जिन्हें देखा है उनके अतिरिक्त कोई और भी है। यह तुम सोच नहीं सकतीं। संसार के सामान्य नियम को ही मानती हो। उसके अपवाद को मानना नहीं चाहती हो। लेकिन इसी अपवाद के बल पर ही टिके हुए हैं कर्म, पुण्य, काव्य, साहित्य और अटल श्रद्धा-विश्वास। ये न होते तो पृथ्वी बिल्कुल मरुस्थल बन जाती। तुम आज भी इस सत्य को स्वीकार नहीं कर रहीं।"

वन्दना विद्रप भरे स्वर में बोली–"यह अपवाद शायद व्यर्थ ही है मुखोपाध्याय जी लेकिन उस दिन तो आपने मुझसे कहा था कि आप मुझे भी प्रेम करते हैं।"

"यह तो मैं आज भी कह रहा हूँ। लेकिन तुम्हारा एकमात्र प्रेम ही मार्ग के रूप में दिखाई देता है और सारे रास्ते बंद दिखाई देते हैं। इसीलिए मेरी उस दिन की बातों को तुम नहीं समझ सकीं। तनिक जाकर देख आओ द्विजू और उसकी भाभी को। अगर देख सकी तो देखोगी कि किस प्रकार श्रद्धा जाकर प्रेम में मिल गई है। हँसी, दिल्लगी, लाड़-प्यार, घनिष्टता से वह केवल उसकी भाभी ही नहीं है। उसकी बहिन है, उसकी माँ है। यह संबंध तो हमारा तुम्हारा भी है। ठीक उसी प्रकार तुम मुझे क्यों नहीं देख सकी वन्दना?"

विप्रदास की बोली में था गंभीर स्नेह के साथ मिला हुआ अपमान का स्वर। उसने वन्दना पर गहरी चोट की। थोड़ी देर तक चुप रहने के बाद आँखें ऊपर करके बोली–"मैंने आपको गलत समझा था मुखोपाध्याय जी। मेरी मंझली बहिन से अगर आप वास्तव में ही प्रेम करते तो मुझे दुख न होता। लेकिन आप प्रेम तो करते नहीं हैं। आप करते हैं केवल धर्म का पालन। केवल कर्तव्य मान कर चलते हैं। आपका स्वभाव कठोर है। आप किसी को प्रेम करना जानते ही नहीं हैं। कितना ही छिपाए रखें लेकिन यह सच्चाई किसी दिन प्रगट हो ही जाएगी।"

थोड़ी देर चुप रहकर बोली–"आज मेरी शंका भी दूर हो गई अब शून्य में हाथ बढ़कार पति खोजने नहीं जाऊँगी। मुझे यही आशीर्वाद दें।"

विप्रदास ने हँसी में हाथ बढ़ाकर कहा–"तुम्हें यही आशीर्वाद देता हूँ कि आज से तुम्हारा पति खोजना समाप्त हो। जो तुम्हारा चिर दिन का साथी है, भगवान उसे ही तुम्हें प्रदान करें।"

बात को अपमान जनक उपहास समझ कर वन्दना नाराज होकर बोली–"आप भूल रहे हैं मुखोपाध्याय जी पति खोजना मेरा पेशा नहीं है। वे लड़कियाँ और हैं।

लेकिन आज अचानक क्यों आई हूँ अभी तक आपको बताया भी नहीं। एक प्रकार से वास्तव में ही मेरी एक बहुत बड़ी शंका का समाधान हो गया। यहाँ आकर आप लोगों के संसर्ग में मैंने सोचा था कि ये आचार-विचार वास्तव में ही अच्छे हैं। खाने-पीने, छूने-वाने का नियम मानकर चलना, फूल तोड़ना, चंदन घिसना, पूजा की सामग्री तैयार करना–और भी कितनी ही बातें–सोचती थी ये सब चीजें वास्तव में ही मनुष्य को पवित्रता प्रदान करती हैं लेकिन इस बार मौसी जी के घर जाकर वह मूर्खता दूर हो गई। एक दिन मुझ पर कैसा पागलपन सवार था। मानो सचमुच ही इनमें विश्वास करती होऊँ मानो हमारी शिक्षाएँ संस्कार में सचमुच ही इससे कहीं कोई अंतर नहीं।"

यह कहकर वह बनावटी हँसी हँसने लगी। सोचा शायद इस बात से विप्रदास को गहरी चोट पहुँचेगी। लेकिन देखा, बिल्कुल कुछ भी नहीं हुआ।

उसकी बनावटी हँसी में प्रसन्नता भरी हँसी मिलाकर बोला–"मुझे मालूम था वन्दना। क्या तुम्हें याद नहीं है कि मैंने एक दिन तुम्हें सावधान करते हुए कहा था यह सब तुम्हारे लिए नहीं है। तुम यह सब मत करो। यह मूर्खता दूर हो गई, सुनकर प्रसन्नता हुई। तुमने सोचा था। कि सुन कर मुझे बहुत दुःख होगा। लेकिन ऐसी बात नहीं है। जिसके लिए जो स्वाभाविक नहीं है। उसे वह न करे तो मुझे दुःख नहीं होता। तुम्हें तो याद है कि मैं किसका ध्यान करता हूँ–तुमने जब यह पूछा था तो मैं चुप रह गया था। बोलने में कोई रुकावट थी इसलिए नहीं बल्कि इसलिए कि यह सब बेकार है। लेकिन इन बातों को इस समय रहने दो।--बताओ, तुम्हारे बम्बई जाने का कोई दिन निश्चित हो गया क्या?"

गर्व से वन्दना का मुख लाल हो उठा। विप्रदास के प्रश्न के उत्तर में बस इतना ही कहा–"नहीं।"

"तुमने अपनी मौसी के भतीजे अशोक की बात उस दिन कही थी। बताया था कि वह लड़का तुम्हें अच्छा ही जँचा है। इन कई दिनों में उसके संबंध में और कोई नई बात जान सकी।"

"नहीं।"

अगर तुम्हारा विवाह होना ही है तो मैं तुम्हें आशीर्वाद दूँगा। लेकिन मौसी के दबाव में आकर कुछ कर मत बैठना। उनके जाल से थोड़ा संभल कर रहना।"

वन्दना की आँखों में आँसू आ गए। लेकिन मुँह नीचा करके संभलकर बोली–"ठीक है।"

विप्रदास ने कहा–"परसों मैं घर जाऊँगा। दो-तीन दिन से अधिक वहाँ रह नहीं पाऊँगा। मेरे वापस आने तक अगर कलकत्ता में ही रहो तो एक बार आ जाना।"

वन्दना का मुँह नीचे झुका था। सिर हिलाकर कुछ उत्तर नहीं दिया। लेकिन उसका स्पष्ट अर्थ समझ में नहीं आया।

विप्रदास ने कहा–"सुना तो है कि मेरी छुट्टी स्वीकार हो गई है। अब से सारा भार द्विजू पर है। पिताजी ने बचपन ही में मुझे गृहस्थी के कोल्हू में जोत दिया था। इसलिए कभी कहीं जाने का अवसर ही नहीं मिला। आज लगता है कि अब चैन की साँस ले सकूँगा।"

वन्दना ने मुँह उठाकर पूछा–"क्या सचमुच ही चैन की साँस लेने की इतनी जरूरत पड़ गई थी मुखोपाध्याय जी? क्या आप सचमुच इतने थक गए हैं?"

इस प्रश्न के उत्तर में विप्रदास ने प्रसंग बदल दिया। बोला–"अच्छी बात है वन्दना। अपनी बीमारी के सिलसिले में तुम्हारी सेवाओं की चर्चा करके मैंने द्विजू से कहा था कि उन लोगों को तुम्हारा कृतज्ञ होना चाहिए। इसका आधा भी उनमें से किसी से नहीं होता। कृतज्ञता स्वीकार करते हुए भी तुमसे कहने के लिए द्विजू कह गया है। कि अगर कभी वैसा समय आया तो भैया की सेवा से उसकी बराबरी कर पाना दस वन्दनाओं की शक्ति से बाहर की बात होगी।"

वन्दना बोली–"उनसे भी कह दीजियेगा कि मैंने उनकी शर्त स्वीकार कर ली है। लेकिन परीक्षा का समय कभी आया तब।"

विप्रदास ने सुना तो हँसकर कहा–"जरूर दिखाई पड़ेगा वन्दना, वह पाँव पीछे रखने वाला आदमी नहीं है। तुम उसे जानती नहीं हो।"

"जानती हूँ मुखोपाध्याय जी अच्छी तरह जानती हूँ। आपकी सेवा में प्रतिद्वन्द्विता करना वास्तव में वन्दना की शक्ति की बात नहीं।"

भाई के गर्व से विप्रदास का चेहरा चमक उठा–"मालूम है वन्दना, मेरा द्विजू साधू है।"

"क्यों आपसे भी अधिक?"

"हाँ मुझसे भी अधिक," कह कर विप्रदास पलभर इधर-उधर देखकर बोला–"लेकिन उसने कहा था कि शायद तुम उससे नाराज हो गई हो! उससे बोली क्यों नहीं?"

"बोलने की जरूरत ही नहीं पड़ी, मुखोपाध्याय जी।"

विप्रदास हँसकर बोला–"तब तो देखता हूँ कि तुम सचमुच ही नाराज हो। लेकिन आज तुमसे एक बात कहूँ वन्दना द्विजू का व्यवहार रूखा है। बातों में भी नमी नहीं होती, लेकिन अगर उसके इस कठोर आवरण को पार करके कभी देख सको तो देखोगी कि ऐसा मधुर पुरुष नहीं होता। मेरी बात पर विश्वास करो। ऐसा विश्वास करने के योग्य पुरुष तुम्हें आसानी से नहीं मिलेगा।"

वन्दना दूसरी ओर देखती रही। उत्तर नहीं दिया।

सहसा वह खड़ी हो गई बोली–"गाड़ी बहुत देर से खड़ी है मुखोपाध्याय जी। मैं जाऊँ?–अगर रही तो आपके वापस आने पर आपसे भेंट करने अवश्य आऊँगी यदि न आ सकी तो मेरा यह अंतिम नमस्कार स्वीकार कर लें।"

यह कहकर वन्दना ने विप्रदास की पद-धूलि ली और तेजी से चल पड़ी विप्रदास को कुछ कह पाने का अवसर ही नहीं मिला।

वन्दना बरामदे को पार करके सीढ़ियों के सामने पहुँची तो आश्चर्य से देखा, द्विजदास हाथ जोड़े खड़ा है।

वन्दना ने हँसकर पूछा–"अब क्या है?"

"एक प्रार्थना है। एक बार भैया को साथ लेकर आपको हमारे घर पर आना होगा।"

"मुझे साथ क्यों ले जाना होगा? इसका क्या अर्थ है?"

द्विजदास ने कहा–"वही तो बताने के लिए खड़ा हूँ। एक दिन बिना बुलाए ही हमारे घर में पदार्पण किया था। आज वही दया आपको करनी पड़ेगी।"

वन्दना ने पलभर इधर-उधर किया फिर बोली–"लेकिन मुझे आने का निमंत्रण किसने दिया है? माँ ने भैया ने या स्वयं आपने?"

"मैं स्वयं ही कह रहा हूँ।"

"लेकिन आप तो उस घर में पराए आदमी हैं। आपको बुलाने का क्या अधिकार है?"

"जीवित रहने का अधिकार तो है। उसी अधिकार के बल पर यह प्रार्थना कर रहा हूँ। बोलिए, स्वीकार की या नहीं? अत्यधिक आवश्यक न होने पर मैं किसी से कोई विनय नहीं करता।"

वन्दना बहुत देर तक दूसरी ओर देखती रही। फिर बोली–"अच्छा यही सही–आऊँगी। लेकिन मेरे मान-अपमान की जिम्मेदारी आपके ऊपर रही।"

द्विजदास ने कृतज्ञ होकर कहा–"मेरी शक्ति बहुत ही थोड़ी-सी है। फिर भी यह भार लेता हूँ।"

वन्दना ने कहा–"विपत्ति के समय यह बात भूल मत जाइएगा।"

21

कई दिन के बाद विप्रदास नीचे दफ्तर में आकर बैठा है। शरीर थका हुआ है। लेकिन द्विजू के भरोसे तो छोड़ा नहीं जा सकता। एक मोटी बही लेकर वह उसके पन्ने उलट रहा था कि तभी बाहर से मोटर के हार्न की आवाज सुनाई दी। फिर दूसरे ही पल खुले फाटक से वन्दना ने प्रवेश किया।

आज वह अकेली नहीं है। साथ में एक अपरिचित युवक है। शरीर पर धोती, कुर्ता। पैरों में चप्पलें और कंधे पर टेढ़ी लिपटी हुई मोटी सफेद चादर। उम्र तीस के अंदर है। अगर शरीर की लंबाई थोड़ी-सी और अधिक होती तो आसानी से उसे सुंदर पुरुष कहा जा सकता था।

विप्रदास स्वागत करने के लिए कुर्सी से उठ कर खड़ा हो गया।

वन्दना ने कहा–"यही मिस्टर चौधरी वार-एट-ला हैं मुखोपाध्याय जी। लेकिन यहाँ अशोक बाबू कहने पर बुरा नहीं मानेंगे। इसी शर्त पर परिचय कराने के लिए राजी हो जाने पर साथ लाई हूँ। बातचीत आरंभ करने से पहले अपने कर्तव्य को तो पूरा कर लूँ," यह कहकर पास आकर नमस्कार करके बोली–"लेकिन इनके सामने पद-धूलि नहीं ले सकी यह कहीं यह न समझ बैठे कि मैं इनके समाज की कलंक हूँ। लेकिन आदमी कहीं अप्रसन्न होकर यह न समझ बैठे कि यह नया नियम मैंने मौसी के यहाँ सीखा है। उन पर आपकी प्रसन्नता की गहराई से मैं परिचित हूँ न।"

विप्रदास ने कहा–"क्या अपनी मौसी जी के सामने मेरा इसी प्रकार गुणगान किया करती हो?"

फिर उसने नवागत युवक की ओर देखकर कहा–"वन्दना के मुँह से आपके विषय में इतनी बातें सुनी हैं कि अगर बीमार न होता तो स्वयं आपसे मिलने आता। देख कर ऐसा लगता है कि इस चेहरे को जैसे कितनी ही बार देख चुका हूँ।"

युवक ने प्रयुत्तर में कुछ कहना चाहा, लेकिन उससे पहले ही वन्दना उँगली उठाकर आदेशात्मक स्वर में बोली–"मुखोपाध्याय जी, अतिशयोक्ति को मारकर आप अब मिथ्या की सीमा में आ गए हैं। जरा रुकिए। वरना शोर मचा दूँगी।"

"क्या मतलब?"

"मतलब यह कि हम बहुत ही साधारण लोगों की तरह सच-झूठ जो भी मन में आता है बकने लगते हैं। आप भी किसी भी दशा में असाधारण व्यक्ति नहीं हैं। हम लोगों की तरह ही साधारण आदमी हैं।"

विप्रदास ने कहा–"नहीं। पूछ देखो। वे एक स्वर से स्वीकार करेंगे कि तुम्हारा अनुमान सही नहीं है।"

वन्दना ने कहा–"अब आपको उन्हीं लोग के पास ले जाकर दोनों हाथों से शेर की इस खाल को नौच डालूंगी। जब वे वास्तविक चेहरा देख लेंगे, तब उनका भय दूर हो जाएगा। फिर मुझे आशीर्वाद देकर कहेंगे कि तुम राज-रानी बनो।"

विप्रदास ने हँसकर कहा–"आशीर्वाद दे, मुझे कोई आपत्ति नहीं यहाँ तक कि मैं स्वयं भी यही आशीर्वाद देने को तैयार हूँ। लेकिन तुम तो आशीर्वाद चाहती ही नहीं हो। कहती हो, यह बुरा संस्कार है व्यर्थ की बात है।"

फिर वन्दना ने उंगली उठाकर कहा–"फिर छेड़ने की कोशिश कौन करता है कि हम गुरुजनों का आशीर्वाद नहीं चाहते, कौन इसे बुरा संस्कार कहता है? लेकिन अब सचमुच ही क्रोध आ रहा है मुखोपाध्याय जी।"

विप्रदास ने गंभीर होकर कहा–"क्या सचमुच ही क्रोध आ रहा है? तब रहने दो झमेले की इन बातों की। लेकिन अचानक सवेरे-सवेरे आगमन कैसे हुआ? क्या कोई काम है?"

वन्दना ने कहा–"एक नहीं अनेक हैं। पहला काम है आपसे इस बात का स्पष्टीकरण लेना कि मेरी आज्ञा के बिना आपने नीचे आकर काम क्यों शुरू किया है?"

"शुरू किया नहीं है, करने का विचार भर किया था। यह रहा" कहकर विप्रदास ने उस मोटी बही को दूर खिसका दिया।

वन्दना प्रसन्न होकर बोली–"स्पष्टीकरण संतोषजनक है। इस बार तो क्षमा किया जाता है। अगर भविष्य में भी इसी प्रकार आज्ञाकारी रहे तो मेरा काम चल जाएगा। अब मन लगाकर सुनिए। तब तक बैठकर इनसे बातचीत कीजिए।–मुखोपाध्याय के ऐश्वर्य का विवरण, प्रजा और शासन की अनेक रोमांच भरी कहानियाँ–जो भी जी चाहे। अनु बहिन को साथ लेकर मैं सब कुछ ठीक-ठाक कर देने के लिए ऊपर जाती हूँ। कल सुबह की ट्रेन से हम बलरामपुर जायेंगे। दिन ही दिन में ठंड लगने का भय नहीं रहेगा। मिस्टर चौधरी के साथ जाने की इच्छा है–बड़े घर का बड़ा यज्ञ, क्रियाकलाप, घटा टोप कभी आँखों से नहीं देखा है। और देखें भी तो कैसे?"

विप्रदास ने पूछा–"अवश्य ही तुमने बहुत से देखें हैं?"

वन्दना बोली–"यह प्रश्न बिल्कुल ही अप्रासंगिक है। उन्होंने नहीं देखा, यही बात हो रही थी। तो सुनिए। उन्हें साथ चलने की अनुमति दे दी है। इससे इतने प्रसन्न हुए हैं कि इसके बाद मुझे साथ लेकर बम्बई पहुँचा देने के लिए राजी हो गए हैं।"

चेहरे को अत्यधिक गंभीर बनाकर विप्रदास ने कहा–"यह कहानी क्या हो? हमारे समाज में तो इतना त्याग देखने में आता नहीं है। तुम्हारे अंदर ही दिखाई दे रहा है। सुनकर बड़ा आश्चर्य हो रहा है।"

वन्दना ने कहा–"आश्चर्य होने की तो बात ही है। जप-तप भी है और सोलह आने ईर्ष्या भी है।"

यह कहकर आँखों की एक चितवन से बिजली-सी चमकाकर बाहर जा रही थी कि तभी विप्रदास ने पुकारकर कहा–"यह मानो पंचतंत्र के सानी वाली नांद के उस कुत्ते की कहानी है जो न तो स्वयं खायेगा और न साँड़ों के झुंड को ही खाने देगा। बताओ तो ऐसी स्थिति में मनुष्य कैसे जीवित रहे?"

किवाड़ के निकट रुककर बनावटी क्रोध से भौहें तान कर वन्दना ने कहा–"एक दम हम लोगों जैसे सामान्य व्यक्ति हैं। बेकार ही लोगों से आतंकित और परेशान रहते हैं।"

"इस बार जाकर तुम उनका भय दूर कर आओ।"

"इसीलिए तो जा रही हूँ और सानी नांद वाले कुत्ते से उपमा देने की दुर्बुद्धि का प्रतिशोध भी लेती आऊँगी।" यह कहकर वन्दना तीव्रकटाक्ष से बिजली चमका कर फिर ओझल हो गई।

विप्रदास ने कहा–"मिस्टर–!"

अशोक ने विनम्र स्वर में बाधा दी–"नहीं, नहीं, यह नहीं होगा। इसे छोड़ देने में हिचकिचाहट नहीं होगी। इसीलिए धोती, कुर्ता और चप्पल पहन कर आया हूँ विप्रदास बाबू। इन्होंने विश्वास दिलाया था।"

विप्रदास ने मन ही मन प्रसन्न होकर कहा–"अच्छा ही हुआ अशोक बाबू, संबोधन सहज हो गया। देहात का आदमी हूँ न। याद ही नहीं रहता और आदत भी नहीं है। अब मजे में डटकर बातें होंगी। सुना है आप हमारे गाँव चलना चाहते हैं। सचमुच ही अगर चलें तो कृतार्थ होऊँगा। हमारे परिवार की मालकिन मेरी माँ है। उनकी ओर से मैं सादर निमंत्रण दे रहा हूँ।"

विप्रदास की विनम्र बातें सुनकर अशोक बोला–"अवश्य जाऊँगा। कितने निर्धन, अनाथ और दुःखी निमंत्रण में आयेंगे। कितने ही अध्यापक, पंडित उपस्थित होंगे विदाई लेने के लिए। आनन्दोत्सव में कितने ही प्रकार का खाना-पीना होगा, कितने ही अनोखे प्रबंध होंगे–।"

विप्रदास ने हँसकर कहा–"सारी बातें बढ़ा-चढ़ा कर कही गई हैं अशोक बाबू। वन्दना ने केवल उपहास किया है।"

"उपहास करने से उसे क्या लाभ होगा विप्रदास बाबू?"

"हम लोगों को असमंजस में डालना। बस एक यही लाभ है। बलरामपुर के मुखोपाध्यायों पर वह मन ही मन अप्रसन्न है ना और दूसरा लाभ है किसी भी बहाने आपको बम्बई घसीट ले जाना।"

अशोक ने कहा–"आवश्यकता हुई तो बम्बई तक मुझे साथ जाना पड़ेगा। इसका वायदा है। लेकिन वह मुखोपाध्यायों पर अप्रसन्न हैं, आप लोगों को वह लज्जित करना चाहती हैं, यह नहीं हो सकता। कल तक बलरामपुर जाने का निश्चित नहीं था। लेकिन आप लोगों की बात को लेकर मौसी के साथ उसका वाद-विवाद हो गया था। मौसी बोली–"विप्रदास की माँ ने अगर जनसाधारण के कल्याण के लिए पोखरा खुदवाया है तो इसकी प्रशंसा करती हूँ। लेकिन घटाटोप के साथ प्रतिष्ठा करना बेईमानी है–कुसंस्कार है और कुसंस्कार में सम्मिलित होना मैं अन्याय समझती हूँ।"–वन्दना बोली–"वे बड़े आदमी हैं। बड़े आदमियों के काज-प्रयोजन में तो घटाटोप हुआ ही करता है मौसी जी। इसमें आश्चर्य की कौन-सी बात है।" मेरी बुआ बोली–"बड़े आदमियों की फिजूल खर्जी आश्चर्य की बात नहीं है। लेकिन बात केवल यही तो नहीं है। यह एक कुसंस्कार भी तो है। तुम्हारे जाने पर मुझे आपत्ति है।"

वन्दना बोली–"जो नहीं जानती, जानने की कभी इच्छा भी नहीं की है, उनके संबंध में अविचार करना भी तो कुसंस्कार ही है।"–यह उत्तर सुनकर बुआ जी क्रोध से आगबबूला हो उठीं। पूछा–"अपने पिताजी की राय ली है?"

वन्दना ने उत्तर दिया–"मैं जानती हूँ, पिताजी मना नहीं करेंगे। मंझली बहिन के पति बीमार हैं। उन्हें साथ ले जाने की जिम्मेदारी मुझे सौंपी गई है।"

"सुनूँ तो किसने जिम्मेदारी सौंपी है? शायद उन्होंने स्वयं ही?"

प्रश्न सुनकर वन्दना चुप होकर देखती रह गई, मुझे ऐसा लगा जैसे उसका खून खौल रहा है। अब न जाने क्या कह बैठेगी। लेकिन वह कुछ भी नहीं किया बस धीरे-धीरे बोली–"जिसका जो भी जी चाहे उसी के प्रश्न का उत्तर देना होगा मुझे बचपन से ही यह शिक्षा नहीं मिली मौसी जी। परसों सवेरे मुखोपाध्याय जी को साथ लेकर बलरामपुर जाऊँगी और अधिक कुछ नहीं कह सकती।"

बुआजी गुस्सा होकर उठकर चली गईं। मैंने कहा–"मुझे साथ ले चलेंगी? अपनी आँखों से इन विशाल अनुष्ठानों को देखने की मेरी बड़ी इच्छा होती है।"

वन्दना ने कहा–"लेकिन ये तो कुसंस्कार हैं अशोक बाबू। आँखों से देखने से तो आपकी जाति चली जाएगी।"

मैंने कहा–"अगर आपकी जाति नहीं जाती तो मेरी भी नहीं जायेगी। और अगर जाती है तो दोनों की एक साथ ही जाति जाए। मेरी कोई हानि नहीं है।"

वन्दना ने कहा–"आप तो विश्वास नहीं करते। उन्हें आँखों से देखकर मन ही मन हँसेंगे।"

मैंने कहा–"आप भी क्या विश्वास करती हैं?"

वन्दना बोली–"नहीं करती। लेकिन मुखोपाध्याय जी करते हैं। मैं तो केवल आशा करती हूँ कि उन्हीं का विश्वास एक दिन सचमुच ही मेरा भी विश्वास बन जाए। वन्दना आपकी मन ही मन पूजा करती है विप्रदास बाबू। इतना विश्वास उसे संसार में और किसी पर भी नहीं है।"

बात अनजानी नहीं है। नई भी नहीं है। इसलिए दूसरों के मुँह से सुनकर विप्रदास का चेहरा एकदम सफेद पड़ गया।

पलभर के बाद पूछा–"आप लोगों के विवाह की जो बात हुई थी, क्या वह हो गई? क्या वन्दना ने सम्मति दे दी है?"

"नहीं। लेकिन असम्मति भी प्रकट नहीं की है।"

"आशा की यही बात है अशोक बाबू चुप रहना अधिकांश रूप से सम्मति का सूचक है?"

अशोक कृतज्ञ आँखों से मौन रहकर पलभर बाद बोला–"नहीं, यह नहीं हो सकता।"

फिर जरा रुककर बोला–"कठिनाई यह है कि मैं निर्धन हूँ और वन्दना धनवान है। ऐसा नहीं है कि मुझे धन का लोभ नहीं है। लेकिन बुआ जी की तरह वही मेरा एक मात्र लक्ष्य नहीं है। यह कैसे समझाऊँ कि बुआ जी के साथ मिलकर मैंने षड्यंत्र नहीं किया है।"

इस व्यक्ति के प्रति विप्रदास के मन में अपमान का भाव था। उसकी बात की सरलता से वह कुछ कम हो गया। सीधे-सादे स्वर में बोला–"बुआ के षड्यंत्र में आप सम्मिलित नहीं हैं, अगर यह बात सच है तो वन्दना किसी दिन इस बात को समझेगी ही, तब राजी होने में उसे देर भी नहीं लगेगी। तब धन के लिए भी बाधा नहीं पड़ेगी।"

उत्सुक स्वर में अशोक ने प्रश्न किया–"आपको यह निश्चित रूप से मालूम है विप्रदास बाबू?"

इसका उत्तर देते हुए विप्रदास कुछ चक्कर में पड़ गया। कुछ सोचकर बोला–"उसे जितना जानता हूँ, उतना ही मालूम है।"

अशोक ने कहा–"जानते हैं मुझे क्या लगता है?–मुझे लगता है कि उनकी व्यक्तिगत प्रसन्नता से भी अधिक आवश्यकता है मुझे आपकी प्रसन्नता की। उसे जब मैं पा लूँगा तो मुझे न मिलने योग्य कोई भी वस्तु नहीं रह जाएगी।"

विप्रदास ने हँसकर कहा–"मेरी आँखों से देखते हुए वह पति चुनेगी, ऐसा विचित्र संकेत आपको किसने दिया–स्वयं वन्दना ने? अगर दिया है तो कहूँगा कि उसने एकदम मजाक किया है अशोक बाबू।"

"नहीं, मजाक नहीं, सच है।"

"किसने बताया?"

पलभर चुप रह कर अशोक ने कहा–"ये बातें मुहँ से कहने की नहीं हैं विप्रदास बाबू! उस दिन मौसी से झगड़ा करके वन्दना मेरे कमरे में आई। वह ऐसा कभी करती नहीं थी। एक कुर्सी खींचकर बैठती हुई बोली–"मुझे बम्बई पहुँचा आना होगा।"

मैने कहा–"जब भी आज्ञा दे तैयार हूँ।"

वह बोली–"बलरामपुर जा रही हूँ समय आने पर कह दूँगी।"

मैंने कहा–"अच्छी बात है। लेकिन मौसी को इस तरह नाराज क्यों कर दिया? वह उनके पूजा-पाठ, जप होम–देवी-देवता किसी में भी तो विश्वास नहीं करतीं।"

वह बोली–"झूठ नहीं कहा है अशोक बाबू। उन लोगों के समान अगर सचमुच ही कभी विश्वास कर सकी तो कृतज्ञ हो जाऊँगी। मुखोपाध्याय जी की बीमारी में उनकी सेवा की थी। एक दिन विश्वास करके उनसे वरदान माँग लूँगी।"

इसके बाद आपकी बात आरंभ हुई। इतना विश्वास भी कोई किसी पर कर सकता है, इससे पहले कभी कल्पना भी नहीं की थी। बात ही बात में उन्होंने एक दिन की घटना के बारे में बताया। तब आप बीमार थे, आपकी संध्या-पूजा का प्रबंध वही करती थीं। समय अधिक हो गया था। जल्दी-जल्दी आने में पैरों में कुछ लग गया। जितना ही अपने आपको समझातीं कि कुछ नहीं लगा है, उतना ही समझ में

नहीं आ रहा था। कहीं आपके काम में कोई भूल न हो जाए, इसलिए फिर स्नान करके सारा प्रबंध फिर से आरंभ करना पड़ा। लेकिन आप अप्रसन्न होकर बोले थे–"वन्दना, अगर सवेरे तुम्हारी नींद नहीं खुलती तो अन्नदा बहिन को पूजा का प्रबंध करने दो। याद है न विप्रदास बाबू?"

विप्रदास ने सिर हिलाकर कहा–"हाँ, याद है।"

अशोक कहने लगा–"इस प्रकार कितने ही दिनों की छोटी-छोटी घटनाओं की चर्चा करते-करते उस दिन बहुत रात हो गई। अंत में बोली–"मौसी ने उन लोगों के कुसंस्कार का ताना दिया है। मैंने स्वयं भी एक दिन दिया था अशोक बाबू। लेकिन आज उसे कुसंस्कार समझते हुए मैं चकरा जाती हूँ। खाने-पीने का विचार तो कभी किया नहीं है। जन्म भर का विश्वास है इसका भी दोष नहीं है। लेकिन अब जैसे संकोच होता है। बुद्धि के कारण लज्जा लगती है। लोगों से छिपा कर रखना लेकिन चाहती हूँ। जिस पल याद आती है कि वे इन्हें नहीं चाहते हैं, उसी पल मन उससे मुँह मोड़ लेता है।"

सुनते-सुनते विप्रदास का चेहरा पीला पड़ गया। जबरदस्ती हँसने की कोशिश करते हुए बोला–"तो वन्दना अब खाने-छूने का विचार करने लगी है। लेकिन उस दिन आई थी तो बड़े गर्व के साथ कह गई थी कि मौसी के घर जाकर उसका अपने समाज को समझ पाने की सहज बुद्धि वापस आ गई है। मुखोपाध्याय परिवार की हजारों प्रकार की कृत्रिमताओं से मुक्ति पा गई है।"

अशोक ने आश्चर्य से कुछ कहना चाहा लेकिन तभी बाधा पड़ गई।

अन्दर आकर वन्दना ने कहा–"मुखोपाध्याय जी सब कुछ संभाल कर रख आई हूँ कल सुबह साढ़े नौ बजे ट्रेन है। पूजा-पाठ और बेकार कामों को इसी के अंतर निबटा लें। भगवान ने इतनी विडम्बना आपके भाग्य में लिखी थी।"

विप्रदास ने हँसकर कहा–"संभव है लिखी हो।"

"संभव नहीं निश्चय ही। सोचती हूँ अगर कोई इन्हें आपके अंदर से दूर कर देता?–कल सुबह के भोजन का प्रबंध भी कर आई हूँ। मैं स्वयं आकर खिलाऊँगी। फिर कपड़े पहनाऊँगी। इसके बाद आपको साथ लेकर गाँव जाऊँगी। कमजोर आदमी हैं इसलिए चलिए अशोक बाबू, हम लोग चलें। पद-धूलि नहीं लूँगी मुखोपाध्याय जी, यह कुसंस्कार है सभ्य समाज में नहीं चलता।"–हँसकर दोनों हाथों को माथे से लगा कर बाहर निकल गई।

22

दूसरे दिन सवेरे ही सब लोग बलरामपुर के लिए रवाना हो गए। घर के पास पहुँचते ही दिखाई दिया कि द्विजदास ने राजसूय यज्ञ जैसा ही आयोजन किया है।

सामने वाले मैदान में कुटियों की कतार खड़ी है। कुछ तैयार हो गई हैं और कुछ हो रही हैं। बहुत-सी अभी से ही निमंत्रित और आमंत्रित लोगों से भर गई हैं। अभी कितने लोग आयेंगे, यह बताना कठिन है।

विप्रदास को देखकर माँ हैरान हो उठीं–"भैया, शरीर की यह क्या दशा है? बिल्कुल आधा रह गया है।"

पद-धूलि लेकर विप्रदास ने कहा–"अब भय की कोई बात नहीं है माँ। अच्छा होने में अब देर नहीं लगेगी।"

"लेकिन अब कलकत्ता वापस नहीं जाने दूँगी। तेरा कितना ही आवश्यक काम क्यों न हो। अब से अपनी आँखों के सामने रखूँगी।"

विप्रदास हँसते हुए चुप रह गया।

वन्दना के उन्हें प्रणाम करने पर दयामयी आशीर्वाद देकर बोली–"आओ बेटी, आओ चिरंजीवी हो।"

लेकिन उनकी आवाज में उत्साह नहीं था। मालूम पड़ा कि यह साधारण शिष्टाचार से अधिक कुछ नहीं है। उसे आने का निमंत्रण नहीं दिया गया है, वह स्वयं आई है। माँ को बस इतना ही मालूम था।

इसके बाद उन्होंने मैत्रेयी की चर्चा छेड़ दी लड़की के गुणों की सीमा नहीं है। दयामयी को इस बात का दुःख है कि एक ही मुँह से उन गुणों की सूची तैयार करना संभव नहीं है।

बोली–"कोई ऐसा काम नहीं है जो पिता ने न सिखाया है। कोई भी ऐसा काम नहीं है जो वह जानती न हो। बहू की तबियत कुछ ठीक नहीं है। इसलिए उसने अकेले ही सारा भार आपने कंधों पर ले लिया है। भाग्य की बात है कि उसे द्विजू ले आया। वरना क्या होता यह सोचते हुए मुझे भी डर लगता है।"

विप्रदास ने कहा–"ऐसी बात है?"

दयामयी ने कहा–"सच कहती हूँ भैया। लड़की का काम-काज देखकर लगता है कि मालिक जो भार मेरे कंधों पर डाल गए थे, अब उसकी कोई चिंता नहीं है। ऐसा साथी मिल जाने पर बहू सारा बोझ आसानी से संभाल लेगी। इस वर्ष तो हुआ नहीं, लेकिन जीवित रही तो अगली बार निश्चिन्त होकर कैलाशमति के दर्शन करने मैं अवश्य जाऊँगी।"

विप्रदास चुप रहा। दयामयी की बातें शायद असत्य नहीं हैं। हो सकता है मैत्रेयी इसी प्रकार प्रशंसा के योग्य हो। लेकिन गुणगान की भी तो सीमा होती है। उनका लक्ष्य कुछ भी रहा हो, लेकिन उपलक्ष्य भी गोपनीय नहीं रहा। एक क्षुद्रता ने उसकी सुपरिचित मर्यादा पर जैसे करारी चोट की।

अचानक बेटे की ओर देखकर दयामयी को अपनी इस भूल का अनुभव हो गया। लेकिन तत्काल प्रतिकार कैसे करे यह भी समझ में नहीं आया। द्विजदास दूसरे काम में फंसा हुआ था। सूचना पाकर आ गया।

विपप्रदास ने कहा–"कितनी जबर्दस्त तैयारियाँ की हैं द्विजू, कैसे संभालेगा?"

द्विजदास ने कहा–"आपने स्वयं तो बोझ लिया नहीं भैया, मुझ पर डाल दिया है? लेकिन आपको किस बात का डर है?"

वन्दना ने उत्तर दिया–"इन्हें चिंता हो रही है कि अगर खर्च के सारे रुपए प्रजा की जेब से वसूल नहीं किए गए तो खजाने में हाथ डालना पड़ेगा। इससे डर नहीं होगा द्विजू बाबू?"

सभी लोग हँस पड़े और इस हँसी से माँ के मन का भार कम हो गया। हँसकर बनावटी क्रोध से बोलीं–"उसे तंग करने के लिए क्या तुम भी अपनी बहिन की तरह ही हो वन्दना। यह मेरा बहुत ही धार्मिक बेटा है। सभी मिलकर उसे झूठा ताना दें, यह मुझसे बर्दाश्त नहीं होगा।"

वन्दना ने कहा–"ताना झूठा होने पर नहीं लगता है माँ। इसलिए अप्रसन्न भी नहीं होना चाहिए।"

माँ ने कहा–"अप्रसन्न तो वह होता ही नहीं है। बल्कि सुनकर हँसता है।"

वन्दना ने कहा–"इसका भी कारण है माँ मुखोपाध्याय जी को मालूम है कि अप्रसन्न होना मूर्खता है। क्यों ठीक कहती हूँ मुखोपाध्याय जी?"

विप्रदास हँसकर बोला–"ठीक नहीं है तो क्या गलत है? मूर्ख की बात पर क्रोध करना मना है। शास्त्रों में उसके लिए दूसरी व्यवस्था है।"

वन्दना ने कहा–"लेकिन मंझली दीदी मुझसे अधिक मूर्ख हैं मुखोपाध्याय जी। शायद उसके शास्त्र की इस व्यवस्था के कारण ही तभी आपकी इतनी श्रद्धा करती है।"

यह कहकर हँसते हुए उसने मुँह फेर लिया।

हँसी रोकने के लिए द्विजदास दूसरी ओर देखने लगा और दयामयी स्वयं भी हँस पड़ी। फिर बोली–"वन्दना बड़ी नटखट लड़की है। इससे बातों में कोई ज़ीत नहीं पाता।"

कुछ रुक कर गंभीर होकर बोली–"बेटी मैं यह नहीं कहती कि मालिक के जमाने में प्रजा पर बिल्कुल बोझ नहीं पड़ा था। लेकिन तुम्हें तो बताया है न कि विपिन मेरा बहुत ही धार्मिक बेटा है। जो कुछ अन्याय है तो वास्तव में इसको प्राप्य नहीं है, उसे वह किसी दशा में ले नहीं सकता। लेकिन मुझे द्विजू से भय है। वह ऐसा कर सकता है।"

विप्रदास ने कहा–"लेकिन तुम्हारा यह कहना अनुचित है माँ, कि द्विजू प्रजा को सताएगा। प्रजा का पक्ष लेकर उसने एक बार उसे हमारे विरुद्ध भड़काकर लगान देने से मना कर दिया था। क्या तुम इस बात को भूल गईं?"

माँ बोली–"भूली नहीं हूँ। इसीलिए तो कह रही हूँ जो न्याय देना चुकाने के लिए मना करता है। वह अन्याय से वसूल कर सकता है विपिन। दूसरा नहीं। उसमें

थोड़ी-बहुत दया-माया है, मानती हूँ। फिर भी एक दिन देखेगा कि प्रजा को उसी के हाथों बहुत अधिक दुःख मिलेगा।"

"नहीं, नहीं मिलेगा माँ। तुम देख लेना।"

दयामयी बोली–"भरोसा केवल इस बात का है कि तू है। वरना यह स्वयं भी एक दिन डूबेगा और दूसरों को भी डूबो देगा।"

इतनी देर तक द्विजदास मौन बैठा रहा था। अब बोला–"तुम्हारी अंतिम बात सच नहीं है माँ। स्वयं डूबेगा, यह बात तो शायद एक दिन सच हो जाए लेकिन मैं दूसरों को नहीं डुबाऊँगा। यह तुम पक्का जान लो।"

माँ ने कहा–"इसमें भी प्रसन्नता की बात नहीं है द्विजू असल में तुझे चलाने के लिए एक व्यक्ति का रहना बहुत ही आवश्यक है।"

द्विजदास ने कहा–"यही बात साफ-साफ कहो तो सबकी चिंता दूर हो जाए। मुझे चलाने के लिए किसी एक की जरूरत है। लेकिन उसका प्रबंध तुमने लगभग कर ही लिया है माँ।"

माँ ने कहा–"अगर सचमुच ही कर लिया है तो इसे अपना सौभाग्य समझना।"

इस तर्क का वास्तविक अर्थ सभी ने साफ-साफ समझ लिया।

माँ कहती गई–"इतनी बड़ी घटना कर डाली, लेकिन किसी की बात नहीं सुनी। बोला–भैया की आज्ञा है। लेकिन भैया ने क्या अश्वमेघ करने के लिए कहा था? अब कौन संभालेगा बता न? मैत्रेयी आ गई यही अच्छा हुआ।"

द्विजदास ने कहा–"पहले काम हो जाए माँ। तब जिसे जी चाहे प्रमाण पत्र दे देना। मैं आपत्ति नही करूँगा। लेकिन जल्दी की क्या बात है।"

वन्दना ने पूछा–"लेकिन उस प्रमाण पत्र पर हस्ताक्षर कौन करेगा द्विजू बाबू। माँ या बड़े भैया तीसरा तो नहीं?"

द्विजदास ने कहा–"नहीं, तीसरे पक्ष का क्या साहस। आज भी बड़े भैया पहले और दूसरा पक्ष जो उसी प्रकार तैयार है।"

कहकर द्विजूदास हँस पड़ा। वन्दना भी हँस पड़ी।

विप्रदास और माँ ने एक दूसरे की ओर देखा लेकिन अर्थ समझ में नहीं आया।

अन्नदा ने आकर कहा–"वन्दना बहिन, बड़े बाबू की दवाइयों को संभाल कर कल उसे गत्ते के डिब्बे में रखा था। वह तो दिखाई नहीं दे रहा। खो तो नहीं गया।?"

"नहीं, खोया नहीं अनु बहिन। कलकत्ते के मकान में ही छूट गया है।"

दयामयी ने भयभीत होकर कहा–"क्या उपाय किया जाए वन्दना, इतनी बड़ी भूल हो गई।"

वन्दना ने कहा–"भूल नहीं हुई है माँ। आते समय मैं उसे जान बूझ कर ही छोड़ आई थी।"

"जान-बूझ कर छोड़ आई थीं, क्यों?"

"यह सोच कर कि बहुत खा चुके हैं। अब रहने दी जाए। तब माँ पास नहीं थीं, इसलिए दवाओं की आवश्यकता पड़ती थी। अब बिना दवा के ही स्वस्थ हो जाने में देर नहीं लगेगी।"

दयामयी को ये बातें बहुत अच्छी लगीं। वह बोलीं–"अच्छा नहीं किया बेटी। देहात है। यहाँ डॉक्टर-वैद्य नहीं मिलते। आवश्यकता पड़ने पर–।"

अन्नदा ने कहा–"आवश्यकता नहीं होगी माँ। होने पर यह कभी भी छोड़कर नहीं आती। वन्दना बहिन डॉक्टर-वैद्य से भी अधिक जानती हैं।"

दयामयी प्रशंसा भरी नजरों से चुप होकर देखती रही।

वन्दना ने कहा–"बड़ा-चढ़ाकर कहना ही अनु बहिन का स्वभाव है माँ। वरना मैं सचमुच में कुछ भी नहीं जानती। जो कुछ सीखा है, वह मुखोपाध्याय जी की सेवा करके ही सीखा है।"

अन्नदा बोली–"यह कैसी सेवा है माँ, इसे मैं ही जानती हूँ। अचानक मैं एक दिन घोर संकट में पड़ गई। घर में कोई था नहीं। वासू की बीमारी का तार पाकर द्विजू यहाँ चला आया था। दत्ता जी ढाका गए हुए थे। अचानक विपिन को ज्वर हो गया। पहले दो दिन किसी तरह बीत गए। लेकिन उसके बाद तीसरे दिन ज्वर अधिक बढ़ गया। डॉक्टर को बुलाया। उसने दवा तो दी लेकिन भय चौगुना दिखाया। मूर्ख औरत हूँ क्या करूँ। तुम्हें भी सूचना नहीं दे सकती थी विपिन ने मना कर दिया था। बेचैन होकर दौड़ कर वन्दना के पास पहुँची उसकी मौसी के घर। रोकर कहा–"बहिन, क्रोध मत किए रहो। आओ चलो। मुखोपाध्याय जी बहुत बीमार हैं।"–वन्दना बहिन जैसी बैठी थीं वैसी ही मेरी गाड़ी में आ बैठीं। मौसी को कहकर आने का भी समय उन्हें नहीं मिला। घर आकर इन्होंने विपिन का भार ले लिया। कई दिन तक रात दिन एक घंटे की दम लेने की फुर्सत इन्हें नहीं मिली। केवल दवा पिलाना ही तो नहीं था। सवेरे के प्रबंध से लेकर मच्छरदानी गिराकर सुलाने तक सभी कुछ करती थीं। अब अगर वन्दना बहिन दवा नहीं देना चाहती हैं तो माँ, देने को आवश्यकता नहीं है। विपिन अब वैसे ही स्वस्थ हो जाएगा।"

उसी समय विप्रदास ने हुँकारी भरी और फिर गंभीर होकर कहा–"सचमुच ही अच्छा हो जाऊँगा माँ। तुम लोग अब इसमें बाधा मत दो। वन्दना को सुबुद्धि मिले, मुझे दवा पिलाना बंद कर दे। मैं हृदय से आशीर्वाद देता हूँ कि वन्दना राज-रानी बने।"

दयामयी चुपचाप देखती रही उसकी आँखों में जैसे स्नेह और ममता छलक उठी।

तभी महरी ने आकर कहा–"माँ, बहू जी पूछ रही हैं कि कलकत्ते से अभी-अभी जो चीजें आई हैं वे कहाँ रखी जायेंगी।"

दयामयी के उत्तर देने से पहले ही वन्दना बोल उठी–"माँ, मैं आपकी मलेच्छ

बेटी हूँ तो क्या इतने बड़े काम में मुझे किसी काम का भार नहीं मिलेगा। बस चुपचाप ही बैठी रहूँगी? ऐसी कितनी ही चीजें हैं जो मेरे छूने से नष्ट नहीं हो पायेंगी।"

दयामयी ने उसका हाथ पकड़ कर उसे अपनी छाती से लगा लिया। और फिर आंचल से चाबियों का गुच्छा खोलकर उसके हाथ में देकर बोली–"तुम्हें चुपचाप क्यों बैठने दूँगी? यह लो, तुम्हें अपने भंडार की कुँजी दे रही हूँ जिसे बहू को छोड़कर किसी दूसरे को नहीं दे सकती। आज से इसका भार तुम पर रहा।"

"इस भंडार में क्या है माँ?"

"चाबियों के इस गुच्छे से सभी अत्यंत परिचित हैं," द्विजदास कनखियों से देखकर बोला, "जो कुछ भी है वह छुआछूत से परे है। इसमें है सोना-चाँदी, रुपया, पैसा, चेली, शरद के जोड़े, कपड़े आदि। जिसे तुम्हारे छू लेने पर भी कोर धार्मिक व्यक्ति को भी सिर पर उठा लेने में कोई आपत्ति नहीं होगी।

वन्दना ने पूछा–"मुझे क्या करना होगा माँ?"

दयामयी ने कहा–"अध्यापकों की विदाई, अतिथि अभ्यागतों की सम्मान रक्षा। आत्मीय स्वजनों के कलेवे का प्रबंध और उसके साथ इस लड़के पर निगरानी भी।" यह कहकर द्विजदास की ओर संकेत करके बोलीं, "मैं हिसाब-किताब नहीं जानती। इसीलिए इसने भुलावा दे दे देकर न जाने कितने रुपए बेकार ही खर्च कर डाले हैं। इसका लेखा नहीं। यह तुम्हें रोकना पड़ेगा।"

द्विजदास ने कहा–"ऐसी बातें भैया के सामने मत कहा करो माँ। ये सोचेंगे बात सच होगी। खर्च के खातों में ठीक ढंग से खर्च का हिसाब लिखा जा रहा है। मिलान करने पर मालूम हो जायेगा।"

दयामयी ने कहा–"मिलान किससे करूँगी? मैं मानती हूँ कि खर्च का हिसाब लिखा जा रहा है। लेकिन फिजूल खर्च का हिसाब कौन लिख रहा है, बता न? यही बात मैं वन्दना को बता रही थी।"

वन्दना बोली–"जानकर ही क्या होगा माँ? रुपए उनके हैं। बेकार खर्च करेंगे तो मैं कैसे रोक पाऊँगी?"

दयामयी ने कहा–"यह मैं नहीं जानती। तुमने भार लेना चाहा था, मैंने भार देकर छुट्टी पा ली। लेकिन एक बात कहूँ वन्दना, तुम्हें एक दिन गृहस्थी चलानी होगी। तब बेकार खर्च को रोकने की जिम्मेदारी आ पड़ी तो यह कहने से छुट्टी नहीं मिल जाएगी कि मैं नहीं जानती।"

द्विजदास की ओर देखकर वन्दना बोली–"माँ की आज्ञा सुन ली न?"

द्विजदास ने कहा–"अवश्य सुन ली। लेकिन भैया ने खर्च करने का भार मुझे सौंपा है। और माँ ने खर्च न करने का भार सौंपा है तुम्हें। इसलिए खंड युद्ध होना है। तब दोष देने से काम नहीं चलेगा।"

वन्दना हँसकर बोली, "दोष देने की जरूरत नहीं पड़ेगी द्विजू बाबू। हम हैं

झगड़ा नहीं होगा। आपके रुपयों को लेकर आपसे ही युद्ध करने की मूर्खता मुझमें नहीं है। यह शिक्षा मुझे बंगाल में मिली है। झगड़ा होने से पहले माँ का दिया हुआ भार माँ के हाथों में सौंपकर अलग हो जाऊँगी।"

पूर्ण रूप से न समझ पाने पर भी दयामयी इतना समझ गईं कि यह मान स्वाभाविक है। उदास होकर बोलीं–"भार मैं वापस ले लूँगी बेटी, तुम्हें इसे ढोना नहीं पड़ेगा। लेकिन अब यहाँ नहीं, अंदर चलो। तुम्हारा काम तुम्हें बता दूँ।" इतना कहकर उसे खींचकर ले गई।

उस दिन वन्दना इस घर में केवल कुछ ही घंटे रही थी। कहाँ क्या है वह देखने का उसे अवसर ही नहीं मिला था। आज देख महलों पर महलों का कोई ठिकाना नहीं है। आश्रित और संबंधियों की संख्या नहीं है। बहू, महरी, दासी आदि को लेकर एक-एक परिवार है। उधर कचहरी और उससे जुड़ी सारी व्यवस्था है। लेकिन इस हिस्से में है ठाकुरवादी, रसोई और दयामयी की शानदार गौशाला। ऊँची दीवार से घिरा बगीचा और पोखरा। पहले तल्ले के पूरब वाले कमरे दयामयी के हैं। उन्हीं में से एक कमरे के सामने वन्दना को लाकर उन्होंने कहा–"बेटी, यह कमरा तुम्हारा है इसी का सारा भार तुम पर रहा।"

उस ओर वाले बरामदे में बैठी सती और मैत्रेयी कुछ चीजों को बड़े ध्यान से देख रही थीं। दयामयी की आवाज सुनकर सिर उठाकर देखा और वन्दना को देखकर दोनों काम छोड़ कर उनके पास आ खड़ी हुईं।

वन्दना सचमुच ही आयेगी यह आशा किसी को नहीं थी। बहिन की चरण-धूलि ली और मैत्रेयी को नमस्कार किया।

माँ बोली–"मेरी यह मलेच्छ बिटिया किसी एक काम का भार चाहती है बहू। चुपचाप बैठी रहने के लिए यह सहमत नहीं है। तुम्हें कई तरह के काम दिए हैं। इसे भंडार की चाबी दे दो।"

मैत्रेयी ने पूछा–"माँ इस भंडार में क्या है?"

"ऐसी चीजें हैं जो मलेच्छ बिटिया के छूने से नष्ट नहीं होंगी," कहकर दयामयी ने कौतुक के साथ हँसकर वन्दना से द्वार खुलवाया और अंदर जा खड़ी हुई। फर्श पर चाँदी के बर्तनों की थाक सजी हुई थीं। ब्राह्मण-पंडितों को मर्यादा प्रदान करना होगा। कलकत्ते में भुनाकर रुपए और चवन्नियाँ मँगाई गई हैं। थैलियों का ढेर एक जगह लगा हुआ है। शरद आदि कीमती कपड़े अभी तक बोरे में बंद पड़े हैं। खोलने का समय अभी तक नहीं मिला है इसके अतिरिक्त दयामयी की तिजोरी और बक्स इसी कमरे में हैं।

इशारे से दिखाकर दयामयी ने कहा–"वन्दना इसी के भीतर मेरा सब कुछ है। द्विजू को इसी पर सबसे अधिक लोभ है। बिटिया, सबसे अधिक पहरा यहीं देना होगा। जिससे वह मेरी तरह तुम्हें भी चकमा न दे सके।"

वन्दना के उदास चेहरे की ओर देखकर सती ने उसकी ओर से कहा–"माँ, क्या इतने बड़े काम का भार उसे दिया जा सकता है? मामला बहुत सारे रुपए-पैसों का है।"

उसकी बात समाप्त होने से पहले ही दयामयी बोल उठीं–"मामला ढेर सारे रुपए पैसों का है। इसीलिए इसके हाथों में चाबी दी है बहू। वरना द्विजू दिवालिया बना देगा।"

"लेकिन यह तो बाहर से आई है माँ–?"

सती की बात समाप्त नहीं हुई उससे पहले ही दयामयी ने हँसकर कहा–"एक दिन बाहर से तुम भी आई थीं और उससे भी बहुत पहले इसी तरह मुझे भी बाहर से ही आना पड़ा था। यह कोई दुःख की बात नहीं है बहू लेकिन मुझे फुर्सत नहीं है। मैं जाती हूँ," इतना कहकर वह चली गईं।

वन्दना बोली–"मंझली दीदी, तुम्हारे घर आकर मैं यह किस ज़ाल में फंस गई। मुझे तो साँस लेने की भी फुर्सत नहीं मिलेगी।"

"लगता तो यही है," कहकर सती हँस पड़ी।

23

संसार में संकट कहाँ रहता है और किस रूप में कब सामने आ जाता है सोचकर हैरान होना पड़ता है।

काम के बीच में ही कल्याणी ने आकर रोते हुए कहा–"माँ, वह कह रहे हैं कि उनके साथ मुझे भी अभी घर जाना होगा। गाड़ी का समय नहीं है। स्टेशन पर बैठे रहना ठीक है। लेकिन अब इस घर में एक पल भी नहीं रुकेंगे।"

तालाब की प्रतिष्ठा की शास्त्रीय क्रिया अभी-अभी समाप्त हुई है। अभी दयामयी ने मंडप से आकर घर में पैर ही रखा है। काम की व्यवस्तता के बीच वह ठिठक कर खड़ी हो गई। बेटी की बात समझ में नहीं आई। भौंचक्की होकर बोली–"जाने के लिए तुझ से किसने कहा है? शशधर ने? क्यों?"

"बड़े भैया ने उनका घोर अपमान किया है–घर से निकाल दिया है।" कहकर कल्याणी फूट-फूट कर रोने लगी।

"चारों ओर आदमी हैं। कहीं भोजन का प्रबंध, कहीं गाने की महफिल, कहीं भिखारियों के झगड़े, कहीं ब्राह्मण-पंडितों का शास्त्रार्य, असंख्य आदमियों का कोलाहल–उसी के बीच यह मामला। सती और मैत्रेयी भी आ गई। भंडार घर में ताला लगाकर वन्दना भी पास आ खड़ी हुई। आत्मीय संबंधियों में से बहुत से लोगों को कौतुहल हुआ।

शीशधर ने आकर प्रणाम किया। और बोला–"माँ, मैं जा रहा हूँ। आपने आज्ञा दी थी हम आए। लेकिन अब रह नहीं सकते।"

"क्यों बेटा?"

"विप्रदास बाबू ने अपने घर से मुझे निकाल दिया है।"

"क्यों?"

"इसका कारण यह है कि वह बड़े आदमी हैं। वह गर्व के कारण आँख-कान से देख-सुन नहीं सकते। सोचा होगा अपने घर में बुला अपमान करना आसान है। लेकिन आप अपने बेटे को इतना समझा दीजिए कि मेरे पिताजी जमींदारी छोड़ गए हैं। वह भी बिल्कुल छोटी नहीं है। मुझे भी घर-घर भीख नहीं माँगनी पड़ती।"

व्याकुल होकर दयामयी बोली–"विपिन को बुला रही हूँ बेटा। पूछती हूँ क्या हुआ है। मेरा काम अभी निबटा नहीं है। ब्राह्मण भोजन शेष है। वैष्णव भिक्षुओं की विदाई नहीं हुई है। उससे पहले ही अगर तुम लोग नाराज होकर चले गए शीशधर, तो जिस तालाब की अभी प्रतिष्ठा की गई है, उसी में डूबकर मर जाऊँगी। यह तुम निश्चित जान लेना।" कहते-कहते उनकी आँखें भर आईं।

शीशधर पर सास के आँसुओं का कोई विशेष प्रभाव नहीं पड़ा। भद्र संतान होने पर भी शीशधर का चेहरा मोहरा किसी भी भद्र मनुष्य के समान नहीं है। रुककर खड़े होने में संकोच होता है। उसका विशाल शरीर और विशालतम मुखमंडल क्रुद्ध बिल्ली के समान फूलने लगा बोला–"रह सकता हूँ अगर विप्रदास बाबू यहाँ आकर सबके सामने हाथ जोड़कर मुझसे क्षमा माँगे। वरना नहीं।"

प्रस्ताव इतना भयंकर था कि सुनकर सभी लोग आश्चर्य से चुप हो गए। विप्रदास हाथ जोड़कर क्षमा माँगे सबके सामने। कई पल सभी लोग चुप खड़े रहे। अचानक पीले मुख से अत्यंत अनुनय भरे स्वर में सती बोल उठी–"अभी नहीं नन्दोई जी। काम-काज समाप्त हो जाए। रात को माँ निश्चय ही न्याय करेंगी। क्या तुम्हारा कभी अपमान किया जा सकता है? गलती की होगी तो अवश्य क्षमा माँगेंगे?"

वन्दना की आँखों के कोने कुछ चमक उठे। लेकिन शांत स्वर में बोली–"मंझली दीदी, वह तो कभी गलती करते ही नहीं हैं।"

सती ने डांटकर कहा–"तू चुप रह वन्दना। सभी से गलती हो जाती है।"

वन्दना बोली–"नहीं, उनसे नहीं होती।"

सुनकर मैत्रेयी जैसे आग बबूला हो उठी। कड़े स्वर में बोली–"आपको क्या पता? वहाँ तो आप थी नहीं। तब क्या यह अपनी ओर से बनाकर कह रहे हैं?"

वन्दना ने उसकी ओर देखकर कहा–"बनाकर कहने की बात मैं नहीं कर रही। मैं तो यह कह रही हूँ कि मुखोपाध्याय जी से गलती नहीं होती।"

मैत्रेयी उत्तर में उसी तरह व्यंग भरे स्वर में बोली–"गलती सभी से होती है। कोई भगवान नहीं है। उन्होंने पिताजी को भी अपमानित किए बिना नहीं छोड़ा है।"

वन्दना ने कहा–"शशधर बाबू की तरह उन्हें भी यहाँ से चला जाना चाहिए था। यहाँ ठहरना उचित नहीं?"

मैत्रेयी ने कठोर स्वर में उत्तर दिया–"यह सफाई आपको नहीं देंगे। न्याय होगा द्विजू बाबू से जो बुलाकर लाए हैं।"

सती ने नाराज होकर वन्दना का तिरस्कार करते हुए कहा–"तेरे पाँव पड़ती हूँ। तू यहाँ से जा वन्दना। अपना काम कर।"

शशधर ने दयामयी की ओर देख कर कहा–'मैं न्याय-अन्याय के लिए कचहरी करने नहीं आया हूँ माँ। यह पूछने आया हूँ कि आपका बेटा हाथ जोड़ कर क्षमा माँगेगा या नहीं। वरना मैं चला। अब एक मिनट भी नहीं रुकूँगा। आपकी लड़की मेरे साथ जा सकती है और नहीं भी। लेकिन इसके बाद मैके का नाम मुँह से न ले। आज यहीं उसका अंत समझ ले।"

कैसी सर्वनाशी बात है यह। शशधर के लिए कुछ भी असंभव नहीं है। बेटी-दामाद को घर बुलाकर यह कैसी आफत। कल्याणी सामने खड़ी थी, रोने लगी। राय देने के लिए आदमी नहीं है। सोचने के लिए समय नहीं है। पीड़ा, लज्जा और घोर अपमान से दयामयी बोली बुद्धि कुंठित हो गई, क्या करना चाहिए, यह समझ में न आने पर "तुम तनिक ठहरो बेटा। मैं विपिन को बुलवा रही हूँ। मैं जानती हूँ कहीं कोई बड़ी गलती की है। अगर भरे गाँव में यह कलंक प्रगट हो गया तो मुझे आत्महत्या करनी पड़ेगी।"

शीश धर ने कहा–"अच्छी बात है। बुलवाइए। मैं खड़ा हूँ। विप्रदास बाबू झूठ ही बोल दें कि यह काम उन्होंने नहीं किया है।"

"वह झूठ नहीं बोलता शशधर," कहकर दयामयी ने विप्रदास को बुलवा लिया।

पाँच मिनट के बाद विप्रदास आ गया। उसी तरह शांत, गंभीर और अपने आप में डूबा हुआ। केवल नेत्रों की चितवन में एक उदासीन थकावट की छाया है। उसके हृदय में कौन-सी बात छिपी है। यह बताना कठिन है।"

भावावेश में दयामयी बोल उठी–"यह शशधर क्या कहता है विपिन? कहता है कि तूने इसे घर से निकाल दिया है। क्या यह कभी सच हो सकता है?"

विप्रदास ने कहा–"सच नहीं तो क्या झूठ है माँ।"

"क्या सचमुच मेरे दामाद को घर से निकाल दिया? मेरे इस काम-काज के घर से?"

"हाँ, सचमुच ही निकाल दिया है। और साथ ही यह भी कह दिया है कि दोबारा कभी इस घर में पैर न रखें।"

दयामयी वज्र से आहत व्यक्ति की तरह व्यथित हो उठीं। कुछ देर बाद व्याकुलता दूर होने पर पूछा–"क्यों?"

"यही अच्छा होगा कि आप उसे न सुनें माँ।"

सती चुप न रह सकी। व्याकुल होकर बोली–"हममें से कोई भी नहीं सुनना

चाहता। लेकिन नन्दोई जी कल्याणी को लेकर अभी चले जाना चाहते हैं इस लोगों से भरे घर से। सोचकर देखो कैसी बदनामी की बात होगी। लेकिन यह बताओ, तुमसे अचानक अन्याय कैसे हो गया। उनसे रहने के लिए कह दो।"

पत्नी के मुँह की ओर पलभर देखकर विप्रदास ने कहा–"मुझसे अचानक अन्याय नहीं होता।"

"अवश्य होता है। थोड़ा-बहुत अन्याय सभी से हो जाता है। उन्हें ठहरने के लिए कह दो।"

विप्रदास ने सिर हिलाकर कहा–"नहीं, मुझसे कोई अन्याय नहीं हुआ।"

पति-पत्नी की बातचीत के बीच दयामयी चुप रही। अचानक किसी ने जैसे उसे झकझोर कर जगा दिया। कड़े स्वर में बोली–"न्याय-अन्याय का झगड़ा रहने दो। मेरे बेटी-दामाद हमेशा के लिए पराए हो जायेंगे यह मुझसे बर्दाश्त नहीं होगा। शीशधर से तुम क्षमा माँग लो विपिन।"

"यह नहीं हो सकता माँ। वह असंभव है।"

"संभव-असंभव मैं नहीं जानती। तुम्हें उनसे क्षमा माँगनी ही होगी।"

विप्रदास उत्तर न देकर चुप रह गया।

दयामयी मन ही मन समझ गई कि इस असंभव को संभव नहीं बनाया जा सकता। उसके क्रोध की सीमा नहीं रही। बोली–"विपिन यह घर तुम्हारे अकेले का नहीं है। किसी को भगाने का अधिकार मालिक तुम्हें नहीं दे गए हैं। इस घर में वे जरूर रहेंगे।"

विप्रदास ने कहा–"देखो माँ, मुझे न बुलवा कर अगर तुम यह आज्ञा देतीं तो मैं चुप रहता। लेकिन अब नहीं रह सकता। अगर यहाँ शीशधर रहता है तो मुझे घर छोड़कर चला ही जाना पड़ेगा। फिर लौटा नहीं सकोगी। बताओ कौन-सी बात चाहती हो?"

जीवन में ऐसे भयंकर प्रश्न का उत्तर देने के लिए उन्हें कभी किसी ने नहीं कहा था। इतनी बड़ी दुर्भेध समस्या का सामना करने के लिए भी कभी किसी ने नहीं कहा था। इधर बेटी-दामाद हैं, उधर उनका बेटा विपिन है। जिस बच्चे को छाती से लगाकर बड़ा किया था। जो सभी आत्मीयों से बड़ा आत्मीय है। दुःख में सान्त्वना और विपत्ति में सहारा है। जो बेटा उन्हें प्राणों से अधिक प्यारा है। यह अमर्यादा उन्हें मृत्यु दे सकती है लेकिन वचन से नहीं फिरा सकती। समझ गई कि सर्वनाश का गहरा गड्ढा उनके पाँवों के नीचे है। इस भूल का उपाए नहीं हो सकता। वापस आने के लिए रास्ता नहीं है। इस भूल का उपाय नहीं हो सकता। इसका फल विधाता के लेख के समान अमिट, निर्णय और अन्यगत है फिर भी स्वयं को संयत नहीं रख सकीं। अदभ्य क्रोध और अभिमान के झौके ने उन्हें आगे की ओर धकेल दिया।

कड़वे स्वर में बोली–"यह तुम्हारी अनुचित हठ है विपिन। तुम्हारे लिए

बेटी-दामाद को जीवन भर के लिए पराया बना दूँ, यह नहीं हो सकता बेटा। तुम्हारा जो मन हो करो। शीशधर, तुम लोग मेरे साथ आओ। इसकी बातों पर ध्यान देने की जरूरत नहीं है। यह घर केवल उसी का तो नहीं है।"

यह कहकर वह कल्याणी और शीशधर को साथ लेकर चल पड़ीं। उनके पीछे-पीछे मैत्रयी भी चली गई जैसे वह उन्हीं की अपनी हो।

ऐसा लगा मानो सती अब खंड-खंड हो जाएगी लेकिन उसकी अडिग दृढ़ता को देखकर वन्दना और विप्रदास दोनों को आश्चर्य हुआ। उसकी आँखों में आँसू नहीं है। लेकिन चेहरा बहुत पीला है। वह बोली-"ननदोई जी ने क्या किया है मैं नहीं जानती। लेकिन तुमने व्यर्थ ही इतनी बड़ी दुर्घटना नहीं की होगी, यह निश्चित रूप से जानती हूँ। मन में यह मत समझना कि मैं तुम्हें दोष दूँगी।"

विप्रदास ने कुछ नहीं कहा।

सती ने पूछा-"क्या आज ही चले जाओगे तुम?"

"नहीं, कल जाऊँगा।"

"अब आप इस घर में नहीं रहोगे?"

"इच्छा तो यही है।"

"मैं और वासु?"

"तुम्हें भी जाना पड़ेगा। अगर कल न हो सके तो किसी भी और दिन सही।"

"नहीं। किसी और दिन नहीं। हम भी कल ही चलेंगे।" कहकर सती ने वन्दना से पूछा-"तू क्या करेगी वन्दना? कल ही चलेगी?"

वन्दना ने कहा-"नहीं। मैंने तो झगड़ा किया नहीं है मंझली दीदी। जिससे तुम्हारे दल में शामिल होकर कल ही जाना पड़ेगा।"

सती ने कहा-"झगड़ा तो मैंने भी नहीं किया है वन्दना। और न इन्होंने ही किया है। लेकिन जहाँ इनके लिए स्थान नहीं है वहाँ मेरे लिए भी नहीं है। एक दिन के लिए भी नहीं है। तू विवाहित होती तो इस बात को समझ लेती।"

वन्दना ने कहा-"विवाहित न होने पर भी समझती हूँ मंझली दीदी। पति के लिए स्थान न रहने पर पत्नी के लिए भी नहीं रहता लेकिन भूल तो होती ही है। बिना समझे उसे स्वीकार कर लेना पत्नी का कर्तव्य है। मैं तुम्हारी इस बात को नहीं मानूँगी।"

सास के प्रति सती के मन में सम्मान की सीमा नहीं थी। बोली-"तुम्हारे पति होते तो मान लेती। कहकर आँसू रोकने के लिए तेजी से चल पड़ी।"

वन्दना ने कहा-"यह क्या किया मुखोपाध्याय जी?"

"इसके अतिरिक्त और कोई मार्ग नहीं था वन्दना।"

"लेकिन माँ से विच्छेद, इसकी तो कल्पना भी नहीं की जा सकती।"

विप्रदास ने कहा–"नहीं की जा सकती–सच है। लेकिन कोई नया प्रश्न आकर जब मार्ग रोककर खड़ा हो जाता है तब नए समाधान की बात सोचनी ही पड़ती है। बच कर निकल जाने का मार्ग नहीं रहता। तुम्हारी मंझली दीदी मेरे साथ जायेगी ही। रोकना बेकार है। लेकिन तुम सोचती हो दो-चार दिन और रहोगी?"

वन्दना ने कहा–"कितने दिनों तक रहना होगा मैं नहीं जानती। लेकिन नए प्रश्न आपके सामने जितने भी आयें लेकिन मैं उसी पुराने मार्ग पर ही उनके उत्तरों की तलाश करूँगी, जिस रास्ते पर आपको पहले दिन देखा था। जिसकी तुलना मैंने कहीं नहीं देखी। जिसने मेरे मन की धारा को हमेशा के लिए बदल दिया है।"

विप्रदास ने कोई उत्तर नहीं दिया। उसके होठों के कोने में कुछ म्लान हँसी की रेखा दिखाई दी। यह हँसी वेदना की है, निराशा की है। बोला–"मैं बाहर जा रहा हूँ वन्दना फिर भेंट होगी।"

वन्दना की आँखों में पानी भर आया। बोली–"भेंट हुई तो दूर से ही आपको प्रणाम करूँगी आपका स्वभाव कठोर है, मन कड़ा है। न स्नेह है, और न क्षमा। अगर बोल न सकूँ अगर सुयोग न मिल सके, इसलिए अभी से कहे देती हूँ मुखोपाध्याय जी–हम जिन्हें लेकर गृहस्थ हैं, हँसते हैं, मान-अभिमान करते हैं, उन्हीं को लेकर मैं रह सकूँ। इस जीवन में उन्हें अपना समझना सीखूँ। मृगतृष्णा के पीछे राह न खो बैठूँ।"

फिर एक पल रुक कर बोली–"जब दूर से आपकी याद आयेगी, तब तक एकाग्रचित होकर इस मंत्र का जाप करूँगी। यह निर्मल है, वह निष्पाप है, वह महान है। उनके मन की पाषाण शिला पर जरा सा भी धब्बा नहीं पड़ता संसार में वह अकेले हैं, वह किसी के अपने नहीं हैं, संसार में कोई भी उनका अपमान नहीं कर सकता।"

यह कहकर दोनों आँखों को आंचल से ढक कर वह कमरे से बाहर निकल गई।

उस दिन काम-काज काफी रात गए समाप्त हुआ। इस घर की सुश्रृंखला वृद्ध धारा में कहीं कोई गड़बड़ नहीं हुई। बाहर से कोई जान भी नहीं सका कि इस श्रृंखला की सबसे महत्त्वपूर्ण कड़ी आज चूर-चूर हो गई है।

सवेरा होने में अधिक देर नहीं है। काम से थका-माँदा विशाल भवन बिल्कुल सुनसान पड़ा है। जिसे जहाँ स्थान मिल गया है, वहीं सो गया है।

भंडार के भारी उत्तरदायित्व को पूरा करके वन्दना थके पैरों से अपने कमरे में जा रही थी। देखा उस ओर के बरामदे की बगल वाले द्विजदास के कमरे में बत्ती जल रही है। शंका हुई कि ऐसे समय में जाना उचित है या नहीं। किसी की नजर पड़ गई तो वह अच्छा नहीं सोचेगा। बदनामी फैल जाएगी। लेकिन वह रुक नहीं सकी। जिस उद्वेग ने उसे सारे दिन चंचल और बेचैन कर रखा था वह उसे खींच ले

गया। बंद दरवाजे के सामने पहुँच कर उसने पुकारा–"द्विजू बाबू अब तक जाग रहे हैं।"

"हूँ। लेकिन इस समय आप कैसे?" अंदर से आवाज आई।

"अंदर आ सकती हूँ।"

"खुशी से।"

"द्वार खोलकर अंदर पहुँची तो देखा, कागजों का ढेर लिए द्विजदास बिस्तर पर बैठा है।

वन्दना ने पूछा–"क्या आज का हिसाब है? लेकिन हिसाब भाग तो जायेगा नहीं द्विजू बाबू। इतनी रात गए तक जागने से तबियत खराब नहीं होगी?"

द्विजदास ने कहा–"होती तो छुट्टी मिल जाती। इन्हें आँखों से देखना तो न पड़ता।"

"क्या खर्च अधिक हो गया है। भैया के सामने स्पष्टीकरण देना पड़ेगा?"

कागजात एक ओर हटाकर द्विजदास सीधा होकर बैठ गया। बोला–"चक्रवत परिवर्तंते दुखानिय–वन्दना देवी, श्री गुरु की कृपा से मेरे पहले वाले दिन नहीं रहे कि भैया को स्पष्टी करण दूँ। अब उलटे मैं ही स्पष्टी करण लूँगा। कहूँगा–लाओ जल्दी से हिसाब, रुपया लाओ जल्दी से। कहाँ क्या किया बताओ।"

वन्दना ने आश्चर्य से पूछा–"क्या मामला है।"

दोनों हाथों की मुट्ठी बाँध कर सिर पर उठाकर द्विजदास ने कहा–"मामला बहुत ही भयंकर है। माँ दयामयी मुझ पर दया करे। बहनोई शीशधर मेरी सहायता करें। सावधान विप्रदास, अब मैं तुम्हारा धन-प्राण से वध करूँगा। मेरे हाथों से अब तुम्हें मुक्ति नहीं मिलेगी?"

वंदना की चिंता बढ़ गई। फिर भी वह बिना हँसे न रह सकी। बोली–"सभी बातों में हँसी-तमाशा? द्विजू बाबू, क्या एक पल भी आप गंभीर होना नहीं जानते?"

द्विजदास ने कहा–"नहीं जानता? तो जाओ शीशधर को ले आओ–नहीं, उन्हें रहने दो। तब देखोगी हँसी-तमाशा पलभर में ही भाग जाएगा। चेहरा सुअर जैसा भयानक हो जाएगा परीक्षा करके देख लीजिए।"

वन्दना कुर्सी खींचकर बैठ गई–"तो आप सब कुछ सुन चुके हैं?"

"सब कुछ नहीं थोड़ा-सा। सब कुछ जानते हैं भैया। लेकिन यह गहरा कुआँ है। शीशधर जानता है। वह बोलेगा जरूर। लेकिन अपनी ओर से गढ़ कर झूठ ही बोलेगा।"

वन्दना ने व्याकुल स्वर में कहा–"आप जो कुछ जानते हैं क्या मुझे नहीं बता सकते द्विजू बाबू? मैं सचमुच बहुत ही भयभीत हो गई हूँ।

द्विजदास ने कहा–"डरना बेकार है। भैया का दृढ़ निश्चय टल नहीं सकता। हमने उन्हें गंवा दिया है।"

दीपक की रोशनी में दिखाई दिया, द्विजदास की दोनों आँखों में आँसू छलछला उठे हैं। गर्दन घुमाकर किसी प्रकार आँसू पौंछ कर सीधा होकर बैठ गया।

वन्दना ने रुँधे स्वर में पूछा–"क्या उन्हें रोका नहीं जा सकेगा?"

द्विजदास ने सिर हिलाकर कहा–"नहीं, जब यह चीज आती है तो इसी प्रकार अबाध गति से आती है और उसी प्रकार तीव्र गति से चली जाती है। मना करने पर भी नहीं मानती। जिसे रोना होता है। वह रोता है। लेकिन अंत वही होता है।"

फिर पलभर चुप रहकर बोला–"आप कारण जानना चाहती हैं। अधिक नहीं जानता। लेकिन जितना भी जानता हूँ, वह केवल आपको ही बताऊँगा और अगर कभी सहायता माँगनी भी पड़ी तो आप कहीं भी रहें, केवल आप से ही माँगूगा।"

"केवल मुझसे ही क्यों?"

"इस का भी कारण है। अगर हाथ फैलना ही पड़े तो महत् के द्वार पर फैलाना ही शास्त्रीय नियम है।"

"लेकिन महत् क्या और कोई नहीं है?"

"शायद हो। लेकिन पता मालूम नहीं। भैया की बात नहीं उठाऊँगा। हमेशा से भाभी के सामने हाथ फैलाने की आदत थी, लेकिन अब वह रास्ता भी बंद हो चुका है। आप उनकी बहिन हैं, इसीलिए मेरा दावा है।"

"लेकिन माँ?"

द्विजदास ने कहा–"रथ जब गतिवान हो माँ उसकी असाधारण सारथी है। लेकिन अगर रथ का पहिया कीचड़ में धंस जाए तो उनके पास कोई उपाय नहीं है। उतर कर धकेल भी नहीं सकतीं। उस बुरे समय में आपके पास आऊँगा। क्या आप भीख नहीं देंगी?"

"भीख का विषय जाने बिना कैसे उत्तर दे दूँ द्विजू बाबू?"

"उसे तो स्वयं में भी नहीं जानता वन्दना आसानी से माँगने भी नहीं आऊँगा। जब कहीं से भी नहीं मिलेगी तभी आऊँगा।"

बहुत देर के बाद वन्दना सिर ऊपर उठाकर बोली–"जो जानना चाहती हूँ, क्या वह नहीं बतायेंगे?"

द्विजदास ने कहा–"सारी बातें नहीं जानता। जितना जानता हूँ शायद वह भी सच नहीं है। लेकिन एक बात पर मुझे संदेह नहीं है कि भैया आज कंगाल हो गए हैं। उनका सब कुछ हाथ से निकल चुका है।"

वन्दना ने कहा–"मुखोपाध्याय जी कंगाल? यह कैसे हुआ?"

द्विजदास ने कहा–"बड़ी आसानी से। इस शीशधर की साजिश से। जिस दिन साहा-चौधरी कंपनी दिवालिया हुई, भैया का सब कुछ उसी में डूब गया। लेकिन यह केवल बाहरी घटना है। जितनी आँखों से दिखाई देती है। भीतर का इतिहास अभी तक छिपा हुआ है।"

व्याकुल होकर वन्दना ने कहा–"इतिहास रहने दीजिए द्विजू बाबू, केवल घटनाओं की ही बात कीजिए। बताइए, सब कुछ डूब जाना सच है या नहीं?"

"हाँ सच है इसमें रत्ती भर भी झूठ नहीं है।"

"लेकिन मंझली दीदी? वासु? उनका भी कुछ शेष नहीं रहा?"

"नहीं। रह गई है केवल भाभी के मायके की आमदनी। केवल थोड़े से रुपए।"

"लेकिन उसे तो मुखोपाध्याय जी लेंगे नहीं द्विजू बाबू?"

"नहीं। इसकी अपेक्षा भैया को उपवास पर अधिक विश्वास है। जितने दिन चल जाए।"

दोनों कुछ देर चुपचाप बैठे रहे।

कुछ मिनट के बाद वन्दना ने पूछा–"लेकिन आप? आपका क्या हुआ?"

द्विजदास ने कहा–"मैं तो बिल्कुल निर्भय और निरापद हूँ। भैया स्वयं तो डूब गए लेकिन मुझे उभारे रखा। पानी का एक छींटा तक शरीर में नहीं लगने दिया। कहेंगी, यह असंभव, कैसे संभव हुआ? हुआ माँ की सुबुद्धि से। भैया की सज्जनता से और मेरे शुभ ग्रहों के फल से। बात यह है–सुनिए–यह शशधर था भैया का बचपन का मित्र, सहपाठी। दोनों में प्रेम की सीमा नहीं थी। बड़े हो जाने पर भैया ने उसके साथ कल्याणी का विवाह कर दिया। यह अगुआई ही भैया के जीवन की अक्षय कीर्ति है। सुना था शशधर के पिता की काफी बड़ी जमींदारी है अपार संपत्ति है, लंबा-चौड़ा व्यवसाय है। इतना बड़ा धनी पवना के इलाके में दूसरा नहीं है। चार साल हुए अचानक एक दिन शशधर ने आकर कहा, जमींदारी, ऐश्वर्य और व्यवसाय के अटल बल में डूबने में देर नहीं है। रक्षा करनी होगी। माँ ने कहा–"रक्षा करना ही उचित है। लेकिन मेरा तो नाबालिक है। उसके रुपए में तो हाथ लगाया नहीं जा सकता।"–उसने कहा–"साल पूरा नहीं होने पाएगा माँ, सारा रुपया चुका दूँगा।" माँ ने कहा–"आशीर्वाद देती हूँ, यही हो। लेकिन नाबालिक की संपत्ति में से देने की मालिक की आज्ञा नहीं है।"

कल्याणी रोती हुई भैया के पैरों में जा गिरी। बोली–"भैया, तुम्हीं ने ब्याह कराया था। आज बाल-बच्चे लेकर दर-दर भीख माँगती फिरूँगी क्या तुम देखते रहोगे माँ देख सकती है, लेकिन तुम–जहाँ उनका धर्म है, जहाँ उनका विवेक और वैराग्य है, जहाँ सबसे बड़े होने की भावना है, कल्याणी ने वहीं हृदय को छू दिया। भैया अभय वचन देकर बोले–"तू घर जा बहिन जो बन पड़ेगा करूँगा। उस अभय मंत्र का जाप करती हुई कल्याणी घर लौट गई। उसके बाद का इतिहास संक्षिप्त है वन्दना। लेकिन देखिए सवेरा हो गया।" यह कहकर उसने खुली खिड़की की ओर नजर उठाई।

वन्दना ने खड़े होकर पूछा–"लेकिन आपके सामने यह कागजात कैसे हैं?"

द्विजदास ने कहा–"मेरे निर्भय रहने के दस्तावेज हैं। कलकत्ता से आते समय भैया साथ ले आए थे।–क्या आप भी हमें आज ही छोड़कर चली जायेंगी?"

"ठीक-ठीक नहीं जानती द्विजू बाबू। अब समय नहीं है। मैं चली फिर भेंट होगी," कह कर वह धीरे-धीरे बाहर निकल गई।

24

वन्दना मंझली दीदी को एक कुर्सी पर जबर्दस्ती बैठाकर उनके पैरों में महावर लगा रही थी। अन्नदा ने उसे महावर लगाना सिखा कर उसका महत्त्व बता दिया है। वन्दना की आँखें लाल हैं। अधिक आँसू बहने से पपोटे सूज गए हैं। वन्दना के प्रश्न के उत्तर में उसने संक्षेप में कहा था–"बहू को मैं मुँह नहीं दिखा सकती।"

"क्यों नहीं दिखा सकोगी अनु बहिन? तुम्हें किस बात की शर्म है?"

'मुझे इस बात की शर्म है कि इससे पहले मैं मर क्यों नहीं गई? मैंने केवल द्विजू को ही पाल-पोस कर बड़ा नहीं किया था, विपिन को भी किया था। जब उसकी माँ मरी थी तब उसने किसके हाथों में दिया था। अपने दो महीने के बच्चे को? मेरे हाथों में। दयामयी कहाँ थीं उस दिन? उनके बेटी-दामाद कहाँ थे?"

कहते-कहते आंचल से मुँह ढक कर तेजी से वह वहाँ से चली गई।

फर्श पर बैठ कर अपनी जांग पर बहिन के दोनों पैरों को रखकर वन्दना का महावर लगाना मानो समाप्त होना ही नहीं चाहता था।

एक गर्म आँसू टपक कर सती के पैर पर आ गिरा। झुक कर भी वह वन्दना का मुँह नहीं देख सकी। लेकिन हाथ बढ़ाकर उसकी आँख पौंछ कर बोली–"तू क्यों रो रही है वन्दना, बता तो?"

वन्दना उसी तरह सिर झुकाए रुँधे गले से बोली–"सभी तो रो रहे हैं मंझली दीदी। कुछ मैं ही अकेली नहीं रो रही हूँ।"

"सभी रो रहे हैं, इसलिए तुझे भी रोना चाहिए, पढ़-लिखकर यही सीखा है?"

बहिन की बात सुनकर वन्दना ने पल भर के लिए सिर उठाकर देखा। बोली–"दीदी यह तर्क नहीं है तर्क करके रोना नहीं होगा तो आदमी रोएगा भी नहीं। तुम्हारा क्या यही तर्क है दीदी?"

हाथ से उसका सिर हिलाकर सती ने स्नेह भरे स्वर में कहा–"तर्क करने वाले से तर्क में पार नहीं पाया जा सकता। यह नहीं कहा है री, यह मैंने नहीं कहा है। उन्होंने समझा है कि शायद मेरा सब कुछ चला गया है। वे इसीलिए रो रहे हैं। लेकिन वास्तव में यह बात नहीं है। मेरे एक ओर पति हैं, दूसरी ओर है बेटा। संसार में मेरी कोई हानि नहीं हुई है। मेरे लिए तू दुःख मत कर। मैं बिल्कुल दुखी नहीं हूँ।"

वन्दना ने कहा–"तुम्हें कोई दुःख हो भी नहीं सकता मंझली दीदी। लेकिन दुःख ही संसार में सब कुछ नहीं है। तुम्हारी कितनी हानि हुई है, इसे तुम ही जानती हो। लेकिन रोते-रोते जिन्होंने आँखें फोड़ डाली, उनकी हानि की भरपाई कौन करेगा?–बताओ तो?

फिर कुछ रुककर बोली–"मुखोपाध्याय जी पुरुष हैं। जो भी जी में आये कहें। लेकिन आज जाते समय सूखी आँखों विदा होना बहिन। यह उन्हें बहुत अखरेगा।"

"किन्हें अखरेगा वन्दना?"

"किन्हें? उन्हें तुम जानती नहीं हो, नौ वर्ष की उम्र में इस पराए घर में आईं थीं। वर्षों में जिन्होंने इस घर को तुम्हारा अपना बना दिया। उन्हें आज एक ही धक्के में भूल गई मंझली दीदी। तुम्हारी सास, तुम्हारे देवर, तुम्हारे घर के नौकर-चाकर, आश्रित-परिजन, ठाकुर वाड़ी, अतिथि शाला, गुरु-पुरोहित–इनकी कमी क्या पति और पुत्र से पूरी हो जाएगी? जीवन में और कोई नहीं हैं, केवल ये ही हैं?"

वन्दना फिर कहने लगी–"यह किनके मुँह की बात है जानती हैं मंझली दीदी। उनकी जिनके बीच मेरा लालन-पालन हुआ है। तुम सोचती हो कि यह पति भक्ति की अंतिम बात है। स्त्री के सोचने की कोई विशेष बात नहीं है? यह तुम्हारी भूल है। कलकत्ते में मेरी मौसी के घर चलो। देखोगी, वहाँ यह बात पुरानी हो गई है। इससे अधिक वे भी नहीं सोच सकतीं। सोचती भी नहीं हैं।"

इतना कहकर वह रुक गई। सहसा उसे लगा जैसे कोई उसके पीछे खड़ा है। मुँह फेर कर देखा–द्विजदास है। कब धीरे से आकर खड़ा हो गया, दोनों में से कोई भी नहीं जान सकीं।

वन्दना लज्जित होकर कुछ कहना ही चाहती थी कि द्विजदास ने रोक कर कहा–"डरो मत। मैं मौसी जी को नहीं पहचानता। उनके दल के किसी भी व्यक्ति को नहीं जानता, जो आपकी बातें उनसे कह दूँगा। लेकिन आप भूल कर रही हैं। संसार में जन्तु-जानवरों का भी दल होता है। उसके आचरण को तो आज्ञाबद्ध किया जा सकता है लेकिन आदमी के दल को नहीं किया जा सकता। उनके विषय में कोई एक निर्णय नहीं किया जा सकता। आज सुबह से इसी बात को सोच रहा था। मौसी के दल से खींच लाकर अचानक ही भैया के दल में भर्ती किया जा सकता है। और फिर दयामयी के दल से लाकर सरलता से उस मैत्रेयी को आपकी मौसी के दल में भेजा जा सकता है। शर्त लगाकर कह सकता हूँ कि कहीं रत्ती भर भी झगड़ा नहीं होगा। वाह रे मनुष्य का मन। वाह री उनकी अनोखी आदत।"

सती ने विस्मित होकर कहा–"इस बात का अर्थ क्या है?"

द्विजदास कुछ अधिक आश्चर्य प्रगट करके बोला, "तुम्हें अर्थ बताना पड़ेगा द्विजू के काम, द्विजू की बात का यदि कोई अर्थ ही होता तो भाभी, इतने दिनों तक दयामयी और विप्रदास के दरबार में न जाकर तुम्हारे सामने ही सारी प्रार्थना क्यों

प्रस्तुत करता? अर्थ समझने की परवाह तुम्हें है नहीं। इसीलिए तो–आज जाने के दिन इतना ही रहने दो भाभी। गलत ही सही इन सूक्ष्म विचारों को रहने दो।"

यह कहर सामने आकर उसके पैरों पर सिर रखकर प्रणाम किया ऐसा वह करता नहीं है। पैरों के गीले महावर का रंग उसके माथे पर लग गया। सती परेशान होकर आंचल से पौंछने लगी। लेकिन उसने गर्दन हटाकर सिर हिला कर कहा–"यह दाग अपने आप ही मिट जायेगा भाभी। एक दिन रहता है तो रहने दो। कोई बात नहीं।"

द्विजू ने हँस कर कहा, "लेकिन वन्दना की आँखों में आँसू भर आए छिपाने की चेष्टा में वह सिर ऊपर न उठा सकी।"

द्विजदास ने कहा–'मैं याद दिलाने आया था। समय हो रहा है। भैया जल्दी कर रहे हैं। सामान भेज दिया गया है। वासु को कपड़े पहना कर गाड़ी में बिठा दिया गया है। मंगल कर्त्ता का आयोजन किसने किया मालूम नहीं। लेकिन वह भी पास ही मिल गया। भयभीत था कि कहीं अनु बहिन डूबकर न मर गई हो। लेकिन शायद कहीं जीवित है। वरना वह आया कहाँ से? लेकिन जब उसका पता चलेगा तब उसकी आवश्यकता नहीं रहेगी। उधर माँ के कमरे की सटकनी बंद है। संकट से मुक्ति पाने का जो मार्ग उन्होंने अपनाया है उसमें करने के लिए कुछ नहीं है। लेकिन श्रीमती मैत्रेयी से कह सकते हैं, बात यथा समय माँ के कानों तक पहुँच जायेगी। लेकिन मैं कहता हूँ इसकी भी कोई आवश्यकता नहीं है। अब तुम जरा जल्दी से तैयार होकर चलो। गाड़ी में बैठी। तुम्हें गाड़ी में बैठा आऊँ तो मुझे भी फुर्सत मिले। अपना काम करूँ।"

सती फीकी हँसी हँसकर बोली–"मुझे विदा करने की देवर को बहुत जल्दी मची है।"

"काम जो पड़ा हुआ है।"

"सुनूं तो कौन-सा काम है?"

"इससे पहले तो कभी सुनना ही नहीं चाहा है भाभी। अब तक जो भी कुछ मांगा था बिना पूछे ही सदा देती आई हो। अब तुम्हारे सुनने के लिए क्या है?"

सती और वन्दना चुप होकर उसकी ओर देखती रह गईं। फिर सती ने कहा–"अब तुम जाओ देवर। अब मुझे देर नहीं होगी।"

फिर उसने वन्दना से कहा–"तू भी अब यहाँ देर मत करना बहिन। जितनी जल्दी हो सके बम्बई चली जाना। कलकत्ता जाने की जरूरत नहीं है। याद रहे। काका वहाँ अकेले हैं।"

वन्दना ने द्विजू की तरह पैरों पर सिर रखकर प्रणाम किया। पद-धूलि लेकर माथे पर लगाई। बोली–"नहीं मंझली दीदी, मौसी के घर अब नहीं जाऊँगी। वहाँ से जो पाठ पढ़कर निकली थी, उसे कभी भूल नहीं पाऊँगी। यह कहकर आंचल से

आँसू पौंछकर बोली–"शायद कल ही बम्बई चली जाऊँगी। लेकिन तुम भी जाने से पहले वचन दो मंझली दीदी कि हम फिर जल्दी ही तुम्हें देख सकें।"

मन ही मन सती ने क्या आशीर्वाद दिया, वह वही जानती होगी हाथ बढ़ाकर ठोढ़ी पकड़ कर चूमा और हँसकर बोली–"यह तो मेरे अपने ही हाथों में है वन्दना। काका से कहना विवाह का निमंत्रण पाने पर जहाँ भी रहूँ पहुँच जाऊँगी।"

कुछ ठहर कर उसने मन ही मन सोचा कि कहना चाहिए या नहीं। फिर बोली–"बड़ी इच्छा थी कि तू इसी घर में आए। देवर के हाथों सौंपकर तेरे हाथों में गृहस्थी का भार, वासु का भार सब देकर माँ जी के साथ कैलाश के दर्शन करने जाऊँगी। लौट न सकी तो कोई चिंता नहीं। लेकिन इन्सान सोचता कुछ और है और होता है कुछ और।"

यह कहकर वह चुप हो गई। कुछ देर तक चुप रहकर फिर बोली–"इस घर में मैंने जो कुछ पाया था, वह संसार में किसी को नहीं मिलता है और फिर सबसे अधिक पाया था अपनी सास को। लेकिन सबसे अधिक अलगाव उन्हीं से हुआ। जाने से पहले प्रणाम भी नहीं कर सकी, द्वार बंद है।"

सती ने चौखट की धूल माथे पर लगाकर कहा–"माँ, इस लकड़ी पर तुम्हारे पैरों की धूल लगी है। यह मेरा–"बात पूरी नहीं कर सकी। गला रुंध गया। वह बेचैन हो उठी। उसी दोनों आँखों से आँसुओं की धारा बह चली। दो-तीन मिनट संभालने में लग गए। आंचल से आँखें पौंछ कर बोली–अब अनु बहिन नहीं मिली। वह मेरी माँ से भी बड़ी है वन्दना। हम चले जायें तो उनसे कहना कि मैं अप्रसन्न होकर गई हूँ।"

सती की आँखों में फिर पानी भर आया। आंचल से पौंछकर बोली–"निगुनाम की एक बिल्ली पाली थी। काम-काज के घर में वह कहाँ चली गई, पता नहीं। सवेरे से वह कई बार याद आ गई है। निगु कहाँ छिपी है, देखकर नहीं आ सकी। अनु बहिन से कहना तो वन्दना।"

सती ने थोड़ी देर पहले ही कहा था, उसके एक ओर हैं पति और दूसरी ओर है बेटा। संसार में उसकी कोई हानि नहीं हुई है। यह बात इस समय कितनी झूठी दिखाई दे रही थी।

"क्या कर रही हो भाभी?" बाहर से द्विजदास ने फिर आवाज लगाई।

"आती हूँ भाई," सती ने कहा और जल्दी से निकल गई।

द्विजदास जब स्टेशन से अकेला लौटा तब शाम ढल चुकी थी। घर भर में उसी तरह दीपक जले हैं। उसी तरह सब अपने-अपने कामों में लगे हैं। इस विशाल परिवार में कहाँ क्या उथल-पुथल हो गई है, कोई भी नहीं जानता। बाहर के हिस्से में ऊपर विप्रदास के बैठक खाने की खिड़की बंद है। वहाँ अँधेरा है। इस तरह कितने ही दिन यहाँ दीपक नहीं जलता है। विप्रदास कलकत्ते में रहते हैं। कोई अनहोनी बात नहीं है।

सीढ़ी के बगल वाले कमरे में अशोक रहता है। खिड़की से दिखाई दिया, आराम से कुर्सी पर पैर फैलाकर दीपक की रोशनी में कोई पुस्तक पढ़ने में तल्लीन है। कॉलेज की नागा करके अक्षय बाबू आज भी मौजूद हैं। उनका घर है एक छोर पर। वह घर में हैं या हवा खाने बाहर निकल गए हैं यह मालूम नहीं हुआ।

मोटर से आंगन में पैर रखते ही द्विजदास की नजर दोतल्ले के पुस्तकालय के कमरे पर पड़ी। शाम के बाद अक्सर इस कमरे में अंधेरा रहता है। लेकिन आज खुली खिड़की से रोशनी आ रही है। उसे संदेह नहीं हुआ कि वहाँ वन्दना है। वह पुस्तक पढ़ने नहीं आँसू बहाने आई है। लोगों से पिंड छुड़ाने के लिए उसने इस सुनसान कमरे में आश्रय लिया है। आज की रात किसी तरह काटकर वह भी कल सूदूर बम्बई चली जाएगी। जहाँ वह इतनी बड़ी हुई है। जहाँ उसके आत्मीय, स्वजन, कितने ही पुराने सखी-सहेली हैं। फिर किसी बहाने कभी इस देहात में उसका आना संभव है, यह सोचा भी नहीं जा सकता। चले जाने पर इस घर को वह आसानी से भूलेगी नहीं।

विचिंत्र है यह संसार। कितनी ही अचिन्तनीय बातें पल भर में ही हो जाती हैं। एक-एक करके उस पहले दिन से आज तक की सारी बातें एक-एक करके याद आती चली गईं। वह अचानक आना और अचानक अप्रसन्न होकर चला जाना। बीच में केवल कुछ घंटों की बात-चीत। उसी दिन वन्दना ने हँसते हुए कहा था-केवल आँखों देखा परिचय नहीं है द्विजू बाबू, वरना देवर का गुण-गान लिख भेजने में मंझली बहिन ने कुछ शेष नहीं रखा है। मैं सब कुछ जानती हूँ। आपके बारे में कोई भी बात मेरे लिए अनजान नहीं है। जब कभी घर भर के लोगों को जितना परेशान किया है, उसकी सारी सूचनाएँ मेरे पास पहुँचती रही हैं।"

द्विजदास ने पूछा था-"हम एक-दूसरे को पहचानते नहीं, फिर भी आपके सामने मुझे बदनाम करने में कौन-सी सार्थकता थी?"

वन्दना ने हँसकर उत्तर दिया था-"शायद मंझली दीदी आपको देख नहीं सकती थीं, यह उसी का बदला है।"

इसके बाद दोनों ने हँसकर बात को हँसी में बदल दिया था। लेकिन उन दोनों में से किसी ने भी यह नहीं सोचा था कि सती की वन्दना के प्रति द्विजू के मन में आकर्षण पैदा करने की चतुराई। अगर बहिन कभी निकट आई, यदि कभी उसके हाथों में अशांत देवर को दिया जा सके। लेकिन ऐसा नहीं हुआ। उसकी भावना छिपी ही रह गई आज भी दोनों में से कोई भी उन पत्रों का अर्थ नहीं लगा सका।

द्विजदास सीधा ऊपर चला गया। पर्दा हटाकर भीतर जाकर देखा वन्दना की गोद में एक खुली हुई पुस्तक रखी है। लेकिन वह एकटक खिड़की के बाहर देख रही है। एक पंक्ति भी पढ़ी है या नहीं, इसमें संदेह है। जानते हुए भी उसने बातचीत आरंभ करने के लिए ही पूछा-"कौन-सी पुस्तक पढ़ रही थीं?"

वन्दना ने पुस्तक बंद करके मेज पर रख दी और उठकर खड़ी हो गई। फिर बोली–"आपको लौटने में इतनी देर क्यों हो गई? कलकत्ते की गाड़ी तो कब की चली गई।"

द्विजदास ने कहा–"देर भले ही हो गई, लेकिन लौट तो आया हूँ। यदि न भी लौट सकता तो–।"

वन्दना ने कहा–"बड़ी खुशी से।"

द्विजदास पलभर चुप रहकर बोला–"ठीक यही बात मुझे सबसे पहले याद आई थी। गाड़ी चल दी। खिड़की से गर्दन निकाल कर वासू हाथ हिलाने लगा। धीरे-धीरे उसके नन्हे हाथ मोड़ के पीछे छिप गये। मन ने कहा, साथ चला जाना ही तो ठीक होता–।"

वन्दना ने कहा–"आप वासु को बहुत प्रेम करते हैं न?"

द्विजदास कुछ सोचकर बोला–"क्या उत्तर दूँ? इन चीजों का स्वरूप शायद मैं बिल्कुल ही नहीं जानता। स्वभाव इतना रूखा है, इतना नीरस है कि पलभर में ही सब कुछ हवा हो जाता है और सूखी बालू पहले की तरह धू-धू करने लगती है। प्लेटफार्म पर खड़ा था। एक बार आँखों में आँसू भर आए। लेकिन फिर उसी समय अपने आप सूख गए। कहीं कुछ भी नहीं रहा।

वन्दना ने कहा–"एक प्रकार से यह भी भावना का आशीर्वाद है।"

द्विजदास कहने लगा–"क्या जानूं? लेकिन इसी वासु के डर से माँ ने कल से कमरे का दरवाजा बंद कर रखा है। वरना भैया के लिए भी नहीं और भाभी के लिए भी नहीं। माँ सोचती है कि वासु का उन्होंने लालन-पालन किया है। लेकिन हिसाब लगाकर देखें तो अपनी उम्र का आधा तो उन्होंने तीर्थ यात्रा में व्यतीत किया है। तब वह कहाँ रहता था? मेरे पास। टायफाइड बुखार में सारी-सारी रात कौन जागा था? मैं। आज जाते समय उसे किसने सजाया? मैंने। मेरी अलमारी में उसके कपड़े रहते थे। उसकी किताबें-स्लेट मेरी मेज पर रहती थी। बिस्तर मेरे खाट पर रहता था। माँ घसीट कर ले जाती थी। लेकिन कितनी ही बार नींद खुल जाने पर वह भागकर मेरे कमरे में आ जाता था।"

वन्दना एकटक उसे देखती रही। फिर बोली–"फिर भी आँखों के आँसुओं को सूखने में पलभर से अधिक समय नहीं लगता।"

द्विजदास ने कहा–"हाँ, मेरा स्वभाव भी यही है। उसके लिए मुझे यही चिंता है कि वह अपने माँ-बाप के पास जा पड़ा। आप कहेंगी–संसार में यही स्वाभाविक है। इसमें भय की कौन-सी बात है? लेकिन स्वभाविक होने के कारण ही भय है इतनी अत्यधिक उलटी बात मैं लोगों को कैसे समझाऊँगा?"

वन्दना ने यह नहीं कहा कि समझाने की कौन-सी आवश्यकता पड़ी है। दूसरी

ओर माँ-बाप के विरुद्ध इतने बड़े अपराध पर विश्वास कर लेना भी उसके लिए कठिन है। विशेष रूप से विप्रदास के विरुद्ध। लेकिन तर्क न करके वह चुप ही रही।

दूसरे पल बात स्पष्ट करने के लिए द्विजदास ने ही कहा–"धैर्य की बात है कि भाभी पास ही है। वरना भैया के हाथों में सौंपकर मुझे रत्ती भर भी शांति न मिलती।"

वन्दना ने कहा–"आप तो निर्विकार हैं। वासु की भलाई-बुराई के लिए आपका सिर इतना दर्द क्यों कर रहा है? जो हो, होने दो।"

यह सुनकर द्विजदास के चेहरे पर दुःख की रेखा दिखाई दी। लेकिन वह चुप रहा।

वन्दना ने कहा–"भैया के लिए गहरे विश्वास और श्रद्धा की बात एक दिन आपके मुँह से सुनी थी। क्या वह भी आँसुओं के समान पलभर में ही नष्ट हो गई? या जो व्यक्ति अपनी भूल से सर्वस्वांत होता है, क्या उस पर विश्वास नहीं किया जा सकता? यही कहना चाहते हैं न?"

द्विजदास आश्चर्य और दुख से अभिभूत आँखों से पलभर उसकी ओर देखता रहा। फिर दोनों हाथों को मिलाकर माथा छूकर धीरे-धीरे बोला–"नहीं, मैंने यह नहीं कहा है। मैं कह रहा था कि प्यास बुझाने के लिए आदमी को समुन्द्र के सामने हाथ फैलाना नहीं चाहिए। लेकिन भैया के संबंध में यह तर्क नहीं है, बाहर के लोग इसे समझेंगे नहीं।"

इस बात से वन्दना के दिल को गहरी चोट पहुँची। लेकिन प्रतिवाद करने के लिए कुछ न मिलने के कारण वह मौन हो गई।

द्विजदास ने प्रसंग बदल कर कहा–"क्या आप कल ही बम्बई जायेंगी?"

वन्दना ने कहा–"हाँ।"

"अशोक बाबू के साथ ही जाओगी?"

"हाँ, उन्हीं के साथ जाऊँगी।"

द्विजदास ने कहा–"बम्बई मेल यहाँ से बहुत रात को जाती है। कल रात को आपको स्टेशन पहुँचा आऊँगा। लेकिन दिन में नहीं जा सकूँगा।" कुछ काम है।

"एक तार पिताजी को भेज देंगे?"

"ठीक है।"

दो मिनट बिल्कुल मौन रहकर द्विजदास ने कहा–"एक बात पूछने की अक्सर सोचता हूँ लेकिन दिन बीतते जा रहे हैं और अनेक कारणों से मैं पूछ नहीं पाता हूँ। कल चली जाओगी। फिर अवसर नहीं मिलेगा। अगर आप नाराज न हों तो एक बात पूछूं?"

"पूछिए।"

"आप नाराज होंगी।"

वन्दना ने कहा–"नहीं, नाराज नहीं होऊँगी। आप निर्भीक होकर कहिए।"

द्विजदास ने कहा–"कलकत्ता वाले घर से एक दिन माँ नाराज होकर भाभी को लेकर अचानक ही चली आई थीं। आपको याद है?"

"हाँ, याद है।"

"अकारण चले आने पर आपको आश्चर्य हुआ था। मेरी तबियत ठीक नहीं थी मेरे कमरे में आकर आपने उस दिन कहा था कि मैं आपको अच्छी लगती हूँ। याद है?"

"है, लेकिन अत्यंत लज्जा के साथ।"

"इस बात का कोई मूल्य नहीं है?"

"नहीं।"

पलभर चुप रहकर द्विजदास ने कहा–"मैं भी यही सोचता हूँ कि इसका कोई मूल्य नहीं है।"

फिर थोड़ी देर बाद बोला–"भाभी ने कहा था कि आपकी मौसी की साध है कि अशोक के साथ आपका विवाह हो। क्या वह निश्चित हो गया है?"

वन्दना ने कहा–"यह हमारे परिवार की बात है। बाहर वालों के सामने आलोचना नहीं हो सकती।"

द्विजदास ने कहा–"आलोचना तो नहीं केवल एक बात ही तो पूछ रहा था।"

कटुता भरे स्वर में वन्दना ने कहा–"आपसे ऐसा कोई निकट का संबंध तो है नहीं कि आप यह प्रश्न करें। द्विजू बाबू, आप शिक्षित पुरुष हैं। आपका यह कौतूहल लज्जाजनक है।"

सुनकर द्विजदास सचमुच ही लज्जित हो उठा। उसका चेहरा पीला पड़ गया। बोला–"मुझसे भूल हो गई वन्दना। कौतूहल मेरा स्वभाव नहीं है। पराए की बात सुनने का लोभ भी मुझे बहुत कम है। लेकिन नहीं जानता कैसे–"मुझे लगता था कि संसार में जिस बात को किसी से नहीं कह सकता, आपसे कह सकता हूँ। किस संकट में किसी को नहीं पुकारा जा सकता, उसमें आपको पुकारा जा सकता है। आप–।"

वन्दना ने उसकी बात के बीच में ही हँसकर कहा–"लेकिन आप अभी-अभी कह रहे थे कि भैया के विषय में आप बाहर के लोगों के सामने बात-चीत नहीं करना चाहते हैं। मैं तो गैर हूँ–परायी हूँ।"

द्विजदास ने कहा–"अगर ऐसी बात थी तो आपने अपने बारे में ऐसा ताना क्यों दिया? जानती नहीं, मुझे क्या हो रहा है?"

दीपक के प्रकाश में वन्दना ने देखा, उसकी आँखों की कोरें डबडबा आई थीं।

अचानक उसी समय मैत्रेयी ने कमरे में प्रवेश किया। बोला–"द्विजू बाबू, हम में से तो कोई जान ही नहीं सका कि आप कब घर आए?"

द्विजदास ने उसकी ओर मुँह फेर कर कहा–"जानने की क्या कोई विशेष आवश्यकता पड़ गई थी?"

मैत्रेयी ने कहा–"ठीक बात कह रहे हैं आप। कल आपने खाया नहीं। आज भी नहीं खाया। इस बात को और कोई जाने या न जाने, मैं तो जानती हूँ। माँ के कमरे में चलिए।"

"लेकिन माँ का कमरा तो बंद है।"

मैत्रेयी ने कहा–"बंद तो था। लेकिन मैंने खुलवाकर ही छोड़ा सिर धुन कर किवाड़ खुलवाए हैं उन्हें स्नान कराया है। जबर्दस्ती दो-चार फल पेट में डालकर तब छोड़ा है। कह रही थीं–"द्विजू नहीं खाएगा तो मैं भी नहीं खाऊँगी।"–मैंने कहा–"यह नहीं हो सकता माँ, आपके इस आदेश को मैं मान नहीं सकूँगी।"–तभी से हम लोग आपकी बाट जोह रहे हैं। चलिए आपका भोजन माँ के कमरे में रख दिया है।"

इससे पहले उसने ऐसी ही अनेक बातें सुनी थीं। बोला–"चलो।"

मैत्रेयी ने वन्दना से कहा–"आप भी चलिए। माँ आपको बुला रही हैं।"

यह कहकर द्विजदास को एक ओर से पकड़ कर ले गई।

वन्दना भी उसके पीछे-पीछे चल दी।

दयामयी अपने कमरे में बिस्तर पर लेटी हुई थीं। धीमी रोशनी में उनके शोक आच्छादित चेहरे को देखकर दुःख होता था। दोनों आँखें सूज कर लाल हो गई थीं। अभी-अभी नहाने से गीले केश इधर-उधर बिखरे हुए थे। कल्याणी सिरहाने बैठी सिर दबा रही थी। दूसरी ओर एक कुर्सी पर शीशधर बैठा था। दूर एक कुर्सी पर अक्षय बाबू बैठे हुए थे।

द्विजदास के कमरे में प्रवेश करते ही दयामयी ने मुँह फेर लिया। फिर दूसरे ही पल एक घुटे-घुटे अस्फुट क्रन्दन से उनका समूचा शरीर कांप उठा।

वन्दना चुपचाप धीरे-धीरे जाकर उनके पैरों के पास बैठ गई। इतने भीषण दुखद दृश्य की शायद वह कभी कल्पना भी नहीं कर सकती थी।

कुछ देर तक सभी चुप रहे। इस चुप्पी को भंग करते हुए पहले शशधर ने कहा–"सुना है कल से कुछ खाया नहीं है। जो हो, मुँह में कुछ तो डाल लो।"

द्विजदास ने कहा–"ठीक है।"

मैत्रेयी फर्श पर आसन बिछाकर बड़ी सावधानी से भोजन परोस रही थी। उसकी ओर देखकर शीशधर बोला–"तुम्हें लौटने में बहुत देर हो गई। वे तो ढाई बजे की ट्रेन से चले गए।"

"अच्छा।"

शीशधर ने बनावटी हँसी हँसकर कहा–"लेकिन सुना है कि कलकत्ते का घर तो तुम्हारा है।"

द्विजदास ने कहा–"मेरे घर में क्या भैया का जाना मना है?"

शीशधर ने कहा–"है तो नहीं। लेकिन वह तो ऐसा ही भाव दिखाकर गए हैं। इस घर को छोड़कर जाने की भी उन्हें कोई आवश्यकता नहीं थी। समझौता कर लेते तो झंझट ही मिट जाता।"

द्विजदास ने कहा–"समझौते का द्वार खुला था तो आपने क्यों नहीं कर लिया?"

"मैं समझौता करूँ?" शीशधर अत्यधिक आश्चर्य प्रगट करके बोला–"यह कैसा प्रस्ताव है? मेरा उन्होंने अपमान किया और मैं ही समझौता करूँ? दलील बुरी नहीं दी है" यह कहकर वह ठठाकर हँसने लगा।

उसकी हँसी रुकने पर द्विजदास ने कहा–"दलील बुरी नहीं दी है शशधर बाबू। स्त्रियाँ बातों-बातों में कहा करती हैं कि पहाड़ की आड़ में रहना चाहिए। भैया वही पहाड़ थे और आप उनकी आड़ में थे। अब आमने-सामने खड़े हुए हैं–आप और मैं।–मान अपमान की बात समाप्त तो हो नहीं गई। अभी तो केवल श्री गणेश हुआ है।"

"इसका क्या मतलब है?"

"इसका मतलब यह है कि मैं आपका बचपन का मित्र विप्रदास नहीं हूँ। मैं द्विजदास हूँ।"

शीशधर की हँसी धीरे-धीरे गायब हो गई। बहुत ही गंभीर स्वर में पूछा–"तुम्हारे कहने का मतलब क्या है ज़रा स्पष्ट करो न।"

भैया का मित्र होने के नाते शीशधर के 'तुम' कहने पर भी द्विजदास उसे आप कहकर ही संबोधित करता था। बोला–"आप की इस बात को मानता हूँ कि आज मतलब को स्पष्ट हो ही जाना चाहिए। मेरे भैया उस प्रकार के आदमी हैं जो सच्चाई के लिए मर मिटते हैं। आश्रितों के लिए शरीर का मांस भी दे देते हैं। उनमें आदर्श नाम की कोई विचित्र वस्तु है। जिसके लिए कोई भी ऐसी बात नहीं है जिसके लिए वह प्रस्तुत न हों। वह एक प्रकार के पागल हैं। इसलिए उनकी यह दुर्दशा हुई है। लेकिन मैं एकदम साधारण आदमी हूँ। आपसे कोई विशेष अंतर नहीं है। आपके समान ही मुझ में भी ईर्ष्या है, घृणा है, प्रतिशोध लेने की कुटिल बुद्धि है। इसलिए जब आपने भैया को ठगा है तो मैं भी आपको ठगूँगा उनके नाम की आपने अगर जाल-साजी की होगी तो बड़ी प्रसन्नता से आपको जेल की हवा खिलाऊँगा। कम से कम कोशिश में कोई कमी नहीं होगी। जब तक हम दोनों एक दिन रास्ते के दर-दर के भिखारी नहीं बन जायेंगे। बड़े-बूढ़ों से सुना है कि इसका फल ऐसा ही होता है। ऐसा ही हो।"

शीशधर ने कड़क कर कहा–"सुन रही हो न माँ, द्विजू की बातें। उसके मुँह में जो भी आता है बोलने से इसे रोकिए।"

द्विजदास ने कहा–"माँ से फरियाद करने से कोई लाभ नहीं होगा शीशधर बाबू। वह जानती हैं कि मैं विपिन नहीं हूँ मातृवाक्य द्विजू के लिए वेद वाक्य नहीं है। द्विजू ताल ठोककर अभिनय नहीं करता, माँ इस बात को जानती हैं।"

किसी के मुँह से आवाज नहीं निकली। दोनों का वाद-विवाद सहसा ही संपूर्ण रूप में एक युद्ध था। भय और आश्चर्य से सभी चुप रह गए।

शीशधर समझ गया कि यह मजाक नहीं दृढ़ संकल्प है। उत्तर देते हुए उसकी आवाज में पहले जैसा जोर नहीं था। फिर भी दावे के साथ कहने लगा, "बस यह अंतिम समय है। अब मैं यहाँ का पानी तक नहीं छूऊँगा।"

द्विजदास ने कहा–"इतनी देर तक यहाँ कैसे रहे, यही आश्चर्य की बात है शीशधर बाबू।"

कल्याणी ने रोकर कहा–"छोटे भैया, अंत में क्या तुम्हीं हमें मार डालना चाहते हो? सगे भाई होकर तुम्हीं हमारा सर्वनाश करोगे?"

द्विजदास ने कहा–"तू समझती है कि बार-बार आँसू बहाकर सर्वनाश के हाथ से छुटकारा पाया जा सकता है? कहीं न्याय नहीं होगा और तुम लोगों की ही बार-बार विजय होती रहेगी? यह सही है कि भैया नहीं हैं। लेकिन जब खाने को न मिले तो मेर पास आ जाना। तब तेरा रोना सुनूंगा। इस समय नहीं।"

दयामयी चुपचाप बहुत कुछ सहन करती रही थीं। अब नहीं सहा गया। चिल्ला कर बोली–"तू जा यहाँ से द्विजू। क्या इसी तरह गाली-गलोच करने के लिए तुझे विपिन सिखा गया है?"

"कौन सिखा गया है, कह रही हो? विपिन?"

"हाँ वही तो। अवश्य वही।"

पलभर में ही द्विजदास के होठ सिकुड़ गए। बोला–"मैं जा रहा हूँ, लेकिन माँ। तुम ने अपने को बहुत छोटा किया है, अब और अधिक छोटा मत करो।" यह कहकर वह कमरे से बाहर चल दिया।

द्विजदास अपने कमरे में आकर चुपचाप बैठ गया।

दो-एक घंटे के बाद मैत्रेयी कमरे में आई। उसके हाथ में थाली थी। बोली–"फिर से भोजन बनाकर लाई हूँ। यहीं आसन बिछाए देती हूँ। भोजन कर लीजिए।"

"यह आपसे किसने कह दिया?"

"किसी ने नहीं। आपने कल से कुछ खाया नहीं है, यह क्या मैं जानती नहीं।"

"इतने आदमियों के होते हुए आपको ही जानने की आवश्यकता क्यों हुई?"

मैत्रेयी सिर नीचा किए मौन खड़ी रही।

उत्तर न पाकर द्विजदास ने कहा–"अच्छा, यहीं रख जाइए। अभी भूख नहीं है। होगी तो थोड़ी देर बाद खा लूँगा।"

मैत्रेयी ने कमरे के एक ओर आसन बिछा दिया और थाली रखकर बड़ी सावधानी से उसे ढक कर चली गई। न तो उसने आग्रह ही किया, "न यही कहा कि ठंडा हो जाने पर खाने में असुविधा होगी।"

रात के शायद बारह बज गए थे। द्विजदास कुर्सी पर से उठ खड़ा हो गया।

यह सोचकर कि थोड़ा-सा खाकर सो जाएगा, उसने हाथ-मुँह धोने के लिए बाहर आकर देखा, दरवाजे के बाहर कोई बैठा है। बरामदे की धुँधली रोशनी में न पहचान कर पूछा-'कौन है?'

'मैं हूँ मैत्रेयी।'

द्विजदास के आश्चर्य की सीमा नहीं रही। बोला-"इतनी रात को यहाँ कैसे आई?"

"भोजन करते समय शायद किसी चीज की जरूरत पड़ जाए, इसीलिए बैठी हूँ।"

"यह तो बड़ा अन्याय है आपका। पहली बात यह है कि आवश्यकता नहीं है और अगर पड़ी भी तो क्या और कोई है नहीं।"

मैत्रेयी ने धीरे से कहा-"कई दिनों के निरंतर परिश्रम करते रहने से सभी थके हुए हैं। कोई जाग नहीं रहा है, सभी सो रहे हैं।"

मैत्रेयी ने उत्तर नहीं दिया। चुप बैठी रही।

द्विजदास का रूखा स्वर अब बहुत धीमा पड़ गया था। बोला-"तुम्हारा इस तरह बैठा रहना बहुत बुरा लगेगा। आप भीतर आकर बैठिए। जब तक खाता रहूँ देखती रहिए।"

यह कहकर हाथ-मुँह धोने के लिए पानी वाले कमरे में चला गया।

इससे पहले मैत्रेयी से द्विजदास ने बहुत कम बात-चीत की थी। जरूरत भी नहीं थी, इच्छा भी नहीं थी। अब बात-चीत कैसे आरंभ करेगा, सोचते हुए लौटकर उसने देखा कि कमरे में न तो भोजन है और न मैत्रेयी है। इसी बीच क्या हो गया? यह अनुमान करने से पहले ही वह वापस आ खड़ी हुई और बोली "ढक्कन खोलकर देखा सब सूख गया है। इसीलिए फिर लाने चली गई थी। बैठिए न।"

द्विजदास ने कहा-"देख रहा हूँ, भाप निकल रही है। इतनी रात को यह कहाँ मिला?"

मैत्रेयी ने कहा-"ठीक से ढक कर आई थी, जब कहा कि भोजन में देर होगी, तभी जान गई कि इन सब चीजों को संभालकर नहीं रखा गया तो खा नहीं सकेंगे।"

द्विजदास ने भोजन करने से पहले रसोई बनाने वाले की प्रशंसा की और पता किया कि इसमें से कई चीजें मैत्रेयी ने स्वयं अपने हाथ से बनाई हैं। बार-बार आग्रह करके उसने द्विजदास को अधिक खिला दिया। इस विद्या में वह चतुर है भोजन खिलाना वह जानती है।

द्विजदास ने हँसकर कहा–"अधिक खाने से बीमार पड़ जाऊँगा।"

"नहीं बीमार नहीं पड़ेंगे। कल से भूखे हैं। इसे अधिक खाना नहीं कहते।"

"लेकिन मैं अकेला ही तो बिना खाए नहीं हूँ। इस घर में और भी तो बहुत से लोग हैं।"

मैत्रेयी ने कहा–"बहुत से लोगों की बात तो मालूम नहीं। लेकिन माँ को थोड़ा-सा किस तरह खिलाया है यह मैं ही जानती हूँ। मैं न होती तो न जाने खाना-पीना छोड़कर व्रत करती रहतीं। सोचते हुए भी डर लगता है। लेकिन आप मुझे। आप मत कहा करिए। सुनकर शर्म आती है। कितनी छोटी हूँ मैं।"

द्विजदास ने कहा–"अच्छी बात है। अब आप नहीं कहूँगा। लेकिन तुमने अन्नदा बहिन का पता लगाया था।

मैत्रेयी ने पूछा–"उसे क्या हुआ? क्या उसने भी खाना नहीं खाया है।"

अब तक मैत्रेयी की बातें उसे अच्छी लग रही थी। खुशी की हवा का एक झोंका इस दुःख के बीच भी जैसे उसके मन को रह-रह कर छू जाता था। लेकिन इस अंतिम बात को सुनते ही उसका मन पलभर में ही बिगड़ गया।

उसने कहा–"अनु बहिन के बारे में इस तरह बातें नहीं करनी चाहिए। शायद तुमने सुना होगा कि वह हमारी दासी है लेकिन इस घर में उससे बढ़ कर मेरा अपना और कोई नहीं है उसी ने हमें इन्सान बनाया है।"

मैत्रेयी ने कहा–"यह सुना है। लेकिन कितने ही घरों में नौकर नौकरानियाँ ही बाल-बच्चों को पाल-पोस कर बड़ा करती हैं। इसमें विशेषता क्या है? अच्छा, आप का भोजन समाप्त हो जाए तो उसका पता लगाऊँगी।"

द्विजदास चुप बैठा उसे देखता रहा। अचानक ही उसने सोचा, ठीक ही तो है, ऐसा तो बहुत से परिवारों में हुआ ही करता है। जो भीतरी बात नहीं जानता उसके लिए बाहरी बात में आश्चर्य की कौन-सी बात है? विचारों की कठोरता कम हो गई है। बोला–"अनु बहिन ने नहीं खाया होगा तो अब इतनी रात गए खायेंगी नहीं। उनके लिए आज परेशान होने की जरूरत नहीं है।"

फिर कई मिनट खामोशी से बीत जाने के बाद द्विजदास ने पूछा–"मैत्रेयी, पराए की ऐसी सेवा करना तुम ने कहाँ से सीखा? क्या अपनी माँ से?"

मैत्रेयी ने कहा–"नहीं, अपनी बहिन से। उनके समान पति की सेवा करते मैंने किसी को नहीं देखा।"

द्विजदास ने हँसकर कहा–"पति क्या पराया होता है? मैंने तो पराए की सेवा की बात पूछी थी।"

"अच्छा पराया?" कह कर मैत्रेयी ने हँसकर सिर नीचा कर लिया।

द्विजदास ने कहा–"अच्छा तो अपनी बहिन की बात बताओ।"

मैत्रेयी बोली–"बहिन तो जीवित नहीं है। तीन वर्ष हुए एक पुत्र और दो कन्यायें छोड़कर मर गई। लेकिन चौधरी जी ने एक वर्ष भी संतोष नहीं किया। फिर शादी कर ली। बताइए तो कितना घोर अन्याय है।"

द्विजदास बोला–"पुरुष तो यही करते हैं। वे न्याय-अन्याय को नहीं मानते।"

"क्या आप भी ऐसा ही करेंगे?"

"पहले एक तो करूँ, फिर दूसरे की बात पर विचार करूँगा।"

मैत्रेयी ने कहा–"ऐसा कहने से तो काम नहीं चलेगा। तब आपकी भाभी थी। लेकिन अब कोई नहीं है कौन देखेगा माँ को?"

द्विजदास ने कहा–"कौन देखेगा, नहीं जानता मैत्रेयी। शायद बेटी-दामाद देखेंगे। या कोई और आकर उनका भार संभालेगा। इस संसार में कितनी असंभव बातें संभव हैं, कोई बता नहीं सकता। हमारी बातें जाने दो, अपनी बात कहो।"

"लेकिन अपनी बात तो कुछ भी नहीं है।"

"कुछ भी नहीं? एकदम कुछ भी नहीं?"

पहले तो मैत्रेयी कुछ सकपका गई। फिर कुछ हँसकर बोली–"अच्छा मैं जान गई। क्या आपने किसी से चौधरी जी की बात सुनी है? छिः छिः–कैसा बेशर्म आदमी है। बहिन के मरने के बाद कहला भेजा, मुझ से विवाह करेगा।"

"उसके बाद?"

मैत्रेयी ने कहा–"चौधरी के पास बहुत धन है। माँ-बाप सहमत हो गए। बोले–"और कुछ न सही लीला के बच्चे आदमी तो बन जायेंगे।"–मानो संसार में बहिन के बच्चों के लालन-पालन के अतिरिक्त मुझे और कोई काम है ही नहीं। मैंने साफ-साफ कह दिया–अगर यह बात तुम लोग मुँह पर लाए तो मैं आत्महत्या कर लूँगी।"

"तुम्हें इतनी आपत्ति क्यों थी?"

"क्या आपत्ति न होगी? संसार में इससे बढ़कर और कुछ दुःख है क्या?"

द्विजदास ने कहा–"तुम्हारी यह बात सच नहीं है। संसार में सभी स्थानों पर दुःख नहीं होता मैत्रेयी। मेरी माँ ने भी तो भैया को आदमी बनाया था।"

मैत्रेयी ने कहा–"लेकिन अंत में उसका परिणाम क्या निकला? आज जैसा दुखद कांड इस घर में कभी हुआ था क्या?"

द्विजदास चुप रह गया। इसकी बात झूठ नहीं है लेकिन पूरी तरह सच भी नहीं है। दो-तीन मिनट अभिभूत-सा बैठा रहा। अचानक मानो उसे होश आ गया। बोला–"प्रतिवाद मैं नहीं करूँगा। इस घराने में महादुख सचमुच आज ही आया है फिर भी जानता हूँ कि तुम्हारी ये बातें साधारण लड़कियों के अतिरिक्त उच्च सांसारिक हिसाब-किताब से बड़ी नहीं हैं।"

यह कहकर वह उठ खड़ा हुआ। उसने भोजन कर लिया था।

अगले दिन वह दोपहर तक घर नहीं था। किस काम से कहाँ गया था, वही जानता था।

शाम के अंधेरे में चुपचाप घर लौट कर सीधे वन्दना के कमरे के सामने जाकर पुकारा–"अंदर आ सकता हूँ।"

"कौन द्विजू बाबू? आइए न।"

द्विजदास ने अंदर जाकर देखा। वन्दना ने बक्स में चीजें संभालकर रख लीं हैं और जाने की पूरी तैयारी कर ली है। बोला–"तो सचमुच ही जा रही हो? क्या एक दिन भी रुका नहीं जा सकता?"

उसके चेहरे की ओर देखकर वन्दना को बोलने की इच्छा नहीं हुई। लेकिन बोलना ही पड़ा–"जाना तो पड़ेगा ही। एक दिन रहने से आपको क्या लाभ होगा। बताइए न?"

द्विजदास ने कहा–"लाभ की बात तो है नहीं। सोचता हूँ सभी चले गए। इतने बड़े घर में अब मित्र कोई नहीं रहा।"

वन्दना ने कहा–"पुराने मित्र चले जाते हैं। नए आ जाते हैं। संसार ऐसा ही है द्विजू बाबू। इसी आशा में संसार में रहना पड़ता है। चिन्तित होने से काम नहीं चलता।"

द्विजदास उत्तर न देकर चुप रहा।

वन्दना ने कहा–"अधिक समय नहीं है। काम की दो-चार बातें कर लूँ शायद सुना होगा कि शीशधर कल्याणी को लेकर चले गए?"

"नहीं, सुना तो नहीं है। लेकिन मैंने अनुमान अवश्य किया था।"

"जाने से पहले उन्हें जल की एक बूँद भी नहीं पिलाई जा सकी। दोनों ने जाकर माँ को प्रणाम कर के कहा–"हम जा रहे हैं" माँ ने कहा–"जाओगे और फिर मुँह दूसरी ओर फेर लिया।"

यह कहकर वन्दना मौन हो गई। किस लिए वे जा रहे हैं। जो बातें द्विजू ने पिछली रात माँ से कही थीं उनकी चर्चा तक भी नहीं की।

कुछ देर चुप रहकर बोली–"माँ बहुत ही दुखी हैं। देखकर दुःख होता है। लज्जा के कारण किसी को मुँह नहीं दिखा पातीं। मैत्रेती ने उनकी जैसी सेवा की है शायद वैसी सेवा अपनी बेटी भी नहीं कर सकती। अगर माँ स्वस्थ होती है तो उसी की सेवा के कारण लड़की बहुत भली है।"

"ऐसा ही होगा।"

"जाने से पहले एक अनुरोध और जाऊँगी द्विजू बाबू।"

"अवश्य।"

"आपको विवाह अभी करना पड़ेगा।"

"क्यों?"

वन्दना ने कहा–"वरना यह विशाल परिवार छिन्न-भिन्न हो जाएगा मैं जानती हूँ आपको बहुत हानि हुई है। लेकिन जो रह गया है वह भी बहुत है। आप लोगों का कितना दान है, कितने सत्कार्य हैं। कितने आश्रित परिजन, कितने दीन दुःखी लोगों के सहारे हैं आप लोग और वह भी क्या आज है। न जाने कितने लंबे समय से यह धारा चली आ रही है, आपके परिवार में। कभी बाधा नहीं पड़ी, वह क्या आज बंद हो जाएगी? भैया की भूल से जो चला गया वह व्यर्थ था। प्रयोजन के अतिरिक्त था। जाने दीजिए उसे। जितना छोड़ गए उसे ही शांत होकर पर्याप्त समझिए। यह शेष ही आपका अक्षय भंडार हो। प्रतिदिन की आवश्यकता में ईश्वर कमी न होने दे। आज विदा होने से पहले भगवान से यही विनय करती हूँ।"

द्विजदास की आँखों में आँसू भर आए।

वन्दना कहने लगी–"आपके पिता अखंड विश्वास लेकर भैया के हाथों में सर्वस्व सौंप गए थे। लेकिन वह नहीं रहा। पिता के सामने दोषी बने रहे। लेकिन यह भूल अगर दीनता लाकर उनके पुण्य कार्य में बाधा पहुँचाती है तो किसी दिन भी मुखोपाध्याय जी अपने मन को समझा नहीं सकेंगे। इस अशांति से आपको उन्हें बचाना ही होगा।"

आँसू रोककर द्विजदास बोला–"भैया की बात इस प्रकार से किसी ने भी नहीं सोची है वन्दना, मैंने भी नहीं। कैसी आश्चर्य की बात है।"

ठीक ही हुआ कि उसने दीपक की रोशनी में वन्दना का मुँह नहीं देखा। बोला–"भैया के लिए सभी दुःख झेल सकता हूँ। लेकिन उनके कर्मों का बोझ कैसे उठाऊँ? साहस जो नहीं होता। उन्हीं को देखने आज चला गया था। उनका स्कूल, पाठशाला, संस्कृत पाठशाला, मुसलमान लड़कों के लिए मदरसा और वह भी एक-दो हैं या बहुत से। खेतों की सिंचाई के लिए एक नहर खोदी जा रही है। बहुत दिनों तक उसके लिए रुपए खर्च करने पड़ेंगे। कागजों में एक लंबी लिस्ट मिली है, केवल दीनजनों की वे लोग माँगने आयेंगे तो क्या कहूँगा मालूम नहीं।"

वन्दना ने कहा–"उनसे कह दें, मिलेगा। देना ही पड़ेगा उन्हें। लेकिन पूछती हूँ इतने दिनों तक किसी से उन्होंने कुछ नहीं कहा था?"

"नहीं।"

"इसका कारण?"

द्विजदास ने कहा–"अच्छे कामों को गुप्त रखने की इच्छा से। लेकिन कहते किससे, संसार में उनका कोई मित्र तो था नहीं। विपत्ति जब आई तो उसे उन्होंने अकेले ही झेला जब आनंद आया तो अकेले ही उसका उपभोग भी किया। लेकिन जानता हूँ कहा होगा अपने उसी एक मित्र से।"

कहकर उसने ऊपर की ओर देखा। फिर बोला–"केवल जानते हैं वह और उनके अंतर्यामी।"

वन्दना ने कौतूहल से पूछा–"अच्छा, द्विजू बाबू, क्या आप समझते हैं कि मुखोपाध्याय जी ने कभी किसी को प्रेम नहीं किया? किसी एक को भी नहीं?"

द्विजदास ने कहा–"नहीं यह उन के स्वभाव के विरुद्ध था। मानव संसार में इतना निसंग मनुष्य दूसरा नहीं होगा।"

इसके बाद दोनों बहुत देर तक चुप बैठे रहे।

वन्दना ने जैसे किसी भार को दूर फेंकते हुए कहा–"होने दीजिए द्विजू बाबू। उनके सभी कामों को आपको अपने कंधों पर लेना पड़ेगा। एक को भी आप छोड़ नहीं सकते।"

"लेकिन मैं तो भैया हूँ नहीं। अकेला कैसे ले सकूँगा वन्दना?"

"अकेले तो नहीं, दो आदमी लेंगे। इसीलिए तो कहती हूँ कि आपको विवाह करना होगा।"

"लेकिन प्रेम किए बिना विवाह करूँगा कैसे?"

वन्दना ने आश्चर्य से उसकी मुँह की ओर देखकर कहा–"यह क्या कह रहे हैं द्विजू बाबू। ऐसा तो हमारे समाज के लोग ही कहा करते हैं। लेकिन आपके परिवार में कब किसने प्रेम करके विवाह किया है जो आपके किए बिना नहीं चेलगा? यह बहाना मत कीजिए।"

द्विजदास ने कहा–"यह रीति हमारे घराने की नहीं है। लेकिन इस उदाहरण को क्या निरंतर मानना पड़ेगा? इसी से सन्तुष्ट हो जाऊँ इसका मुझे विश्वास नहीं है।"

वन्दना ने कहा–"विश्वास के विरुद्ध तर्क नहीं चल सकता। सुख की गारंटी भी नहीं दे सकती। क्योंकि वह धन जिसके हाथों में है उसे जानती नहीं। उस पर विचार करना व्यर्थ है। लेकिन विवाह के पहले नयन मनोरंजन पूर्व राग केस बहुत देखे हैं और एक दिन वह प्रेम किस घने वन में हवा हो गया, ऐसे नाटक भी बहुत देखे हैं। मैं कहती हूँ एक जाल में पैर रखने की आवश्यकता नहीं है। द्विजू बाबू, सोने का माया मृग जिस वन में विचरण कर रहा है, करने दीजिए। इस घर में आदर सहित लाने की आवश्यकता नहीं।"

द्विजू ने मुस्कराकर कहा–"इसका अर्थ है कि सुधीर बाबू ने आपके मन को बहुत दुखी कर दिया है।"

वन्दना ने भी हँसकर कहा–"हाँ, लेकिन फिर भी मन का जो कुछ शेष था, उसे आपने खिन्न कर दिया और उसके बाद आए अशोक बाबू। अब फूटे भाग्य से वह भी डटे रहें तो धीरज बंधे।"

"कौन हैं यह अशोक बाबू? आपको उनसे भय की कौन सी बात है?"

"भय यह है कि उन्होंने भी अचानक ही प्रेम करना आरंभ किया है।"

"कोई प्रेम के आस-पास से भी होकर नहीं निकले, यही आपकी प्रतिज्ञा है?"

"हाँ यही है मेरी प्रतिज्ञा। विवाह अगर करूँ भी तो बड़े सुख की आशा की

विडम्बना में न पड़ूं। इसीलिए कल अशोक बाबू को सावधान कर दिया है कि अगर मुझे प्रेम करेंगे तो मैं चली जाऊँगी।"

"सुनकर उन्होंने क्या कहा?"

"कहा कुछ नहीं, बस देखते रहे। देखकर दुःख हुआ।"

"अगर सचमुच ही दुःख हुआ है तो आज भी आशा है। लेकिन याद रखें कि यह सब केवल मौसी के घर की घोर-घोर सामाजिकता है।"

वन्दना ने कहा–"असंभव नहीं है। हो सकता है। लेकिन सीखा बहुत। सोचती हूँ सौभाग्य से कलकत्ते आ गई। वरना बहुत-सी बातें जान ही न पाती। नया पहरा कुछ देर तक चुप रहकर द्विजदास ने कहा–"अब अधिक समय नहीं है। अब अंतिम उपदेश दे जाइए कि मुझे क्या करना होगा?"

परिहास की मुद्रा में सिर को कई बार हिला कर वन्दना ने कहा–"उपदेश लेना है? क्या सचमुच ही चाहिए?"

द्विजदास ने कहा–"हाँ, सचमुच ही चाहिए। मैं भैया नहीं हूँ। मुझे मित्र की आवश्यकता है, उपदेश की आवश्यकता है। मुझे विवाह करने के लिए कह रही हैं, मैं नहीं करूँगा। लेकिन प्रेम न मिलने, मित्रता न मिलने से जो बोझ डाले जा रही हैं उसे कैसे संभालूंगा?"

द्विजदास के चेहरे पर हँसी का चिह्न तक नहीं है। इस कंठस्वर ने वन्दना को बेचैन कर दिया। बोली–"भय की बात नहीं है द्विजू बाबू, मित्र मिलेगा, सचमुच ही मिलेगा। आवश्यकता पड़ने पर भगवान उसे आपके द्वार पर पहुँचा जायेंगे। इसका विश्वास कीजिए।"

उत्तर में द्विजू कुछ कहने जा रहा था लेकिन रुक गया।

तभी बाहर से मैत्रेयी की आवाज सुनाई दी–"द्विजू बाबू हैं कमरे मैं? आपको माँ बुला रही हैं।"

द्विजू उठकर बोला–"अभी बारह बजे हैं साढ़े बारह बजे निकलना होगा। ठीक समय पर आकर आवाज दे दूँगा। याद रखना।"

यह कहकर वह तेजी से बाहर निकल गया।

25

वन्दना के सकुशल बम्बई पहुँचने की सूचना के उत्तर में कुछ दिन के बाद द्विजदास ने लिखा था कि बहुत से कामों में जुटे रहने के कारण ठीक समय पर पत्र नहीं लिख सका। लिखने के लिए कोई विशेष बात है नहीं। मैत्रेयी के पिता कलकत्ता लौट गए हैं। लेकिन वह स्वयं अभी तक यहीं है। माँ की सेवा-सुश्रुषा में कहीं कोई कमी नहीं रहने पती गृहस्थी का भार उस पर पड़ गया है। अच्छी तरह गृहस्थी चल

रही है। घर के सभी लोग उससे प्रसन्न हैं। उसे भी अभी तक अपनी ओर से उसके विरुद्ध शिकायत करने का अवसर नहीं मिला है। अंत में वन्दना और उसके पिता के प्रति शुभ कामना प्रगट करके और यथा विधि नमस्कार आदि लिखकर उसने पत्र समाप्त कर दिया था।

इसके बाद तीन महीने से भी अधिक समय बीत गया लेकिन किसी ओर से भी पत्रों का आना-जाना नहीं हुआ। विप्रदास मंझली दीदी और वासु का समाचार जानने के लिए वन्दना का मन व्याकुल हो उठता है। लेकिन कोई राह दिखाई नहीं देती। अपनी ओर से उन्होंने आज तक कोई समाचार नहीं भेजा है। कहाँ हैं। कैसे हैं, सब कुछ अज्ञात है। यह सब जानने के लिए द्विजदास को आग्रह करके पत्र लिखने में इतनी लज्जा महसूस होती है कि आंतरिक इच्छा होते हुए भी यह काम उसे असाध्य मालूम होता है।

अब बलरामपुर की यादों का तीखापन वेदना की तड़पन दोनों ही बहुत हल्की हो गई हैं, वहाँ से चले आने के बाद वह वहाँ से विरक्त होने का प्रयत्न कर रही है। लेकिन व्यथाहीन मन धीरे-धीरे जितना ही शांत होता, उतनी ही आकुलता फिर बढ़ जाती।

उससे कोई सच्चा रिश्ता नहीं है इकट्ठे रहने के कारण वे सुख-दुख भय अनिवर्चनीय दिन विचित्र-सी घनिष्टता से मन के भीतर जितना भी मोह पैदा करते हैं। उसकी आयु क्षण अंगुर रही है। इस बात को उसे समझना शेष नहीं है कि उस आचारवान–पुरातन पंथी मुखोपाध्याय घराने में उसकी आवश्यकता नहीं है। क्योंकि दोनों पक्षों की शिक्षा, संस्कार और सामाजिक आचार-विचार का अंतर जितना सत्य है उतना ही कठिन भी है।

इसी बीच पति के कार्यक्षेत्र पंजाब से मौसी आ गई। स्वास्थ्य अच्छा नहीं है। पंजाब बम्बई की जलवायु अच्छी है। यह राय किस डॉक्टर ने उन्हें दी, वही जानती हैं। लेकिन आई हैं। स्वास्थ्य सुधार के बहाने से। बम्बई आने से पहले वन्दना उनसे मिलकर नहीं आई थी। यह बात उनके मन में खटकती रही थी। लेकिन बहन की बेटी के मिजाज का जितना परिचय उन्हें मिला है उससे अपने बहनोई रे साहब के दरबार में खुले आम मुकद्दमा दायर करने का उनमें साहस नहीं था।

फिर भी डाइनिंग टेबुल पर बैठकर उन्होंने संकेत से बात छेड़ ही दी। बोली–"मिस्टर रे, इस बात को अपने नोट किया है या नहीं लेकिन मैंने बहुत देखा है कि इकलौती लड़की या लड़का ऐसे हठी हो जाते हैं कि उनसे आसानी से पार नहीं पाया जा सकता।"

रे साहब ने तत्काल स्वीकार कर लिया और देखा कि उनके पास उदाहरण भी मौजूद है। आनंद उसकी चर्चा करते हुए बोले–"जैसे यह मेरी बिट्टी है। एक बार अगर

'न' कह दिया तो किसकी मजाल जो 'हाँ' कहलवा ले। इसके बचपन से ही देखता आ रहा हूँ।"

वन्दना ने कहा–"शायद आप इसीलिए अपनी बिटिया से स्नेह नहीं करते पिताजी।"

साहब ने जोरों से प्रतिवाद किया–"तुम मेरी अबोध बेटी हो? हर्गिज नहीं। कोई नहीं कह सकता।"

वन्दना हँस पड़ी–"अभी-अभी तो आपने स्वयं ही कहा है पिता जी।"

"मैने? कभी नहीं।"

सुनकर मौसी से भी बिना हँसे नहीं रहा गया।

वन्दना ने पूछा–"अच्छा पिताजी, क्या आपकी तरह ही मेरी माँ भी मुझे नहीं देख सकती थी?"

साहब ने कहा–"तुम्हारी माँ? इसी बात पर उनसे मेरी कितनी बार कहा सुनी हो गई। बचपन में एक बार तुमने मेरी घड़ी तोड़ दी थी। तुम्हारी माँ ने क्रुद्ध होकर तुम्हारा कान मरोड़ दिया। तुम रोती हुई मेरे पास भाग आई। मैंने हृदय से लगा लिया। उस दिन से मैं तुम्हारी माँ से नहीं बोला।"

कहते हुए अतीत की यादों के भावावेश से वह उठकर बेटी के सिर को सीने से लगाकर हाथ से धीरे-धीरे सहलाने लगे।

वन्दना ने कहा–"बचपन की तरह अब प्यार क्यों नहीं करते पिताजी?"

साहब ने मौसी से कहा–"मिसेज घोषाल, बिट्टी की बात सुनी?"

वन्दना ने कहा–"अक्सर कहा करते हो? शादी करके झंझट समाप्त कर देना चाहते हो? मैं क्या तुम्हारी आँख की किरकिरी हूँ।"

"लड़की की बात सुनी मिसेज घोषाल?"

मौसी बोली–"सच है वन्दना। जब लड़की सयानी हो जाती है तो माँ-बाप को कैसी भीषण दुश्चिन्ता होती है किसी दिन अपनी बेटी होने पर ही जान सकोगी।"

"मैं जानना नहीं चाहती मौसी।"

"लेकिन पिता का कर्तव्य भी तो है बिटिया। माँ-बाप तो हमेशा रहेंगे नहीं। संतान के भविष्य की चिंता न करना उनके लिए अपराध है। तुम्हारे पिताजी के मन को शांती क्यों नहीं मिलती, इसे वही समझते हैं जो स्वयं माँ-बाप हैं। तुम्हारी बहिन प्रकृति की जब तक मैंने शादी नहीं कर दी, तब तक न तो खा सकी और न सो सकी कितनी ही रातें जाग कर ही बिताईं। यह तुम नहीं जान सकोगी, लेकिन तुम्हारे पिताजी जानते हैं। तुम्हारी माँ अगर आज जीवित होती तो उनकी हालत मेरी जैसी ही होती।"

साहब ने धीरे-धीरे सिर हिलाकर कहा–"बिल्कुल सच कह रही हैं मिसेज घोषाल।"

मौसी उनसे कहने लगी–"आज इसकी माँ जीवित होती तो वन्दना के लिए वह आपको परेशान कर डालती। मैंने खुद भी उन्हें क्या कम परेशान किया है। अब याद आने पर भी शर्म लगती है।"

साहब ने समर्थन करते हुए कहा–"दोष आपका नहीं है। अक्सर ऐसा हुआ ही करता है।"

मौसी कहने लगी–"यही समझती हूँ। केवल चिंता इस बात की होती है कि उम्र बढ़ रही है। इन्सान के मरने-जीने का कोई भरोसा नहीं। जीवित रहते अगर लड़की के लिए कुछ न कर जाऊँ तो उन्हें न जाने क्या हो जाए। भय से एक बार तो वह सूख गए थे।

अब वन्दना से सहन नहीं हुआ। देखा, उसके पिता का मुँह भी सूख गया है। खाना रुक गया था। बोली–"मौसी जी तुमने बेकार ही तरह-तरह से मौसा जी को डर दिखाया होगा अब पिताजी को दिखा रही हैं। ऐसा हुआ क्या है, बताओ ना। पिताजी अभी बहुत दिनों तक जिंदा रहेंगे। अपनी बेटी के लिए जो कुछ अच्छा समझते हैं उसे कर जाने के लिए बहुत समय मिलेगा। बेकार ही पिताजी की चिंता मत बढ़ाओ।"

मौसी पीछे हटने वाली जीव नहीं थी। विशेष रूप से रे साहब ने उन्हीं का समर्थन करते हुए कहा–"तुम्हारी मौसी ठीक ही कह रही हैं वन्दना। सचमुच मेरी तबियत अच्छी नहीं है। सचमुच ही इस शरीर पर अब अधिक विश्वास नहीं किया जा सकता। वह आत्मीय है, समय रहते वही सावधान न करेगी तो कौन करेगा, बताओ न?"

कहते हुए उन्होंने दोनों की ओर देखा। मौसी ने कनखियों से देखा, वन्दना का चेहरा उदास हो गया है। परेशान होकर जल्दी से बोल उठी–"ऐसा कहना बहुत अनुचित है मिस्टर रे। हम सभी प्रार्थना करते हैं कि आपकी उम्र सौ वर्ष की हो। मैंने केवल यह कहना चाहा था–!"

रे साहब ने बात काट कर कहा–"नहीं, अपने ठीक ही कहा है। सचमुच ही मेरा स्वास्थय अच्छा नहीं है। समय रहते सतर्क न होना कर्तव्य की उपेक्षा करना मेरे लिए सचमुच अनुचित है।"

वन्दना ने क्रोध दबाकर कहा–"आज पिताजी नहीं खायेंगे मौसी जी।"

मौसी जी ने कहा–"इन बातों को जाने दीजिए मिस्टर रे। अगर आप न खायेंगे तो मुझे बहुत दुख होगा।"

रे साहब को भोजन की इच्छा नहीं रही, तब भी बरबस उन्होंने एक बोटी मांस काट कर मुँह में डाल लिया।

इसके बाद खाना चलता रहा।

साहब ने पूछा–"दामाद की प्रेक्टिस कैसी चल रही है?"

मौसी बोली–"अभी तो शुरू ही की है। सुनती हूँ बुरी नहीं है।"

फिर कुछ देर चुपचाप बीत जाने पर उन्होंने मुँह का कौर निगलकर कहा–"प्रेक्टिस कैसी भी क्यों न हो मिस्टर रे, मैं इसी को बहुत बड़ी चीज नहीं मानती हूँ। मैं कहती हूँ कि उससे भी बहुत बड़ी चीज हैं मनुष्य का चरित्र अगर चरित्र निर्मल नहीं है तो कोई भी लड़की किसी भी दिन सचमुच ही सुखी नहीं हो सकती।"

"क्या इसमें भी कोई संदेह है?"

मौसी कहने लगीं–"मैं परेशान हूँ। मेरे मायके की शिक्षा संस्कार, वहाँ के दृष्टान्त मेरे मन में जम गए हैं। उनसे कहीं एक तिल भी कम मुझसे देखा नहीं जाता। मेरे अशोक को देखकर उसी नैतिक वातावरण की याद आ जाती है, जिसमें पली थी। मेरे पिता, मेरे बड़े भैया–यह अशोक भी उन्हीं की तरह है बिल्कुल। वैसा ही सीधा-सादा, वैसा ही उदार और वैसा ही चरित्रवान।"

रे साहब ने सोलहो आने मान लिया बोले–"मुझे ऐसा ही लगता है मिसेज घोषाल। लड़का बहुत अच्छा है। छै-सात दिन यहाँ रहा उसके चरित्र से मैं मुग्ध हो गया हूँ।"

यह कहकर उन्होंने वन्दना को साक्षी मानकर पूछा–"क्यों बिट्टी अशोक हमें कितना अच्छा लगा था। जिस दिन से गया है उसी दिन से मेरी तबियत ठीक नहीं रही है।"

वन्दना ने स्वीकार करते हुए कहा–"हाँ पिताजी वह बहुत ही भले आदमी हैं? जैसे विनम्र, वैसे ही सज्जन। मेरे किसी भी अनुरोध की उन्होंने कभी भी उपेक्षा नहीं की। अगर वह मुझे बम्बई न पहुँचा जाते तो बड़ी कठिनाई में पड़ जाती।"

मौसी ने कहा–"और भी एक बात शायद नोट की होगी वन्दना। उसमें अभिमान नहीं है। बड़े दुख के साथ कहना पड़ता है कि वह चीज हममें से बहुत से लोगों में दिखाई देती है।"

वन्दना ने हँस कर कहा–"तुम्हारे घर में तो कभी किसी में देखा नहीं मौसी जी।"

मौसी जी ने हँसकर कहा–"देखा क्यों नहीं होगा बिटिया। तुम बहुत बुद्धिमती हो, तुम्हें चकमा कैसे दे सकते हैं?"

सुनकर रे साहब हँस पड़े। बात उन्हें बहुत भली लगी। बोले–"इतनी बुद्धि अक्सर देखने में नहीं आती मिसेज घोषाल। आपके मुँह से यह अहंकार की सी बात लगती है। लेकिन बिना बोले रहा भी नहीं जाता।"

वन्दना ने कहा–"इस चर्चा को बंद करो मौसी जी। वरना पिताजी को संभालना कठिन हो जाएगा। तुमने केवल बेटी के ही दोषों को देखा है लेकिन यह नहीं देखा

कि एक बेटी के बाप की तरह अभिमानी लोग संसार में कम हैं। मेरे पिताजी का विचार है कि उनकी बेटी जैसी लड़की इस संसार में दूसरी है ही नहीं।"

मौसी ने कहा–"इस विचार की मैं भी एक बड़ी हिस्सेदार हूँ वन्दना, सजा मिलनी है तो मुझे भी मिलनी चाहिए।"

पिता के चेहरे पर संतोष की मृदु मुस्कान फैल गई बोले–'मैं अभिमानी हूँ या नहीं, मालूम नहीं। लेकिन तुझ जैसी कन्या रतन पाकर मैं सचमुच ही सौभाग्यवान हूँ। कितने पिताओं को ही ऐसी बेटी मिलती है।"

वन्दना ने कहा–"पिताजी आज तो आपने एक भी संदेश नहीं खाया। शायद अच्छा नहीं बना है।"

साहब ने प्लेट में से आधा संदेश तोड़कर मुँह में डाला। बोले–"सब बिट्टी ने अपने हाथों से बनाई हैं। इस बार कलकत्ते से लौटने के बाद से इसने सभी खाना बदल दिया है। किससे सुना है मालूम नहीं अब घर में अक्सर मांस आने ही नहीं देती। कहती है–पिताजी उसे खाकर बीमार हो जाते हैं। देखिए मिसेज घोषाल, यह बंगाली खान खाकर मालूम होता है कि बुढ़ापे में बड़े आराम में हूँ अब भूख कुछ अच्छी लगती है।"

वन्दना ने कहा–"मौसी जी की आदत नहीं है। शायद कष्ट होता है।"

मौसी जी बोलीं–"नहीं, नहीं कष्ट क्यों होगा। यह मुझे अच्छा ही लगता है। केवल जलवायु ही नहीं, भोजन बदलना भी बहुत आवश्यक है। शायद इसीलिए मेरी तबियत इतनी जल्दी अच्छी हो गई।"

"अच्छी हो गई न मौसी जी?"

"जरूर हुई है। कुछ भी संदेह नहीं।"

"तो कुछ दिनों तक और नहीं रहा जा सकता है वन्दना। अशोक ने लिखा है कि इसी महीने के अंत में वह पंजाब में चैज के लिए आयेगा। इससे पहले मुझे लौट जाना चाहिए।"

भोजन समाप्त हो चुका था। साहब उठने की सोच रहे थे मौसी मन ही मन चंचल हो उठीं। प्रस्ताव प्रस्तुत करने के पक्ष में जो अनुकूल वातावरण बनाया था उसे शर्म-शर्म में खोदने से वापस लाना कठिन होगा। संकोच का अतिक्रमण करके बोली–"मिस्टर रे, एक बात थी अगर समय–।"

साहब ने उसी समय बैठकर कहा–"नहीं, नहीं, समय क्यों नहीं है। कहिए क्या बात है?"

मौसी ने कहा–"मैंने सुना है कि वन्दना को तो कोई इन्कार नहीं है। अशोक पैसे वाला नहीं है। यह सच है, किंतु सुशिक्षा और चरित्र बल से संघर्ष करके वह एक दिन अवश्य उठेगा। यह मेरा पूर्ण विश्वास है। अगर आप इसे अपनी बेटी के योग्य न समझें–!"

आश्चर्य से साहब ने कहा–"लेकिन यह हो कैसे सकता है मिसेज घोषाल। अशोक आपका भतीजा है। इस रिश्ते से वह भी तो वन्दना का ममेरा भाई है।"

मौसी ने कहा–"केवल नाम से--वरना बहुत दूर का संबंध है। मेरी नानी और वन्दना की माँ की नानी दोनों बहनें थीं। इसी नाते मैं वन्दना की मौसी हूँ। यह विवाह टल नहीं सकता मिस्टर रे।

कुछ देर तक साहब चुप रहे। शायद मन ही मन कुछ हिसाब लगाया। फिर बोले-"अशोक को जितना मैंने खुद देखा है और जितना वन्दना के मुँह से सुना है, उससे अयोग्य नहीं समझता। बिट्टी की शादी एक दिन मुझे करनी ही पड़ेगी। लेकिन उसकी इच्छा भी जानना जरूरी है।"

मौसी ने मीठी आवाज में उत्साहित करते हुए कहा, "शरमाओ मत बिटिया, अपने पिताजी को बताओ, तुम्हारी इच्छा क्या है?"

वन्दना का चेहरा पल भर में लाल हो गया। लेकिन कहने लगी। "अपनी इच्छा को मैंने बता दिया है मौसी जी। उसे खोजने की जरूरत नहीं है।"

साहब ने डरते हुए पूछा–"इसका अर्थ?"

वन्दना ने कहा–"अर्थ मैं आप लोगों को ठीक-ठीक समझा कर बता नहीं सकती पिताजी। लेकिन इससे यह नहीं समझ लेना कि मैं बाधा डाल रही हूँ।

फिर तनिक रुककर बोली-"मेरी बहिन सती की शादी हुई थी जब वह नौ वर्ष की थी। माता-पिता ने जिनके हाथ में पकड़ा दिया। मंझली दीदी ने उसी को स्वीकार कर लिया। अपने मन से नहीं चुना। फिर भी भाग में जो उन्हें मिला, वैसा पति संसार में दुर्लभ है। मैं उसी भाग्य पर विश्वास करूँगी पिताजी। विप्रदास बाबू साधु पुरुष हैं। आने से पहले मुझे आशीर्वाद देते हुए कहा था–"जहाँ मेरा कल्याण होगा ईश्वर मुझे वहीं भेजेंगे। उनकी यह बात कभी असत्य नहीं होगी। आप मुझे जो भी आज्ञा देंगे मैं उसी का पालन करूँगी। मन में कोई संशय, कोई भय नहीं रहने दूँगी।"

आश्चर्य चकित होकर साहब चुपचाप उसकी ओर देखते रहे।

मौसी ने कहा–"विवाह के समय तुम्हारी मंझली दीदी बालिका थी। इसलिए उसकी राय का प्रश्न नहीं उठा था। लेकिन तुम तो वैसी नहीं हो–सयानी हो गई हो। अपने भले-बुरे की जिम्मेदारी तो तुम्हारी अपनी है। अब तो आँख मूँदकर भाग्य के हाथों कठपुतली बनना तुम्हें शोभा नहीं देता।"

"शोभा देता है या नहीं। यह नहीं जानती मौसी जी। लेकिन उनके समान उसी प्रकार ही भाग्य को खुशी से मान लूँगी।"

"लेकिन इस प्रकार उदासीन होकर बातें करने से तुम्हारे पिताजी का मन कैसे स्थिर होगा?"

"जिस प्रकार उनके बड़े भैया ने किया था। सती बहिन के बारे में जैसे उनके सभी पुरुषों ने अपने बेटे-बेटियों के विवाह किए थे, मेरे बारे में भी पिताजी उसी प्रकार मन स्थिर रखें।"

"तुम स्वयं कुछ नहीं देखोगी और न कुछ सोचोगी?"

"सोचना-विचारना देखना-सुनना बहुत देखा है मौसी जी। और नहीं। अब पिताजी पर निर्भर करूँगी और उस भाग्य पर जो भविष्य में गर्भ में छिपा है। जो मैंने अभी देखा नहीं है।"

निराश होकर मौसी तनिक कड़वे स्वर में बोली--"हम भी भाग्य को मानते हैं। लेकिन तुम्हारा समाज शिक्षा संस्कार सभी को डुबोकर मुखोपाध्यायों का इन्हीं कई दिनों का साथ तुम्हें इतना बदल देगा, यह नहीं सोचा था। तुम्हारी बात सुनने से जान नहीं पड़ता कि तुम हमारी वही वन्दना हो। मानो हम लोगों के समाज से अलग हो गई हो।"

वन्दना ने कहा, "नहीं मौसी जी, मैं पराई नहीं हो गई हूँ। उन लोगों को अपना बनाने के लिए मुझे किसी को पराया नहीं बनाना पड़ेगा। इस बात को पक्के तौर से जान गई हूँ। मेरे बारे में तुम लोग शंका मत करना।"

मौसी ने पूछा--"तो एक तार भेज दूँ। अशोक को आने के लिए?"

"भेज दो न। मुझे तो कोई इनकार नहीं," कहकर वन्दना कमरे के बाहर निकल गई।

"तो आपके नाम से ही तार भेज दूँ मिस्टर रे?" कहकर मौसी ने सिर ऊपर उठाकर आश्चर्य से देखा कि साहब की दोनों आँखें अचानक डबडबा आई हैं। इसका कारण उनकी समझ में नहीं आया और जब साहब ने धीरे-धीरे कहा कि आज तार रहने दीजिए मिसेज घोषाल, फिर भी कारण नहीं समझ सकीं। बोलीं--"क्यों रहने दूँ मिस्टर रे, वन्दना ने तो सम्मति दे दी है।"

"नहीं, आज रहने दो", कहकर वह चुप हो गए।

इस नीरवता और आँसुओं ने भीतर ही भीतर मौसी को बहुत नाराज कर दिया। एक चतुर उच्चाधिकारी की ऐसी भावुकता वह सहन न करने के लिए तैयार नहीं थी। उन्हें यह बर्दाश्त नहीं था। लेकिन जिद करने का साहस भी वह नहीं कर पाईं।

दो मिनट चुप रहकर साहब ने कहा--"उसके पिता की बात मैंने सोची है, लेकिन उसकी माँ नहीं है इसलिए उसकी बात भी मुझे ही सोचनी पड़ेगी मिसेज घोषाल। जरा कुछ समय चाहिए।"

मन ही मन मौसी ने कहा--"एक और मूर्खता भरी भावकुता।"

साहब ने अनुमान लगाया या नहीं, मालूम नहीं। लेकिन फीकी सी हँसी हँसकर बोले--"परेशानी यह है कि उसकी बात हममें से कोई भी ठीक तरह समझ नहीं पाता है। उसने सम्मति 'न' में दी है या 'हाँ' में। किसमें दी है समझ में ही नहीं आया।"

"इसका तात्पर्य?"

"तात्पर्य मैं नहीं जानता। लेकिन अच्छी तरह देख रहा हूँ कि बंगाल से वह न जाने क्या साथ लाई है। जो उसे रात दिन घेरे रहता है उसका खान-पान बदल गया है। बातें बदल गई हैं। उसका चलना-फिरना तक पहले जैसा नहीं रहा है सवेरे स्नान करके मेरे कमरे में आती। मेरी पद-धूलि लेकर माथे पर लगाती है। कहता हूँ-"बिट्टी, पहले तो तू यह सब नहीं करती थी?-उत्तर देती है-"तब जानती नहीं थी पिताजी। अब तुम्हारे पैरों की धूलि लेकर दिन का आरंभ करती हूँ।-भली भाँति जानता हूँ कि वह दिन भर सभी कामों में मेरी रक्षा करती है।"

कहते-कहते उनकी आँखें छलछला उठीं।

मौसी मन ही मन झुंझलाकर बोली-"यह सारी नई बातें उन मुखोपाध्यायों के घर से सीख कर आई है। जानते हैं, वे कैसे कट्टर सनातनी हैं? लेकिन इसे धर्म नहीं कहते। क्या पूजा-पाठ भी करती है?"

साहब ने कहा-"पता नहीं करती है या नहीं। शायद नहीं करती वह मुझे भी कुसंस्कार ही लगा है। मना भी किया। लेकिन बिट्टी अब पहले के समान तर्क नहीं करती है बस चुपचाप देखती रहती है मेरा मुँह भी बंद हो जाता है। कुछ कह नहीं पाता।"

मौसी ने कहा-"यह तो आपकी कमजोरी है। लेकिन ठीक तरह से जान लीजिए, इसे धर्म नहीं कहते। कुसंस्कार को सहारा देना अन्याय है अपराध है।"

साहब ने दुविधा गृस्त होकर धीरे-धीरे कहा-"हो सकता है। रिलीजन केवल मुँह से ही कहता हूँ। कभी मैंने उसका अध्ययन नहीं किया है। प्रकृति क्या है, उसे भी नहीं जानता। केवल कभी मौन होकर सोचा करता हूँ कि बिट्टी सोलह आने कैसे बदल गई। अब वह हँसी नहीं है। आनंद का उल्लास नहीं है। बरसात के खिले हुए फूलों की पंखुड़ियों के समान जैसे जल से भीगी हुई है। कभी पुकार कर कहता हूँ-बिट्टी, मुझसे छिपाना मत बेटी, तुझे कोई रोग तो नहीं हो गया है?"-उसी तरह सिर हिलाकर कहती है-"नहीं पिताजी, मुझे कोई बीमारी नहीं है।"-और फिर हँसती हुई घर के कामों में लग जाती है। लेकिन मेरा हृदय टूक-टूक हो जाना चाहता है। यही एक बेटी है, माँ है नहीं। अपने हाथों से पालकर इतना बड़ा किया है। सर्वस्व देकर भी अपनी वन्दना को अपनी उसी वन्दना को अगर किसी प्रकार वापस ला सकूँ-।"

मौसी ने जोर देकर कहा-"पायेंगे-अवश्य पायेंगे। मैं वचन देती हूँ। वह केवल सामाजिक सुख है। केवल उन लोगों के साथ रहने का क्षणिक विकार है। विवाह कर दीजिए। सब दो दिन में ठीक हो जाएगा।-चिर काल की शिक्षा ही मनुष्य में रह जाती है। मिस्टर रे-दो दिन की धुन दो दिन में ही समाप्त हो जाती है।"

साहब आश्वस्त हो गए। फिर भी संदेह दूर नहीं हुआ। बोले–"उसे कहाँ, किससे प्रेरणा मिली, मैं नहीं जानता। लेकिन सुना है कि अगर प्रेरणा आती है तो सच्चे मनुष्य के हृदय से किसी प्रकार भी छिपी नहीं रहती। मानव के पुरातन अभ्यास को पलभर में बदल देती है। नशा खून की धारा में समा जाता है। और जीवन भर बना रहता है। इसी का मुझे भय है मिसेज घोषाल।"

उत्तर में मौसी तनिक अवज्ञात हँसी हँसकर बोली–"बेकार, सब बेकार है। मैंने बहुत देखा है मिस्टर रे। दो दिन के बाद कुछ भी नहीं रह जाता। लेकिन इसे आगे बढ़ने नहीं दिया जा सकता। आज ही अशोक को तार भेज दूँ कि वह फोरन चला आए।"

"आज ही भेजोगी?"

"हाँ, आज ही और आपके नाम से ही।"

साहब ने धीमे स्वर में सम्मति प्रगट करते हुए कहा–"जो उचित समझें करें मुझे मालूम है कि अशोक अच्छा लड़का है। चरित्रवान और सज्जन न होता तो वन्दना उसे साथ लेकर न आती।"

इसी बात को मौसी ने और एक बार बढ़ा-चढ़ा कर कहना चाहा लेकिन तभी विघ्न पैदा हो गया।

वन्दना ने कमरे में आकर कहा–"पिताजी आज हाजी साहब की लड़कियों ने मुझे चाय पर आमन्त्रित किया है। दोपहर को जाऊँगी। शाम को आफिस से लौटते हुए मुझे घर लिवा लाना।"

मौसी ने पूछा–"उनके घर तो तुम कुछ खाओगी नहीं वन्दना।"

"हाँ मौसी जी।"

"क्यों?"

"जी नहीं चाहता।–आप भूल तो नहीं जायेंगे पिताजी?"

"नहीं बिट्टी, तुम्हें लाना भूल जाऊँ कभी ऐसा भी हो सकता है?" कहकर साहब तनिक हँसे। बोले–"अशोक आ रहे हैं। आज उन्हें एक तार भेज दूँ?"

"अच्छी बात है पिताजी, भेज दीजिए।"

मौसी ने कहा–"मैं ही जोर देकर उसे बुला रही हूँ। आने पर देखना कहीं उसका अपमान न हो।"

"भय की कोई बात नहीं है मौसी जी। हम किसी का भी अपमान नहीं करते। अशोक बाबू स्वयं अच्छी तरह जानते हैं।"

बेटी की बात सुनकर साहब प्रसन्न होकर बोले–"आफिस जाते हुए आज ही उसे एक तार दे दूँगा बिट्टी। आज शुक्रवार है। सोमवार को वह यहाँ पहुँच जायेगा। अगर कोई अड़चन न हुई तो।"

उसी समय दरबान डाक लेकर आ गया। अखबार, अनगिनत स्थानों से आए पत्र आदि भी कम नहीं थे। कुछ दिनों से डाक में वन्दना की दिलचस्पी नहीं रही थी। वह जानती थी कि रोजाना पत्र की आशा करना व्यर्थ है। उसे याद करके पत्र लिखने वाला कोई नहीं।

वह चली जा रही थी कि साहब ने बुलाकर कहा–"ये तुम्हारे नाम के दो पत्र–और एक आपका भी है मिसेज घोषाल।"

अपने पत्र की अपेक्षा दूसरों के पत्रों में मौसी का कौतूहल अधिक है। मुँह चढ़ाकर देखते हुए बोली–"देख रही हूँ एक तो अशोक का लिखा हुआ है। दूसरा किसका है?"

इस बेकार प्रश्न का उत्तर वन्दना ने नहीं दिया। दोनों पत्रों को लेकर वह अपने कमरे में चली गई।

साहब ने मुस्कराकर कहा–"देख रहा हूँ अशोक से पत्र व्यवहार होता रहता है। तार भेज दूँ, वह चला आए। सचमुच ही अच्छा लड़का है। वन्दना को अगर उस पर विश्वास न होता तो कभी भी पत्र न लिखती।"

मौसी जो गर्व से हँस पड़ीं। जैसे जानती हैं।–बहुत कुछ जानती हैं।

शाम को आफिस से लौटते हुए साहब हाजी साहब के घर से होकर अकेले ही लौट आए। वन्दना वहाँ गई ही नहीं थी।

मौसी सामने ही थीं। बोलीं–"वन्दना जब से पत्र लेकर गई है तभी से अपने कमरे में घुसी बैठी है। उसके बाद बाहर निकली ही नहीं।"

साहब ने व्याकुल होकर पूछा–"क्या खाना भी नहीं खाया?"

"नहीं। सवेरे वही दो-चार फल खाये थे बस।"

साहब ने तेजी से जाकर बिट्टी के कमरे का दरवाजा खटखटाया और बोले–"बिट्टी–?"

वन्दना ने दरवाजा खोल दिया।

उसके चेहरे को देखते ही पिता अवाक रह गए–"क्या हुआ है री?"

वन्दना ने कहा–"पिताजी, मैं आज रात की ट्रेन से बलराम पुर जाऊँगी।"

"बलराम पुर? क्यों?"

"द्विजू बाबू का पत्र आया है।" पढ़ोगे पिताजी।

"तुम पढ़ो बिट्टी, मैं सुनूंगा," कहकर साहब एक कुर्सी खींचकर बैठ गए।

वन्दना उनसे लग कर खड़ी हो गई और पत्र पढ़कर सुनाने लगी–।

सुचरितवाषु!

आपके जाने के दिन की याद आती है। आंगन में गाड़ी खड़ी हुई है। तुम बोलीं–"बीच-बीच में समाचार देने के लिए। मैंने कहा–"मैं आलसी आदमी हूँ

चिट्ठी पत्री लिखना सुगमता से होता नहीं है। अच्छा लिखना भी नहीं जानता। बल्कि यह भार किसी और को दे जायें।"

सुनकर मौन होकर देखती रहीं। फिर गाड़ी में जा बैठीं। दूसरा अनुरोध किया। शायद सोचा, लज्जा जो ऐसे समय में एक भी अच्छी बात मुँह पर आने नहीं देती है। उनमें कहने के लिए क्या है?"

ऐसा ही हूँ मैं। फिर भी आशा थी कि अगर लिखना ही पड़े तो ऐसा लिख सकूँ जो ठीक है, ऐसा लिखना, जिसमें अनायास ही मेरे सभी अपराधों के लिए क्षमा हो।

मन में सोचता था–मनुष्य के लिए क्या केवल दुख ही हैं, संसार में सुख है ही नहीं?

भैया के इष्टदेव केवल आँखें मूँदे ही रहेंगे। कभी आँखें खोलकर नहीं देखेंगे। अनहोनी जो हुई है, वही सदैव रहेगी। उसे टालने की शक्ति क्या किसी में नहीं है?

मैंने देखा कि वह शक्ति कहीं भी नहीं है। न तो भगवान डिगे और न उनका भक्त ही डिगा। निर्वात, निष्कम्प्य दीप शिखा आज भी उसी प्रकार जल रही है। लेशमात्र भी कमी नहीं हुई है।

यह चर्चा क्यों? यही बताऊँ। तीन दिन हुए भैया घर वापस आ गए हैं। सवेरे जब गाड़ी से उतरे तो उनके पीछे उतरा वासु। नंगे पैर, गले में शोक वस्त्र उत्तरीय। गाड़ी लौट गई और कोई नहीं उतरा।

मैं सवेरे की धूप में छत पर खड़ा था। आँखों के आगे सारा संसार अंधकार में डूब गया। ठीक अमावस की रात की तरह । शायद दो मिनट बीते होंगे। फिर सब कुछ दिखाई देने लगा। फिर सब कुछ स्पष्ट हो गया। ऐसा भी होता है। इससे पहले मैं नहीं जानता था।

नीचे उतर आया भैया बोले–"तेरी भाभी का कल सवेरे देहान्त हो गया द्विजू। हाथ में रुपए-पैसे अधिक नहीं हैं। साधारण ढंग से उसके श्राद्ध का प्रबंध कर दे। माँ कहाँ है?"

"अपनी बेटी के घर ढाका में।"

"ढाका में?" तनिक चुप रह कर बोले–"क्या जानूं, शायद आ नहीं सकेंगी। लेकिन वासु से माँ की मृत्यु का पत्र लिखवा दे।"

मैं बोला–"लिखेगा क्यों नहीं।" वासु ने दौड़कर मेरे गले से लिपट कर मुँह छिपा लिया। फिर रोने लगा। जैसे उस रोने की भाषा नहीं है, उसी प्रकार पत्र में उसे प्रगट करने के लिए भी भाषा नहीं है। शिकार का पशु मरने से पहले अपनी अंतिम फ़रियाद जिस भाषा में छोड़ जाता है, बहुत कुछ वैसा ही।

मैं उसे गोद में लेकर अपने कमरे में चला गया। मन ही मन बोला–"अरे वासु, हानि की दृष्टि से तू ने ही बहुत कुछ खोया है ऐसा नहीं है और एक व्यक्ति की

हानि की मात्रा तुमसे भी अधिक है। तुझे समझाने के लिए तो फिर भी आदमी मिल जायेंगे। लेकिन उसे समझाने के लिए कोई नहीं मिलेगा। केवल एक आशा है वन्दना।

इसी प्रकार कुछ समय बीतस। अंत में आँसू पौंछकर मैंने कहा–"भैया की बात नहीं है रे, माँ न हो, आप न हो। लेकिन मैं तो हूँ। उनका ऋण उतार न सकूँगा। लेकिन अस्वीकार कभी नहीं करूँगा। आज सबसे अधिक क्षति के दिन यह रही तेरे चाचा की शपथ।"

लेकिन उसे लेकर अब बात बढ़ाऊँगा नहीं। बात है ही क्या। बचपन में पिताजी कहा करते थे–गंवार माँ कहती थी पगला। भैया कितनी बार नाराज हुए। अनादर, उपेक्षा से कितने ही दिन यह घर विषाक्त रहा। तब भाभी पास आतीं, कहती–"देवर क्या चाहिए, बताओ तो सही।" नाराज होकर उत्तर देता–"कुछ नहीं चाहिए भाभी। मैं यहाँ से चला जाऊँगा।"

"कब?"

"आज ही।"

वह हँसकर कहतीं–"जाने की आज्ञा नहीं है। जाओ तो देखूँ मेरी बातें टालकर।"

फिर जाना नहीं हुआ। लेकिन उसी जाने का दिन जब आया तो वह स्वयं चली गई। सोचता हूँ, केवल आशा मेरे लिए है। उन्हें आज्ञा देने के लिए क्या संसार में कोई था नहीं?

भैया से पूछा–"भाभी की मृत्यु कैसे हुई? बोले–"कलकत्ता में ही तबियत खराब हो गई थी। शायद मन ही मन बहुत सोचा करती थी। पश्चिम में ले गया। लेकिन कहीं भी तबियत नहीं सुधरी, हरिद्वार में ज्वर आ गया। काशी लेकर चला आया। वहीं उसकी मृत्यु हो गई।"

"बस–?"

मैंने पूछा–"दवा-दारु की थी भैया?"

बोले–"यथा संभव हुई थी। लेकिन यह यथा संभव कितनी है, यह भैया के अतिरिक्त और कोई नहीं जानता।"

इच्छा हुई कि पूछूँ–मुझे इतनी बड़ी सजा क्यों दी? मैंने क्या किया था? लेकिन उनके मुख की ओर देखकर यह प्रश्न मुँह से नहीं निकला।

पूछा–"किसी को कुछ कह नहीं गईं भैया?"

बोले–"हाँ। मरने से एक घंटे पहले तक होश था। पूछा, सती माँ को कुछ कहोगी? बोली–"नहीं।"

"द्विजू को?"

"हाँ, उसे मेरा आशीर्वाद देना।" मैं सन्न रह गया। दौड़कर भाभी के सूने कमरे

में चला गया। वह फोटो खिंचवाने में बहुत लजाती थी, केवल उसका एक फोटो अ़लमारी की आड़ में छिपा हुआ था। मेरा खींचा हुआ फोटो था सामने खड़ा होकर बोला–"धन्य हो गया भाभी समझ गया तुम्हारी आज्ञा। इतनी जल्दी चली जाओगी समझा नहीं था। अगर कहीं हो तो देखोगी, मैंने तुम्हारी आज्ञा की उपेक्षा नहीं की है। केवल इतनी शक्ति मुझे देना कि तुम्हारे शोक में किसी के सामने आँसू नहीं निकले। लेकिन आज यहीं तक उनकी कहानी रही।

अब रहा मैं। जाने के समय आपसे अनुरोध किया था विवाह करने के लिए। क्योंकि इतना भार अकेला ढो नहीं सकूँगा।–साथी की आवश्यकता है। यह साथी मैत्रेयी होगी, आपके मन में यही आशा थी, आपत्ति नहीं की थी। सोचा था संसार का पन्द्रह आने सुख ही अगर समाप्त हो गया तो एक आने के लिए खींचातानी नहीं करूँगा। लेकिन वह भी नहीं होना चाहता। भाभी की मृत्यु ने एक नई बाधा खड़ी कर दी है। बाधा कैसी? मैत्रेयी भार ले सकती है लेकिन उसे ढो नहीं सकती। यह जान लिया है, अब तो मेरा बोझ बहुत भारी हो गया है फिर भी कहूँगा। दुःख के दिनों में उसने हमारे लिए बहुत कुछ किया है। मैं उसका ॠणी हूँ।

कल बहुत रात गए नींद टूट जाने पर वासु रोने लगा। उसे सुलाकर भैया के कमरे में चला गया। देखा–उस समय भी जागकर पुस्तक पढ़ रहे हैं–"कौन-सी पुस्तक है भैया?"

पुस्तक बन्द करके रखते हुए हँसकर बोले–"बता, क्या करने आया है?"

उनकी ओर देखकर जो कहने आया था, वह कहा नहीं गया। सोचा, सोते से जाग कर वासु रो पड़ा तो उससे विप्रदास को क्या?

पूछा–"श्राद्ध के बाद कलकत्ता जायेंगे भैया ?"

बोले–"नहीं, तीर्थ यात्रा करने जाऊँगा।"

"कब लौटेंगे?"

तनिक हँसकर भैया ने कहा–"लौटूँगा नहीं।"

मैं अवाक होकर खड़ा उनके मुख की ओर देखता रहा। संदेह नहीं रहा कि यह संकल्प टलने वाला नहीं है। भैया ने गृहस्थी त्याग दी है। लेकिन अनुनय-विनय, रोना-पीटना किसके आगे? इस निस्प्रद, निष्ठर संन्यासी के आगे? क्या इससे बढ़कर भी कोई अपमान है?"

"लेकिन वासु?"

भैया ने कहा–"हिमालय के पास एक आश्रम का पता लगा है। वे छोटे बच्चों का भार लेते हैं। शिक्षा भी देते हैं। उनके हाथों में सौंप दूँगा।"

"और अगर मैं इसका लालन-पालन करूँ तो?"

इसके बाद दोनों हाथों से कानों को मुँद कर अपने कमरे में भाग आया। उन्होंने क्या उत्तर दिया, सुना नहीं। सारी रात वासु के पास बैठा सोचता रहा। इसका अंत कहाँ

होगा, कुछ समझ में नहीं आया। फिर तुम्हारी बात याद आ गई। कह गई थीं।–मित्र की जब वास्तव में जरूरत होगी, तब भगवान उसे स्वयं ही द्वार पर पहुँचा देंगे।–इस बात पर विश्वास करने के लिए कहा था। मित्र कौन है? वह कब आयेगा? मालूम नहीं। फिर भी भरोसा किए बैठा हूँ कि मेरे इस कठिन समय में वह दिन अवश्य ही आयेगा।

द्विजदास

पढ़ना समाप्त होने पर देखा गया, साहब की आँखों से आँसू गिर रहे हैं। रूमाल से आँखें पौंछकर बोले–"आज ही चली जाओ बिटिया। मैं बाधा नहीं दूँगा। दरबान और तुम्हारा बूढ़ा नौकर हिमू भी साथ जायेगा।"

उनके पैरों की धूलि लेकर वन्दना ने कहा–"जाने का प्रबंध करूँ।"

26

मैनेजर विराजगत स्टेशन पर मौजूद थे। वन्दना को आदर के साथ ट्रेन से उतारकर मोटर में लाकर बैठा दिया।

वन्दना ने पूछा–"क्या आज भी माँ घर नहीं पहुँची दत्तजी?"

"नहीं, बहिन।"

"मैत्रेयी ?"

"नहीं। उन्हें लिवाने तो कोई गया नहीं है।"

"वासु अच्छी तरह है न?"

"हाँ, अच्छा है।"

"मुखोपाध्याय जी, द्विजू बाबू?"

"बड़े बाबू तो अच्छे हैं। लेकिन छोटे बाबू अच्छे नहीं जान पड़ते।"

वन्दना ने पूछा–"ज्वर तो नहीं हो गया है?"

दत्त ने कहा–"ठीक से नहीं जानता। वैसे काम तो सभी करते हैं।"

कुछ देर तक चुप रहकर वन्दना ने कहा–"दत्त जी जान पड़ता है कि माँ शायद इस दुख के बीच आयेंगी नहीं। लेकिन दुख जितना भी हो श्राद्ध के लिए प्रबंध तो करना ही होगा। क्या कुछ हो रहा है?"

"क्यों नहीं हो रहा है बहिन। जैसा मालिक के श्राद्ध में हुआ था लगभग उसी प्रकार का प्रबंध हो रहा है।"

बात जब समझ में नहीं आई तो वन्दना ने आश्चर्य से पूछा–"किसके समान कर रहे हैं? क्या बड़े मुखोपाध्याय जी के श्राद्ध के समान? उसी प्रकार का बड़ा प्रबंध?"

दत्त बोले–"हाँ लगभग वैसा ही। जाकर देखोगी।" बड़े बाबू ने बुलाकर कहा–"पागलपन मत करो द्विजू। सभी चीजों की एक मात्रा होती है।"–छोटे बाबू बोले–"मात्रा है जानता हूँ। लेकिन मात्रा का कारण सभी का एक ही प्रकार का नहीं होता भैया।"–बड़े बाबू ने कहा–"लेकिन तू तो सभी मात्राओं को लांघता आ रहा है।"–छोटे बाबू ने कहा–"तो आप लोगों से यह विनती है कि एक बार के लिए मुझे क्षमा कीजिए। मैं मात्रा को लांघ सकता हूँ। लेकिन भाभी की मर्यादा का उल्लंघन मुझसे नहीं किया जायेगा।" इस पर कोई कुछ नहीं बोला। अब अगर आप कुछ कर सकें तो करें। बीस-पच्चीस हज़ार से कम खर्च नहीं हो सकता।"

"क्या सारा खर्च छोटे बाबू ही करेंगे?"

वन्दना ने पूछा–"क्या वह उनके लिए बहुत अधिक मालूम होता है दत्त जी।"

विराज दत्त ने कहा–"बहुत अधिक होने पर भी हाल ही में खर्च भी अधिक हुआ है बहिन। अब संभलकर चलने की जरूरत है। दूसरी विपत्ति आने में देर क्या लगती है?"

"अब दूसरी विपत्ति कैसी?"

पलभर चुप रहकर दत्त बोले–"क्या आपने सुना नहीं कि बहनोई जी से मुकदमा चल रहा है? इन सब चीजों का परिणाम तो आप जानती ही हैं। लेकिन कोई बता नहीं सकता कि अदालत का फैसला क्या होगा?"

"तो मना क्यों किया?"

"मना? वे बड़े बाबू नहीं हैं बहिन या किसी का कहना मान लेंगे उन्हें मना करने वाली एक ही थी। वह अब स्वर्ग में है।" कह कर दत्त ने लंबी साँस ली।

वन्दना ने आगे कुछ नहीं पूछा।

घर के पास पहुँचकर देखा, सामने वाले मैदान में लकड़ियों के चैलों का ढेर लगा है। उस दिन दयामयी के व्रत के उपलक्ष में जो झोंपड़े बनाए गए थे, उनकी मरम्मत हो रही है। बाहर के आंगन में बहुत बड़ा मंडप बनाया जा रहा। वहाँ बहुत से लोग कामों में जुटे हुए हैं। विराज दत्त ने बढ़ा-बढ़ा कर नहीं कहा था। यह उसने जान लिया।

मोटर से उतर कर वह सीधी ऊपर चली गई। पहले द्विजदास के कमरे में गई। वह तकिए के सहारे लेटा हुआ था। पर्दा हटाने की आवाज सुनकर आँखें खोलकर उठ बैठा बोला–"मित्र स्वयं ही घर के द्वार पर आ गया।"

वन्दना ने कहा–"हाँ, आ तो गई, लेकिन इस समय क्यों लेटे हुए हो?"

द्विजदास ने कहा–"आँखें मूँदकर तुम्हारा ही ध्यान कर रहा था और मन ही मन कह रहा था वन्दना, मेरे दुखों की सीमा नहीं है। शरीर में शक्ति नहीं है। मन में विश्वास नहीं है। शायद इस धक्के को नहीं सह सकूँगा, नाव मंझदार में ही डूबेगी, उस पार नहीं पहुँच पायेगी।"

वन्दना ने कहा–"जरूर पहुँच पायेगी। तुम्हें छुट्टी देकर अब नाव मैं खेऊँगी।"

"अच्छी बात है। अब नाराज होकर फिर कहीं मत चली जाना।"

इसके बाद वन्दना ने पास आकर घुटने टेककर प्रणाम किया। फिर पैरों की पद-धूलि माथे पर लगाकर उठ खड़ी हुई। द्विजदास की दोनों आँखों से आँसू बहने लगे। इस प्रकार यह प्रणाम उसने पहली बार किया था।

वन्दना ने कहा–"तुम्हारी आँखें भी भीग जाती हैं, यह मुझे मालूम नहीं था।"

द्विजदास ने कहा–"मैं भी नहीं जानता था। शायद इनके आने का मार्ग अब तक बंद था। पहले उस दिन खुला ज़ब भाभी मैत्रेयी को बुलाकर गृहस्थी का भार उसे सौंप देने के लिए कहकर चली गईं।" ओट में आँसू पौंछ कर मन ही मन कहा–"वह इतनी बड़ी चोट तो निस्संकोच पहुँचा सकती हैं। लेकिन उससे कभी भीख नहीं माँगूंगा।–पर मेरी प्रतीक्षा रही नहीं। भाभी स्वर्ग चली गईं। भैया ने घर त्यागने की इच्छा प्रगट की। पलभर के भूचाल से मानो सब कुछ मिट्टी में मिल गया। उसे भी सहा। लेकिन जब सुना कि वासु भी घर त्याग कर अनजाने आश्रम में चला जाएगा, तो सहन नहीं हो सका। अब सोचा कि जो कुछ है उसे भी कल्याणी के बेटों को देकर मैं भी किसी ओर चला जाऊँगा। तब अचानक तुम्हारे जाते समय कही गई अंतिम बात याद आ गई। तुमने कहा था–विश्वास करने के लिए बान्धवी की अत्यन्त आवश्यकता पड़ी तो वह स्वयं द्वार पर आ जायेगी।"–सोचा इसी का तो मुझे अंतिम प्रयोजन है। अब प्रयोजन किस दिन होगा? इसी लिए तुम्हें पत्र लिखा था। मन में संदेह उठना चाहते थे। लेकिन उन्हें दूर भगाकर यही कहता–"नहीं, बान्धवी आयेंगी ही वरना उनकी बात झूठी हो जाएगी। भाभी का आशीर्वाद झूठा हो जाएगा। जो भार वह छोड़ गई हैं उसे मैं किस बल पर ढोऊँ।"

कहते-कहते आँसुओं की दो बूँदें उसकी आँखों से लुढ़क पड़ीं।

वन्दना ने कहा–"सभी कहते हैं, तुम बड़े निष्ठुर हो। भाभी के अतिरिक्त और किसी की बात तुमने कभी सुनी ही नहीं है।"

द्विजदास ने कहा–"तुम्हें इसी बात का भय है? भाभी होती तो इसका उत्तर देती," इतना कहकर आँखें पौंछ डालीं।

वन्दना ने कुछ देर चुप रह कर उसी ओर देखते हुए कहा–"मुझे उत्तर मिल गया अब मुझे कोई सन्देह नहीं है।"

यह कह कर उसने द्विजदास के हाथ को अपने हाथों में थाम कर कुछ देर मौन रह कर कहा–"तुम्हारे ही चारों ओर भूकंप नहीं आया है। जो कुछ भूमिसात होना था वह मिट्टी में मिल गया। जो टूटने का नहीं, डिगने का नहीं, जो अटल है वही आज प्राप्त हुआ है। अब जाऊँ भैया के पास। उन्होंने जाते समय मुझे आशीर्वाद देकर कहा था जो तुम्हारा अपना है मेरा आशीर्वाद उसे ही एक दिन तुम्हें सौंप दे। साधु की बात पर तब मैंने अविश्वास नहीं किया था मैं निश्चित रूप से जानती थी

कि उनकी यह बात सच ही होगी। लेकिन यह नहीं सोचा था कि वह आशीर्वाद ऐसे दुख के बीच से अपने आत्मीय को ला देगा। जाकर उन्हें प्रणाम कर आऊँ।"

तभी अन्नदा ने कमरे में प्रवेश करते हुए कहा–"द्विजू, वन्दना आई है न?"

"हाँ, आ गई अनु बहिन।" कहकर वन्दना ने उसकी ओर देखा।

वन्दना के गंभीर शोक से बोझिल चेहरे की ओर देखकर वन्दना चकित हो गई। पास-जाकर उसकी छाती पर सिर रखकर अस्फुट स्वर में बोली–"तुम्हारी इस मूर्ति की तो मैं कल्पना भी नहीं कर सकती थी अनु बहिन?"

कहने के बाद वह फूट कर रोने लगी।

अन्नदा की आँखों से आँसू बहने लगे थे। धीरे-धीरे बहुत देर तक उसकी पीठ सहलाते हुए मृदुस्वर में बोली–"अब अचानक फिर मत चली जाना वन्दना। कुछ दिन रहो और अधिक तुमसे मैं क्या कहूँ।"

वन्दना ने कहा–"नहीं।" और अन्नदा की छाती में सिर छिपाए-छिपाए स्वीकार कर लिया।

इसी तरह बहुत समय बीत गया। फिर सिर उठा कर आँचल से आँखें पोंछकर बोली, "अनु बहिन, वासु कहाँ है?"

"उसे नौकर पोखर में नहलाने के लिए ले गए हैं।"

"उसे खाना बनाकर कौन देता है?"

अन्नदा ने कहा–"द्विजू और वासु साथ-साथ ही खाते हैं। एक साथ ही सोते हैं।"

कहते हुए उसकी आँखों में फिर आँसू आ गए। पौंछ कर बोला–"माँ तो केवल वासु की ही नहीं मरी है, उसकी भी मरी है।"–सभी कहते हैं असमय में घर की बहू मरी है। बच्चों के श्राद्ध में इतनी धूम-धाम क्यों? सभी उसे मना करते हैं। सब कुछ इतना अधिक देखकर सभी के शरीर में आग-सी लग जाती है। सोचते हैं यह तो ठीक नहीं है। लेकिन वे यह नहीं जानते कि वह दूसरे जन्म में उसकी माँ थी। कोई भी पुत्र इस मर्यादा में कलंक लगना कैसे सहन कर सकता है।"

द्विजदास ने वन्दना को इशारा कर के कहा–"अब भय की बात नहीं अनु, वन्दना आ गई है। अब सारा भार इसके कंधों पर डाल कर मैं अलग हो जाऊँगा।"

अन्नदा ने कहा–"बेटी, एक साथ इतना भार संभालोगी कैसे?"

"पराए घर की बेटियाँ ही तो भार देती हैं अनु बहिन। इन्होंने बुलाकर कह दिया है कि इतने दुख का भार मुझसे ढोया नहीं जायेगा। इस पर भी अगर वासु चला जाता है वो न तो रहेगा तुम लोगों का बलराम पुर के मुखोपाध्यायों का घेर और न रहेगा उनकी सात पीढ़ियों का गौरव। शीशधर के लड़कों को बुलाकर इस गृहस्थी से त्याग पत्र दे दूँगा। केवल भैया के वश की बात ही नहीं है द्विजू भी त्याग कर सकता है।

संन्यास नहीं लिया जा सकेगा सही है, उसे मैं महत्त्वपूर्ण मानता भी नहीं हूँ। लेकिन रुपए-पैसे के बोझ को मैं आसानी से फैंककर चला जाऊँगा, यह सत्य है।"

वन्दना के दोनों हाथों को पकड़कर अन्नदा ने कहा–"बहिन क्या द्विजू को विपिन के समान नहीं बना सकोगी? क्या वासु को घर में नहीं रख सकोगी?"

"रख सकूँगी अनु बहिन।"

"ननदोई जी से जो मुकदमा लगा हुआ है उसे रुकवा नहीं सकोगी?"

"हाँ, यह भी करूँगी अनु बहिन," पलभर चुप रहकर बोली–"यह मेरी बातों को कभी टालेंगे नहीं। इसी शर्त पर इस घर की छोटी बहू बनने के लिए सहमत हुई हूँ अनु बहिन।"

बात को अच्छी तरह न समझ पाकर अन्नदा चुप होकर देखती रही।

वन्दना ने कहा–"जो हो गया सो हो गया। इस पर क्या माँ जी को भी खो देना चाहिए? मुकदामा नहीं रुका तो मैं उन्हें लौटा लाऊँगी।"

द्विजदास ने तकिए के नीचे से चाबियों का गुच्छा निकालकर वन्दना के पैरों के पास फैंक कर कहा–"यह लो। तुम्हारी बातों को टालूँगा नहीं। तुम्हारे सामने यह प्रतिज्ञा करता हूँ।"

वन्दना ने चाबियों का गुच्छा लेकर आँचल में बाँध लिया। फिर अन्नदा ने अब इसका अर्थ समझा। चुपचाप वन्दना को छाती से लगा लिया। फिर उसकी आँखों से आँसुओं की बड़ी-बड़ी बूँदें गिरने लगीं।

विप्रदास के कमरे में आकर वन्दना ने उन्हें प्रणाम किया। बोली–"मैं आ गई हूँ बड़े भैया।"

यह नया संबोधन विप्रदास के कानों में पहुँचा लेकिन इसके बारे में कुछ कहकर पूछा–"सुना था तुम आ रही हो तुम्हारे पिताजी का तार मिला था। रास्ते में कोई कष्ट तो नहीं हुआ?"

"नहीं।"

"साथ में कौन आया?"

"हमारा दरबान और बूढ़ा नौकर हेमू।"

"पिताजी अच्छी तरह हैं?"

"हाँ, अच्छे हैं।"

विप्रदास कुछ देर चुप रहे फिर बोले–"देखा, द्विजू कैसा पागलपन कर रहा है?"

वन्दना बोली–"आप श्राद्ध की बात कर रहे हैं न? लेकिन यह पागलपन कैसे है? आयोजन बड़ा तो होना चाहिए। ऐसा न होने से उनकी मर्यादा खंडित जो हो जाती।"

"लेकिन संभालेगा कैसे वन्दना?"

"वह नहीं संभालेगा तो मैं संभालूँगी बड़े भैया।''

विप्रदास ने हँसकर कहा–"वह शक्ति तुम में है मानता हूँ। लेकिन दिमाग बिगड़ जाने से कठिन हो जायेगा। कहीं अचानक नाराज होकर चली न जाओ तो मन में विश्वास हो।"

वन्दना ने कहा–"उस दिन पराए के समान आई थी। कंधों पर कोई जिम्मेदारी नहीं थी। लेकिन आज आई हूँ इस घर की छोटी बहू बनकर। नाराज कर देने से नाराज हो भी सकती हूँ। लेकिन अब जाऊँगी कैसे? वह रास्ता जो बंद हो गया।" यह कहकर उसने चाबियों का गुच्छा दिखाकर कहा–"यह देखिए, इस घर की सभी अलमारियों और बक्सों की चाबियाँ हैं स्वयं उठाकर अपने आँचल में बाँधी हैं।"

हर्ष और विस्मय से मौन विप्रदास देखते रहे।

वन्दना कहने लगी–"आपसे लजा कर या छिपाकर बोलने के लिए कुछ भी नहीं। आपको अपने आशीर्वाद की याद है? जाने के दिन मुझे कहा था कि जो तुम्हारा वास्तव में अपना है, तुम उसे एक दिन पा लोगी। उस दिन से मेरी चंचलता दूर हो गई थी। हृदय शांत हो गया था, इसी बात को सोचा है कि जो जितेन्द्रीय है, जो आजन्म शुद्ध सत्यवादी साधु हैं, उनके आशीर्वाद से अब मुझे किसी बात का भय नहीं रहा। जो मेरे पति हैं वह मुझे अवश्य मिलेंगे।"

इतना कहकर उसकी आँखों में जल भर आया।

पास आकर विप्रदास ने उसके सिर पर हाथ रखकर मौन आशीर्वाद दिया और वन्दना ने आज पहली बार उनके चरणों पर सिर रखकर प्रणाम किया।

जब वह उठकर खड़ी हो गई तब विप्रदास ने कहा–"आज तुमने जिसे पाया है वन्दना। उससे दुर्लभ वस्तु संसार में और कोई नहीं है मेरी इस बात को सदैव याद रखना।"

वन्दना ने कहा–"याद रखूँगी बड़े भैया। एक दिन के लिए भी नहीं भूलूँगी।"

फिर कुछ ठहर कर बोली–"एक दिन बीमारी में आपकी सेवा की थी तब आपने पुरस्कार देना चाहा था। लेकिन तब मैंने लिया नहीं था।–याद है न यह बात?"

"हाँ, याद है।"

"आज वह पुरुस्कार दीजिए। वासु को मैंने लिया।"

विप्रदास ने हँसकर कहा–"ले लो।"

"मैं उसे माँ कहकर बुलाना सिखाऊँगी।"

"ऐसा ही करना। उसकी माँ और बाप दोनों को ही आज तुम में छोड़े जाता हूँ। इस मुखोपाध्याय वंश की विशाल मर्यादा को तुम्हारे हाथों में।"

वन्दना ने सिर नीचा करके इस वरदान की मानो मौन होकर ग्रहण कर लिया। फिर बोली–"एक प्रार्थना और है। आपको न पहचान कर एक दिन आपके सामने अपराध किया था। अब मोह दूर हो गया है आज क्षमा चाहती हूँ।"

"क्षमा तो बहुत दिन पहले ही कर दिया था वन्दना। मैं जानता था कि तुम्हारी आत्मा ने जिसे हृदय से चाहा है। तुम एक दिन उसे पहचानोगी ही। इसीलिए मेरे सामने तुम्हें लजाने की कोई बात नहीं है।"

वन्दना की आँखें फिर डबडबा उठीं। अपने आपको वलात रोक कर बोली– "एक भीख और। हमारी गृहस्थी में अब क्या एक दिन भी नहीं रहेंगे। अभिमान संको से किसी दिन भी जी खोलकर आपकी सेवा नहीं कर सकी। लेकिन वह बाधा अब दूर हो गई। अब तो मुझे लज्जा नहीं है। कुछ दिनों तक मेरे पास रहिए न? दो दिन पूजा करो।"

यह कहकर वह सजल आँखों से देखती रही। "उसका दुखी कंठ स्वर मानो हृदय को चीर कर बाहर निकल आया।"

विप्रदास चुपचाप हंसते रहे।

वन्दना ने कहा–"इस हंस–मुख चुप्पी से ही मैं सबसे अधिक भयभीत हूँ बड़े भैया। कितना कठोर है आपका मन। इसे न तो पिघलाया जा सकता है और न डिगाया जा सकता।–उत्तर देंगे?"

विप्रदास हंस दिए। हंसी जैसी ही स्निग्ध थी, वैसी ही सुन्दर और वैसी ही निर्मल थी। इनको वन्दना ने पहली बार इस तरह हंसते देखा था।

बोली–"उत्तर मिल गया। अब आपको तंग नहीं करूंगी। लेकिन यह बता दीजिए कि मन को कैसे शान्त करूं? वह केवल रो देना चाहता है।

विप्रदास ने कहा–"हृदय स्वयं शान्त हो जाएगा वन्दना। जिस दिन निश्संशय होकर समझ लोगी कि तुम्हारे बड़े भैया दुःख से कूद पड़ने के लिए गृह त्यागी नहीं हुए हैं। लेकिन इससे पहले नहीं।"

"लेकिन मैं इसे कैसे समझूंगी?"

"केवल मुझ पर विश्वास करके। जानती तो हो बहिन मैं असत्य नहीं बोलता।"

वन्दना चुप रही। दो मिनट के बाद लम्बी साँस लेकर बोली–ऐसा ही होगा। आज से प्रयत्न करके अपने आप को समझाऊँगी। बड़े भैया सच कह गए हैं। वह सत्यवादी हैं। स्वयं बातों में भुलावा देकर चले गए हैं। जहाँ मानव का चरम श्रेय है, उसी तीर्थ में चले गए हैं।"

विप्रदास ने कहा–"हाँ। अपने मन को समझा कर कहो जो सबसे सुन्दर है। सबसे अधिक सच है। सबसे अधिक मधुर है। बड़े भैया उसी पथ खोज में गए हैं–उन्हें रोकना नहीं चाहिए। उन्हें भ्रान्त नहीं करना चाहिए उनके लिए शोक करना अपराध है।"

वन्दना की आँखों में आँसू भर आए। जल्दी से उन्हें पौंछकर बोली–"ऐसा ही होगा, ऐसा ही होगा। अगर जीवन में फिर कभी दर्शन न मिले तो फिर भी कहूंगी भ्रम नहीं है। उनके लिए दुख मानना अपराध है।"

पर्दे की बगल से मुँह निकालकर विराज दत्त ने कहा–"एक जरूरी बात है बहिन, जरा इधर तो आइए।"

"आ रही हूँ विराज बाबू। अच्छा बड़े भैया चलती हूँ।"

यह कहकर वन्दना कमरें में से बाहर निकल आई।

सती का श्राद्ध बड़ी धूमधाम से सम्पन्न हुआ। भिखारी, निर्धन सभी उस सती साध्वी का गुणगान करते हुए वापस चले गए। सभी ने कहा–"मुखोपाध्याय वंश का काम-काज इसी तरह होता है।"

सुबह नहाने से निबटकर वन्दना प्रणाम करने के लिए विप्रदास के कमरे में पहुँची तो आश्चर्य से ठिठककर खड़ी रह गई। उनकी बगल में बैठी थी दयामयी।

सुबह की ट्रेन से घर लौटी हैं। अभी तक किसी को मालूम नहीं है। माँ की मूर्ति को देखकर वन्दना को चोट लगी। सोने सा रंग काला पड़ गया है। सिर के छोटे-छोटे केश रूखे और गर्द से भरे हैं। आँखें धँस गई हैं। माथे पर रेखाएँ खिंच गई हैं दुख-शोक की। ऐसी दुख से भरी मूर्ति वन्दना से पहले कभी नहीं देखी थी। उसे याद आ गई उस दिन की वह ऐश्वर्यशाली सर्वमयी स्वामिनी विप्रदास की माता थी। अभी कितने दिनों की बात है। आज उनका सारा गौरव जैसे रास्ते की धूल में मिल गया है।

वन्दना ने पास जाकर प्रणाम करके कहा–"कब आईं माँ?"

उसकी ढोढ़ीं छूकर दयामयी ने चुम्बन दिया। और बोली–"मेरे आने की सूचना किसलिए वन्दना? तब आती थी विप्रदास की माँ। इसलिए गाँव भर के सभी बच्चे बूढ़े जान जाते थे। विपिन काम तो निबट गया भैया। चलो, माँ-बेटे आज ही चल दें।"

विप्रदास ने हँसकर कहा–"डरो मत माँ। माँ-बेटे के जाने में बाधा नहीं हो सकेगी। लेकिन आज जाना नहीं हो सकता। वन्दना के पिता कल आ रहे हैं। अपनी छोटी बहू को समझा कर गृहस्थी सौंपे बिना कैसे जायेंगे?"

कुछ देर तक चुप रहकर दयामयी ने कहा–"ऐसा ही होगा विपिन। मुझसे सहा नहीं जाएगा। ऐसा असत्य मुँह से नहीं निकालूँगी। लेकिन अब कितने दिन शेष हैं?"

"केवल सात दिन। हम आज ही के दिन चल पड़ेंगे।"

वन्दना ने कहा–"माँ, अपने कमरे में चलिए।"

दयामयी ने सिर हिलाकर अस्वीकार करते हुए कहा .... "तुम्हारी यह बात रख नहीं सकूँगी बिटिया। जितने दिन रहूँगी। इसी कमरे में रहूँगी। और जब जाने का दिन आयेगा तो हम दोनों इसी बाहर वाले कमरे से चले जायेंगे। अंदर जो कुछ भी है, वह अब सारा तुम्हारा है बिटिया।"

वन्दना ने आग्रह नहीं किया। उसने उसकी पद-धूलि ली और सिर झुकाए कमरे से बाहर चली गई।

विप्रदास का पत्र पाने के बाद वन्दना के पिता रे साहब एक सप्ताह की छुट्टी लेकर बलराम पुर आ गए और बिट्टी को द्विजू के हाथों में सौंपकर फिर अपनी नौकरी पर वापिस चले गए।

इस विवाह में शहनाई नहीं बजी। वर पक्ष और कन्या पक्ष में झगड़ा नहीं हुआ। लड़कियों ने अस्फुट स्वर में उलु ध्वनि की। शंक धीमे भी झगड़ा कंठ से बजा।

एकान्त में द्विजदास के उदास चेहरे की ओर देखकर वन्दना ने पूछा–"क्या सोच रहे हो, बोलिए।"

द्विजदास बोला–"तुम्हारी बात सोच रहा हूँ कि तुम मुझसे बहुत बड़ी हो"

"क्यों?"

"वरना यह सब तुमसे न होता। बर्बादी से बचाने के लिए कितने दुख भरे पथ पार करके मेरे पास आई हो?"

वन्दना ने पूछा–"तुम नहीं आते?"

"नहीं आता।"

वन्दना ने कहा–"झूठी बात है। लेकिन जानते हो मैंने क्या सोचा था? तुम्हारे गले में माला पहनाते हुए सोच रही थी, ऐसा मैंने कौन-सा पुण्य किया था जिससे तुम्हारे जैसा पति मिला और पाया वसु को, बड़े भैया को इतने बड़े परिवार का सारा भार पाया। लेकिन मैं जिस समाज की लड़की हूँ उसे कितना चाहिए मालूम है?"

द्विजदास ने कहा–"नहीं, मालूम नहीं।"

वन्दना ने कहना चाहा, लेकिन सहसा रुक गई। फिर बोली–"लेकिन आज नहीं अपना परम सौभाग्य के दिन दूसरे की दीनता पर कटाक्ष नहीं करूँगी। दोष होगा।"

"नहीं होगा, बताओ।"

वन्दना ने सिर हिलाकर अस्वीकार कर दिया। बोली, "आज तुम बहुत थके हुए हो। सो जाओ तुम्हारा सिर दबा दूँ।"

दो-एक मिनट के बाद वन्दना ने कहा–"मुझे मंझली दीदी की बात याद आती है। उस दिन बड़े भैया के साथ उसी पल चला जाना चाहा था। यह देखकर मैंने कहा था–"तुमने तो झगड़ा किया नहीं है मंझली दीदी, तुम क्यों जाओगी।" तब मंझली दीदी ने कहा था–"जहाँ पति के लिए स्थान नहीं है वहाँ पत्नी के लिए भी नहीं है। एक दिन के लिए भी नहीं है। तेरे पति होते तो इस बात को तू जानती।" उस दिन शायद इस बात को ठीक नहीं समझा था। लेकिन आज समझ रही हूँ। तुम जहाँ नहीं होंगे वहाँ मैं एक दिन नहीं रह सकती।"

कुछ ठहर कर बोली–"अभी कुछ ही घंटे पहले पुरोहित के साथ कुछ मंत्रों को उच्चारण करती गई थी। लेकिन जान पड़ता है कि जैसे मेरे शरीर का प्रत्येक रक्त कण परिवर्तित हो गया है।"

द्विजदास ने आँखें खोलकर उसकी ओर देखा। उसका हाथ अपनी छाती पर खींचकर आँखें मूँद लीं। कुछ कहा नहीं।

रविवार आ गया। आज विप्रदास और दयामयी के जाने का दिन है। एक दिन दयामयी का तीर्थ भ्रमण समाप्त हो जाएगा। शायद गृहस्थी का आकर्षण उन्हें फिर इस घर में खींच लाए लेकिन विप्रदास की यात्रा समाप्त नहीं होगी। उसे अब कोई इस घर में वापस नहीं ला सकेगा। इस बात को बहुत से लोगों ने सुना है। किसी ने विश्वास किया है, किसी ने नहीं किया।

आंगन में कार खड़ी है। पास दूर के सबके सब खड़े हैं। स्त्रियाँ एक तल्ले के बरामदे में खड़ी आँसू पोंछ रही हैं।

विप्रदास ने उठकर पूछा–"द्विजू दिखाई नहीं दे रहा है।"

कोई बोल उठा–"वह घर पर नहीं हैं, किसी काम से बाहर गए हैं।"

सुनकर विप्रदास हँस पड़े। बोले–"भाग गया। वह केवल मुँह से ही बहादुर है वरना कायरों का गुरु है।"

वासु वन्दना का हाथ पकड़े खड़ा था। बोला–"आप फिर कब आयेंगे बाबू जी? जरा जल्दी ही आइएगा।''

विप्रदास ने प्रश्न का उत्तर नहीं दिया। हँसकर उसका सिर हाथ से सहला दिया।

वन्दना ने सास की पद धूलि ली।

दयामयी ने कहा–"वासु रहा–द्विजू रहा और रहे मंदिर में तुम्हारे ससुर के कुछ देवता राधा गोविन्द जी। कभी लौट सकी तो इन सबको तुमसे वापस ले लूँगी।"

इतना कहकर उन्होंने आंचल से आँखें पौंछीं।

वन्दना ने दूर से ही विप्रदास को प्रणाम किया। फिर सजल आँखों से भरे गले से बोली–"कलकत्ते के पूजा घर में आपकी जिस मूर्ति को एक दिन छिपकर देखा था, आज आपकी वही मूर्ति दिखाई दे रही है बड़े भैया। अब मुझे दुख नहीं है। आपका पता भले ही मालूम न हो लेकिन जानती हूँ कि जिस दिन मन से पुकारूँगी, आप अवश्य आयेंगे। कितना ही ना-ना क्यों न कहें यह बात किसी प्रकार भी असत्य सिद्ध नहीं हो सकती।"

विप्रदास ने केवल थोड़ा-सा हँस दिया और जिस प्रकार पुत्र के प्रश्न का उत्तर टाल गए थे उसी प्रकार वन्दना ने प्रश्न का उत्तर भी टाल दिया।

तभी गाड़ी चल पड़ी।

□□□